1

Sarah Moran se dit que le château de Tintagel était vraiment un de ses endroits préférés et elle regretta d'y venir si rarement alors que sa famille résidait à une vingtaine de kilomètres. Ce jour-là, cependant, elle avait réussi à convaincre ses parents d'emmener leurs invités jusqu'à la côte de Cornouailles pour leur faire admirer ce site ancien, et elle avait bien l'intention d'en profiter, elle aussi. Tandis que ses parents et leurs amis visitaient les ruines de la fortification médiévale, elle longea le bord de la falaise, en quête des recoins secrets de ce lieu légendaire où Uter Pendragon s'était uni à Ygraine pour concevoir le roi Arthur. Tout en marchant, elle repensait aux merveilleux récits arthuriens qu'elle avait lus et aux nombreux personnages qui les peuplaient et qu'elle aurait volontiers secoués et vertement tancés pour leur sottise.

Au détour d'un affleurement rocheux, une bande d'ombre, longue et étroite, attira son attention. Un rayon de soleil éclairait une crevasse et quand elle s'en approcha pour mieux voir, elle découvrit que l'ouverture était assez large pour s'y faufiler. Elle s'y glissa et suivit une veine sinueuse, manquant plus d'une fois de trébucher sur les galets qui tapissaient le sol. Les parois de pierre répercutaient le bruit des vagues qui venaient se fracasser sur les rochers, et l'air était moite d'embruns.

Finalement, le boyau s'élargit légèrement et elle aperçut les vagues de l'Atlantique qui venaient mourir sur le rivage, en contrebas. Les courants étaient violents par ici. Sur la gauche, une série de degrés descendaient. S'agissait-il d'un escalier, taillé à même la paroi ? D'un escalier qui conduirait à quelque cachette oubliée ? Sarah se pencha pour l'inspecter du regard. Non, les marches n'auraient pas été aussi hautes et auraient été inclinées dans l'autre sens.

— Attention, là-bas ! entendit-elle crier. Qu'est-ce que vous faites ?

Elle se retourna et vit une silhouette émerger de la crevasse. L'éblouissant halo de soleil qui la nimbait lui fit d'abord croire à un chevalier d'antan ou quelque gardien magique des passages secrets. Mais elle distingua bientôt sa culotte de peau et sa redingote à queue-de-pie, et comprit qu'il s'agissait seulement d'un autre visiteur.

— Je pensais qu'il y avait peut-être un escalier permettant de descendre, répondit-elle.

Il s'avança jusqu'à elle et regarda vers le bas.

— Est-ce que ce ne serait pas…

Mais tandis qu'il faisait un autre pas, un morceau de roche céda sous son pied et il perdit l'équilibre. Instinctivement, Sarah tendit les bras en avant. Par réflexe, il saisit sa main. Et ils dégringolèrent tous deux vers le rivage de sable, dans un tourbillon d'air et de frayeur.

L'homme atterrit sur le dos avec un bruit sourd. Sarah atterrit sur lui, et en eut le souffle coupé. Et puis plus rien. Une vague rugit et les aspergea d'écume. Des mouettes effrayées s'enfuirent à tire-d'aile avec des cris perçants.

Sous le choc, Sarah resta immobile un instant, étendue sur un parfait inconnu. Elle poussa finalement sur ses bras, roula sur le côté et s'assit près de lui. Sous cet angle, il était encore plus évident que les degrés de la paroi rocheuse ne formaient pas un escalier. De fait, vue d'en bas, la falaise semblait encore plus abrupte et plus haute qu'elle ne lui était apparue d'en haut. Ils ne pouvaient apercevoir personne, les visiteurs du site étant cachés par la falaise et les rochers.

Une nouvelle vague s'échoua sur le sable, mouillant les jambes et les jupons de Sarah ainsi que les bottes et les hauts-de-chausses de l'homme. Elle se redressa sur les genoux. Une vague plus forte que les autres se brisa sur un rocher et les éclaboussa. Ils se trouvaient sur une étroite bande de plage, large d'à peine deux bras, et ils avaient eu de la chance de ne pas atterrir sur une des grosses pierres qui la bordaient. Sarah vit que la marée montante allait bientôt entièrement recouvrir la rive.

— Est-ce que vous allez bien ? demanda-t-elle à l'homme. Monsieur ?

Il ne répondit pas.

Elle se pencha pour l'examiner et posa ses doigts sur son poignet. Son pouls battait régulièrement, mais il avait perdu connaissance. Il ne présentait aucune blessure visible. Elle tâta l'arrière de sa tête sans déceler la moindre bosse ni la moindre tache de sang. Mais il avait durement heurté le sable, et le choc lui avait sans doute fait perdre conscience.

Une nouvelle vague passa sur eux, aussi froide qu'impitoyable. Le rythme de la marée s'accélérait.

Il fallait impérativement qu'ils remontent. Sarah se releva, chancela avant de trouver son équilibre et s'approcha de la falaise. La paroi qui les surplombait était luisante d'humidité. Elle tenta d'y poser le pied, mais la semelle de son soulier glissa et elle tomba à la renverse.

— Ho hé ! appela-t-elle. Au secours ! Aidez-nous !

Mais elle avait beau crier de toutes ses forces, le rugissement de la mer couvrait sa voix.

Une vague s'insinua sournoisement sur le rivage, mouillant l'homme jusqu'au torse et, quand elle redescendit, s'enroula autour des pieds de Sarah avec une puissance inquiétante. Si elle n'entraînait pas rapidement son compagnon d'infortune à l'écart, la marée allait le noyer. Mais comment le mettre à l'abri ? En admettant qu'elle parvienne à escalader la falaise, elle ne pourrait jamais le porter. Et la mer l'aurait enseveli avant qu'elle ait pu atteindre le sommet.

Gagnée par la panique, elle regarda autour d'elle et remarqua une ouverture, un peu plus loin. Elle s'y précipita. C'était l'entrée d'une grotte, éclairée par le soleil couchant. L'anfractuosité se prolongeait bien à l'intérieur de la falaise. L'entrée était remplie d'eau, mais le sol couvert de sable s'élevait, formant un pan incliné au fur et à mesure que l'on avançait, et la partie du fond était sèche.

Elle retourna après de l'homme et le secoua un peu, dans l'espoir de le ranimer. Il gémit.

— S'il vous plaît, réveillez-vous.

Il n'en fit rien. Sarah regarda autour d'elle. Personne ne viendrait à leur secours. Elle ne pouvait compter que sur elle-même pour les sauver. Elle prit une grande inspiration, rassembla toute sa résolution et se pencha pour attraper le col de la redingote de l'homme. Elle tira de toutes ses forces. Il n'était pas très corpulent, mais il ne bougea pas d'un pouce. Elle planta fermement les talons dans le sable, saisit son manteau à deux mains et tira une nouvelle fois. Une vague vint lui prêter main-forte, soulevant ses jambes et ses hanches alors qu'elle parvenait à le déplacer légèrement. Elle le mena alors vers la grotte, très lentement, son dos protestant sous l'effort.

La tâche se révéla effroyablement pénible. Sans l'aide de la marée, qui finit par le faire flotter tandis que Sarah progressait, elle n'y serait jamais arrivée. Mais cette aide n'était pas qu'une bonne nouvelle, car la force du courant menaçait de faire tomber la jeune femme à chacun de ses allers-retours. Les vagues montantes frappaient violemment ses jambes et la déséquilibraient, tandis que les vagues descendantes tiraient sur ses jupes et creusaient le sable sous ses pieds. Elle chuta bel et bien, une fois, dans une grande gerbe d'éclaboussures, et lâcha le manteau de l'homme, qu'elle réussit miraculeusement à rattraper juste avant que le courant l'emporte. À ce rythme-là, elle ne voyait pas comment elle arriverait à les sauver. Ils venaient à peine de pénétrer à l'intérieur de la grotte et l'assaut des vagues redoublait de violence. Elle était secouée, fatiguée et elle commençait à être effrayée.

— Argh..., râla sa charge.

Une vague plus puissante que toutes les précédentes pénétra de biais dans la grotte, frappant la paroi latérale et aspergeant Sarah de la tête aux pieds. Une partie de l'eau entra dans sa bouche et elle recracha le liquide salé avec une grimace.

L'homme se mit à gratter le sable, ses doigts s'enfonçant dans le sol de la grotte, et il agita les jambes.

— Attention ! s'exclama Sarah, qui avait à nouveau failli le lâcher.

Il se redressa brusquement et poussa une exclamation.

— Êtes-vous blessé ? demanda Sarah sans relâcher son manteau.

Il secoua la tête comme pour s'éclaircir l'esprit.

— Que... que s'est-il passé ? Où sommes-nous ?

— Nous sommes tombés de la falaise, répondit Sarah. Pensez-vous être en mesure de vous lever ?

Avec son aide, il se redressa, mais il se fit renverser par la vague suivante qui tenta en outre de l'entraîner avec elle quand elle se retira. Sarah s'agrippa au col de sa redingote, arc-boutée contre la force du courant.

L'homme toussa, se mit à quatre pattes et se releva. Visiblement déboussolé, il regarda autour de lui.

— Je n'ai vu aucun moyen de remonter, lui expliqua Sarah. Vous étiez évanoui. Et la marée montait.

Il chancela sous l'assaut d'une nouvelle vague. L'eau arrivait au-dessus des genoux de Sarah, à présent.

— Venez, dit-elle en passant son bras autour de sa taille pour les soutenir tous deux.

Ils s'avancèrent dans la grotte, bien plus vite, maintenant qu'il marchait. Comme le sol de sable s'élevait légèrement, le niveau de l'eau baissa. La grotte se rétrécissait, et Sarah s'aperçut avec angoisse que la partie sèche du fond ne suffirait pas à les mettre à l'abri de la marée.

— Là, dit l'homme en désignant quelque chose.

Sarah suivit la direction qu'indiquait son doigt et vit une corniche sur la paroi, légèrement au-dessus de sa tête. Mais surtout, au-dessus de la laisse de mer tapissant le pourtour de la grotte.

— Grimpez, dit-il en se penchant.

Il accompagna son geste d'un grognement et noua ses doigts pour lui faire la courte échelle.

Sarah posa une paume sur la paroi et un pied sur ses mains jointes. Le mouvement qu'il fit pour la hisser lui arracha une exclamation de douleur. Sarah prit appui sur le rebord de la corniche, opéra un rétablissement et se laissa rouler à l'intérieur. La niche faisait heureusement plusieurs pieds de large. Elle se retourna aussitôt pour offrir sa main à son compagnon. Il ne la prit pas, préférant escalader en s'aidant des aspérités de la paroi.

Ils se retrouvèrent bientôt perchés sur la pierre froide tandis que la marée continuait de monter et d'emplir la grotte.

Sarah prit conscience qu'ils étaient piégés car la marée allait encore monter pendant plusieurs heures.

— Nous aurions pu tenter de nager, dit-elle. Je n'ai pas réfléchi.

— Les courants sont mauvais par ici. Personne ne peut y nager, le risque de se fracasser contre les rochers est trop grand. Vous avez bien fait d'opter pour ce refuge.

Sarah hocha la tête. Ils étaient à l'abri. Elle… et un homme qu'elle ne connaissait pas. Qui pouvait être n'importe qui. Oui, ils étaient à l'abri de la mer. Mais elle se retrouvait dans une situation scandaleuse et inappropriée.

— Je n'aurais pas dû saisir votre main, dit son compagnon. Je vous ai entraînée dans ma chute. Ce n'était pas chevaleresque. Je vous prie de m'excuser.

Un scélérat n'aurait sûrement pas dit cela.

— C'était parfaitement naturel, dit-elle.

— Mais pas honorable.

Elle haussa les épaules. Elle aurait sans doute fait la même chose. Tout le monde en aurait fait autant. Il avait agi par simple réflexe.

— Vous m'avez sauvé la vie, dit-il d'un ton émerveillé. Comment avez-vous fait pour me traîner jusqu'ici ?

— La mer s'est chargée d'une bonne partie de votre poids.

— Mais le courant devait essayer de vous attirer vers le large.

— Oui, et c'était affreux, avoua-t-elle en frissonnant.

— Vous avez été héroïque.

Le soleil pénétrait directement dans la grotte à présent, éclairant l'eau tourbillonnante de la marée. Les vagues s'engouffraient avec fracas dans la bouche béante de la caverne. Des gerbes d'écume aspergeaient les parois et le plafond. Bientôt, le soleil disparaîtrait complètement et les plongerait dans l'obscurité. Sarah regarda l'eau qui sifflait sous ses pieds, irrésistiblement puissante. Elle ne se sentait absolument pas héroïque, à cet instant précis. Qu'allaient-ils devenir ?

Il avait fait très beau aujourd'hui, mais il faisait frais dans cette crevasse et ses vêtements étaient trempés. Elle se mit à frissonner. Elle releva les genoux et referma ses bras autour.

— La marée ne redescendra pas avant plusieurs heures, dit-elle d'une petite voix.

— Je sais, acquiesça son compagnon, pressant une main contre son flanc en grimaçant. Je crois bien que j'ai une côte cassée, déclara-t-il d'un ton distant, presque médical. Peut-être même plus d'une.

Sarah l'observa. Sans être exceptionnellement grand, il présentait une belle musculature et un teint hâlé par la vie de plein air. Ses cheveux étaient bruns, ses sourcils noirs et droits, ses yeux noisette et sa mâchoire ferme et carrée. Il était, de fait, franchement beau, et ses vêtements ainsi que sa façon de parler étaient ceux d'un gentleman. Si elle l'avait aperçu dans une salle de bal, elle aurait secrètement espéré qu'il l'invite à danser, songea-t-elle. Ce qu'il n'aurait probablement pas fait.

Il l'observait, lui aussi. Elle savait qu'il voyait une petite jeune femme potelée aux cheveux blond sable, aux cils et aux sourcils presque invisibles et au visage constellé de taches de rousseur. On l'avait parfois complimentée sur ses yeux bleus, mais elle savait qu'ils ne brillaient d'aucun éclat. Son chapeau avait disparu sans qu'elle sache comment et ses cheveux retombaient en mèches humides et flasques autour de son visage. Ce n'était pas juste. Sans être d'une beauté renversante, elle pouvait quand même être un peu plus avenante qu'un rat rescapé de la noyade.

— Je m'appelle Kenver Pendrennon.

Elle se dit que ce nom ne lui était pas inconnu, mais elle fut incapable de le resituer.

— Sarah Moran.

L'heure n'était pas au respect des rituels de présentations en bonne et due forme.

— Vous visitiez Tintagel ? s'enquit-il.

Allaient-ils vraiment faire la conversation ?

— Oui. Avec mes parents et des amis à eux.

— Je suis venu seul. Comme souvent. J'adore ce lieu.

— Moi aussi. Il s'en dégage une merveilleuse atmosphère antique.

— Exactement.

Le soleil faiblit, sous l'effet d'un nuage peut-être, créant un avant-goût de l'obscurité qui n'allait pas tarder à les envelopper. Une vague plus puissante que les précédentes projeta une gerbe d'écume qui incita Sarah à fermer les yeux.

— N'ayez aucune inquiétude. L'eau n'atteindra pas cette corniche, dit-il.

— Je sais. Nous sommes au-dessus de la laisse de mer inscrite sur la paroi.

— Vous avez remarqué cela ?

Elle ne comprit pas pourquoi il semblait surpris. La ligne de sédiments marins, sur les parois de la grotte, était nettement visible.

— C'était une information essentielle, répondit-elle.

— Certes, mais… Oui, en effet.

Elle frissonna.

— Vous avez froid, fit-il remarquer.

— J'imagine que vous aussi.

Il entreprit d'ôter son manteau, l'opération lui tirant plus d'une grimace du fait de sa blessure.

— Vous n'avez pas à me donner votre manteau, dit-elle.

Surtout avec une côte cassée.

— Je ne vais pas vous le donner. Nous allons nous abriter dessous tous les deux.

Il lui fit signe de le suivre tandis qu'il se rapprochait du fond. Il n'y avait pas assez de place pour se tenir debout dans leur refuge de fortune, mais ils pourraient s'adosser à la paroi.

— Non, merci, dit-elle, redoutant d'avoir à se blottir contre un inconnu.

— Je ne suis pas en état de prendre des libertés avec vous, même si j'en avais l'intention, lui assura-t-il.

Et je vous promets de n'en rien faire, ajouta-t-il en renouvelant son geste d'invite.

Elle avait froid. Et elle aurait bientôt plus froid encore ; elle commençait déjà à frissonner. Choisissant d'oublier les convenances, elle se rapprocha de lui. Ils relevèrent tous deux les genoux et il drapa son manteau autour de leurs épaules. Peu satisfait du résultat, il se déplaça jusqu'à ce que leurs corps soient en contact depuis l'épaule jusqu'à la cheville et ajusta étroitement sa redingote autour d'eux.

Sarah rougit, ce qui la réchauffa tout de suite un peu. Elle ne s'était jamais trouvée aussi près d'aucun homme, et celui-ci était un parfait inconnu. Elle observait la plus grande immobilité. Il ne bougeait pas d'un pouce. Petit à petit, la chaleur s'éleva aux points de contact de leurs corps, et le manteau, même mouillé, les réchauffa. Mais la situation était quand même affreusement gênante. Une vague s'échoua à l'entrée de la grotte. Le niveau de l'eau avait encore monté.

— Je ne pense pas qu'il y ait quoi que ce soit de vivant ici, dit-elle soudain.

— Aucun animal n'élirait domicile dans une grotte envahie régulièrement par la marée. Il existe des endroits infiniment plus confortables.

— Et aucun animal ne peut venir de l'océan non plus, j'imagine. Avec de longs tentacules qui s'étendraient vers nous et...

Il eut un sursaut et grommela de douleur.

— Qu'est-ce que vous racontez ? marmonna-t-il.

— Des histoires que j'ai lues au sujet de ces immenses créatures qui s'élèvent des fonds marins pour attirer les vaisseaux vers un destin fatal.

— Vers un destin fatal ? répéta-t-il en tournant un regard inquiet vers la surface de l'eau. Des tentacules ?

— Oui. Comme de grosses cordes qui s'enroulent autour de vous et qu'il est impossible d'écarter. Les marins doivent les trancher à coups de hache.

— Vous avez beaucoup d'imagination.

— Oui, mais ces créatures existent vraiment.

— J'aurais préféré que vous ne les évoquiez pas.

— Moi aussi, répondit-elle dans un murmure.

Le silence se fit pendant un bref instant.

— Vous avez parlé des fonds marins, reprit son compagnon. De telles créatures ne s'approcheraient jamais de la rive. Elles n'auraient pas assez de place, ajouta-t-il comme s'il cherchait à se rassurer lui-même. Nous ne courons aucun danger ici.

— Elles ne tiendraient pas dans cette grotte, de toute façon.

— Exactement. L'eau n'est pas assez profonde.

— C'est vrai. Merci.

— De quoi donc ?

— De faire preuve d'une logique rassurante.

Il la considéra un instant d'un air étonné.

Leur chaleur partagée les avait réchauffés petit à petit. La lumière du soleil décrut, puis disparut, et la nuit tomba, la lueur des étoiles n'éclairant que très faiblement l'entrée de la grotte. Le fracas de l'océan se répercutait contre la roche et l'air était saturé de parfums iodés.

L'obscurité aurait dû rendre la situation plus effrayante, mais elle réconforta plutôt Sarah. Elle ne s'était encore jamais blottie aussi longtemps contre quelqu'un. Pas depuis qu'elle était petite fille. Et bien qu'il fût un parfait inconnu, elle se sentait en sécurité et inexplicablement connectée à ce Kenver Pendrennon. Peut-être parce qu'ils avaient tous deux échappé à la terrible puissance de la mer. Ou parce qu'ils partageaient une même vision du monde. Quelle qu'en fût la raison, le sentiment qu'elle éprouvait envers lui était de nature tendre et ne ressemblait à rien qu'elle eût déjà ressenti.

— Vous habitez loin d'ici ? demanda-t-il.

— Non, un peu plus bas, près de Padstow.

— Moi, j'habite plus à l'est. Avez-vous toujours vécu en Cornouailles ?

— Oui. Sauf quand j'étais au pensionnat.

— Ah, le pensionnat, dit-il d'un ton plat.

— Vous n'avez pas aimé ?

— Je n'y suis jamais allé. J'ai étudié à la maison. Mes parents trouvaient que c'était préférable, précisa-t-il avec un haussement d'épaules.

— C'est au pensionnat que j'ai rencontré mes meilleures amies, expliqua Sarah avant de se rendre compte que sa réponse manquait de tact. J'aimais étudier dans tous les domaines.

— Le domaine des créatures marines aux tentacules gigantesques, par exemple, fit-il remarquer d'un ton de douce taquinerie.

— Ne les évoquez pas !

— Nous avons établi qu'elles ne pouvaient pas s'approcher de la rive, lui rappela-t-il.

— Je sais, mais...

— Vous pensez que le simple fait de les mentionner pourrait suffire à les faire apparaître ?

— Non, bien sûr que non, répondit-elle avec sérieux. Ce sont des animaux, pas des êtres magiques.

— Et nous n'avons pas le pouvoir d'invoquer des êtres magiques.

— J'aimerais pourtant que ce soit possible, murmura-t-elle d'un ton mélancolique. Comme Merlin. N'avez-vous jamais souhaité le rencontrer ?

— Je ne sais pas trop. Je crois que je préférerais me contenter de le voir à une certaine distance.

— Pourquoi ?

— Disons qu'il lui arrivait de se montrer impitoyable, répondit son compagnon. Ses actes, ici à Tintagel, n'ont pas tous été admirables, tant s'en faut.

Il était vrai que Merlin avait dupé Ygraine pour l'amener à voir un autre homme sous les traits de son époux, se dit Sarah. Pour qu'elle l'accueille dans son lit. Ce qui était scandaleux. Elle rougit dans l'obscurité.

— Il l'a fait pour qu'Arthur voie le jour, releva-t-elle.

— La fin justifiant des moyens mensongers. Et créant d'autant plus d'ennuis, au bout du compte.

Sarah fut impressionnée de constater qu'il avait longuement réfléchi à la question.

— Certes. Mais Arthur était un héros, assura-t-elle.

— Oui, répondit-il d'un ton presque nostalgique. J'ai toujours rêvé de vivre une grande quête chevaleresque.

— Comme la quête du Graal ?

— Non. Plutôt de combattre des scélérats et de rendre justice. Je dois vous paraître idiot, ajouta-t-il en laissant échapper un petit rire.

— Non, pas du tout.

Sarah prit conscience qu'il avait passé un bras autour d'elle et qu'elle laissait à présent sa tête reposer sur son épaule. Comment cela avait-il pu se produire ? Elle aurait dû s'écarter, mais c'était si confortable...

— J'espère que vous n'iriez pas jusqu'à pourchasser des dragons, cependant, dit-elle.

— Que voulez-vous dire ?

— Je me suis souvent dit que les dragons se contentent de s'occuper de leurs affaires. Certes, de temps en temps, ils dévorent un mouton ou une vache, mais il faut bien qu'ils mangent, non ? Les loups en font autant. Les dragons ont-ils exigé qu'on leur offre des vierges en sacrifice ? Comment l'auraient-ils fait puisqu'ils ne peuvent pas parler ? Ne s'agirait-il pas plutôt d'une invention de villageois apeurés ?

Elle se mordit la lèvre. Elle n'aurait pas dû prononcer le mot « vierge ». C'était inconvenant.

— Auriez-vous quelque affinité avec les créatures monstrueuses dotées d'écailles ? s'enquit son compagnon d'un ton amusé.

L'embarras de Sarah céda place au rire.

— J'aime toutes sortes d'animaux, répliqua-t-elle.

— Certains sont quand même plus mignons que d'autres, non ? Les chatons, peut-être ?

— Les chatons, bien sûr. Les chiens. Un des professeurs de mon école avait une corneille apprivoisée. Très intelligente. Je l'aimais beaucoup.

Ils entreprirent de comparer les histoires d'animaux de compagnie de leurs familles respectives. Progressivement, leurs remarques s'espacèrent, et au bout d'un moment, ils finirent par s'endormir.

La marée atteignit son point culminant et commença de refluer. Au plus profond de la nuit, le sol de la grotte réapparut petit à petit sans que le couple endormi s'en aperçoive, tendrement blotti, semblable à l'illustration d'un conte de fées.

La nuit passa. L'eau atteignit son point le plus bas et reprit son cycle d'éternel retour. L'air chargé d'iode se fit peu à peu plus léger et les mouettes se mirent à pousser leurs cris perçants dans le lointain.

Kenver s'éveilla, ses bras encerclant une jeune femme dont le corps se pressait contre le sien, sa tête reposant au creux de son épaule. Il lui était quelquefois arrivé d'ouvrir les yeux dans le lit d'une femme comblée, à Londres, mais là, c'était différent. Cela ne tenait pas seulement à ses vêtements mouillés ni à ses courbatures. Pas plus qu'à l'étrange décor ni à la douleur de ses côtes brisées. Non, c'était la jeune fille qui faisait toute la différence. Il l'observa dans le jour naissant. Elle représentait une expérience sans précédent dans son existence, une expérience inattendue et pleine de charme. La veille, ils avaient bavardé avec une telle franchise. Pas comme des connaissances ni même des amis, mais plutôt comme... des âmes sœurs. Et la chaleur de son corps, associée à leurs murmures dans l'obscurité, avait été pour lui d'un grand réconfort. Un peu comme si, entre la conversation, les silences et la chaleur partagée, un lien s'était tissé entre eux. Un lien dont il sentait encore les fibres robustes, même s'il ne pouvait voir son visage.

Le soleil levant miroitait sur l'eau. Les basses eaux. La marée s'était reversée et avait décru. De fait, elle commençait même à remonter. Il fallait qu'ils se dépêchent de sortir de là. Il se redressa, réprima un grognement de douleur quand ses côtes protestèrent, et écarta son manteau de leurs épaules.

Sa compagne – Mlle Sarah Moran, se souvint-il – cligna des yeux et regarda autour d'elle comme si elle se demandait où elle était.

— La marée est redescendue, dit-il. Il faut que nous partions tout de suite.

— Oh, dit-elle en s'écartant de la paroi.

Kenver enfila sa redingote, ignorant la douleur qui accompagnait chacun de ses mouvements et s'avança jusqu'au bord pour se laisser glisser de la corniche. Après avoir atterri dans l'eau qui lui arrivait aux chevilles, il leva les bras et saisit Mlle Moran par la taille pour la faire descendre. Ils restèrent un instant immobiles, les courbes de son buste pressant contre son torse. Un élan de désir le traversa. Un élan qu'il jugea aussitôt inacceptable. Il se détourna d'elle et s'éloigna.

Une fois hors de la grotte, ils se retrouvèrent à l'endroit où ils étaient tombés la veille et Kenver examina la falaise à la lumière du jour. Des failles et des crevasses étaient visibles sur toute la hauteur de la paroi, et en dépit de sa blessure, il s'estima capable de l'escalader.

— Je vais monter chercher de l'aide, annonça-t-il.

Il était déjà arrivé à mi-hauteur de la falaise quand il se rendit compte que Mlle Moran était accrochée à la paroi, juste en dessous de lui.

— Que faites-vous ?

— Je peux grimper, une fois que je vois où poser le pied, répondit-elle.

Elle avait noué ses jupes et ses jupons autour de sa taille, découvrant ainsi entièrement ses jambes. Des jambes joliment tournées… Vaguement choqué, Kenver détourna les yeux et reprit son ascension.

Il franchit le sommet de la falaise à quatre pattes, évitant soigneusement la pierre qui l'avait déséquilibré la veille, puis se retourna pour aider son intrépide compagne à en faire autant. Elle rougit quand elle dénoua ses jupes pour les laisser retomber. Il sentit qu'il aurait dû dire quelque chose à propos de la nuit étrangement tendre qu'ils venaient de partager, mais il se révéla à court de mots.

Tandis qu'ils progressaient à l'intérieur de la faille, il se demanda comment il allait raccompagner Sarah chez elle. Il supposait que son cheval serait encore là. La pauvre bête serait restée attachée à un arbre toute la nuit. À moins que quelqu'un ne l'ait volée...

Ils émergèrent finalement de la crevasse, près des ruines du château médiéval. Malgré l'heure matinale, l'endroit semblait très animé. C'était même une véritable foule qui se trouvait là. Très vite, toutes les personnes présentes se tournèrent vers eux.

— Sarah ! s'écria une femme d'âge mûr.

Elle courut vers eux, voulut enlacer la jeune femme, puis hésita devant l'état de ses vêtements.

— Mon Dieu ! Que t'est-il arrivé ? s'exclama-t-elle, horrifiée.

Kenver vit alors Mlle Moran à travers les yeux de cette femme. La robe de Sarah était déchirée en plusieurs endroits, souillée de sable et d'algues, mais surtout, le vêtement mouillé épousait les courbes de son corps de façon inconvenante. Une traînée verdâtre maculait également sa joue. Ses cheveux retombaient en désordre sur ses épaules. Elle était trempée et échevelée. Elle semblait... dévastée. Les autres personnes présentes détaillaient son apparence – et celle de Kenver – d'un air de spéculation sournoise.

— Qu'as-tu fait à ma fille, maudite canaille ? s'exclama un gentleman en s'avançant vers Kenver, levant sa canne pour le frapper.

— Papa, non ! s'écria Sarah en contournant la femme qui devait être sa mère. Nous sommes tombés de la falaise, la marée est montée et...

— Nous ? l'interrompit son père. Comment ça, « nous » ? Où as-tu rencontré cet homme ? Pourquoi t'a-t-il entraînée loin de nous ?

— Il ne m'a pas…

— Ce fut une rencontre fortuite, expliqua Kenver. Un accident.

— Un accident ! Tu oses qualifier d'accident le déshonneur de ma fille ?

M. Moran paraissait furieux.

— Nous n'avons rien fait de mal, papa. La marée nous a empêchés de remonter. Nous avons dû attendre qu'elle redescende.

Un murmure parcourut la foule des spectateurs. Un ricanement fusa. Face à ces rangées d'yeux curieux et impitoyables, Kenver comprit que le récit de leur mésaventure allait se répandre comme une traînée de poudre dans la région. L'apparence débraillée de Sarah y serait décrite en détail. Les spéculations et les blagues salaces iraient bon train. Il savait que certaines personnes ne pouvaient pas imaginer un jeune couple livré à lui-même sans forcément succomber au désir. M. Moran, qui agitait toujours sa canne au-dessus de la tête de Kenver, était sans doute du nombre.

— Tu ne vas pas t'en tirer comme ça, gronda-t-il en le fusillant du regard.

Mme Moran se tordait les mains.

— Oh, mon Dieu, mon Dieu, gémit-elle avant de fondre en larmes.

— Arrête, maman, je t'en prie.

Sarah semblait bouleversée. Par la réaction de ses parents ou par son propre sort, Kenver n'en savait rien. Les deux, probablement.

— Tu vas réparer cela, maudit chien ! rugit M. Moran. Je te poursuivrai en justice, ne t'y trompe pas.

— Papa !

Sarah était au bord des larmes. Cette vision serra le cœur de Kenver et parmi toute cette agitation, ce fut ce qui l'incita à parler.

— Je compte, bien sûr, réparer mes torts, dit-il d'une voix ferme.

Cette déclaration eut pour effet de pétrifier un instant la scène. Sarah fut la première à réagir, secouant la tête en signe de refus.

— Et qui diable es-tu donc ? demanda M. Moran.

— Mon nom est Kenver Pendrennon.

Le gentleman se figea.

— Pendrennon ? répéta-t-il, reconnaissant clairement son nom.

— Pendrennon, oui.

— Ah.

— Vous n'êtes obligé à rien..., commença Sarah.

— Je serais ravi si vous acceptiez de devenir ma femme, l'interrompit-il.

Étonnamment, il découvrit que ce n'était pas faux. Mais il n'aurait su dire si c'était précisément vrai. Les circonstances étaient trop confuses.

— Je ne vous laisserai pas...

— Tais-toi, Sarah ! ordonna son père. Nous acceptons votre demande, monsieur Pendrennon. Et nous entendons que vous l'honoriez.

Kenver se raidit.

— Nul n'a jamais contesté mon honneur, monsieur. Et nul ne le fera jamais !

On discuta un peu et on s'accorda pour décider que Kenver se rendrait chez les Moran le lendemain, pour débattre des arrangements. Son cheval fut alors retrouvé et la foule se dispersa. Les parents de Sarah éloignèrent leur fille de lui. Le dernier regard qu'elle lui adressa par-dessus son épaule lui fendit le cœur.

Une heure plus tard, Kenver se tenait devant ses parents, à Poldene Hall, pour leur expliquer où il avait passé la nuit et ce qui en avait résulté.

— Un mariage ! s'exclama sa mère. Hors de question ! C'est non.

— Ce ne sera pas nécessaire, puisque tu dis que tu n'as pas... touché cette fille, bougonna son père.

Kenver remarqua qu'il disait cela comme s'il ne le croyait pas vraiment. Son propre père, c'est-à-dire la personne la plus susceptible de le croire sur parole, doutait de son récit. Les hommes étaient-ils donc tous aussi vils ?

— Je dois me comporter honorablement, répondit-il.

— Tu as la tête farcie de légendes et de sottises d'un autre temps, lui fit remarquer sa mère.

— Le fait que j'aie mis une jeune femme dans une situation périlleuse n'a rien d'une légende.

— À moins que ce ne soit *elle* qui t'ait mis dans l'embarras. Tout le monde ici sait que tu te rends souvent à Tintagel. Ses parents l'ont sans doute postée là pour t'accoster. Et maintenant, ils savourent leur victoire.

— Pas du tout ! s'insurgea Kenver. Cette rencontre était purement fortuite. Un simple accident.

— Et il ne sera pas dit que tu auras laissé un simple accident gâcher ta vie, répliqua aussitôt sa mère. J'ai de grands projets pour toi. Un beau et grand mariage. Pas des épousailles à la va-vite avec une petite campagnarde insignifiante.

— Ses parents ne sont pas insignifiants. Son père possède un domaine du côté de Padstow.

Sarah n'avait-elle pas mentionné cela ? Ou bien extrapolait-il un peu ?

— Ce ne doit pas être un domaine bien important, si je n'en ai jamais entendu parler, dit son père.

— M. Moran est un propriétaire terrien et Mlle Moran est une jeune femme charmante.

De cela, au moins, Kenver était certain. Et ses parents lui avaient donné l'impression d'être prospères. Ce qui était donc davantage une déduction qu'un mensonge.

— Je lui ai demandé sa main devant toute une foule de gens, ajouta-t-il dans l'espoir de mettre un terme à la dispute. Tout le monde m'a entendu.

— Non, je refuse qu'une telle chose advienne ! s'écria sa mère.

— Nous l'interdisons, déclara son père.

— Je suis en âge de décider seul de ma vie, contra Kenver.

Ses parents le fusillèrent du regard.

L'éducation qu'il avait reçue avait toujours mis l'accent sur l'obéissance, plaçant celle-ci au-dessus de toutes les autres valeurs. Il avait remarqué cela en grandissant, surtout après le séjour qu'il avait fait chez son oncle, à Londres. Ces derniers temps, il en était venu à penser que cette insistance avait peut-être quelque chose à voir avec la disparition de sa sœur aînée. Il n'était encore qu'un petit garçon quand la chose était arrivée, et il n'avait pas bien compris ce qui s'était passé. Il savait seulement que le nom de sa sœur ne devait jamais être mentionné.

Les rares fois où il s'était opposé à ses parents lui avaient laissé le souvenir d'une expérience déplaisante. La vérité, c'est que sans avoir vraiment peur d'eux, il s'en méfiait un peu. Ou plutôt, il se montrait prudent. Il n'aimait pas les disputes.

Sa mère prit un air sinistre.

— Tu ne peux pas t'attendre que nous accueillions ici une... intrigante, Kenver.

— Tout à fait, renchérit son père, qui était toujours d'accord avec elle.

— Tu dois oublier cette lubie absurde, ajouta-t-elle.

Kenver ne répondit pas. La meilleure parade, quand ils le grondaient, c'était de faire diversion. Une fois qu'ils auraient fait la connaissance de Sarah Moran, les choses s'apaiseraient d'elles-mêmes.

— Je me suis cassé une côte en tombant, dit-il.

Le stratagème réussit aussi bien qu'il l'avait escompté. Sa mère s'empressa auprès de lui.

— Quoi ? Mais pourquoi ne le disais-tu pas ? Nous allons envoyer chercher le médecin !

Kenver décida que ce ne serait pas une mauvaise idée puisque cela mettrait fin à cette déplaisante conversation. Il la laissa donc envoyer un valet chercher le médecin et se retira dans sa chambre pour se débarrasser, enfin, de ses vêtements mouillés et pleins de sable.

2

Le trajet de retour de la famille Moran se déroula dans un grand silence et un climat de profond malaise. Les invités qui partageaient leur voiture, des amis du Devon de Mme Moran, ne semblaient savoir que dire. Ils ne furent pas avares de regards en coin, en revanche, et Sarah comprit qu'elle était devenue un objet de curiosité apitoyée. Or, ces gens-là étaient leurs amis. Que devaient penser les étrangers présents sur le site quand Kenver et elle étaient apparus ? Ses parents et leurs amis étaient également épuisés après avoir passé la nuit à la chercher parmi les ruines et les rochers de Tintagel, et tout le monde était pressé de rentrer.

Sarah fila dans sa chambre dès qu'ils furent arrivés la maison, où elle fut accueillie par l'image épouvantable que lui renvoya sa psyché. Sa robe déchirée était d'une saleté repoussante, incrustée de sable et plaquée contre son corps de façon scandaleuse. Une longue déchirure laissait même voir ses sous-vêtements ! Des filets d'algues étaient collés à ses cheveux, son visage et ses avant-bras. Elle se sentit humiliée à l'idée que Kenver Pendrennon l'avait vue dans cet état. Un rat rescapé de la noyade était une description charitable ; elle ressemblait plutôt à quelque chose qui aurait rampé hors de l'océan pour venir mourir sur le sable.

Un coup frappé à la porte lui apprit que sa mère lui avait commandé un bain. Elle lui en fut infiniment reconnaissante.

Elle se serait volontiers mise au lit après son bain, mais elle sentit qu'elle ne pouvait pas se le permettre. Vêtue de vêtements propres et sagement recoiffée, elle descendit rejoindre ses parents, qu'elle trouva occupés à parler à voix basse dans le bureau de son père.

— Vous ne devez pas forcer M. Pendrennon à m'épouser, déclara-t-elle.

Ses parents échangèrent un regard avant de tourner les yeux vers elle.

— Il t'a librement présenté sa demande, répondit sa mère.

Sarah ne voyait pas les choses de cette façon. Kenver Pendrennon s'était montré chevaleresque, pas amoureux. Comment aurait-il pu l'être alors qu'il l'avait vue sous les traits d'une gargouille dégoulinante ? Ce souvenir lui tira un nouveau frisson de honte.

— Comment comptes-tu étouffer le scandale ? demanda son père du ton qu'il employait avec les personnes entêtées et déraisonnables.

— Cela ne fera peut-être pas un tel…

— Mme Cline était là, l'interrompit sa mère.

Sarah sentit son cœur se serrer. Mme Cline était la pire commère de la région et les ragots qu'elle colportait étaient toujours pleins de sous-entendus perfides. Quand elle n'était pas sûre d'un fait, cette femme en inventait de toutes pièces. Et elle était intarissable.

— Elle a eu vent de ta disparition, je ne sais trop comment, expliqua sa mère.

— Elle est aussitôt accourue pour savoir ce qui se passait, ajouta son père.

— Les choses n'ont décidément pas traîné, soupira Sarah. Mais les gens oublieront tout cela très vite.

— Les cancans finiront par se tarir, reconnut son père. Mais les gens n'oublieront jamais.

— Surtout les beaux partis, renchérit sa mère.

Sarah dévisagea ses parents qui lui retournèrent solennellement son regard.

— Tu es notre seule enfant, dit son père, comme si elle ne le savait pas déjà. Nous avons veillé à t'envoyer dans un excellent internat. Très coté.

Et très cher. Sarah le savait aussi. Elle s'y était d'ailleurs beaucoup plue.

— Nous avons tenu à ce que tu aies ta saison à Londres, poursuivit-il. Tu l'as appréciée, je crois ?

Oui, même si elle n'avait pas spécialement retenu l'attention de quiconque dans le grand monde. Ni reçu la moindre demande en mariage. Elle savait que le coût de cette saison avait représenté un sacrifice pour ses parents. Son père avait jalousement veillé à mettre de l'argent de côté pour financer pareille folie. Il n'y en aurait pas d'autre.

— Nous pensions prendre le temps avant de considérer ton avenir, reprit-il. Mais l'affaire n'est plus de notre ressort.

C'était injuste. Il avait suffi d'une chute accidentelle pour que toute sa vie s'en trouve bouleversée.

— Je suis très heureuse, ici avec vous, dit-elle.

Mais ce n'était vrai qu'en partie. Elle n'avait pas passé une seule année complète à la maison depuis ses treize ans. Et quand elle y était revenue en vacances, elle avait petit à petit pris conscience des limites de cette vie. Il n'y avait pratiquement aucun livre chez ses parents, alors qu'au pensionnat, elle avait eu des rayonnages et des rayonnages à sa disposition. Et à Londres, elle avait découvert le privilège des bibliothèques de prêt. Ici, elle ne possédait que ses livres de jeunesse qu'elle avait déjà lus et relus. Certes, elle pouvait en acheter un de temps en temps, mais cela restait un luxe.

— Un jour, ce domaine te reviendra, dit son père.

Sarah eut un geste de protestation. Son père était en excellente santé.

— Mais sa gestion ne t'intéresse pas, ajouta-t-il.

C'était vrai. Alors qu'elle adorait apprendre toutes sortes de choses et qu'elle ne doutait pas de son intelligence, les histoires de pourcentage de rendement et d'investissements ne l'inspiraient pas du tout. Tout finissait par se mélanger dans sa tête, au bout d'un moment. Son père lui avait souvent offert l'occasion de l'épauler dans son travail sur le domaine, mais cela ne s'était pas bien passé. Son esprit se mettait très vite à vagabonder. Elle rêvait de se trouver ailleurs, de préférence en compagnie d'un bon livre, et n'avait pas toujours su très bien le cacher. Son père avait été déçu, et tous deux en avaient été blessés. Elle savait que son père avait hérité d'un petit domaine et qu'il avait travaillé toute sa vie pour l'améliorer et le développer. Avec beaucoup de succès, d'ailleurs. Il était très fier, à juste titre, de sa réussite. Et Sarah l'était autant que lui. Mais il aurait aimé transmettre ce patrimoine à quelqu'un de compétent, ce qu'elle n'était pas, à leur grand regret à tous les deux.

— Je ne pensais pas que tu avais l'intention de te retirer ici et de fuir toute vie sociale, poursuivit-il.

Ce n'était évidemment pas ce qu'elle avait envie de faire. Certains des meilleurs moments de sa vie s'étaient passés dans le cercle de ses amies de pensionnat.

— Un bon mari et un mariage heureux vaudraient mieux pour toi, intervint sa mère.

Et c'était effectivement ce qu'elle voulait.

— Aussi, maintenant qu'un beau parti s'est... présenté, dit son père. Pas comme je l'aurais souhaité, mais...

— Cet homme n'avait pas l'air de te déplaire, Sarah, dit sa mère. Quoi qu'il ait pu se passer entre vous, s'empressa-t-elle d'ajouter.

Ses parents détournèrent tous deux les yeux.

Même eux. Même *eux* pensaient qu'il s'était passé quelque chose d'inconvenant dans la grotte, comprit Sarah. Son cœur se serra, et elle eut l'impression qu'un piège se refermait sur elle.

— Il ne m'a fait sa demande que par obligation, murmura-t-elle. Il n'en avait pas envie.

Aucun homme n'en aurait eu envie, après seulement quelques heures dans des circonstances aussi pénibles.

— Il ne m'a pas semblé si *rebuté* que ça..., fit remarquer sa mère.

Sarah perçut le doute dans son intonation. Sa mère aussi savait que Kenver Pendrennon s'était senti forcé de le faire.

— Comme je l'ai dit, j'aurais souhaité que les choses se passent autrement, dit son père. La situation est fâcheuse. Mais l'union est acceptable.

— Inespérée, en fait, ajouta sa mère.

— Pourquoi ?

Comment pouvaient-ils savoir quoi que ce soit à ce sujet ? Ses parents la dévisagèrent un instant.

— Les Pendrennon sont une des familles les plus en vue de la région, expliqua son père.

— Son père est le comte de Trestan, précisa sa mère.

— Quoi ? s'exclama Sarah, peinant à assimiler l'information.

— Nous ne les avons jamais rencontrés, dit son père. Ils vivent un peu trop loin de chez nous pour que nous les fréquentions. Mais nous connaissons leur nom, évidemment.

Kenver, fils du comte de Trestan ? Pourquoi Sarah ne l'avait-elle pas reconnu ? Parce qu'elle ne prêtait pas attention à ce genre de choses, bien sûr. Parce qu'elle naviguait dans le monde comme une touriste aux yeux écarquillés et non comme une opportuniste sophistiquée, selon les propres termes de son amie Charlotte.

Elle sentit le rouge lui monter aux joues. Son compagnon de la nuit dernière était le fils d'un comte ! Quelqu'un – Mme Cline, sans doute – irait probablement raconter que Sarah lui avait tendu un piège. On la dépeindrait tel le chat guettant sa proie, prête à bondir sur lui pour l'attirer dans sa grotte et faire *tout ce qu'il fallait* pour le retenir. Alors qu'en réalité elle n'avait jamais entendu parler de lui ni de son noble lignage. Elle serra les dents. Kenver ne voudrait jamais croire cela. Les nobles étaient persuadés que tout le monde savait qui ils étaient. Elle avait constaté cela à Londres. L'appelait-on seulement monsieur ? Ou bien milord ?

— Mes terres, qui n'auraient pas grande valeur aux yeux d'un Londonien, formeront un douaire enviable dans le cas présent, parce qu'elles ne sont pas très éloignées de celles des Pendrennon, vois-tu, reprit son père, la ramenant à l'instant présent. Ils seront ravis de les ajouter à leur domaine.

— Et tu resterais en Cornouailles, ajouta sa mère d'un ton joyeux.

Ils parlaient de ce mariage comme d'une chose certaine. Sarah secoua la tête. Kenver devait déjà regretter d'avoir parlé trop vite. Elle n'entendrait plus jamais parler de lui.

On frappa à la porte du bureau et une servante entra.

— Mme Cline est ici pour vous voir, madame, annonça-t-elle à la mère de Sarah.

— Dites-lui que nous ne sommes pas là, répondit sèchement son père.

— Non, dit la mère de Sarah en se levant. Je vais lui parler. Autant anticiper les commérages tant que c'est encore possible. Je préfère qu'elle aille colporter *notre* histoire plutôt que celle qu'elle concoctera à partir de ragots glanés de-ci de-là.

Sarah bondit à son tour.

— Je vais aller lui dire qu'il s'agit d'un malentendu, déclara-t-elle.

— Non ! répliquèrent en chœur ses parents.

— Cette épreuve t'a fatiguée, dit sa mère. Tu ferais mieux d'aller t'allonger un peu.

— Je refuse d'épouser un homme qui n'a pas vraiment envie de se marier avec moi, répondit Sarah.

Elle avait voulu s'exprimer avec force, mais sa voix chevrota légèrement.

— Comment peux-tu savoir qu'il n'en a pas vraim…

— Comment pourrait-il en avoir envie ? gémit-elle, persuadée de ne rien avoir à offrir à un jeune, riche et beau gentleman – la haute société londonienne le lui avait assez fait sentir.

Ses parents échangèrent un long regard.

— Va te reposer, dit son père. Nous reparlerons de cela une fois que tu seras remise.

Sa mère sortit pour recevoir Mme Cline.

Sarah sentit qu'elle ne devait pas baisser les bras. Mais elle était fatiguée, perturbée par ce brusque changement dans sa vie. Rien de nouveau ne se produirait ce jour-là. Elle se laissa donc convaincre de regagner sa chambre.

*

* *

Tôt le lendemain matin, Kenver se mit en route pour la demeure des Moran. Il lui avait fallu consulter le régisseur de Poldene qui connaissait chaque pouce de la région, pour découvrir où ils vivaient. Le domaine des Moran se trouvait juste assez loin pour se situer en dehors des terres de Poldene, mais juste assez près pour qu'il puisse faire l'aller-retour dans la journée.

Il partit avant le lever de ses parents et ne fut pas fâché de s'éloigner de Poldene Hall. Ils avaient cherché par tous les moyens à le faire renoncer à l'idée de se marier et ne l'avaient pas laissé tranquille un seul instant. Ils avaient passé la soirée à marteler leurs arguments sans jamais considérer qu'il était en âge de prendre ses décisions seul. Et ils savaient y faire pour semer le doute dans son esprit ! Sa mère, surtout, qui n'avait pas manqué de se répandre en critiques acerbes sur Mlle Moran, alors qu'elle ne savait rien d'elle.

Certes, Kenver ne savait pas grand-chose sur elle, lui non plus. Et il n'avait encore jamais envisagé de se marier. Il n'avait que vingt-trois ans et il avait eu l'intention de profiter de plusieurs saisons londoniennes avant de se mettre en quête d'une épouse. Le marché du mariage foisonnait de jeunes filles issues de l'aristocratie, aussi riches que charmantes, et sa mère ne se lassait jamais d'énumérer leurs charmes et de lui rappeler qu'il pouvait viser aussi haut qu'il voulait. À l'en croire, toutes ces jeunes filles étaient plus éblouissantes les unes que les autres. C'est-à-dire tout le contraire de cette paysanne de Sarah Moran.

Mais la pensée de Sarah s'accompagnait du souvenir d'un petit corps tendrement niché contre lui et de récits fabuleux peuplés de tentacules et de dragons. Il sourit tandis qu'il chevauchait. Il ne s'était jamais senti aussi… bien que dans cette grotte. Cela n'avait pas de sens, mais c'était la vérité.

Et puis c'était une question d'honneur. Dès son plus jeune âge, il avait dévoré les récits de quêtes chevaleresques. Il avait souvent imaginé l'exultation que l'on devait ressentir à se comporter en héros. Et s'il n'avait guère eu l'occasion de mettre tous ces beaux principes en pratique, il était néanmoins déterminé à se comporter honorablement.

Après deux heures de route, il arriva en vue d'une maison cossue, située au sommet d'une petite colline en surplomb d'une rivière. On le fit entrer dans un petit salon coquet où se tenaient Mlle Moran et sa mère qui l'accueillirent avec une certaine surprise. N'était-il donc pas attendu ? Avait-on cru qu'il ne viendrait pas ?

Sa compagne de la veille avait meilleure allure, avec sa jolie robe de batiste bleue rehaussée de broderies florales et sa chevelure blonde élégamment coiffée. Pourtant, elle lui parut aussi beaucoup plus conventionnelle et il ne put s'empêcher de regretter l'intrépide aventurière couverte d'algues.

Ils commencèrent par échanger des banalités autour d'une tasse de thé.

— J'avais pensé que nous parlerions de nos projets, fit-il remarquer, vite lassé de cette conversation sans saveur.

— Nous pourrions en parler au jardin, suggéra Sarah en se levant.

— Ici, ce serait certainement plus confortable, objecta sa mère.

— M. Pendrennon et moi devons avoir une conversation privée.

— Il n'est guère convenable que tu...

— Si nous avons passé un *arrangement*, maman, rien ne s'oppose à ce que nous fassions quelques pas ensemble au jardin. Tu pourras nous voir depuis la fenêtre.

Kenver admira l'éclat de ses yeux quand elle prononça ces mots. Il retrouvait la fougueuse créature qu'il avait rencontrée la veille. Elle était bien plus jolie quand elle s'animait. Au repos, son visage semblait... comme en retrait.

Mme Moran ne trouva rien à répondre, et sa fille quitta la pièce, les laissant échanger des propos guindés. Elle revint bientôt, coiffée d'un chapeau. Il la suivit jusqu'à un charmant jardin en terrasses, la rivière coulant en contrebas.

— Comment vont vos côtes ? demanda-t-elle.

Sa mère elle-même n'avait pas eu la présence d'esprit de le questionner à ce sujet, songea Kenver, touché de sa compassion.

— Mieux, répondit-il. Le médecin les a bandées.

— Oh, tant mieux.

Ils descendirent trois marches par un étroit sentier fleuri, puis trois autres jusqu'à une terrasse plus large, avec un petit pavillon de jardin, tout au fond.

Sarah observa un instant le panorama.

— Il va de soi que je ne vous demanderai pas d'honorer votre demande, dit-elle d'une voix qui tremblait un peu. Ce sont les circonstances qui vous y ont contraint, avec toute cette foule qui nous observait. Mais rien ne vous oblige à m'épouser, sous prétexte d'une faute que vous n'avez pas commise.

— La faute m'incombe, au contraire. J'ai pris votre main et je vous ai entraînée dans ma chute. Si je ne l'avais pas fait, vous ne seriez pas tombée et vous auriez pu courir chercher de l'aide.

— Et rien de tout cela ne serait arrivé.

Il éprouva un pincement de regret à cette idée.

— Nous ne nous serions jamais parlé, je suppose. Nous n'aurions jamais fait connaissance.

Elle leva les yeux vers lui et il sentit qu'elle se souvenait de la façon dont ils s'étaient blottis sous son manteau et dont ils avaient dormi, nichés l'un contre l'autre. Leur conversation dans l'obscurité lui avait semblé si doucement intime... Plus que tout autre échange dont il se souvienne, même s'ils n'avaient échangé aucune caresse.

— Mais nous ne nous connaissons toujours pas, dit-elle.

— C'est juste. Toutefois, n'avez-vous pas senti un lien s'établir entre nous ?

Elle rougit et détourna les yeux.

— Je ne faisais allusion à rien d'inconvenant, dit-il vivement avant de s'interrompre, ne sachant comment poursuivre.

Les choses que ses parents avaient dites au sujet de Sarah lui permettaient d'imaginer le genre de commérages qui devaient circuler dans les alentours et même plus loin. Les gens du peuple emploieraient des termes beaucoup plus crus. Il avait entendu ce genre de propos dans les lieux où les hommes se rassemblent pour boire et jouer. Non contents de croire qu'un homme et une femme qui se retrouvent seuls se comportent forcément de façon honteuse, ils se plaisaient en sus à imaginer toutes sortes de détails salaces. Sans compter qu'inévitablement, tout était toujours la faute de la femme.

Sarah était sans doute elle aussi consciente de ces choses-là. Pourtant, elle ne gémissait pas, ni ne sanglotait, ni ne se plaignait. Jamais elle ne l'avait fait, durant toutes leurs épreuves. Elle s'était révélée... courageuse. Ce terme lui convenait bien.

Une goutte de pluie s'écrasa sur les dalles de pierre. Kenver prit Sarah par la main et l'entraîna jusqu'à petit pavillon de jardin. Une bourrasque chassa la pluie vers eux. Le genre de rafale susceptible de faire chavirer les petites embarcations sur l'océan. Ils se replièrent dans le coin le plus sec, serrés l'un contre l'autre.

— Pensez-vous que nous avons fait quelque chose qui ait offensé Poséidon ? demanda Sarah.

Kenver la regarda, une fois de plus surpris et ravi.

— Il n'y a que vous pour songer aux dieux grecs dans un moment pareil. Poséidon règne sur les océans, n'est-ce pas ? Je crois que c'est Zeus qui est responsable de la pluie.

— Et aussi du tonnerre et des éclairs. Oh, mon Dieu, souffla-t-elle en se penchant pour observer le ciel.

Son mouvement l'avait amenée à presser son corps contre sa côte endolorie. Son petit corps tiède, si souple et doux... Un frisson d'attirance physique traversa Kenver alors même que Sarah s'empressait de reculer.

— Et Zeus est terriblement... inconvenant, ajouta-t-elle.

Kenver rit.

— Il est assez canaille, en fait.

Elle acquiesça d'un hochement de tête timide.

— Ne pensez-vous pas que notre aventure était le présent de dieux plus cléments ? s'enquit-il.

Elle leva vers lui son regard d'azur.

— Un présent ?

— Pourquoi pas ?

— On dit qu'il faut se méfier des Grecs et de leurs présents.

— Je vous promets que je ne suis pas un cheval de Troie, assura-t-il, une main sur le cœur.

Elle rit, et il éprouva un léger sentiment de triomphe.

— Rien ne nous oblige à penser aux Grecs, cela dit, poursuivit-elle. Il s'agit peut-être d'un cadeau de nos dieux celtiques.

— Des esprits de Lyonnesse[1] ?

— Oui, pourquoi pas ?

Elle porta son regard vers la rivière.

— Cet été, une voyante m'a prédit que j'allais vivre une aventure, murmura-t-elle. Je ne me doutais pas que ce serait aussi...

---

1. Royaume légendaire de Cornouailles, englouti en mer Celtique, dont il est fait mention dans les mythologies corniques, bretonnes et gaëliques. Il est également cité dans la légende arthurienne, plus particulièrement dans l'histoire de Tristan et Iseut. *(N.d.T.)*

— Froid, inconfortable et effrayant ?

— Magique, corrigea-t-elle en se retournant pour le regarder.

Un homme courait le risque de se noyer dans ces yeux-là, se rendit compte Kenver. Ils ne se contentaient pas de briller. Ils possédaient plusieurs degrés de profondeur : intelligence, bonté, détermination et... un sens de l'honneur qu'il reconnut. Ses lèvres s'entrouvrirent comme si elle s'apprêtait à parler. Mais elle ne le fit pas. Sans réfléchir, Kenver inclina la tête et l'embrassa.

Il n'aurait pas dû. C'était présomptueux de sa part. Il aurait dû s'écarter d'elle. Il voulut le faire, mais elle passa son bras autour de son cou et l'attira vers elle. L'enlacement maladroit se convertit en un tendre baiser timide qui se révéla bientôt grisant. Kenver se sentit profondément désolé quand il s'acheva. Terriblement enflammé, aussi. Devait-il lui demander pardon ? Mais elle avait semblé apprécier cela autant que lui.

Elle battit des cils comme si elle revenait de très loin.

— Je me suis toujours demandé l'effet que cela faisait, dit-elle.

Venait-il de lui offrir son premier baiser ?

— Et quel effet cela vous a-t-il fait ? demanda-t-il.

— Un effet étrange... et puis très doux, répondit-elle d'une voix incertaine. Et après cela, un peu comme ces courants contraires, au fond de la mer. Comme si je pouvais être balayée de la surface de la terre sans jamais pouvoir retrouver le chemin du retour.

Kenver ressentit une bouffée de joie mêlée d'excitation. Sans doute l'émotion la plus enivrante qu'il eût jamais ressentie, si puissante qu'elle lui donna le tournis.

— Vous devez vraiment m'épouser, dit-il.

— Mais vous n'avez jamais eu l'intention de...

— Shakespeare n'a-t-il pas dit quelque chose sur le fait de profiter de la marée dans ses affaires ? La marée... C'est approprié, non ?

— « Les affaires humaines ont leurs marées, qui, saisies au moment du flux, conduisent à la fortune ; l'occasion manquée, tout le voyage de la vie se poursuit au milieu des bas-fonds et des misères. En ce moment, la mer est pleine et nous sommes à flot : il faut prendre le courant tandis qu'il nous est favorable, ou perdre toutes nos chances[1]. »

Kenver tâcha de faire le tri parmi ce soudain accès d'éloquence, avec plus ou moins de succès.

— C'est exactement cela, répondit-il. Prendre le courant, éviter les bas-fonds et les misères. Comment faites-vous pour mémoriser tout cela ?

— Je l'ai lu, répondit Sarah en posant sur lui un regard qui lui donna envie de l'embrasser à nouveau. Mais c'est Brutus qui dit cela.

— Qui cela ?

Elle continua de le dévisager.

— Je devrais le savoir, dit-il. Mais je l'ignore. Éclairez-moi.

— Brutus a poignardé Jules César en plein Sénat romain.

— Ah, oui. Je me souviens. « Toi aussi, Brutus[2] », c'est cela ?

— Et il se suicide à la fin.

---

1. *Jules César*, Shakespeare, acte IV, scène 3, vers 249. Traduction Guizot, 1864. *(N.d.É.)*

2. « *Et tu, Brute* », *ibid.*, acte III, scène 1, vers 77. *(N.d.É.)*

— Pas un très bon exemple pour nous, donc, conclut-il, plaisantant à demi.

— Je le trouve sournois et grincheux, déclara l'adorable Mlle Moran.

— J'imagine que vous n'êtes jamais à court d'opinions originales et que l'étendue de votre savoir ne connaît aucune limite.

— Ada m'avait prédit que je rencontrerais quelqu'un qui penserait cela, murmura-t-elle, l'air soudain désolée.

— Qui est Ada ?

— Une amie de pensionnat. Elle est mariée, maintenant.

Il ne comprit pas ce qui la chagrinait, mais pressa sa main pour la consoler.

— Vous le serez aussi bientôt, dit-il. N'est-ce pas ?

Elle scruta à nouveau son visage.

— Êtes-vous vraiment sûr de le vouloir ?

Il hocha la tête.

— C'est assez surprenant, mais je le suis.

— D'a... d'accord, dit-elle.

Il l'embrassa de nouveau. Ce fut encore mieux que la première fois. Et infiniment plus long.

Quand ils regagnèrent la maison, ils avaient passé un accord. M. et Mme Moran accueillirent la nouvelle avec ce qui ressemblait à du soulagement avant de souhaiter chaleureusement la bienvenue à Kenver au sein de leur famille. Il savait que Sarah serait loin de recevoir le même accueil à Poldene. Les premiers temps. Mais il était sûr que ses parents finiraient par apprécier cette étonnante jeune femme. Comment pourraient-ils lui résister ?

Il repartit en début d'après-midi. L'averse avait cessé et des bancs de nuages filaient à toute allure dans le ciel. Il avait presque atteint la limite du domaine de Poldene quand un jeune cavalier qu'il connaissait le héla de loin.

— Holà, Pendrennon !

Kenver s'arrêta pour lui permettre de le rejoindre.

— On ne parle plus que de toi, aujourd'hui, dit le jeune homme.

— Vraiment ?

— Toutes les commères jacassent à qui mieux mieux. Il paraît que tu t'es joliment fait piéger.

— Je te demande pardon ?

— Mais ta mère a dit à la mienne que tu saurais t'extirper des griffes de la donzelle, ajouta l'autre en souriant.

Kenver se sentit gagné par la colère. Apprendre que les gens parlaient de Sarah avec autant d'irrespect lui déplaisait fortement, et s'il avait encore entretenu le moindre doute sur ce qu'il comptait faire, celui-ci se serait instantanément dissipé.

— Les rumeurs sont souvent fausses, dit-il. Je suis, de fait, sur le point de me marier avec une jeune femme exemplaire.

— Ah bon ? Mais c'est ta mère elle-même qui...

— Je t'autorise à m'adresser tes vœux de bonheur, l'interrompit Kenver.

— Es-tu heureux ? s'enquit son ami en le dévisageant.

— Parfaitement heureux.

C'était presque vrai. Plus ou moins. Ça le deviendrait par la suite, une fois qu'il aurait fait taire ces rumeurs insultantes et surmonté une partie des autres difficultés qui se profilaient. Il aurait toutefois apprécié que sa mère se révèle moins prompte aux commérages. Elle avait clairement l'intention de s'opposer à ce mariage et il en éprouva de la contrariété.

— Eh bien, ma foi... tant mieux, dit son interlocuteur.

Kenver le salua d'un hochement de tête, fit pivoter son cheval et s'éloigna.

Sarah retourna au pavillon de jardin après le départ de Kenver et s'assit là, baissant la tête et joignant les mains, calme en apparence, mais intérieurement bouleversée par un tourbillon d'émotions. Comme si les courants de Tintagel l'avaient *vraiment* entraînée au large. En l'espace de deux jours, sa vie lui avait été arrachée et elle flottait à présent, telle une épave parmi les flots.

N'aurait-elle pas mieux fait de refuser ce mariage précipité avec un inconnu ? Certes, elle serait devenue la cible de commérages haineux et humiliants, mais elle aurait su les encaisser. Probablement. Seulement voilà, elle avait *vraiment* eu envie de dire oui... Quand elle avait plongé son regard dans les beaux yeux noisette de Kenver Pendrennon, elle y avait vu le prétendant au cœur pur dont elle avait tant rêvé dans les salles de bal, alors que les jeunes gens de Londres la remarquaient à peine. Elle avait été subjuguée par son esprit chevaleresque et par le plaisir qu'il semblait prendre à sa conversation – que la haute société avait trouvée étrange et déplacée. Sans parler de ses baisers ! Le simple fait d'y repenser lui donna le vertige...

Mais ne prendrait-il pas conscience bientôt qu'elle était quelconque et mal dégrossie ? Dans le petit groupe de ses meilleures amies, Ada et Harriet étaient les plus jolies. Charlotte était éblouissante et pleine d'esprit, toujours prête à répliquer avec malice à n'importe quelle saillie. Tandis qu'elle, elle était… discrète et toujours occupée à lire.

En classe, cela lui avait valu de nombreux succès, toutefois. Ses professeurs chantaient ses louanges et ses camarades l'admiraient. Et même par la suite, quand ses amies et elle s'étaient attachées à résoudre des mystères, ses compétences avaient été très prisées. Mais la saison qu'elle venait de passer à Londres lui avait montré que ce genre de talents ne signifie rien dans le grand monde. On trouvait ses propos incongrus. Les gens la dévisageaient et ricanaient parfois. Les jeunes gens qui l'avaient approchée, au grand émoi de son cœur, ne l'avaient fait que parce qu'ils voulaient savoir comment intéresser Harriet, qui était une héritière. Kenver – le fils d'un comte ! – n'allait pas tarder à découvrir qu'il s'était fiancé à une jeune femme qui n'avait aucun talent social. Ce qui serait affreusement mal perçu, dans son cercle aristocratique.

Elle se souvint cependant qu'elle avait tenu bon nombre de propos incongrus quand ils étaient dans la grotte, et que cela ne semblait pas l'avoir dérangé. Il avait même demandé à en entendre davantage. Et il l'avait si tendrement enlacée… Sans compter qu'il l'avait embrassée comme si… comme si cela lui plaisait, pour autant qu'elle pût en juger. Ce qui ne s'élevait pas à grand-chose, à l'aune de son inexpérience. Lire des descriptions de baisers passionnés n'était pas comparable avec l'acte en lui-même. Elle l'avait clairement compris, ce matin.

Et pourtant, son cœur était épris de Kenver Pendrennon, et… il n'aurait pas dû, se dit-elle. Elle connaissait à peine cet homme. Elle ne le connaissait même pas du tout, même si une part d'elle-même persistait à faire comme si elle le connaissait.

Il était fils de comte, ne cessait de répéter son esprit. Ils n'avaient pas parlé de cela. Ni de la façon dont son épouse serait censée briller dans les cercles les plus élevés de la société. Elle n'avait jamais imaginé faire une aussi belle union. Le comte et la comtesse de Trestan devaient penser la même chose. Mais ils étaient forcément charmants, pour avoir élevé un fils aussi merveilleux.

Cette idée la fit dériver vers une douce rêverie dans laquelle elle reposait toute la nuit entre les bras de Kenver et où ils échangeaient des baisers merveilleux... C'était peut-être mal de sa part, mais elle avait vraiment envie de l'épouser. Elle observerait et apprendrait comment se comporter. Elle apprenait vite. Et puis le comte et la comtesse l'aideraient. Elle saurait devenir la femme que Kenver méritait. Cette résolution l'incita à se redresser et à relever le menton.

Était-ce vraiment cette aventure que la bohémienne avait vue dans ses cartes ? Cela ne ressemblait à rien de ce que Sarah avait imaginé. Elle avait pensé à la résolution d'un important mystère, une expédition dans un pays lointain ou la découverte, dans un grenier poussiéreux, d'un inestimable manuscrit ancien qu'elle aurait déchiffré. Elle songea pourtant soudain que dans certains cas, le mariage pouvait se révéler aussi époustouflant que ces rêves un peu fous.

*

* *

Le père de Sarah n'eut aucune patience en ce qui concernait les bans. Il fit remarquer que les semaines que durait leur publication ne feraient qu'accroître les commérages et les spéculations. Plus tôt le mariage aurait lieu, plus vite les mauvaises langues se tairaient. On obtint donc dispense de bans. Une des robes que Sarah avait portées à Londres fut embellie pour la circonstance, et par un brumeux matin d'août, moins de dix jours après l'avoir rencontré, elle se retrouva à côté de Kenver dans la petite église du village.

La date de la cérémonie avait été gardée secrète pour éviter que les voisins curieux *qui passaient justement par là* ne viennent jouer les voyeurs. Sarah avait trouvé que cela valait mieux, en effet. Elle fut cependant déçue par l'absence des parents de Kenver. Il avait murmuré des prétextes, se réfugiant derrière le caractère intime de l'événement et la longueur du trajet, ce que Sarah eut du mal à considérer comme de bien grands obstacles. Elle n'avait toujours pas rencontré le comte et la comtesse de Trestan. L'occasion avait sans cesse été repoussée pour une raison ou pour une autre, ce qui la mettait mal à l'aise.

Quand elle prononça ses vœux, elle ne put s'empêcher de comparer cette cérémonie plus que discrète aux récents mariages d'Ada et Harriet. Ses amies avaient été entourées par des familles réjouies et une multitude d'amis. L'irascible grand-père d'Harriet lui-même avait participé aux festivités. Sarah, elle, n'avait que ses parents, un vicaire insipide et l'humidité rampante de la brume. Ses doigts se crispèrent un peu plus sur la manche de la redingote de Kenver. L'étoffe se plissa sous sa main et elle regarda le visage de celui qui s'engageait solennellement à devenir son époux. Il semblait convaincu et déterminé. Il ne manifestait aucun doute, ce qui était une bonne chose mais une mauvaise, aussi. Il n'exprimait aucune joie visible. Sarah se dit qu'un mariage était un événement sérieux, souvent source d'angoisse, et se sentit gagnée par l'inquiétude pendant la suite de la cérémonie. Seul le sourire de Kenver, quand ils signèrent le registre, lui redonna du baume au cœur.

Le déjeuner de mariage eut lieu chez les parents de Sarah et fut tout aussi intime. M. et Mme Moran avaient invité quelques amis du voisinage et de rares connaissances, comme Mme Cline. Sa présence, peu plaisante il est vrai, garantissait toutefois que la nouvelle du mariage se répandrait très vite, que l'on s'extasierait au besoin, et que *l'affaire* serait très vite reléguée au passé. Quand elle vit la commère questionner le vicaire, Sarah se dit qu'ils avaient atteint leur objectif. Plus tard, alors que Mme Cline s'interrogeait bruyamment sur l'absence de la famille de Kenver, Sarah se demanda s'ils n'avaient pas commis une erreur.

Les nouveaux mariés ne restèrent qu'une heure avant de se mettre en route pour Poldene Hall, la nouvelle demeure inconnue de Sarah. Quand Kenver lui offrit sa main pour l'aider à monter en voiture, elle scruta son visage, cherchant à déceler le moindre signe de doute ou de regret. Il lui sourit et pressa sa main.

— Nous serons vite arrivés, dit-il.

Consciente du regard du cocher, Sarah monta à bord et s'installa. Kenver l'imita, referma la portière et le véhicule se mit en branle. Sarah se pencha à la fenêtre pour agiter la main à l'intention de ses parents et se demanda si son visage reflétait autant d'incertitude que les leurs. Elle les regarda jusqu'à ce que la voiture s'engage dans un virage, en direction du nord-est.

— Je suppose qu'il y a un lac à Poldene, dit-elle.

— Oui, comment le savez-vous ?

— *Pol*, lac, et *dene*, vallée.

— Vous parlez le cornique ? demanda-t-il.

— Seulement quelques mots.

— Moi aussi. Je ne pense pas que quiconque le parle vraiment, de nos jours.

— Non, contrairement au gallois.

— Le gallois ?

— Ce sont des langues voisines.

— Vraiment ?

Il semblait amusé. Pouvait-elle aller jusqu'à dire *tendrement* amusé ? Elle eut envie de le croire.

— Avec le breton, ajouta-t-elle. Ces trois langues sont héritées des anciens Celtes. Raison pour laquelle…

— Vous avez beaucoup lu, l'interrompit-il.

Elle se recroquevilla légèrement avant d'apercevoir l'étincelle qui faisait briller ses yeux.

— Ils devaient parler une langue assez proche à la cour du roi Arthur, précisa-t-elle, encouragée.

— Vraiment ?

— Oui. À l'époque, personne ne parlait comme nous le faisons.

— Parce que l'anglais est un mélange des langues saxonnes et normandes. Il m'arrive de lire, moi aussi, à l'occasion.

Sarah fut ravie d'entendre cela.

Kenver fut heureux de voir sa nouvelle épouse – un mot encore si peu familier ! – sourire. Pendant le trajet, il désigna plusieurs sites intéressants que Sarah admira. Mais au fond de lui, il appréhendait l'accueil qui leur serait fait à Poldene. Il rêva une fois de plus de partir en voyage de noces avec Sarah. Un très long voyage qui durerait plusieurs mois et qui leur laisserait le temps de faire connaissance. Ce serait l'idéal. Mais sa rente était trop modeste pour qu'il puisse sérieusement l'envisager, et quand il avait discrètement glissé que la tradition voulait que l'on augmente substantiellement celle-ci lors du mariage d'un héritier, ses parents avaient fait la sourde oreille. Ils s'y entendaient à merveille pour donner l'impression à leur interlocuteur que ses mots sombraient dans un abîme glacé rempli d'échos et dépourvu d'effets.

— Voici la route de Tintagel, dit Sarah.

Il suivit son regard vers le chemin qui menait aux ruines. Vers l'endroit où tout avait commencé. Tintagel avait toujours été un de ses endroits préférés et désormais, il serait imprégné du tendre souvenir de leur nuit dans la grotte. Avait-il déjà ressenti un lien aussi magique auparavant ? Il n'en avait pas conservé le souvenir.

— Il faudra que nous y retournions, un jour prochain, suggéra-t-il.

— Nous pourrions laisser pendre une corde pour descendre de la falaise.

Kenver la regarda. Sarah était une présence si lumineuse, avec ses idées qui ne seraient venues à l'esprit de personne d'autre.

— Pour y chercher des traces de tentacules géants ?

— Nous avons établi que les monstres des profondeurs ne s'aventuraient jamais aussi près de la rive, répondit-elle d'un ton de feinte sévérité.

— Tout à fait.

Elle noua son bras au sien et se laissa aller contre lui. Elle se sentait délicieusement protégée auprès de Kenver. Il se pencha pour l'embrasser. Ce baiser, aussi satisfaisant que celui du pavillon du jardin, suscita un enivrant mélange d'affection et de désir impatient. Il l'enlaça et l'attira plus près de lui. Sarah se coulait parfaitement entre ses bras. Les mains de Kenver parcoururent les contours de ce petit corps qui promettait des myriades de délices. Il avait hâte de l'initier à tous ces plaisirs. Si seulement ce trajet voulait bien s'achever, qu'il puisse se retrouver seul avec elle.

Son chapeau le gênait et il eut envie de le lui arracher pour l'envoyer promener. Il se souvint cependant qu'ils ne pouvaient pas arriver à Poldene haletants et échevelés. C'eût été une grave erreur. Il s'écarta et fut heureux de constater que Sarah semblait déçue.

— Nous aurons une suite rien que pour nous, à Poldene, lui confia-t-il à mi-voix.

Il rajusta sa lavallière et sa redingote, Sarah son chapeau. Elle avait clairement compris ce qu'il voulait dire.

Comme ils ne pouvaient pas envisager de voyage de noces ni s'établir chez eux pour l'instant, Kenver avait demandé que l'on prépare pour eux la suite royale de Poldene, située dans l'aile opposée aux appartements de ses parents. Il pourrait ainsi demander aux domestiques d'en prendre soin sans avoir besoin d'impliquer sa mère. Poldene étant une vaste demeure, Sarah et lui pourraient s'y faire leur place aisément. Il y aurait de longues périodes où ils n'auraient pas besoin d'être en compagnie de ses parents. Sans compter toutes les nuits délicieuses qui les attendaient…

Après plus de deux heures, la voiture bifurqua soudain et une vallée verdoyante se déploya devant eux à mesure que la route descendait. La végétation se révéla plus luxuriante dans ce paysage protégé et Sarah aperçut l'éclat de l'océan devant eux. Ils dépassèrent un petit lac dont la surface d'un bleu sombre reflétait le ciel.

Sarah était déchirée entre son envie d'admirer le paysage et celle de contempler Kenver. Elle décida qu'il valait mieux ne pas le regarder, sinon elle risquait de céder au désir de se jeter dans ses bras. Il fallait qu'elle reste présentable pour rencontrer ses beaux-parents.

Parvenus au pied de la colline, ils s'enfoncèrent dans un bois et Sarah perdit de vue l'océan.

— Nous sommes arrivés, dit Kenver.

Sarah se pencha par la fenêtre. Au bout d'une longue allée bordée d'arbres, Poldene Hall était une demeure imposante qui dominait le paysage de façon menaçante, visiblement conçue pour impressionner – voire intimider – les visiteurs. En chemin, elle avait quelque peu oublié le poids de l'histoire et des obligations liées à son nouveau rang. Ce mariage s'accompagnait d'attentes qu'elle ne savait comment combler. Poldene Hall ne ressemblait pas à un endroit où elle aurait sa place et elle se sentit soudain gagnée par une vive appréhension.

3

Le cocher arrêta la voiture devant les marches du porche. Kenver ouvrit la portière, descendit d'un bond et offrit sa main à Sarah. Elle descendit lentement, le regard levé sur les rangées de fenêtres fermées qui ressemblaient à des yeux aux paupières closes, risquant de s'ouvrir à tout instant pour la condamner.

La lourde porte de Poldene fut ouverte par des mains invisibles, et trois énormes chiens surgirent alors au fond d'un couloir et s'élancèrent vers eux.

Kenver se plaça aussitôt devant elle.

— Ils ne vous feront pas de mal, dit-il. Mais ne vous sauvez pas en courant, sinon ils vous pourchasseront.

Sarah n'avait pas la moindre intention de s'enfuir. Elle se mit à côté de Kenver et attendit que les chiens arrivent jusqu'à eux. Lancés à fond de train, ils butèrent contre leurs jambes, puis tournèrent autour d'eux en bondissant. Ils ne sautèrent pas sur elle, heureusement, car leurs épaules au pelage roux atteignaient le niveau de ses hanches et ils auraient facilement pu la renverser. Le plus grand des trois devait peser plus lourd qu'elle.

— Tout doux, ordonna Kenver. Tout doux.

Les chiens semblèrent comprendre et s'assirent en agitant la queue.

— Bonjour, les chiens, dit Sarah en leur offrant sa main à renifler. Comme vous êtes beaux !

Elle aimait beaucoup les chiens et ceux-ci étaient vraiment magnifiques. Une fois qu'ils l'eurent assez reniflée, elle posa la main sur le pelage hirsute et frisé de l'un d'eux. Quelques touffes de poils se dressaient sur sa tête tandis que d'autres lui retombaient devant les yeux, l'ensemble lui donnant l'air très joueur, en dépit de sa taille.

— Des lévriers écossais ? demanda-t-elle tout en caressant le grand chien.

— Oui, répondit Kenver qui l'observait d'un air surpris. La plupart des gens ont peur d'eux, la première fois.

— Ils sont très bien élevés. Comment s'appellent-ils ?

— Fingal, Ranger et Tess, répondit sèchement une voix froide et masculine.

Sarah leva les yeux et découvrit un homme et une femme qui se tenaient sur le perron de Poldene. Ils lui parurent très grands, mais c'était peut-être une question d'angle de vue. Comme elle n'était pas très grande, le fait de se sentir regardée d'en haut se produisait souvent, la mettant mal à l'aise. Elle s'y était habituée, avec le temps, mais l'expression sévère et hautaine du couple fit resurgir ce mal-être. Il devait s'agir des parents de Kenver, le comte et la comtesse Peter et Alice Pendrennon. Sarah décela une certaine ressemblance avec son nouvel époux. Kenver avait leur chevelure sombre et leur silhouette élancée. Il avait aussi hérité de la mâchoire carrée de son père et des yeux noisette de sa mère. Elle ne lui avait jamais vu la mine aussi sombre, cependant.

Ils semblaient plus âgés que ses propres parents, songea-t-elle. Ils devaient avoir une bonne cinquantaine d'années, et leur chevelure était grisonnante. Le comte était sec comme un coup de trique, pas une once de chair en trop, et ses pommettes étaient aussi tranchantes que des lames. Sa tête faisait penser à celle d'un faucon mécontent. Sa femme était plus solidement bâtie, tout en lignes droites, aucune courbe. À voir leurs expressions fermées, personne n'aurait imaginé qu'ils étaient heureux de rencontrer leur bru.

— Ce n'était pas la peine de lâcher les chiens, fit remarquer Kenver.

— Ils savent très bien juger les gens, répondit son père.

La femelle, Tess, probablement, léchait la main de Sarah qui en conclut qu'elle avait réussi l'épreuve. Une réussite qui n'amena cependant aucun signe de dégel sur le visage des parents de Kenver.

— Je suppose que Fingal est le plus âgé, dit-elle.

— Comment avez-vous deviné cela ? demanda lord Trestan.

Elle l'avait surpris. C'était déjà quelque chose.

— C'est un genre de nom différent, sans doute hérité d'un progéniteur.

— *Progéniteur*, murmura lady Trestan comme s'il s'agissait d'un mot inconvenant.

— Pouvons-nous entrer ? demanda Kenver.

Le comte et la comtesse leur tournèrent le dos et repartirent à l'intérieur. Kenver grimpa les marches, les chiens sur ses talons, et s'enfonça dans la demeure. Sarah le suivit, passant d'un petit vestibule à une salle aux dalles de pierre dotée d'une belle hauteur sous plafond, d'une immense cheminée d'un côté et d'un escalier de chêne de l'autre. Les angles du plafond se perdaient dans l'obscurité. Kenver fit les présentations en bonne et due forme. Sa mère grimaça visiblement aux mots « mon épouse ».

On ne les invita pas à passer dans une pièce plus confortable. Cette salle était clairement un ancien salon d'apparat, pas un endroit où l'on s'assied pour faire connaissance. Ils restèrent donc debout, formant un petit groupe emprunté et Sarah sentit son moral chuter de plus en plus. Pourquoi Kenver ne lui avait-il pas dit que ses parents étaient mécontents de leur mariage ? Il n'y avait pas fait la moindre allusion. Elle lui jeta un coup d'œil. Il se tenait très droit, le visage dénué d'expression.

Les yeux de lady Trestan plongèrent dans ceux de Sarah comme pour en fouiller les tréfonds. Sarah ne put s'empêcher de penser qu'elle cherchait ses défauts. Et qu'elle les trouvait.

— Votre père possède quelques terres du côté de Padstow, ai-je cru comprendre, dit le comte, d'un ton laissant entendre qu'il les considérait comme des terrains dérisoires.

— En effet.

— Vit-il ici depuis longtemps ? ajouta-t-il d'un ton plein de langueur dédaigneuse.

Les prenait-il pour des parvenus ? Sarah prit aussitôt la défense de son père.

— Ma famille vit en Cornouailles depuis plus de cinq cents ans.

Leurs terres n'avaient pas toujours constitué un domaine. Et leur exploitation avait dû tenir de la masure au départ. Mais elle ne jugea pas utile de le mentionner.

— Ah, vraiment ? dit le comte dont les sourcils n'auraient pas pu remonter plus haut. J'aurais pensé que le nom était irlandais.

— C'est dérivé de l'anglo-saxon *mor ende*, expliqua Sarah. Plus tard corrompu par l'usage irlandais.

Un de ses ancêtres avait dressé leur arbre généalogique, et elle l'avait étudié avec soin.

Le comte parut déconcerté. Sarah éprouva un bref sentiment de triomphe qui se dissipa quand elle se demanda si elle aurait mieux fait de ne pas répondre. Mais il s'en était pris à son père. Elle n'avait pas pu s'empêcher de répliquer. Elle attendit que Kenver dise quelque chose. Il n'en fit rien.

— La famille de votre mère est-elle aussi… vénérable ? s'enquit la comtesse avec froideur.

Sarah sentit son cœur se serrer davantage et releva le menton. C'était de pire en pire. Les parents de Kenver n'avaient rien du gentil couple qu'elle avait imaginé. Elle repensa à la pire soirée qu'elle avait vécue pendant sa saison à Londres, la fois où elle avait essuyé des remarques cruelles et méprisantes. Aucune de ses amies n'étant présente, elle avait fini par se cacher à demi derrière une tenture pour passer inaperçue.

— Ma mère est née Fairley, répondit-elle.

— Un lien avec les Fairley du Hampshire ?

— Pas que je sache. Elle a grandi dans le Devon. La situation de son père était semblable à celle du mien, précisa Sarah, soucieuse d'écourter l'interrogatoire. J'ai étudié près de Bath.

Elle fut heureuse de citer le nom de son école. Personne ne pouvait trouver à y redire ; c'était une des meilleures du pays. Mais elle eut tôt fait de comprendre son erreur.

— Il est préférable d'éduquer les jeunes filles à la maison, rétorqua la comtesse. Je suppose que vous n'avez aucune expérience dans l'art de tenir une grande maison, ajouta-t-elle en désignant d'un geste de la main la salle dans laquelle ils se trouvaient.

— Je ne doute pas que vous aurez beaucoup à m'enseigner, répondit Sarah un peu trop vite, hélas.

Les yeux de lady Trestan étincelèrent comme ceux d'un duelliste sur le point de faire feu.

— Venez, Sarah, je vais vous montrer nos appartements, intervint Kenver, se décidant enfin à prendre la parole.

Il lui offrit son bras et se tourna vers l'escalier. Sarah s'y accrocha comme si sa vie en dépendait.

— Sarah occupera la chambre qui se trouve en face de la mienne, dit la comtesse.

Kenver se retourna vers elle.

— Mais nous devions emménager dans la suite royale. J'ai donné des ordres...

— J'ai appris cela, l'interrompit si sèchement sa mère que Sarah réprima une grimace. Mais quand je m'y suis rendue afin de la faire préparer, j'ai découvert une grande tache d'humidité au plafond.

— Je n'avais rien vu de tel, dit Kenver.

— Il te faudra apprendre à être plus observateur, répliqua-t-elle comme si elle s'adressait à un enfant. Nous avons dû faire venir des gens. Ils s'occupent d'inspecter toute la toiture, à présent. Cette partie de la maison n'avait pas été entretenue depuis longtemps.

— Comme j'en avais fait la remarque au printemps dernier, dit Kenver.

— Toujours prompt à la dépense, marmonna le comte.

— Nous ignorions alors que la suite serait si *rapidement* nécessaire, ajouta la comtesse.

— La chambre qui jouxte la mienne sera parfaite, dans ce cas, suggéra Kenver.

— La cheminée est obstruée, fit remarquer sa mère.

— Ah bon ?

— Oh, oui ! Elle fume affreusement.

Sarah ne la crut pas. Mais elle ne vit pas l'utilité de discuter. *Son* opinion n'avait aucune valeur, dans cette maison. Elle attendit que Kenver réponde. Quel prétexte la comtesse aurait-elle trouvé s'il avait suggéré qu'elle partage *sa* chambre ? Non qu'elle envisageât de présenter une telle requête à ces glaçants aristocrates.

Plutôt que de poursuivre la bataille, Kenver se retourna et la conduisit vers l'escalier de chêne. Sarah se sentit suivie par des regards hostiles jusqu'en haut des marches.

— Vous ne m'aviez pas dit que vos parents étaient à ce point opposés à notre union, dit-elle une fois qu'ils furent loin des oreilles indiscrètes.

— Disons plutôt qu'ils n'y étaient pas entièrement favorables…

— Kenver, ils détestent cette situation. Et ils me détestent aussi.

— Bien sûr que non, dit-il avant de froncer les sourcils tandis qu'ils parcouraient un couloir, puis un autre encore. Je ne pensais pas qu'ils seraient aussi…

— Hostiles ?

Le terme semblait adéquat. Le comte et la comtesse avaient clairement eu envie de la bouter hors de chez eux, tels des châtelains repoussant l'envahisseur.

— Je ne les avais encore jamais vus aussi… inhospitaliers, avoua Kenver, visiblement mal à l'aise.

— Il faut dire que vous ne vous étiez encore jamais marié contre leur gré.

— Ils changeront d'avis une fois qu'ils vous connaîtront, dit-il en baissant les yeux vers elle.

Sarah était quant à elle persuadée du contraire.

— Qu'allons-nous faire ? s'enquit-elle. Je ne souhaite surtout pas m'interposer entre vous et vos parents.

Mais à l'évidence, elle l'avait déjà fait sans le savoir.

— Tout se passera bien, assura-t-il.

— Qu'est-ce qui vous pousse à le croire ?

— Vous saurez les charmer, répondit-il en souriant.

— Moi ? Les charmer ? C'est la tâche que vous m'assignez ?

Elle n'avait pas pensé que son moral puisse sombrer encore plus bas. Mais Kenver venait de la détromper. Elle savait qu'elle n'était *pas* charmante. Son amie Ada l'était. Tout comme Charlotte était acerbe et Harriet imperturbable. Elle, elle était intelligente, réfléchie et maîtresse des faits obscurs. Tels étaient ses talents. Soit les gens les appréciaient, soit ils ne les appréciaient pas. Ses tout nouveaux beaux-parents tomberaient évidemment dans la deuxième catégorie, celles des gens qui la trouvaient étrange et ennuyeuse. Elle ne les voyait pas changer d'avis et elle ne savait pas feindre. Elle se contenterait d'être elle-même et la situation risquait fort de s'envenimer.

— Ils finissent toujours par se calmer, dit Kenver. Ils sont comme ça. Ils s'opposent à toute nouveauté et puis finalement, tout se passe très bien.

Pour lui, peut-être. Mais Sarah n'était pas leur fils unique. Elle était, clairement, une énorme déception, un ennemi à vaincre. Oui. À vaincre. Elle ne pensait pas que le terme fût trop fort.

Kenver s'arrêta devant une porte, l'ouvrit et entra dans la pièce à la manière d'un éclaireur chargé de déceler d'éventuelles embûches.

Sarah tourna les yeux vers la porte qui se trouvait en face. La chambre de la comtesse se trouvait là, tel un poste de sentinelle à franchir chaque fois qu'elle entrerait. Et elle n'aurait aucun mot de passe en guise de laissez-passer.

— Venez, Sarah.

Elle s'avança. La pièce n'était pas grande, proportionnellement à la taille de Poldene. Il y avait la place pour un lit, une armoire, une table de toilette et une petite coiffeuse surmontée d'un miroir. Il n'y avait ni secrétaire ni étagères pour les livres qu'elle avait apportés. Une de ses deux malles contenait essentiellement des livres. Ses malles que l'on avait apportées et posées dans un coin de la pièce. Les tentures et le couvre-lit étaient bleus. Un parfum de citron et de cire d'abeille flottait dans l'air. Mais l'ensemble n'avait rien d'accueillant.

— Ce ne sera pas pour longtemps, lui assura Kenver. Je superviserai les travaux et nous emménagerons dans la suite royale dès que possible. Elle est située dans l'autre aile et se compose de deux chambres et d'un salon. Le prince Henry est censé y avoir séjourné en 1611, quand il était encore duc de Cornouailles.

— Le prince Stuart est mort jeune.

— Je m'étonne que vous sachiez cela, fit-il remarquer en lui jetant un regard surpris. La plupart des gens n'ont jamais entendu parler de lui.

— C'est lui qui était appelé à régner et des sources historiques suggèrent qu'il aurait fait un meilleur roi que Charles Ier.

— Vraiment ?

— C'est ce qui se dit toujours en pareil cas.

— Croyez-vous ? répondit Kenver d'un ton amusé qui ne parvenait pas tout à fait à cacher son intérêt.

— Avec un prince mort, tous les espoirs sont permis, n'est-ce pas ? Les chroniqueurs peuvent l'admirer à leur guise, théoriser et postuler bien plus qu'avec un roi médiocre qui a fini décapité.

Il lui sourit et elle se sentit un tout petit peu mieux.

— Il y a une bibliothèque au rez-de-chaussée. Je me suis dit que cela pourrait vous intéresser, ajouta-t-il face à son étonnement. N'hésitez surtout pas à l'utiliser.

— Est-elle très… fréquentée ?

Il comprit parfaitement ce qu'elle voulait dire.

— Mes parents n'y vont pas souvent, précisa-t-il, cachant mal un sourire. Je l'ai toujours trouvée… paisible.

Ils pourraient peut-être s'y retirer ensemble, comme dans un refuge, songea-t-elle.

— Cette chambre est la vôtre, Sarah. Libre à vous de changer ce que vous voulez.

La marge de manœuvre était toutefois étroite. Et comment pourrait-elle faire cela sur sa – *leur* – modeste rente ? De cela, au moins, Kenver lui avait parlé. Ils se retrouvaient complètement sous la coupe du comte et de la comtesse. Cela ferait-il scandale si elle volait un cheval aux écuries pour retourner chez elle ? Oui, à n'en pas douter. Et ce serait un acte de lâcheté. Or elle n'était pas lâche. Elle s'efforça de retrouver son courage.

On frappa à la porte. Elle se redressa et Kenver répondit d'entrer.

Une servante d'un certain âge pénétra dans la pièce.

— Je viens défaire les malles, dit-elle en considérant Sarah d'un regard dénué d'enthousiasme.

La cinquantaine, un chignon gris et strict, elle portait une robe noire qui ne flattait guère son teint cireux. Sarah considéra le pli maussade de sa bouche, ses ternes yeux bruns, et comprit que cette femme ne serait jamais son amie.

— Cranston ? dit Kenver. Je croyais que Gwen serait...

— C'est madame la comtesse qui m'envoie, répondit platement la dénommée Cranston.

— Ah.

Sarah eut envie d'objecter. Elle aurait aimé que Kenver le fasse plus énergiquement. Cranston avait si manifestement adopté l'opinion de la comtesse dans la désapprobation de leur mariage... Tout le personnel de Poldene serait loyal envers la maîtresse de maison, comprit Sarah. Et Cranston prenait visiblement ce rôle très au sérieux.

Elle faillit dire qu'elle pouvait défaire ses malles toute seule, mais elle prit conscience que ce serait vu comme le signe de son incompétence à tenir son nouveau rang. Une épouse digne de ce nom aurait dû arriver à Poldene escortée de sa camériste. Sarah le savait bien. Mais la femme de chambre de sa mère se chargeait d'elles deux et ses parents ne pouvaient se séparer d'aucun de leurs domestiques. Pour la saison londonienne de Sarah, ils avaient engagé une femme de chambre expérimentée qui savait tout des dernières tendances de la mode. Cette employée de catégorie supérieure n'aurait jamais voulu venir s'enterrer avec elle à la campagne, même si ses parents avaient eu les moyens de s'offrir ses services.

Cranston s'approcha des malles. La pièce parut soudain encombrée, avec trois personnes à l'intérieur. Kenver recula dans le couloir.

— Vous partez ? demanda Sarah.

— Pas pour longtemps.

La présence de Cranston interdisait à Sarah de le supplier de rester.

— Où se trouve votre chambre ? s'enquit-elle.

Elle rougit. Cette question était-elle toujours inconvenante, maintenant qu'ils étaient mariés ?

— Au bout du couloir, répondit Kenver en indiquant la droite. Deux portes au-delà de celle de mon père.

Ils seraient donc séparés par sa mère *et* son père. Comme c'était commode...

— Je pourrais vous accompagner, suggéra-t-elle.

Cranston poussa un soupir choqué et Sarah s'empourpra encore davantage. Elle n'avait pas eu l'intention d'entrer dans la chambre de Kenver, elle avait dit cela sans réfléchir.

— Je veux d'abord aller voir les ouvriers chargés des travaux de la suite, répondit Kenver. Je n'en aurai pas pour longtemps.

Il s'éloigna, laissant Sarah en proie à un étrange sentiment de solitude, dans cette maison inconnue et si peu hospitalière. Et avec pour seule compagnie l'espionne de la comtesse. Cranston ouvrit ses malles et entreprit d'en examiner le contenu. Sa désapprobation se répandit dans la pièce de façon palpable.

Sarah s'approcha de l'unique fenêtre et regarda dehors. Un jardin s'étendait jusqu'aux falaises bordant la vallée. Elle ouvrit la croisée et se pencha. L'océan se trouvait sur sa gauche, la route par laquelle ils étaient arrivés sur sa droite. Un parfum de fleurs s'éleva jusqu'à elle depuis les massifs.

Elle se remémora soudain sa première journée de pensionnat. Elle s'était retrouvée dans un bâtiment qu'elle ne connaissait pas, parmi des inconnues. Pourtant, elle y avait rencontré des amies et vécu beaucoup de moments heureux. Cela dit, personne n'avait entretenu de préjugés à son égard, commenta sèchement une petite voix intérieure. Repenser à ses amies rappela à Sarah qu'elle devait leur écrire pour les informer de son mariage. Comment leur présenter la chose ? Un soupir lui échappa.

— À quoi sont censés servir tous ces livres ? demanda sèchement Cranston.

— Ce sont ceux que j'aime le plus.

— Vous n'avez pas de vêtements ? s'enquit la servante sans une once de respect.

— Dans l'autre malle.

Face au reniflement méprisant de Cranston, Sarah s'estima heureuse d'avoir apporté les robes de sa saison londonienne.

— Servez-vous à Poldene depuis longtemps ? demanda-t-elle.

— Plus de trente ans. J'y suis venue quand lady Trestan s'est mariée.

— Oh, comme c'est charmant.

— Les premiers temps, oui. Je suis restée attachée au service de madame la comtesse jusqu'à ce qu'elle engage une caméristе de Londres qui se donne de grands airs, répondit Cranston d'un ton plein d'amertume.

Sarah se dit qu'elle n'était peut-être pas si dévouée à sa maîtresse, finalement.

— Vous pourrez me présenter au reste du personnel ?

— Ce n'est pas mon rôle.

Cranston jeta un coup d'œil dédaigneux à la robe qu'elle tenait devant elle avant de la ranger dans l'armoire. Sarah adorait cette robe. Elle sentit qu'elle n'allait pas pouvoir rester longtemps dans cette petite pièce avec une servante aussi désagréable.

— Sauriez-vous me dire où se trouve la bibliothèque ? s'enquit-elle.

— Pourquoi diable voudriez-vous y aller ?

— Il n'y a aucune étagère ici. Je voudrais trouver un endroit où ranger mes livres.

— Je ne sais pas si vous serez autorisée à...

— Je demanderai la permission, bien sûr, l'interrompit Sarah.

Elle soutint le regard noir de Cranston et attendit. Cranston se résolut à contrecœur à lui indiquer l'emplacement de la bibliothèque. Sarah se glissa hors de la chambre et s'éclipsa furtivement jusqu'au rez-de-chaussée.

Elle ne tarda guère à découvrir la double porte que Cranston avait mentionnée et s'avança à l'intérieur d'une grande pièce garnie de rayonnages. Ce n'était pas la majestueuse bibliothèque avec plafond vertigineux et galerie supérieure dont elle aurait pu rêver, mais il y avait là des livres, un petit bureau et des fauteuils confortables devant la cheminée. L'endroit était aussi bien entretenu que ce qu'elle avait déjà vu de Poldene. Les meubles brillaient d'encaustique et l'air était frais. Un climat d'abandon l'imprégnait toutefois et Sarah se dit que Kenver n'avait pas menti en lui confiant que ses parents ne fréquentaient guère la bibliothèque.

Elle s'approcha des fenêtres et découvrit qu'elles donnaient sur une terrasse et l'océan, au loin. Un potentiel moyen d'évasion, en cas de besoin. Le rivage ne se trouvait que quelques mètres plus bas. Gagnée par l'idée qu'un moyen d'évasion était précisément ce dont elle avait besoin, Sarah s'assit dans un fauteuil et serra ses mains tremblantes. Pourvu qu'elle ait au moins trouvé un refuge, dans cette maison hostile.

4

Cranston ne pouvait pas rester au service de Sarah, se dit Kenver en laissant son chapeau et ses gants dans sa chambre. Cette femme au tempérament acerbe persistait à le traiter comme un garçonnet de cinq ans qui aurait laissé des empreintes de boue sur un tapis précieux. Il avait toujours préféré l'éviter. Sa mère n'avait pas conscience du mauvais caractère de Cranston, bien sûr. La servante ne le laissait pas transparaître devant la maîtresse des lieux qui voyait son ancienne camériste comme une domestique de famille digne de confiance.

Cette pensée rasséréna Kenver tandis que le regard délaissé de Sarah revenait le hanter tel un cinglant reproche. Sa mère avait peut-être pensé à Cranston comme à une sorte de… cadeau. Une marque de respect, même. S'il lui expliquait que Sarah serait plus à l'aise avec une femme de chambre plus jeune, elle comprendrait certainement. L'argument était logique. Et lui parler en dehors de la présence de Sarah serait plus facile. Il redressa les épaules et se mit en quête de sa mère.

Il trouva ses parents au salon, assis de part et d'autre de la cheminée, légèrement penchés en avant.

Ils tournèrent la tête et se redressèrent quand il entra dans la pièce, un peu comme s'ils étaient en train de comploter quelque mauvais tour. Ce qui était ridicule, bien sûr. Ils le regardèrent approcher sans dire un mot. Aucune chaise ne se trouvant là, Kenver croisa ses mains derrière son dos et resta debout devant eux.

— Je... voulais vous parler de Sarah, dit-il.

— Nous n'allons pas prétendre que cette union nous réjouit, marmonna son père.

— Vous faites pourtant semblant d'être heureux de recevoir ma grand-tante Cora, alors que je sais que vous ne l'êtes pas, fit remarquer Kenver.

— Ce n'est pas la même chose, décréta son père.

— Non, Sarah est...

— Nous avons fait de gros efforts pour préparer sa venue, intervint sa mère. L'aile nord bourdonne d'activité.

— Dieu sait ce que cela va nous coûter, soupira son père.

Kenver ne releva pas. Il savait comme son père détestait dépenser de l'argent.

— Je ne m'explique pas la nature de ce dégât, dit-il simplement.

— Seul un œil expérimenté peut déceler ces problèmes, répliqua son père en lui jetant un regard entendu.

— Si les événements avaient suivi un cours *normal*, nous aurions eu tout le temps de préparer la suite pour ton... *épouse*, intervint sa mère. Plusieurs mois se seraient écoulés entre vos fiançailles et le mariage.

— Absolument, renchérit son père.

Tous deux lui adressèrent un regard qui signifiait qu'il avait agi sottement, mais qu'il serait pardonné s'il se comportait mieux à l'avenir. Kenver connaissait ce regard qui avait tendance à le déstabiliser.

— La chambre que vous avez attribuée à Sarah..., commença-t-il.

Il ne savait pas comment mentionner le fait que son emplacement était pour le moins gênant pour une nuit de noces. Ce n'était pas un sujet qu'il avait envie d'aborder avec ses parents. Ceux-ci attendirent qu'il finisse sa phrase.

— Elle est un peu exiguë.

— Elle est juste en face de la mienne, répliqua sa mère. Je la trouve très bien située.

— Mais de ce côté du couloir, les chambres sont beaucoup plus petites que celles qui se trouvent en façade, contra-t-il.

C'était une des bizarreries de l'architecture de Poldene et, de fait, ces petites chambres ne servaient jamais.

— Chercherais-tu à dire que je devrais lui céder ma chambre ? demanda sa mère.

— Pardon ? Bien sûr que non, voyons.

Il n'avait jamais cherché à dire une chose pareille. Cela ne lui serait même jamais venu à l'esprit.

— J'espère bien, bougonna son père. Quelle suggestion scandaleuse.

Une suggestion qu'il n'avait jamais faite !

— Pour ce qui est de la chambre voisine de la mienne, êtes-vous certains que la cheminée fume ? s'enquit-il. Je n'en savais rien.

— Parce que tu n'y mets jamais les pieds, répondit son père avec un sourire indulgent.

— Non, mais...

— Alors comment pourrais-tu le savoir ?

— En effet, mais... nous sommes au mois d'août. Nous n'avons pas besoin de feu.

— Avec la brume de mer qui s'infiltre partout ? releva sa mère.

— Jusque dans la moelle des os, renchérit son père en feignant de frissonner.

— Tu ne voudrais quand même pas exposer Sarah à cette humidité, ajouta sa mère.

Kenver se sentit gagné par l'impression de mener un combat perdu d'avance. Un sentiment qu'il ne connaissait que trop bien.

— Nous pourrions peut-être faire ramoner la cheminée ? tenta-t-il.

— Pour que la chambre soit pleine de suie ? objecta son père. Il y en avait partout, la dernière fois.

Kenver ne put le nier. Les conduits des cheminées de Poldene formaient apparemment un labyrinthe des plus complexes. Il faudrait régler cela, un jour. Mais il y avait plus urgent.

— Au sujet de Cranston, reprit-il. Je ne pense pas que ce choix soit judicieux pour s'occuper de Sarah. J'avais pensé que Gwen pourrait la servir. Je vous en avais d'ailleurs fait part.

Il était certain de l'avoir fait, mais les conversations précédant son mariage avaient été tendues.

— Gwen ? répéta sa mère, l'air surpris. Cela ne fait pas même un an qu'elle est chez nous.

— Elle est plus proche en âge de Sarah.

Elle était aussi plus enjouée. Kenver était persuadé qu'elles s'entendraient bien.

— Cranston a bien plus d'expérience en tant que femme de chambre, poursuivit sa mère. C'est elle qui me servait, avant l'arrivée de Gireau.

— Je sais, mais...

— Elle connaît les usages et saura montrer à Sarah comment se comporter dans une grande maison. Sarah profitera de ses conseils.

Il en doutait.

— Je ne pense pas que...

— Tu ne voudrais tout de même pas que je lui cède ma camériste ?

— Non, maman, je...

— Comment oses-tu ? s'indigna son père.

— Mais non, répliqua Kenver. Pourquoi le ferais-je ? Je n'ai jamais suggéré cela. Je pense simplement que Cranston n'est pas le meilleur choix.

— Et que dirais-je à Cranston ? demanda sa mère. Comment pourrais-je la congédier ? Après toutes ces années ? Ce serait tout à fait humiliant pour elle.

— Je ne vous demande pas de la congédier.

— Ne parle pas à ta mère sur ce ton, ordonna son père.

Sa mère posa sur lui un regard plein de tristesse.

— Je veux seulement ce qu'il y a de mieux pour toi, Kenver, gémit-elle. Tu étais destiné à de bien plus grandes choses.

— Plus *grandes* ? répéta Kenver. Vous attendez de moi que je vive à Poldene et que je gère le domaine, n'est-ce pas ?

— Bien sûr, répondit son père en se redressant comme pour défendre vigoureusement ce point.

— Et je le ferai, lui assura Kenver. En quoi un autre mariage aurait-il changé quoi que ce soit à cela ? avança-t-il, disposé à entamer un débat logique.

— Une union qui apporterait de l'argent et de belles relations..., commença sa mère.

— Je suis satisfait du revenu de nos terres, l'interrompit Kenver. Je l'accroîtrai si je le peux, bien sûr, tout en veillant sur nos gens.

Sa mère secoua la tête.

— Une épouse dont personne n'a jamais entendu parler, sans aucune distinction.

— Vous vouliez donc que mon mariage fasse l'admiration d'autres personnes. De la bonne société, j'imagine.

— Ta... *femme* ne sera pas respectée, Kenver, décréta sa mère d'un air hautain, les paupières à demi closes. Pas plus que toi pour l'avoir choisie. Sans parler des circonstances très... irrégulières du mariage.

— Le respect peut se gagner, répliqua Kenver. Et mon bonheur personnel...

— Le bonheur ? ricana son père. Tu connais à peine cette fille. Tu ne peux pas prétendre qu'elle va te rendre heureux.

Kenver était pourtant convaincu qu'elle le ferait.

— Elle ne sait pas tenir une maison de cette importance ni comment se comporte une châtelaine, intervint la comtesse.

— Sarah est extrêmement intelligente. Elle sera ravie de suivre votre enseignement.

Sa mère le gratifia d'un regard qui suggérait que ce ne serait pas réciproque. Kenver tourna les talons et quitta la pièce. Ils avaient besoin de temps pour s'adapter au changement, pensa-t-il. Les choses s'apaiseraient. Ses parents et Sarah apprendraient à mieux se connaître et tout finirait par s'arranger.

De retour dans la chambre de Sarah, Kenver n'y trouva que Cranston qui le dévisagea tel un intrus. Les vêtements de Sarah devaient pourtant être rangés, maintenant. Que faisait-elle encore là ? De fait, quelles étaient ses tâches à Poldene ? Kenver n'en avait pas la moindre idée.

— Où est ma femme ? s'enquit-il d'un ton plus pincé que d'habitude.

— Elle a demandé que je lui indique la bibliothèque, répondit la servante.

Évidemment. Il aurait dû le deviner et s'y rendre directement. Il s'apprêta à partir, puis hésita. Quand il se retourna, il croisa le regard dur de Cranston et le soutint jusqu'à ce qu'elle baisse les yeux.

Kenver trouva Sarah assise, un livre entre les mains, devant une des fenêtres de la bibliothèque. Quand elle leva les yeux vers lui, il fut navré de découvrir qu'elle paraissait anxieuse.

— Où en sont les travaux ? demanda-t-elle.

— Pardon ?

— Vous deviez aller voir les ouvriers chargés des travaux. C'est du moins ce que je croyais vous avoir entendu dire.

— Je m'apprête à le faire. Je voulais d'abord m'assurer que vous étiez confortablement installée. Que lisez-vous donc ?

— J'ai trouvé une histoire de votre famille. J'ai pensé qu'il serait bon que je…

Elle laissa sa phrase en suspens.

— S'agit-il de la version rédigée par le premier comte ? demanda-t-il.

— Celle-là même, répondit-elle après avoir consulté la page de titre.

— Son récit relève davantage de la légende que de l'histoire. Il l'a écrit afin de promouvoir ses intérêts auprès de la reine Elizabeth. Je crois qu'il pensait que l'amuser était le meilleur moyen d'y parvenir.

— J'avoue que cela me semble plein de fantaisie, en effet.

— Il serait sans doute ravi de vous l'entendre dire. Et prendrait cela comme un compliment, bien sûr. Avez-vous déjà lu le passage où il explique qu'il est un descendant de Tristan et Iseut ?

— Non, répondit-elle en baissant les yeux sur le livre. Il a vraiment prétendu cela ?

— Mais oui.

— Mais… dans les récits arthuriens, Tristan et Iseut ne sont pas censés avoir eu d'enfants !

— Comme dirait le premier comte : « Comment pouvez-vous le savoir ? Tout cela s'est passé il y a si longtemps. » Et il disposait même de documents pour le prouver.

Le sourire de Sarah fit plaisir à Kenver.

— Vraiment ?

— Il *prétendait* les posséder, mais ne les montrait jamais. Je pense donc qu'il bluffait.

— Je ne vois pas comment Tristan et Iseut auraient eu le temps d'avoir des enfants, entre les potions magiques fatales, le besoin d'échapper à leur exécution et leur mort tragique.

— Très juste ! s'exclama Kenver en riant.

— En outre, ils auraient fait de très mauvais parents, précisa-t-elle. Perpétuellement occupés à rejouer des scènes désespérément émouvantes.

— Mmm.

Ne trouvant rien à répondre, il tendit la main.

— Venez. Je vais vous faire visiter la maison.

Sarah reposa le volume – qui l'intriguait encore plus à présent –, saisit sa main et se leva. Ses doigts tièdes et puissants se refermèrent autour des siens. Elle s'était sentie soulagée quand il était entré. Son apparition avait éclairé une pièce qui commençait à l'oppresser, malgré les rangées de livres. C'était la première fois qu'elle se sentait mal à l'aise dans une bibliothèque et ce n'était pas bon signe.

— Cela vous aidera à vous acclimater et à ne pas vous sentir perdue, ajouta-t-il.

Elle se sentait déjà perdue, et mieux comprendre la géographie de la maison ne l'aiderait sans doute pas, mais elle le suivit. C'était la maîtresse des lieux qui aurait dû se charger de lui faire visiter sa nouvelle demeure, mais il était clair que lady Trestan ne le ferait pas.

— Il n'y a aucune bibliothèque dans ma chambre. Pensez-vous que je puisse apporter mes livres ici ?

— Bien sûr que vous le pouvez. Vous êtes ici chez vous.

Il s'approcha d'un rayonnage qu'il débarrassa de ses quelques ouvrages pour les poser sur un autre.

— Ne dérangez rien, protesta-t-elle.

— Je serais étonné d'apprendre que les livres sont rangés selon un ordre précis, ici. Cette étagère sera la vôtre. J'ordonnerai que l'on y apporte vos livres.

— Ne vaudrait-il pas mieux demander…

— Il n'y aura pas d'objection, l'interrompit-il, décidé à ne pas le mentionner à ses parents. Venez, ajouta-t-il en lui offrant son bras.

Sarah le prit, glissant ses doigts au creux de son bras.

— Poldene a la forme d'un H, lui expliqua Kenver tandis qu'ils s'engageaient dans le couloir. La barre du milieu est assez large et orientée vers la mer. Les salles de réception sont situées dans cette partie centrale, avec nos chambres à coucher au-dessus. Dans l'aile sud, on trouve la cuisine et l'office, le quartier des domestiques dans la partie du fond, une salle à manger et la salle de bal sur le devant. C'est la partie la plus récente de la maison. Ma grand-mère adorait les grands bals. Nos... futurs appartements de l'aile nord font partie des logements les plus anciens, réservés aux invités. L'aile comporte aussi une série de salons au rez-de-chaussée, la galerie et la nurserie se trouvant à l'étage.

Parvenu au bout du couloir, Kenver ouvrit une porte. Quand ils entrèrent dans une longue salle étroite garnie de portraits, Sarah sentit peser sur elle le poids des siècles et, sans qu'il soit question de négligence, l'usure normale du temps.

— Voici donc la galerie. Autant commencer par les ancêtres, n'est-ce pas ?

— Le premier comte s'y trouve-t-il ? demanda-t-elle, curieuse de voir le visage de l'homme qui prétendait descendre de Tristan et Iseut.

— Il est là, oui, vers le milieu, répondit Kenver en la guidant au fond de la salle, le parquet craquant sous leurs pas. Notre histoire commence avec cet homme, précisa-t-il.

Sarah leva les yeux vers le portrait assez quelconque d'un homme en vêtements médiévaux. Il n'était pas très bien exécuté et les couleurs étaient ternes.

— Voici Rafe Pendrennon, dit Kenver. Un Cornouaillais entreprenant. Il a été fait chevalier par le roi Henry Ier en 1131 parce qu'il avait épousé Adeliza...

— Ne s'agit-il pas d'un des enfants illégitimes du roi Henry ? Il en a eu beaucoup, paraît-il.

— C'est un bruit qui court, en effet, répondit-il en souriant. Comment se fait-il que vous sachiez cela ?

— J'aime lire, comme vous le savez. Seulement les gens évitent de vous demander ce que vous apprenez de beau quand vous lisez d'épais volumes historiques car ils les jugent ennuyeux et redoutent que vous ne vous mettiez à leur en parler.

Le sourire de Kenver s'agrandit.

— Ah. Des personnes qui se seront peut-être déjà aventurées à poser cette question à quelqu'un qui leur aura répondu ?

— C'est tout à fait possible, répliqua-t-elle en lui retournant son sourire.

— Vous a-t-on déjà dit que vous étiez machiavélique, milady ?

— Seulement mes meilleures amies.

Sarah éprouva un pincement au cœur familier en songeant à ses amies, mais sa réponse avait fait rire Kenver et elle apprécia de l'avoir amusé. Poldene semblait moins oppressant quand ils n'étaient que tous les deux.

— Rafe Pendrennon et sa presque royale épouse ont donc maintenu leur rang, malgré la querelle qui a suivi la mort du roi Henry ?

— En effet, ô maîtresse de toute chose historique. Il semble qu'ils se soient sagement tenus à l'écart de toutes les querelles dynastiques. C'est devenu une sorte de tradition dans notre famille. Notre devise pourrait être : « Ne te mêle pas de politique et accrois tes terres chaque fois que tu le peux. »

Un jour, ils auraient aussi les terres de son père à ajouter aux leurs. Pas avant longtemps, espéra Sarah.

— Quelle est la vraie devise des Pendrennon ?

— Oh, nous n'en avons pas. Cela risquerait d'attirer l'attention.

Elle laissa échapper un petit rire amusé.

— Il n'y a pas de portrait d'Adeliza ? s'enquit-elle.

— Non. Nous n'avons que très peu de renseignements à son sujet.

— Parce qu'elle n'était pas importante pour elle-même, je suppose. Seulement pour ses liens avec la Couronne.

— Oui, sans doute, répondit-il, visiblement mal à l'aise.

Ils parcoururent la galerie, Kenver remontant la lignée de ses ancêtres jusqu'aux temps présents.

— Voici le premier comte, dit-il à un moment donné.

Sarah examina un homme en costume élisabéthain, la main refermée sur la garde de l'épée qu'il portait au côté. Il avait l'œil vif et une courte barbe bien taillée.

— Il ressemble un peu à sir Walter Raleigh, remarqua-t-elle.

— D'après ce que j'ai entendu dire de lui, il aurait apprécié la comparaison. Il était l'exception à la règle des Pendrennon et fréquentait assidûment la cour de la reine Elizabeth, cherchant à lui plaire.

— Je me demande quels moyens il aura employés pour cela.

Leurs regards se croisèrent. Sans qu'elle sache pourquoi, Sarah repensa à leurs baisers enflammés. Le rouge lui monta aux joues.

— Ses efforts lui ont-ils valu d'être fait comte ? reprit-elle.

Kenver acquiesça tout en soutenant son regard.

— Nous étions seulement barons avant lui.

— *Seulement*, répéta Sarah qui n'avait pas la même vision des choses.

Elle admira les portraits de toute la lignée des comtes, des hommes vêtus des plus beaux atours de leur époque respective, parfois entourés de femme et enfants, l'un d'eux posant avec son cheval.

— Et nous voici arrivés au présent, conclut Kenver quand ils atteignirent l'autre extrémité de la galerie.

Sarah leva les yeux sur le portrait de quatre personnes. Elle reconnut un Kenver beaucoup plus jeune, entouré de ses parents.

— Votre mère est très belle, dit-elle, surprise de découvrir le sourire de lady Trestan.

— Elle a été très admirée.

— Et la jeune fille est son portrait craché. Vous avez donc une sœur aînée ?

Elle savait si peu de choses au sujet de son époux.

— Oui, nous avons douze ans d'écart.

— Douze !

— Il me semble. Personne ne me l'a jamais dit précisément, mais je crois qu'il y a eu des enfants morts en bas âge, entre nous. Trois, si j'ai bien compris.

— Comme c'est triste, murmura Sarah en éprouvant un premier élan de compassion envers ses beaux-parents. Comment s'appelle vote sœur ? Est-elle mariée ?

— Tamara. Oui, elle est mariée.

Il avait pris un ton guindé qui intrigua Sarah.

— Vit-elle loin d'ici ?

— Assez, oui. Je crois.

— Ce qui rend les visites difficiles, j'imagine, continua-t-elle, de plus en plus étonnée par sa réserve.

— Il n'y en a pas. Il y a eu… une brouille.

— À quel sujet ?

Sarah se dit qu'elle était peut-être trop insistante, mais elle faisait désormais partie de cette famille. Et elle était curieuse.

— Je ne sais pas trop, répondit Kenver. J'étais très jeune quand elle est partie.

— Certes, mais...

— Mes parents ne parlent jamais d'elle. Je vous déconseille... Ils ne supportent pas d'entendre son nom.

Sarah ne sut que dire. Comment pouvait-on rejeter ainsi un de ses propres enfants ? Tamara avait-elle commis un crime effroyable ? Sarah en doutait, à voir le visage de la jeune fille du portrait. Les apparences étaient parfois trompeuses, bien sûr, mais la réception glaciale qu'elle avait reçue à Poldene l'incitait à prendre le parti de Tamara plutôt que celui de ses parents.

— Votre famille remonte-t-elle vraiment aux Anglo-Saxons ? demanda Kenver.

Sarah comprit qu'il préférait parler d'autre chose.

— Mon arrière-grand-père avait fait des recherches généalogiques et c'est ce qu'il prétendait, répondit-elle en se promettant secrètement de revenir à la sœur de Kenver une autre fois.

— Vous n'en êtes pas certaine ?

— Il m'a semblé qu'il s'était permis certains... sauts logiques qui n'étaient pas forcément évidents.

— Parce que vous avez pris la peine de vérifier les documents par vous-même ?

Kenver n'avait-il pas l'air attendri ? Sarah en eut la très nette impression et cette idée lui fit chaud au cœur.

— Ma foi...

— Je ne devrais même pas poser la question, mais votre arrière-grand-père était donc un historien... intrépide ?

Le jeu de mots la fit rire.

— Tout à fait. Un véritable adepte des sauts périlleux. Il n'en demeure pas moins que les Moran sont établis en Cornouailles depuis plusieurs siècles.

Kenver hocha la tête en souriant.

— Vous plairait-il de poursuivre la visite ?

— Oui, j'adore les vieilles demeures familiales, répondit-elle, retrouvant son enthousiasme. Mon amie Ada et son mari s'occupent de restaurer un vieux château dans le Shropshire.

— Nous pourrions peut-être leur rendre visite, un jour, suggéra Kenver en la guidant vers un nouveau couloir.

Sarah sentit soudain son cœur chanter.

— Vraiment ? demanda-t-elle.

— Pourquoi pas ? Si elle est disposée à nous inviter, bien sûr.

— Elle le sera !

Sarah se rendit soudain compte, folle d'enthousiasme, que ce genre de choses serait possible, désormais. Elle pourrait voyager et voir des sites intéressants. D'autant que séjourner chez des amis n'engageait pas de folles dépenses. Mais pour cela, elle allait d'abord devoir annoncer son mariage à ses amies, et dans quelles circonstances celui-ci s'était produit. Rédiger ces lettres ne serait pas une mince affaire.

Kenver posa la main sur une poignée de porte.

— Voici les appartements dans lesquels nous nous installerons bientôt, dit-il. Nous allons pouvoir juger ensemble de l'avancée des travaux.

Il ouvrit la porte et Sarah pénétra dans un spacieux salon doté de trois grandes fenêtres. Un papier peint floral aux tons beige et pêche lui donnait un charme vaporeux. Les meubles qu'elle aperçut semblaient confortables, bien que la plupart eussent été poussés dans un coin et partiellement couverts de housses. Il y avait là des sofas et des fauteuils dans des tons complémentaires, un ravissant secrétaire avec sa chaise retournée par-dessus et une bibliothèque à moitié vide. De part et d'autre du salon, des portes ouvertes desservaient des chambres de belles dimensions. Elle aperçut, au fond de celle qui se trouvait sur sa gauche, un spacieux vestiaire. Comparé à la chambre exiguë qui lui avait été attribuée, c'était merveilleux. Excepté le grand trou au plafond, près d'une des fenêtres.

Un jeune maçon assis sous la cavité avait bondi sur ses pieds quand ils étaient entrés, délaissant le pain et le fromage qu'il était occupé à manger.

— Milord, dit-il en saluant Kenver.

— Est-ce là que vous avez trouvé de l'humidité ? demanda Kenver en s'avançant pour regarder le trou. Je n'avais rien remarqué quand je suis venu la semaine dernière.

— De l'humidité, répéta le garçon en hochant la tête.

— Qu'est-ce qui est fait pour arranger cela ? Êtes-vous seul à travailler ?

— Non, milord. M. Hicks a emmené Jem avec lui pour aller s'occuper d'un chêne asséché.

— Oh, c'est Hicks qui s'occupe des travaux ? dit Kenver avant de se tourner vers Sarah. C'est un excellent artisan. Il a souvent travaillé pour mon père et il connaît bien son métier.

Sarah acquiesça. Elle ne voyait aucune trace d'humidité au plafond, mais les ouvriers avaient peut-être retiré le plâtre endommagé – si tant est qu'il y en ait eu. Elle se morigéna intérieurement à cette pensée. Le comte et la comtesse ne seraient quand même pas allés jusqu'à endommager leur propre maison rien que pour lui faire mauvais accueil.

— Je suppose que vous allez aussi devoir traiter le grenier, reprit Kenver, s'adressant au jeune garçon. La fuite provient-elle du toit ?

— Je... euh... je ne sais pas trop, milord. C'est à M. Hicks qu'il faudra demander ça.

— Quand il reviendra, dites-lui que j'aimerais lui parler.

— Bien, milord.

Ils firent le tour des deux chambres et jetèrent un coup d'œil au vestiaire de chacune d'elles. Sarah trouva la suite très plaisante, et surtout très intime.

— Ne pourrions-nous pas emménager tout de suite ? demanda-t-elle. Il n'y a que ce trou au plafond.

— C'est vrai qu'il n'est pas bien grand. Je m'entretiendrai de cela avec Hicks. Nous pourrions leur laisser le champ libre pendant la journée.

— Oh, oui ! s'exclama Sarah qui se sentait disposée à tous les sacrifices pour pouvoir intégrer ces beaux appartements.

Une fois qu'elle serait établie là, elle pourrait trouver ses marques et se faire sa place.

— Quels sont mes devoirs, à Poldene ? demanda-t-elle tandis qu'ils descendaient à l'étage inférieur.

— Oh... Contentez-vous de vous installer, pour le moment.

— Je suis donc ici comme une sorte d'invitée ?

— Non, vous êtes un membre de la famille, déclara Kenver avec force.

Sarah se demanda s'il tentait de s'en convaincre lui-même.

— Chez nous, toute la famille met la main à la pâte pour faire tourner le domaine, fit-elle remarquer.

Il eut un hochement de tête approbateur.

— Laissons les choses en l'état, le temps que tout le monde s'habitue à la nouvelle situation, dit-il.

— Pensez-vous que vos parents s'y feront ?

— Bien sûr.

Il avait dit cela d'un ton chaleureux qui ne réussit toutefois pas à la convaincre. Et pendant la suite de la visite, elle remarqua qu'ils évitaient les parties de la maison qui devaient être réservées à ses parents.

— Venez donc dehors, dit Kenver. Pour avoir vu votre ancienne demeure, je sais que vous allez aimer les jardins.

Son *ancienne* demeure... Poldene était donc sa nouvelle demeure. Mais le terme semblait inadéquat.

Il lui fit franchir une porte située à l'extrémité d'une des jambes du H formé par Poldene et ils se retrouvèrent à l'arrière de la maison. Une terrasse bordée d'une rambarde de pierre occupait la partie centrale. Tout autour, des parterres de fleurs s'étendaient à perte de vue tel un somptueux tapis multicolore, des massifs bleus, jaunes, rouges et blancs venant ponctuer la verdure. Sarah entendit le ressac de l'océan sur sa droite, mais ne put le voir d'où elle se trouvait.

— Venez, répéta Kenver en tendant la main vers elle.

Ils cheminèrent ensemble le long d'un sentier bordé de fleurs qui se recourbaient, tels des courtisans s'inclinant devant un monarque. L'air d'août était si chargé de parfums sucrés qu'il en devenait étourdissant.

Un martèlement rythmé annonça l'arrivée des trois lévriers écossais qui les rejoignirent, la langue pendante. Ils bondirent joyeusement autour d'eux, s'amusant à se faufiler sous les tiges recourbées qui bordaient le sentier.

— Fingal, Ranger, Tess ! appela Kenver.

Il se mit à gambader avec eux, courant et sautant, élevant bien haut la main pour les inciter à le poursuivre, puis s'arrêtant brusquement pour les faire pivoter devant lui. Adressant un grand sourire à Sarah, il lui fit signe de le rejoindre.

Sarah, habituellement plus prompte à se lover sur un fauteuil avec un livre qu'à faire la course dans un jardin ensoleillé, ne put résister. Elle s'empressa de les rejoindre, pour la plus grande joie des chiens qui lui firent fête. Tess lécha sa main. Les chiens s'assirent et agitèrent la queue, l'invitant à s'ébattre avec eux. Ce qu'elle ne manqua pas de faire, batifolant comme elle ne l'avait plus fait depuis bien longtemps.

Quand le sentier déboucha sur une vaste pelouse ovale, les chiens se mirent à courir tout autour. Fingal, le plus âgé, celui dont le museau commençait à grisonner, menait la course. Les deux plus jeunes semblaient imiter tout ce qu'il faisait, s'en remettant à son âge. Et quand Ranger et Tess se jetaient l'un sur l'autre en grognant par jeu, ils laissaient Fingal en paix. Si des chiens se plaisent dans ces lieux, se dit Sarah, c'est qu'ils ne pouvaient pas être entièrement mauvais.

Kenver enlaça sa taille en riant, la souleva et la fit tournoyer. Quand il la reposa, il inclina la tête pour lui voler un baiser qui l'incendia tout entière et la laissa tremblante. Elle s'accrocha à lui, les sens en émoi, grisée par les parfums du jardin, l'exubérance de leur course et le contact de ses mains. Il l'attira plus près et l'embrassa de nouveau, lentement, tendrement. Elle se sentit fondre entre ses bras.

Serré contre elle, le corps tendu, il murmura à son oreille :

— Où pourrions-nous aller ?

Sa question les ramena à la réalité de leur situation. Une troupe d'espions les attendait à l'intérieur de la maison. Sarah jeta un coup d'œil vers l'édifice qui les surplombait et aperçut un visage qui les regardait à une fenêtre de l'étage. Elle ne distingua qu'un pâle ovale avant que le rideau retombe, occultant l'observateur. Elle se raidit. Ce regard ne lui avait pas semblé bienveillant.

Kenver sentit sa réaction.

— Que se passe-t-il ? demanda-t-il en s'écartant pour regarder son visage.

Ses beaux yeux noisette plongèrent dans les siens. C'était le jour de leur mariage. Un jour qui n'appartenait qu'à eux.

— Rien, répondit-elle.

Il pressa ses mains entre les siennes.

— Tout va bien se passer, murmura-t-il avant de s'emparer de ses lèvres dans un nouveau baiser.

Elle tâcha d'y céder comme elle l'avait fait avant. Mais la sensation de ces yeux hostiles qui les surveillaient fut la plus forte. Elle resta tendue.

— Quelqu'un pourrait venir, dit-elle quand Kenver s'écarta, un peu interloqué.

Il soutint son regard et elle crut qu'elle allait devoir affronter son agacement. Elle ne lui en aurait pas voulu, bien sûr. Par-delà son malaise, elle-même se sentait agacée. Mais il posa une main sur sa joue, la caressa doucement et hocha la tête.

Ils s'écartèrent l'un de l'autre et reprirent leur promenade en se tenant seulement par la main.

Sarah remarqua que tandis que Ranger et Tess continuaient de gambader sur la pelouse, Fingal levait la tête vers la maison, comme si le vieux chien sentait lui aussi qu'un regard pesait sur eux.

5

Sarah se serait volontiers passée de dîner, ce soir-là. Elle envisagea fugitivement de feindre une migraine, quitte à se faufiler à l'office en pleine nuit pour assouvir sa faim. Mais un tel comportement eût été ridicule, et lâche de surcroît. Elle refusa de céder à la lâcheté. D'autant qu'elle ne savait pas vraiment où se trouvait l'office.

— J'ai pensé que ceci conviendrait, dit Cranston en soulevant la robe de dîner qu'elle avait choisie pour Sarah.

C'était une vieille robe de mousseline que Sarah avait apportée pour se livrer à des tâches salissantes comme le jardinage. Elle aurait jugé ce choix stupide si elle n'avait pas été certaine que Cranston voulait qu'elle ait l'allure d'une paysanne mal fagotée pour sa première soirée à Poldene. Si l'attachement de la vieille servante au service de la comtesse avait encore fait le moindre doute dans son esprit, il aurait été instantanément dissipé.

— Je préfère porter la rose bordée de dentelle, dit Sarah en décrivant une des robes qui lui allait le mieux – une de ses préférées de sa saison londonienne.

La bouche de Cranston se plissa en un rictus mauvais face à cette critique de son choix. Sarah l'ignora.

D'autres conflits au sujet du choix de ses bijoux et de sa coiffure s'ensuivirent. Sarah eut beau chaque fois obtenir gain de cause, ils lui laissèrent un arrière-goût de défaite. L'attitude de Cranston l'avait convaincue que le comte et la comtesse désapprouveraient sa tenue, quelle qu'elle soit.

— Vous êtes superbe, dit Kenver quand elle sortit de la chambre.

Il l'attendait dans le couloir, comme il l'avait promis.

— Merci.

Elle avait conscience de ses limites. Elle pouvait être plaisante ou même assez jolie, mais elle n'avait rien de superbe. Surtout quand son visage reflétait encore la tension nerveuse de la dernière demi-heure.

— Quelque chose ne va pas ?

La porte était fermée derrière elle, mais elle parla bas pour éviter d'être entendue.

— Cranston est-elle la seule… ? Je crois vous avoir entendu mentionner une autre femme de chambre. Je préférerais changer.

« N'importe qui d'autre serait préférable », se garda-t-elle d'ajouter. Ou même personne. Mais elle savait que cette dernière option ferait scandale et qu'on la mépriserait pour l'avoir seulement suggérée.

— J'en ai parlé à ma mère, répondit Kenver. Elle pense que Cranston sera plus à même de vous… enseigner les usages de Poldene.

Sarah sentit qu'il était gêné et baissa la tête. Elle n'aurait pas dû se plaindre. Il savait aussi bien qu'elle que Cranston était une ennemie. Elle allait devoir trouver moyen de s'en accommoder.

Kenver la conduisit directement dans la salle à manger. Aucun rassemblement permettant d'échanger quelques mots avant de passer à table n'avait été prévu. Lord et lady Trestan étaient déjà attablés l'un en face de l'autre. Kenver et Sarah prirent place sur les sièges restants, trop éloignés l'un de l'autre pour pouvoir converser facilement.

La soupe fut servie, mangée en silence et desservie. On présenta le premier plat. Kenver conseilla Sarah pour garnir son assiette de toute une variété de mets, sans doute délicieux. Elle peinait à goûter quoi que ce soit.

— J'ai reçu d'excellentes nouvelles, dit la comtesse. Nous allons recevoir deux hôtes illustres.

— Les Newsome ? demanda Kenver.

— Non. Tu ne les connais pas. Ce sont des fréquentations de ton oncle. Mon frère, ajouta-t-elle en jetant un coup d'œil condescendant à Sarah. Il m'a écrit de Londres que ses amis s'apprêtaient à partir pour la Cornouailles et qu'ils auraient besoin d'un lieu où séjourner. J'ai envoyé mon invitation par courrier rapide. Ces personnes appartiennent à la crème de l'aristocratie.

Elle veillait soigneusement à ne pas divulguer leur nom dans le but évident d'inciter son auditoire à la supplier de le faire. Sarah se dit qu'elle pouvait bien lui faire ce plaisir.

— De qui s'agit-il ?

— De personne que vous puissiez connaître, répliqua la comtesse d'un ton dédaigneux.

Les nouveaux venus calqueraient sans doute leur comportement sur celui de la maîtresse de maison et la traiteraient avec le même mépris, songea Sarah en soutenant le regard de lady Trestan.

— J'ai hâte de faire leur connaissance, mentit-elle.

Elle vit sa belle-mère prendre conscience qu'elle allait devoir présenter sa bru à ses hôtes de marque. À moins qu'elle ne décide de l'enfermer dans un placard jusqu'à ce qu'ils repartent... La comtesse donnait l'impression d'avoir goûté un aliment très acide, et si Sarah n'avait pas souhaité être acceptée par sa belle-famille, elle aurait jubilé de sa contrariété.

— J'ai appris que vous aviez chargé Hicks de la rénovation de la suite royale, dit Kenver à son père.

— Comment l'as-tu appris ?

— Par l'ouvrier qui se trouvait là quand j'ai montré la suite à Sarah. Les combles ont-ils beaucoup souffert ? Faudra-t-il réparer la toiture ?

— Je m'en remets à Hicks, répondit son père. Il connaît son métier.

— Certes, mais...

— As-tu l'intention de prétendre qu'il ne le connaît pas ?

— Non, je me demandais simplement...

— Je ne suis pas sénile. Je suis encore capable de diriger un groupe d'ouvriers.

— Bien sûr, dit Kenver. Je n'ai jamais pensé le contraire.

Sarah s'étonna de l'attitude de lord Trestan. Kenver avait-il déjà remis en question la compétence de son père ? Cela ne lui ressemblait guère. Il lui parut plus probable que lord Trestan ait naturellement mauvais caractère. Le comte et la comtesse semblaient tellement bien assortis.

Le silence régna de nouveau dans la salle à manger. Personne ne semblait enclin à le rompre. On entendait seulement le tintement de l'argenterie, et le dîner parut interminable à Sarah. Il s'acheva enfin, et la comtesse se leva. Sarah frémit à l'idée de se retirer en sa compagnie dans un salon glacial pendant que les hommes prendraient le porto. Affronter lady Trestan en public était une chose, mais l'affronter en tête-à-tête serait bien plus difficile. Heureusement, Kenver se leva à son tour et s'approcha d'elle pour lui offrir son bras.

— Mes chers parents, je vous souhaite le bonsoir, dit-il avant de s'éclipser avec Sarah sans même attendre leur réponse.

Retrouver sa chambre fut un soulagement pour Sarah, et elle poussa un soupir quand ils refermèrent la porte derrière eux. Elle se demanda s'il y avait une clé... et découvrit sans surprise que celle-ci ne se trouvait pas sur la serrure.

— J'espère que vous..., commença Kenver.

On frappa brièvement à la porte et Cranston entra sans y avoir été invitée.

— Êtes-vous prête à vous mettre au lit, madame ? demanda-t-elle alors qu'il était encore très tôt.

Une fois de plus, la petite chambre parut surpeuplée avec trois personnes. La patience de Sarah atteignit sa limite.

— Non, répondit-elle. Vous pouvez disposer.

Cranston ne bougea pas.

— Quand dois-je revenir dans ce cas ?

— Je n'aurai plus besoin de vous ce soir.

— Qui vous aidera à défaire votre robe ?

Sarah songea que Kenver pourrait fort bien s'en charger. Cette journée lui avait semblé interminable, mais ils s'apprêtaient à vivre leur nuit de noces. Et à en juger par la coloration de ses joues, Kenver avait la même idée en tête.

— Ne vous souciez pas de cela, répondit-elle.

Elle soutint le regard de Cranston et attendit. Finalement, la vieille servante consentit à quitter la pièce. Mais une fois qu'elle eut refermé la porte, aucun bruit de pas ne s'éleva dans le couloir. Sarah fut certaine que Cranston se tenait de l'autre côté, l'oreille collée au battant.

L'expression furieuse de Kenver lui fit savoir qu'il pensait la même chose.

— Rien ne nous oblige à... précipiter les choses.

Tout, dans leur union, avait été précipité.

— Si je dois être mariée, j'aimerais l'être *vraiment*, répondit-elle doucement.

Un bruit furtif s'éleva dans le couloir. Kenver grimaça.

— J'imagine que nous ne pouvons pas enfermer Cranston dans un placard, dit Sarah en se souvenant des pensées qu'elle avait eues au dîner. Nous la relâcherions au matin, bien évidemment, s'empressa-t-elle d'ajouter face à la mine perplexe de Kenver.

Il ne put se retenir de rire.

— Elle pousserait des cris d'orfraie !

Et Kenver avait horreur des cris. Ils ne se connaissaient que fort peu, mais Sarah avait déjà compris cela. En outre, les cris de Cranston obligeraient lady Trestan à intervenir. Et la scène qui s'ensuivrait deviendrait vite un horrible cauchemar.

— Je plaisante, mentit-elle à demi. Nous ne pouvons pas faire une chose pareille, cela va de soi.

Elle regarda Kenver et repensa à leur tendre nuit dans la grotte, blottis l'un contre l'autre, puis au moment où ils avaient batifolé dans le jardin, avec les chiens. Puis à leurs baisers... Et elle sentit des larmes picoter ses yeux.

— Oh, Sarah... Il nous faut juste un peu de temps.

Elle hocha la tête et lui sourit. Elle ne pouvait pas trop lui en demander. Ses parents faisaient tout ce qu'ils pouvaient pour lui faire regretter son choix et il ne s'était sans doute pas attendu qu'ils accueillent sa jeune épouse aussi froidement. Elle se mettait à sa place. Si sa famille s'était comportée ainsi, elle aurait été affreusement gênée.

— Du temps. Bien sûr, dit-elle.

Il prit ses mains dans les siennes et les pressa doucement.

— Je vais tout arranger, promit-il.

Elle lut dans ses yeux qu'il était sincère et hocha de nouveau la tête. Kenver se pencha pour déposer un rapide baiser sur ses lèvres, se retourna et sortit. Sarah se prépara mentalement au retour de Cranston. Elle ne s'était pas trompée. La femme de chambre revint aussitôt, sans même demander la permission d'entrer.

Sarah la laissa la préparer pour le coucher, trouvant un réconfort dans l'idée qu'elle serait débarrassée d'elle jusqu'au lendemain matin. Elle endura ces longs préparatifs la gorge serrée, préférant réprimer son émotion tant que Cranston était dans la pièce. Mais une fois qu'elle fut partie, elle s'autorisa enfin à laisser couler ses larmes.

Kenver ne se coucha pas tout de suite. Il était encore tôt et il n'avait pas sommeil tant il bouillonnait d'irritation et de désir frustré. Il redescendit et sortit dans la douceur estivale de la nuit. Les mains enfouies dans ses poches, il arpenta les sentiers familiers de Poldene. Fingal ne tarda guère à se joindre à lui, telle une ombre furtive sous la lueur des étoiles. Les chiens parcouraient librement les jardins la nuit, veillant ainsi à la sécurité du domaine. Kenver sortit une main de sa poche pour caresser la tête du chien. Il devait réfléchir à ce qu'il allait faire, et marcher l'aiderait. Cela lui permettrait aussi de se calmer.

Certes, il s'était attendu à quelques difficultés avec ce mariage impulsif. Il ne s'était pas bercé d'illusions. Sarah et lui se connaissaient à peine, après tout. Sans surprise, ses parents n'étaient pas contents. Mais il ne s'était pas attendu à une opposition aussi... franche de leur part.

Jusqu'ici, il n'avait jamais eu beaucoup de succès quand il avait cherché à les faire changer d'avis. Ils persistaient à le voir encore comme un enfant ignorant sans tenir compte du fait qu'il avançait en âge et qu'il acquérait de l'expérience. Dans leurs têtes, ils sauraient toujours tout mieux que lui. Il comprit soudain qu'il s'était adapté à cela, comme s'il s'agissait d'un fait immuable. Il s'arrangeait pour passer beaucoup de temps loin de la maison, sur les terres du domaine. Il avait appris à ne désirer que ce qu'il était possible d'obtenir. Tant de choses l'étaient, du fait de son rang.

Les manières autoritaires de ses parents n'avaient donc pas vraiment posé problème tant qu'il n'y avait eu que lui. Mais désormais, il y avait aussi Sarah. Et sa jeune épouse méritait mieux. Il allait devoir opérer des changements.

Il traversa la pelouse ovale sur laquelle il avait échangé des baisers incendiaires avec Sarah, cet après-midi. Dieu qu'il avait envie d'elle !

Fingal laissa échapper un bref aboiement, comme s'il se souvenait, lui aussi, de leur batifolage.

Ah, si seulement ils avaient pu partir, songea-t-il. Mais son père serrait étroitement les cordons de sa bourse. Le simple coût d'une chaise de poste pour aller rendre visite aux amis de Sarah était inenvisageable, pour l'instant. Il avait déjà presque entièrement dépensé sa rente trimestrielle et son père pouvait reporter le versement de la suivante aussi longtemps qu'il jugerait bon de le faire. Quant au coût d'une installation indépendante, il était tel qu'il ne pouvait même pas y songer. Et puis il aimait bien Poldene. Il s'était toujours plu chez lui et n'avait jamais envisagé de vivre ailleurs.

Debout dans le jardin obscur, il se laissa envahir par le parfum des roses et de l'océan, s'efforçant de chasser tout ce qui le tracassait de son esprit. En vain. Fingal vint caler son museau humide au creux de sa main. Le vieux chien faisait partie de la vie de Kenver depuis qu'il avait treize ans. Il était arrivé alors qu'il n'était qu'un jeune chiot joueur, et au fil des ans, il était devenu le patriarche de sa lignée. S'il avait pu parler, il lui aurait sans doute donné un sage conseil. Mais Fingal n'était qu'un chien.

Vêtue de sa chemise de nuit, les cheveux nattés, Sarah rassembla son courage et entrouvrit légèrement la porte de sa chambre. Le couloir semblait vide. Elle leva son chandelier pour donner plus de lumière ; la flamme de la chandelle oscillait à peine. Personne. Pas le moindre bruit. Elle prit une longue inspiration, sortit de sa chambre et longea le couloir pour aller frapper à la porte de la chambre de son mari. Elle ne reçut pas de réponse. Craignant la venue de quelqu'un qui la surprendrait là, elle tourna la poignée, entra et referma doucement la porte.

La chambre était vide. Rien n'indiquait qu'il était repassé là après le dîner. Elle alla jeter un coup d'œil dans le vestiaire qui se révéla également vide. Le récit mythologique de Psyché et Cupidon lui revint en mémoire. La jeune fille qui avait épousé un amant invisible était aussi la victime de sa tyrannique belle-mère.

— Petite sotte, murmura-t-elle. Kenver n'est pas invisible et la comtesse n'est pas la déesse Aphrodite.

La comparaison était si cocasse qu'elle la fit sourire.

Réprimant d'autres idées fantasques de châteaux enchantés, elle regarda autour d'elle. Elle ne fut pas surprise de découvrir que la chambre de Kenver était plus spacieuse et luxueuse que la sienne. Des traces de lui étaient disséminées un peu partout ; un foulard froissé, une paire de gants, des brosses à manche d'argent. Elle ramassa un gant et l'approcha de sa joue. Elle huma son odeur et se souvint de leurs baisers au jardin...

Sa consommation vorace de livres l'avait familiarisée avec un certain nombre de concepts qu'une jeune fille convenable était censée ignorer. Elle avait lu des choses concernant les plaisirs du lit conjugal – en termes fâcheusement vagues, la plupart du temps, ce qui faisait que le sujet demeurait mystérieusement alléchant. Les baisers de Kenver ayant partiellement confirmé ses lectures, elle savait désormais ce qu'être « violemment excitée » signifiait. Et elle avait hâte de découvrir la suite...

Oserait-elle s'installer dans le lit de son époux pour l'attendre ? L'idée lui plut en même temps qu'elle la scandalisa. Que dirait-il ? Que penserait-il, s'il la trouvait là ? C'était leur nuit de noces, après tout. Mais il serait quand même surpris. Et s'il n'était pas content de la trouver là à son retour ?

Un bruit étouffé, de l'autre côté de la porte située au fond du vestiaire de Kenver, la pétrifia soudain.

Kenver devait avoir un valet de chambre, comprit-elle. Un autre domestique au service de lady Trestan. Si cet homme entrait et la voyait là...

Ses nerfs craquèrent. Elle rouvrit la porte par laquelle elle était entrée, vérifia que la voie était libre et regagna prestement sa chambre. Debout près de son lit, le chandelier tremblant dans sa main, elle reprit son souffle.

Un flot de tristesse menaça de la submerger. Non, elle ne pleurerait pas ! Pourquoi se laisser aller à croire que tout était perdu ? Cette journée lui avait semblé interminable, mais c'était seulement le premier jour de son mariage. Elle allait devoir faire preuve de finesse, si elle voulait que les suivants soient plus gais.

Elle décida brusquement qu'elle allait commencer par faire comme si elle était satisfaite de son sort. Ce qui agacerait lady Trestan. Non qu'elle tînt particulièrement à l'agacer. Mais... elle le ferait quand même ! Cette femme ne devait surtout pas savoir à quel point elle se sentait perdue.

Son amie Charlotte disait d'elle qu'elle était la plus mauvaise menteuse du monde. C'était vrai. Pour leurs stratagèmes d'écolières, Sarah n'avait jamais été désignée comme celle qui devrait mentir. Mais elle pouvait apprendre, décida-t-elle. N'avait-elle pas toujours excellé dans tous les apprentissages ? Et elle était plus que disposée à apprendre tout ce qu'il faudrait pour réussir son mariage. Kenver méritait d'être heureux, lui aussi. De fait, telles que les choses se présentaient, leurs bonheurs respectifs étaient étroitement liés. Elle doutait que les parents de Kenver se soucient un tant soit peu de leur bonheur.

Serrant les dents avec détermination, elle s'avança jusqu'à sa malle à demi pleine, en sortit un de ses livres préférés – un ami sur qui elle avait toujours pu compter – et se mit au lit avec lui, à défaut de pouvoir se coucher avec son nouvel époux.

*

* *

Le lendemain matin, Kenver attendit dans le couloir que Sarah sorte de sa chambre et ils se rendirent ensemble à la salle à manger, mais alors qu'ils s'en approchaient, il la vit hésiter.

— Ma mère prend le petit déjeuner dans sa chambre, lui dit-il, soucieux de la rassurer. Et mon père ne descendra pas avant un bon moment.

Ils prirent place à table et Kenver sonna pour demander que l'on apporte le thé.

— Montez-vous à cheval, Sarah ? demanda-t-il tandis qu'ils mangeaient.

— Oui. Pas aussi bien que mon amie Charlotte, cependant. Je n'aime pas trop les sauts d'obstacles.

— C'est noté, dit-il en souriant. Le saut d'obstacles ne faisait pas partie de mes intentions, mais je passe généralement une partie de la journée sur les terres du domaine et je me demandais s'il vous plairait de m'accompagner.

— Avec grand plaisir, répondit-elle aussitôt.

Ils savaient tous les deux qu'elle n'avait pas envie de rester seule à Poldene Hall, et Kenver se rendit compte qu'il ne le souhaitait pas plus qu'elle. Ces dernières années, il avait pris l'habitude de chevaucher à travers la campagne des heures durant, n'emportant qu'un peu de pain et de fromage dans la sacoche de sa selle. Une habitude qui l'avait d'ailleurs récemment conduit jusqu'à Tintagel, et qui avait changé le cours de sa vie.

— Je vais monter mettre ma tenue d'amazone, ajouta-t-elle. Je vous retrouve à l'écurie ?

— À moins que vous ne souhaitiez que je vous accompagne et que je vous attende.

Dans le couloir, devant la chambre de sa mère, ce qui serait inconfortable. Sarah parut lire dans ses pensées. Elle secoua la tête.

— Je ne serai pas longue.

Kenver fut touché de sa prévenance et se dit qu'elle était d'une rare délicatesse.

— Je vais aller vous choisir un cheval à l'écurie, dit-il.

— Inutile de prendre une limace, comme dirait Charlotte. Je monte plutôt bien.

— Une monture avec du caractère sans être coutumière des sauts intempestifs, donc.

Sarah lui adressa un sourire d'une franchise charmante qui l'atteignit en plein cœur. Parmi la multitude de choses qu'il désirait, il prit conscience qu'il souhaitait inspirer ce sourire à sa femme aussi souvent que possible.

Ils chevauchèrent côte à côte le long de la grande allée qui s'étirait devant Poldene. Et si quelqu'un les observa depuis les fenêtres, Sarah n'en sut rien. Kenver avait choisi pour elle une charmante petite jument qui gambadait allègrement, visiblement ravie de partir en promenade. Son allure guillerette fit rire Sarah.

— Tout va bien ? s'enquit Kenver.

— Merveilleusement !

Le temps était couvert. De gros nuages filaient dans le ciel sous l'effet de la brise et une odeur de foin fraîchement coupé flottait dans l'air. Sarah respira profondément ce parfum et se sentit soudain plus libre. Quand ils s'engagèrent sur le chemin situé au-delà du portail, elle se pencha en avant et laissa la jument donner libre cours à son envie de galoper. Kenver l'imita, chevauchant auprès d'elle avec un grand sourire.

À l'approche du village situé au sommet de la vallée, ils ralentirent leur allure pour le traverser au pas. Kenver salua une vieille femme et une jeune mère qui tenait un bébé. Sarah savait que la plupart des gens étaient occupés par les moissons, à cette période de l'année. Un homme d'âge moyen se tenait cependant près d'un cottage au toit de chaume, appuyé sur un grand bâton. Kenver se tourna vers lui quand il le vit lever la main.

— Non, ne descendez pas, dit l'homme quand Kenver amorça le mouvement de mettre pied à terre.

— Je ne veux pas vous obliger à lever la tête.

— Cela ne m'est pas trop difficile.

Sa voix était celle d'un homme éduqué et non d'un simple villageois.

— Sarah, voici Ralph Stovell, le maître d'école, dit Kenver en restant en selle. Stovell, mon épouse.

Ravie de s'entendre appeler ainsi, Sarah n'en remarqua pas moins, en observant le regard bleu du maître d'école, que celui-ci était déjà au courant de leur histoire. Elle ne lut cependant aucune condamnation dans ses yeux. Il lui sembla aussi déceler une sorte de souffrance, dans les profondeurs de ce regard.

— J'ai reçu une lettre de Dellings, dit Stovell. Il est content de l'enthousiasme et de l'application de John. Il prédit de grandes choses pour lui. Mais il dit aussi que le garçon a tellement grandi que ses vêtements sont devenus trop petits.

Kenver tira de sa poche une bourse de cuir, en délaça les cordons et en tira une pièce d'une guinée. Il la tendit à Stovell. L'homme hocha la tête en guise de remerciement, puis recula comme s'il n'avait rien d'autre à ajouter. Kenver rangea sa bourse, et ils se remirent en route.

— Il n'est guère courant de trouver un vrai maître d'école dans un si petit village, fit remarquer Sarah, une fois qu'ils eurent laissé les cottages derrière eux.

— Stovell apprécie de vivre au calme. Il a reçu une mauvaise blessure pendant la guerre.

— À la jambe ? demanda Sarah en repensant à la façon dont l'homme s'appuyait sur son bâton.

— Oui. Et d'autres blessures moins visibles.

Peut-être ce qu'elle avait perçu au fond de son regard.

— Il n'aime pas en parler, ajouta Kenver. Je l'ai trouvé un jour sur le sentier de la falaise. Il tentait de traverser le pays à pied comme il l'avait fait du temps qu'il était étudiant. Mais il était tombé et ne pouvait plus avancer. Il était allongé près du bord, le regard tourné vers le large.

Sarah croisa son regard et comprit que Stovell avait envisagé de se jeter du haut de la falaise.

— Alors vous lui avez trouvé un poste de maître d'école, conclut-elle.

— Nous avons discuté de choses et d'autres, et l'idée s'est en quelque sorte imposée d'elle-même.

— Qui est John ?

— Un garçon du village qui est entré en apprentissage chez un notaire de Truro.

Voilà qui sortait également de l'ordinaire.

— Stovell et moi avons un arrangement, enchaîna Kenver avant qu'elle ait pu poser la moindre question. La plupart des enfants apprennent le métier de leurs parents, comme vous le savez. Le fils d'un forgeron devient forgeron. La fille d'une couturière apprend à manier l'aiguille. Les paysans emmènent leurs enfants dans les champs, et ainsi de suite. Mais de temps en temps, il arrive qu'un enfant soit différent.

— Certains très bons élèves.

— Parfois. Mais aussi ceux qui ne sont pas faits pour exercer le métier de leurs parents. Ou ceux qui ont envie de faire autre chose. Stovell est attentif à cela, et quand nous sommes certains qu'un enfant est vraiment déterminé dans son choix, nous lui trouvons un apprentissage ou un emploi. Ou bien nous lui permettons d'étudier.

— C'est merveilleux, dit Sarah, pleine d'admiration.

Il haussa les épaules, comme si ce n'était pas grand-chose.

Ils poursuivirent leur route et tout le long du chemin, Kenver fut salué par les paysans qui travaillaient dans les champs et les habitants des cottages. Il semblait tout savoir de chaque famille et les gens l'informaient des événements nouveaux. Beaucoup d'entre eux venaient lui poser des questions ou lui soumettre une requête. De temps à autre, il sortait quelques pièces de sa bourse et les leur donnait. Sarah n'entendait pas ce qu'ils disaient, mais les transactions étaient claires. Kenver complétait les actions du régisseur de Poldene et changeait même peut-être certaines décisions. Il s'impliquait dans la vie de ce lieu où il était visiblement apprécié et respecté.

— Est-ce ainsi que vous passez vos journées ? demanda-t-elle tandis qu'ils laissaient un de ces groupes derrière eux.

— La plupart du temps, oui.

— Vous disiez rêver d'une quête chevaleresque, mais vous en avez déjà une. Vous veillez au bon fonctionnement du domaine.

— Ce n'est pas comparable.

— Mais si. Vous faites ce que faisaient les anciens chevaliers.

— Ils s'occupaient de choses autrement importantes. Ils livraient bataille. Partaient en mission. Redressaient des torts.

— Je vous soupçonne de faire aussi tout cela, dit doucement Sarah.

Kenver l'observa. Elle semblait tout à fait sincère. Et admirative. Elle ne se moquait pas de lui. Cette jeune femme intelligente et perspicace pensait réellement qu'il était l'égal des anciens chevaliers. Cette idée lui parut si novatrice qu'il ne parvint pas tout à fait à l'accepter.

Une soudaine rafale de vent souleva son chapeau. Kenver connaissait bien les caprices du temps sur ses terres.

— Il ne va pas tarder à pleuvoir, annonça-t-il. Venez. Je connais un endroit où nous pourrons nous abriter, non loin d'ici.

Il pressa l'allure et les mena jusqu'à une grange, au bord d'un champ de chaume, avant que les premières gouttes se mettent à tomber.

— Pas trop fatiguée ? demanda-t-il en l'aidant à descendre.

— Un peu, si. Je n'ai pas l'habitude de rester en selle aussi longtemps.

— Nous allons prendre un peu de repos, dit-il en vidant les fontes de sa monture.

Il avait veillé à emporter autre chose que du pain et du fromage et s'en félicita quand Sarah s'extasia devant les fines tranches de poulet rôti enveloppées de papier ciré, le pain croustillant, les pêches et les petites bouteilles de cidre soigneusement bouchées.

Il sortit aussi plusieurs serviettes et la laissa disposer tout cela pendant qu'il prenait soin des chevaux. Il desserra leurs sangles et leur apporta de l'eau depuis l'abreuvoir. Il y avait aussi du fourrage entreposé dans la grange et il ne se trouverait personne pour lui reprocher d'en prendre un peu. Il rejoignit ensuite Sarah sur un vieux banc de bois pour manger avec elle.

La faim les contraignit un moment au silence. Kenver se servit de son couteau de poche pour déboucher les bouteilles de cidre et le liquide acidulé les désaltéra plaisamment. Il pela les pêches et en ôta les noyaux.

— C'est un peu comme si nous étions à nouveau dans la grotte, fit remarquer Sarah alors qu'il lui en offrait un quartier.

— Nous sommes moins trempés.

— C'est vrai. Et nous avons de quoi manger.

— Nous ne sommes pas piégés, non plus.

— Ce n'est donc pas du tout la même chose, conclut-elle en riant. C'est juste... une impression similaire, dit-elle avant de mordre dans le quartier de pêche.

Elle avait raison. Ils étaient là, seuls, loin de la pression de la foule, avec leurs paroles et leurs silences, assis l'un à côté de l'autre. Et il y avait ce lien étroit qui les unissait, palpable et mystérieusement robuste. D'un coin de sa serviette, Kenver essuya délicatement un filet de jus de pêche qui courait sur le menton de Sarah.

Elle leva vers lui ses doux yeux bleus. Il se pencha pour l'embrasser et surprit le goût de la pêche sur ses lèvres consentantes.

La tendresse se mua presque aussitôt en passion. Kenver ne remarqua même pas le bruit que firent les bouteilles de cidre en tombant. Ses mains parcouraient le corps de Sarah, impatientées par le rempart de ses vêtements, trouvant les boutons de son costume d'amazone...

Il en avait déjà défait deux quand la prudence le rappela à la raison. Il pouvait la culbuter dans le foin, comme d'autres couples l'avaient fait avant eux, à n'en pas douter. L'endroit était connu. Raison pour laquelle d'autres personnes risquaient d'arriver pour s'abriter de la pluie. Et de les surprendre... De plus, il lui aurait manqué de respect, en agissant ainsi. Sarah était sa femme. Il réprima un gémissement et s'écarta d'elle. Les serviettes étaient tombées sur le sol en même temps que le cidre et des morceaux de pêche.

— Cette grange est connue des amoureux, dit-il.

Sarah battit des cils. Elle était adorablement échevelée. Ses boucles blondes retombaient devant ses joues rosies et son chapeau avait glissé. Kenver baissa les yeux sur sa poitrine qui se soulevait rapidement, révélant son trouble, et se sentit gagné par une flambée de désir.

Il se pencha pour ramasser les bouteilles. Il ne restait qu'un tout petit peu de cidre. Il le but, puis se leva pour ranger leur pique-nique.

— Je vais voir les chevaux, parvint-il à dire en emportant les reliefs de leur repas.

Il resta près de leurs montures le temps de se ressaisir. Quand il revint, Sarah avait arrangé sa coiffure et remis son chapeau. La pluie s'était déjà calmée.

— Si vous êtes reposée, nous ferions mieux d'y aller, proposa-t-il.

Oui, ils feraient mieux, car il doutait de pouvoir contenir son désir bien longtemps, autrement.

Sarah hocha la tête. Il approcha les chevaux, l'aida à se mettre en selle, puis la guida jusqu'à la côte.

— Nous avons décrit un cercle et nous allons maintenant regagner Poldene, dit-il.

Sarah l'entendit, mais elle prêtait à peine attention à ses paroles. Ses sens étaient toujours en émoi, sa peau brûlante désirait encore ardemment le contact de ses mains... Elle aurait été affreusement embarrassée si quelqu'un les avait surpris en pleine action dans le foin. Elle savait cela, bien sûr. D'épouvantables commérages seraient venus s'ajouter à ceux qui entouraient les circonstances de leur mariage. Lady Trestan... Non. Sarah refusa de penser à cela. Mais il n'y avait personne alentour, se dit-elle juste avant d'apercevoir deux villageois, chacun portant une pelle sur l'épaule, au détour du sentier, devant eux. Ils saluèrent Kenver au passage. Et le cottage qui se trouvait sur la colline, un peu plus loin, surplombait probablement la grange. Un garçon dégringola d'un arbre dans le champ voisin, puis se faufila à travers les buissons, tel un gamin cherchant à échapper à ses corvées. Kenver avait donc eu raison. Il connaissait ses terres, évidemment. Elle devait cesser de penser à ses mains, à ses lèvres et... à tout le reste.

Elle prit une longue inspiration, puis une autre. Le bruit de l'océan s'amplifia en même temps que son parfum iodé. Ils arrivèrent bientôt en vue d'un hameau de pêcheurs, perché au bord d'une falaise surplombant une petite crique. Sarah fut surprise de voir Kenver s'arrêter devant une des maisons, mettre pied à terre et venir l'aider à en faire autant.

— Il faut que j'aille parler à un des hommes qui se trouvent près des bateaux, dit-il en désignant la flottille, en contrebas. Mme Vine va s'occuper de vous.

Sarah se retourna et aperçut une robuste femme d'une cinquantaine d'années qui sortait d'un cottage en essuyant ses mains sur un torchon. Elle fit sa révérence à Sarah quand Kenver la lui présenta.

— J'ai de ce cake aux raisins secs que vous aimez bien, milord, dit-elle.

— Je me doutais que vous en auriez, répondit Kenver avant d'adresser un sourire à Sarah et de s'éloigner sur le sentier qui descendait vers la mer.

Mme Vine fit entrer Sarah dans une pièce où se trouvaient deux petites tables et des chaises.

— On commence à voir venir des voyageurs, le long de la côte. Ils veulent tous voir l'océan, ajouta-t-elle en secouant la tête comme si elle était interloquée par une telle envie. Ils aiment bien trouver un endroit où s'arrêter pour prendre le thé avec une part de gâteau. Je suis boulangère, alors j'en ai parlé avec le jeune milord et... Mais asseyez-vous, dit-elle en désignant les tables.

Sarah lui obéit et quelques minutes plus tard, Mme Vine revint avec un plateau chargé d'une théière, de tasses et d'un superbe cake.

— Quel joli motif ! s'exclama Sarah en examinant les fines tasses de porcelaine.

Mme Vine coula vers elle un regard oblique.

— Le jeune milord les a *trouvées* au fond d'un placard. Quelque part. C'est ce qu'il a dit.

Sarah sourit et Mme Vine lui fit un clin d'œil avant de couper une belle tranche du cake et de la poser sur une assiette.

Sarah prit une élégante fourchette à dessert tout en se demandant si celle-ci venait aussi d'un mystérieux recoin de Poldene et goûta le cake. Un incroyable mélange de saveurs fondit sur sa langue.

— Oh, c'est succulent ! Je crois bien que c'est le meilleur cake aux raisins secs que j'aie jamais mangé !

Un sourire rayonnant fendit le visage de Mme Vine.

— Ma fille est pâtissière dans un grand hôtel de Londres. Ce n'est pas courant, vous savez.

Sarah acquiesça. Ce type d'emploi échouait rarement à une jeune femme. Ou à n'importe quel enfant issu d'un petit hameau de Cornouailles.

— C'est milord Kenver qui l'a aidée à y entrer. Et elle est connue, maintenant, à Londres, grâce à mes recettes.

— Je comprends pourquoi, répondit Sarah avant de savourer une nouvelle bouchée de cake.

Kenver revint bientôt pour dévorer une énorme tranche de gâteau et parler avec Mme Vine de sa fille. Peu de temps après, tous deux remontèrent en selle pour regagner Poldene.

— Les gens vous appellent « milord Kenver », releva Sarah tandis qu'ils s'éloignaient.

— Je pourrais faire usage du titre de vicomte Otterham, mais je ne le fais pas. C'est le titre de courtoisie du comté qui revient à l'héritier, mais je ne vois pas la nécessité d'en faire usage.

Sarah ne dit rien, mais apprécia son attitude.

« Quelle charmante journée, se dit-elle. Si seulement le dîner pouvait se passer de façon aussi plaisante... »

6

Des messages furent échangés entre Londres et Poldene à une vitesse prodigieuse, et deux jours plus tard, les illustres et mystérieux hôtes de lady Trestan arrivèrent à Poldene. Sarah et Kenver n'avaient pas été informés de l'heure à laquelle ils étaient attendus, mais le hasard voulut qu'ils se trouvent au jardin quand le bruit de leur attelage s'éleva soudain depuis l'allée gravillonnée. Curieux, Kenver orienta leurs pas vers le parvis de Poldene juste à temps pour voir s'arrêter un carrosse aux portières frappées d'un blason, le fouet du cocher décrivant dans l'air une superbe arabesque.

La portière s'ouvrit et un bel homme à la chevelure brune et à la silhouette athlétique descendit de voiture. Kenver avait passé assez de temps à Londres pour reconnaître un Londonien à la pointe de la mode. L'homme se retourna et offrit sa main à une éblouissante dame blonde, nouvel exemple de perfection vestimentaire. Kenver se demanda dans quelles circonstances son oncle avait pu faire connaissance avec un couple aussi élégant.

— Oh ! murmura Sarah près de lui.

Kenver comprit son étonnement. Poldene n'avait encore jamais reçu la visite d'hôtes aussi sophistiqués, pour autant qu'il se souvienne. La porte d'entrée s'ouvrit et ses parents sortirent sur le porche pour accueillir les nouveaux venus. Kenver remarqua que l'on avait veillé à retenir les chiens, cette fois. Il entraîna Sarah, impatient de découvrir qui étaient les nouveaux venus.

Sa mère parut contrariée de les voir approcher, mais il ignora son froncement de sourcils et se joignit au groupe.

— Sarah ! s'exclama la ravissante visiteuse blonde.

— Bonjour, Cécilia, entendit-il répondre sa femme, stupéfait. C'est donc vous, les invités de lady Trestan ?

— Oui, nous avons été fort aimablement conviés à séjourner à Poldene.

— Oh, c'est merveilleux !

Sarah semblait à la fois surprise et soulagée. Kenver, lui, était tout simplement éberlué.

— Vous vous connaissez ? demanda sa mère d'un ton incrédule, gratifiant Sarah d'un regard fielleux.

Kenver vit que son attitude n'échappait pas aux invités. La dame élégante promena sur l'assemblée son regard clair, aux yeux bleus aussi malicieux qu'ils étaient beaux.

— Oui, répondit-elle. Nous sommes de très bonnes amies. Je suis ravie de vous voir, Sarah, ajouta-t-elle d'un ton qui comportait une pointe de questionnement.

— Je vous présente mon mari, Kenver Pendrennon, répondit Sarah.

Une autre surprise, remarqua Kenver. Décidément, c'était le jour.

— Notre fils, intervint sa mère, comme si Sarah avait usurpé ses prérogatives.

— Kenver, je vous présente mes amis, le duc et la duchesse de Tereford, ajouta Sarah.

La jubilation qu'elle laissa percevoir en prononçant ces mots ne lui échappa pas et il ne l'en blâma pas, après toutes les rebuffades que lui avaient infligées ses parents.

— Ravi de vous rencontrer, dit-il.

— Je ne m'explique pas par quel mystère vous pouvez vous connaître, dit sa mère d'un ton de dépit si évident que Kenver se sentit gêné.

— Nous avons apprécié notre mutuelle compagnie au cours de la dernière saison, répondit la duchesse.

— Vous et… *elle* ?

Le ton de lady Trestan suggérait qu'elle était persuadée qu'on essayait de lui jouer un tour.

Les nouveaux venus la dévisagèrent avec un léger haussement de sourcils. Leurs regards formaient un mélange si subtil de censure et d'interrogation que Kenver l'enregistra, se promettant d'en faire usage le jour où il aurait besoin de détruire quelqu'un tout en manifestant la plus exquise politesse.

— Nous ferions mieux d'entrer, suggéra son père.

Sa mère battit des cils, le temps de se remettre.

— Oui. Bien sûr, dit-elle en se plaçant devant son fils. Entrez, ajouta-t-elle, s'adressant clairement aux seuls invités.

Le duc et la duchesse la suivirent sans un regard en arrière. Kenver devina qu'ils n'étaient pas le genre de personnes à céder à ce genre d'impulsions. Il décida de ne pas leur emboîter le pas pour laisser le temps à sa mère de jouer la maîtresse de maison et de se calmer. Il se demanda soudain où elle avait l'intention de faire dormir ces hôtes de marque.

— Sacrée surprise, dites-moi, dit-il en se tournant vers Sarah.

— Je savais qu'ils projetaient de venir en Cornouailles pour voir une des propriétés du duc qui se trouve par ici. Je crois qu'elle est assez délabrée. C'est merveilleux de les retrouver ici ! Jamais je n'aurais...

Elle s'interrompit et réfléchit.

— J'imagine que Poldene est la seule demeure du voisinage qui soit assez prestigieuse pour recevoir les Tereford, ajouta-t-elle alors avant de secouer la tête. Je ne puis toutefois m'empêcher d'y voir la main de la providence.

Kenver, visiblement perplexe, la questionna du regard.

— Cette arrivée inopinée d'une amie, expliqua Sarah.

Et lui ? N'était-il pas son ami ? Peut-être ne l'était-il pas vraiment. Mais il avait l'intention de le devenir. Un des jardiniers surgit au détour d'un buisson dont il entreprit de tailler les branches. Un travail bien inutile, estima Kenver. Certains membres du personnel de Poldene semblaient toujours surgir quand ils étaient seuls, Sarah et lui. Les stratagèmes de sa mère commençaient à devenir pénibles.

— Je demanderai conseil à Cécilia, dit Sarah comme si elle se parlait à elle-même. Elle trouve toujours des solutions à tout, ajouta-t-elle à l'intention de Kenver.

Il avait seulement aperçu la duchesse, mais il n'eut aucun mal à le croire.

— Et le duc est un compagnon très agréable, précisa Sarah.

— Le dessus du panier, apparemment.

— Oh, oui.

— Ma mère s'est montrée…

Il hésita sur le terme qui convenait.

— … stupéfaite de découvrir que je puisse être l'amie d'une duchesse ? conclut Sarah à sa place.

— Ma foi…

— Cela va peut-être compliquer les choses.

— À moins qu'elle n'en vienne à vous apprécier. Comme moi.

— Vous n'en avez pas vraiment eu l'opportunité.

Sarah s'était exprimée d'un ton sec qu'il ne lui avait encore jamais entendu. Et son expression s'était étrangement durcie. L'expression « un chat parmi les pigeons » lui passa fugitivement par la tête. Mais il se demanda qui était le chat, en l'occurrence.

Une nouvelle berline chargée des bagages du duc et de la duchesse de Tereford, remonta l'allée et il s'avança pour expliquer au cocher comment gagner l'écurie.

*

* *

Sarah ne fut pas surprise d'entendre frapper à sa porte une heure avant le dîner, ni de découvrir Cécilia quand elle alla ouvrir. Elle avait veillé à se tenir prête bien avant l'heure et à congédier Cranston.

— Vous êtes seule ? demanda Cécilia en balayant sa chambre du regard. Parfait ! On ne vous a pas attribué une affreuse mansarde poussiéreuse. Juste une chambre exiguë.

Sarah jugea inutile de lui demander comment elle avait fait pour la trouver dans une maison inconnue. Cécilia était ainsi. De même qu'elle semblait avoir parfaitement compris l'attitude de la mère de Kenver à son égard sans qu'elle lui en ait rien dit.

— Et juste en face de celle de ma belle-mère, ajouta Sarah.

Cécilia laissa échapper un rire mélodieux. La chambre en fut comme illuminée par sa seule présence.

— L'arrivée inattendue d'une amie ne m'a jamais rendue plus heureuse, avoua Sarah.

— Que faites-vous donc ici, Sarah ? Et mariée sans en avoir rien dit à personne ? J'ai reçu des lettres voilà deux jours. Harriet et Charlotte ne m'ont rien dit à ce sujet.

— Je n'ai pas encore eu le temps de vous écrire. Tout s'est passé si vite.

Cécilia haussa ses fins sourcils dorés et attendit.

— En fait, ce n'est pas le temps qui m'a manqué, mais le courage.

Elle raconta alors toute l'histoire à son amie. Tintagel, la grotte, la crainte des commérages et la demande en mariage pleine de galanterie de Kenver.

— Mon Dieu, quelle aventure !

Sarah laissa échapper un rire sans joie.

— Moi qui en avais toujours rêvé, je découvre à présent qu'elles n'ont rien de confortable et qu'elles n'en finissent jamais. J'en étais à envisager un sauvetage, hier soir.

— Quel genre de sauvetage, Sarah ? demanda Cécilia en scrutant son visage. Regrettez-vous de vous être mariée ?

— Non. Oui. Pas d'être mariée avec Kenver, bien que nous n'ayons… Le problème, ce sont ses parents.

Cécilia hocha la tête.

— J'ignorais, avant d'arriver ici, à quel point ils étaient fâchés de cette union, poursuivit Sarah. Nous n'avions pas même eu le temps de faire connaissance, et…

Elle s'interrompit, navrée d'avoir lâché une telle bêtise. Évidemment qu'ils n'en avaient pas eu le temps.

— Certains mariages arrangés peuvent fonctionner, dit Cécilia après un instant de réflexion. J'ai déjà vu la chose se produire.

— Quand les conjoints s'efforcent de le faire fonctionner ?

Son amie hocha la tête.

— M'apporterez-vous votre aide, Cécilia ?

— Bien sûr. Il vous suffira de me dire ce que vous attendez de moi.

— Faites en sorte que les parents de Kenver m'apprécient ?

— Sarah…

— C'était une plaisanterie. Pas très drôle, j'en conviens. J'aimerais que vous observiez la situation et que vous me donniez quelques conseils.

— Je le ferai, assura son amie en lui pressant la main.

— Merci, murmura Sarah, réconfortée.

*

* *

Au dîner, Kenver constata que sa mère avait placé Sarah et la duchesse aussi éloignées l'une de l'autre que possible. Mais ils étaient si peu nombreux que l'affront restait léger. La comtesse mit ensuite un point d'honneur à ne parler que de personnes pouvant être des connaissances communes, mais inconnues de Sarah. Elle semblait disposée à passer en revue l'histoire de leur famille et de leurs relations pendant tout le dîner. Les invités, bien que parfaitement affables, ne semblaient guère intéressés.

— J'espère que vos appartements sont confortables, dit Kenver à la duchesse dès le premier blanc de la conversation.

— Oui, répondit-elle en le gratifiant d'un sourire charmant. Votre mère nous a dit qu'un prince y a autrefois séjourné.

— Un prince ? répéta Kenver en s'efforçant d'assimiler la nouvelle. Vous logez dans la suite royale ? demanda-t-il en se disant qu'il devait s'agir d'un malentendu.

— Oui, c'est ainsi que votre mère l'a nommée. De quel prince s'agissait-il ?

— D'un prince qui est mort jeune et qui n'est jamais monté sur le trône, intervint sèchement Sarah.

Kenver croisa son regard furieux, mais il n'arrivait toujours pas à croire ce qu'il venait d'entendre. Il se tourna vers son père.

— Et les travaux ? s'enquit-il.

— Hicks a fait venir plus d'hommes et s'est arrangé pour finir.

— Il y avait un trou au plafond !

Kenver était allé vérifier la lente progression des travaux la veille. Non, c'était le jour précédent. Hier, Sarah et lui étaient encore allés chevaucher sur le domaine.

— Ah, il me semblait bien avoir reconnu une odeur de plâtre frais, déclara le duc. Ne t'en ai-je pas fait part, très chère ? ajouta-t-il de l'air du spectateur qui assiste à une pièce modérément intéressante.

La duchesse lui décocha un sourire de réprimande.

— Voyons, Kenver, dit lady Trestan. Ces choses-là n'intéressent pas nos invités.

— Détrompez-vous. Mon épouse est fascinée par la gestion de domaines, dit le duc.

— Quand il s'agit de nos propriétés, répliqua la duchesse d'un ton qui suggérait qu'il était allé trop loin, ce que le duc accueillit sans sourciller.

— Quelle est donc cette propriété que vous êtes venus inspecter en Cornouailles ? demanda lord Trestan.

— Il s'agit d'une maison appelée Tresigan, répondit la duchesse.

— Mais elle est hantée, fit remarquer Kenver sans prendre le temps de réfléchir, l'esprit encore rivé sur la suite royale miraculeusement terminée.

— Évidemment qu'elle l'est, répondit le duc en décochant un coup d'œil malicieux à son épouse.

— Allons, allons, dit lady Trestan en agitant la main. Les gens racontent toujours des histoires farfelues.

— Vous connaissez l'endroit ? demanda la duchesse à Kenver.

— Je n'y suis jamais allé. J'en ai seulement entendu parler.

— Et elle serait hantée ? demanda Sarah, visiblement intriguée.

— Les maisons hantées n'existent pas, décréta lady Trestan en la gratifiant d'un froncement de sourcils.

— Nous verrons cela, dit le duc d'un ton qui suggérait qu'il partageait cet avis. Nous comptons aller la voir demain.

— Sarah et vous pourriez nous accompagner, proposa la duchesse en souriant à Kenver. Des guides connaissant la région pourraient nous être utiles.

Kenver aperçut le sourire de Sarah et s'empressa d'accepter. Sa mère laissa échapper un soupir de désapprobation, mais n'osa pas objecter ouvertement.

Le reste de la soirée se déroula de façon plus plaisante qu'à l'accoutumée. Le duc et la duchesse de Tereford étaient apparemment passés maîtres dans l'art de se montrer charmants, et les parents de Kenver répondirent à leurs attentions comme des plantes flétries auxquelles on donne enfin à boire. Kenver se demanda d'abord si Sarah ne risquait pas de se sentir offensée, mais ce n'était manifestement pas le cas. Le regard qu'elle posait sur la duchesse était chargé d'affectueuse admiration. Et d'une sorte de tendre complicité, comme si elles complotaient quelque chose. Il voulut la questionner à ce sujet quand il l'escorta un peu plus tard, mais Sarah ouvrit la porte de sa chambre, jeta un coup d'œil à l'intérieur et la referma.

— Cranston est là, murmura-t-elle.

— Évidemment qu'elle est là, répondit Kenver en s'efforçant d'adopter l'intonation magistrale du duc de Tereford, sachant que Cranston avait l'ouïe fine. Je suis navré, au sujet de la suite royale.

— Pourquoi ?

— Mes parents ont fait accélérer les travaux pour les invités. Ma mère serait prête à tous les sacrifices pour impressionner un duc. J'espère au moins que ces travaux auront été exécutés correctement.

— Votre mère est probablement restée sur le dos de M. Hicks pour s'en assurer.

L'image était si juste que Kenver éclata de rire.

— D'autant qu'elle agissait ainsi pour des occupants véritablement *dignes* d'y séjourner, ajouta Sarah d'un ton sec.

— Dès que les invités repartiront, nous y emménagerons, promit Kenver, visiblement mal à l'aise.

— En y transportant nos effets en pleine nuit ? demanda-t-elle. Pour les mettre devant le fait accompli ?

Kenver comprit qu'il s'agissait d'une plaisanterie à l'étincelle qu'il vit briller dans ses yeux bleus. L'arrivée de ses amis l'avait heureusement égayée et il ressentit un élan d'affection, doublé d'une bouffée de désir, pour cette femme merveilleuse qu'il avait épousée.

C'était exaspérant de ne pas pouvoir l'enlacer pour la couvrir de baisers. S'il la soulevait dans ses bras et qu'il l'emmenait dans sa chambre... il y trouverait son valet de chambre. Et ce pauvre domestique vieillissant, qui faisait toujours preuve d'une exquise correction, serait affreusement embarrassé. Kenver imagina sans peine son air ébahi, ses murmures d'excuse et les menus objets qu'il ferait tomber en se retirant avec empressement... Une scène qui manquait définitivement de romantisme.

Des pas s'élevèrent au bout du couloir et sa mère apparut. Elle s'immobilisa et les observa comme s'ils faisaient quelque chose d'inconvenant.

— Bonsoir, dit Sarah avant de disparaître dans sa chambre.

Kenver salua sa mère d'un hochement de tête, regretta de ne pas avoir de puits de sagesse à consulter et alla se promener dans le jardin. Une fois de plus.

Tôt le lendemain, on fit atteler la berline des Tereford, et le duc et la duchesse ainsi que Sarah et Kenver s'installèrent tandis que l'on attachait un grand panier de pique-nique à l'arrière. Un des palefreniers de l'écurie de Poldene grimpa à côté du cocher pour lui indiquer la route. Même si la distance n'était pas bien longue jusqu'à Tresigan, l'enchevêtrement des chemins pouvait être trompeur, avait prévenu Kenver.

C'était une merveilleuse journée de fin d'été et Sarah se sentit presque grisée de soulagement à l'idée de cette sortie entre amis, loin du regard désapprobateur de la comtesse. Plusieurs heures d'affilée ! Cécilia et elle échangèrent des nouvelles. Le duc rapporta les potins qui circulaient à Londres. Et si Kenver parut surpris par l'aisance de leurs joyeux bavardages, Sarah ne fut pas mécontente de faire valoir qu'elle n'était pas une petite campagnarde insignifiante.

Moins d'une heure plus tard, ils quittèrent la route principale pour s'engager sur un chemin tellement envahi d'herbes folles que l'on aurait dit qu'aucun véhicule n'était passé par là depuis des mois. Des buissons de prunelliers s'élevaient des deux côtés, menaçant de les engloutir, et une série d'ornières les força à ralentir.

— Cela ne me dit rien qui vaille, dit le duc qui avait perdu sa bonne humeur.

Une longueur de ronce, poussée par la brise, agrippa le chapeau du cocher et le souleva de sa tête. L'homme tendit la main pour le rattraper et laissa fuser une exclamation de colère quand il le manqua. Le jeune palefrenier de Poldene sauta à terre, récupéra le couvre-chef et remonta souplement sur son siège.

— Vraiment rien qui vaille, insista le duc.

Ils s'engagèrent dans un tournant parmi la végétation exubérante, les ronces griffant les flancs de la voiture, et Sarah entendit le cocher grommeler à propos de la peinture alors qu'ils émergeaient dans un espace plus dégagé. Mais ils se retrouvèrent cette fois confrontés à un véritable chaos végétal.

— Mon Dieu, c'est entièrement recouvert de lierre ! s'exclama le duc.

— On croirait un tertre féerique, dit Sarah.

Des lianes retombaient depuis le sommet d'une falaise, et le lierre traversait quelques mètres de jardin avant de partir à l'assaut d'un bâtiment, s'enroulant autour de celui-ci telle une écharpe formant un somptueux camaïeu de verts. Les feuilles de lierre, doucement agitées par la brise, en obscurcissaient les détails, mais Sarah devina les contours d'une maison carrée s'élevant sur un étage. Quelques morceaux d'un toit à deux pans apparaissaient ici et là, et des vrilles de lierre pointaient, telles des mains leur faisant signe, en quête de nouveaux points d'appui.

Le cocher s'arrêta et ils descendirent de voiture. Une allée de dalles recouvertes de mauvaises herbes menait à l'entrée du tertre. Et à la porte de la maison, supposa Sarah. Ils s'engagèrent sur cette piste, les hautes herbes s'agrippant à leurs jupes et à la queue de leurs redingotes.

— Nous aurions dû apporter une faux, fit remarquer la duchesse.

— Et quelqu'un pour la manier, rétorqua son mari. J'en viens à me demander de plus en plus souvent pourquoi je ne me déplace pas escorté d'une équipe d'ouvriers.

Sarah s'apprêtait à suggérer qu'un tas de jeunes gens des environs cherchaient justement à s'employer quand elle réalisa, heureusement à temps, que le duc se contentait de plaisanter.

— J'imagine que tu n'as rien qui ressemblerait à une clé, dit le duc à son épouse.

— Oh, aurais-tu trouvé une porte ?

— Non, mais...

— Pas de clé.

Le duc accepta la chose avec résignation.

— Oncle Percival était franchement pénible, soupira-t-il.

— Le précédent duc, expliqua Cécilia à Kenver. Il négligeait de s'occuper de ses domaines.

Son époux laissa fuser un élégant ricanement.

— Il les a négligés pendant cinquante ans, précisa-t-il. Tout partait à vau-l'eau.

Un craquement de branches assorti d'un grincement de bois s'éleva au-dessus de leurs têtes. Sarah leva les yeux et vit une fenêtre s'ouvrir poussivement à l'étage, luttant centimètre par centimètre contre l'enchevêtrement du lierre. Finalement, une tête d'homme émergea et il baissa les yeux vers eux. Sarah contempla, ébahie, sa longue chevelure emmêlée ainsi que sa barbe et ses sourcils broussailleux. Il était aussi couvert de poils que la maison l'était de lierre !

— Partez ! ordonna-t-il.

Sa voix était enrouée, comme s'il en faisait rarement usage.

— Nul ne doit pénétrer ici. Ordre du duc de Tereford, ajouta-t-il.

Tous l'observèrent sans un mot, et il soutint leur regard. Sarah eut l'impression que ces yeux étincelants étaient verts.

— Je *suis* le duc de Tereford, dit le mari de Cécilia. Et je ne me souviens pas d'avoir donné cet ordre.

— Vous n'êtes pas le duc, rétorqua l'homme. Le duc est à Londres. Il ne vient jamais ici.

— Je suis venu de Londres pour voir cette maison.

— Le duc est un vieil homme, encore plus vieux que moi.

Sarah se demanda l'âge que cet homme pouvait bien avoir. Impossible à dire. Mais ses cheveux bruns ne grisonnaient pas, remarqua-t-elle.

— Mon grand-oncle est mort l'an passé et j'ai hérité du titre. Voulez-vous voir ma carte ? s'enquit le duc en présentant, du bout de ses gants immaculés, un petit rectangle de bristol.

Cécilia dissimula un sourire derrière sa main.

— N'importe qui peut se faire faire une carte, grommela l'homme d'un ton un peu moins assuré.

— Je suis Kenver Pendrennon. De Poldene. Peut-être avez-vous entendu parler du domaine ? Je vous garantis que cet homme est bien le duc de Tereford.

— Pendrennon.

Visiblement ce nom ne lui était pas inconnu. Il dévisagea longuement Kenver.

— Nous allons entrer, déclara le duc. Nous préférerions ne pas avoir à vous maîtriser par la force, ajouta-t-il d'un ton qui suggérait sa certitude d'y parvenir.

L'homme parut réfléchir un instant.

— Vous feriez mieux de faire le tour, alors. La porte d'entrée ne s'ouvre plus. Pas à moins de la dégager à la hache, en tout cas.

Sa tête disparut avant que quiconque ait pu répondre.

La petite troupe contourna la maison à travers les hautes herbes. Le cocher les accompagna, au cas où il faudrait faire usage de plus de persuasion, tandis que le garçon d'écurie restait avec les chevaux. La maison se révéla plus profonde que sa façade ne l'avait laissé supposer.

— Je ne pensais pas qu'elle était si grande, fit remarquer Cécilia.

— Je ne serais pas surpris par la présence d'une cour en son centre, répondit le duc.

Une fois franchi l'angle de la maison, ils découvrirent que le lierre avait été coupé pour faire place à un potager. On avait aussi dégagé une porte et deux fenêtres, situées au rez-de-chaussée. La porte s'ouvrit alors qu'ils l'atteignaient.

L'homme hirsute se tenait sur le seuil. Il portait une ample chemise qui avait sans doute été blanche par le passé, une culotte de peau et des sabots de bois, semblables à ceux que les paysans fabriquaient pour leur usage personnel. Ses vêtements étaient usés mais ils n'étaient pas en lambeaux, et Sarah estima qu'ils avaient l'air propres, tout comme celui qui les portait.

— Qui êtes-vous ? demanda le duc.

— Merlin.

Sarah croisa le regard de Kenver et se dit qu'elle devait avoir le regard aussi brillant que le sien.

— Merlin le magicien ? ne put-elle s'empêcher de demander.

Cette remarque lui valut un regard en coin de la part du duc et de la duchesse.

— Eh ! Qui sait ? répondit l'homme.

Kenver rit.

Le duc émit un son bref signifiant qu'il reconnaissait la touche d'humour sans toutefois s'y associer.

— Que faites-vous ici ? demanda-t-il. Avez-vous été placé en tant que concierge ? Si tel est le cas, vous vous acquittez fort mal de votre tâche.

— Non, je ne suis pas le concierge, grommela l'homme. L'endroit était à l'abandon.

— Vous vous y êtes donc introduit par effraction.

— C'était à peine fermé.

Le duc soupira.

— Vous voulez dire que la serrure était si simple à crocheter que vous avez pu entrer sans difficulté.

— Je ne vois pas pourquoi il faudrait laisser périr une maison.

Sarah fut d'accord avec lui sur ce point. Elle remarqua que l'accent rural de l'homme s'était fait plus cultivé quand il avait prononcé cette dernière phrase.

— C'est vous qui êtes derrière toutes ces légendes de maison hantée ? demanda Kenver.

Le sourire narquois de l'homme fut une réponse suffisante. Les dents de Merlin se révélèrent très blanches, par contraste avec sa chevelure noire.

— Les fouineurs découvrent parfois bien autre chose que ce qu'ils cherchaient, répondit-il.

Sarah apprécia la vivacité d'esprit de Kenver pour avoir immédiatement compris cela.

— Visitons la maison, proposa Cécilia, qui ne se départait jamais de son esprit pratique.

Son ton incita l'homme à reculer. Une fois qu'ils eurent renvoyé le cocher à ses chevaux, ils pénétrèrent dans une longue pièce étroite qui avait autrefois été la cuisine. Elle tenait à présent lieu d'espace de vie à Merlin, semblait-il. Il cuisinait visiblement dans la grande cheminée qui comportait un four. Quelques assiettes et casseroles étaient entreposées sur des étagères, et une palette de four de boulanger était posée dans le recoin voisin. Une table et une chaise occupaient le centre de l'espace. Sarah remarqua que, pour aussi dénudée qu'elle fût, la pièce était propre. Les portes conduisant aux autres parties de la maison étaient fermées. Une lumière verdâtre filtrait à travers les feuilles de lierre depuis les hautes fenêtres de l'autre mur qui, contrairement à celles qui donnaient sur l'arrière, n'avaient pas été débroussaillées.

Le duc s'approcha d'une des portes et la poussa. Elle resta obstinément close.

— Sont-elles verrouillées ? demanda-t-il à leur hôte singulier.

— Non. Le bois a travaillé. Elles sont gauchies.

— Je vois.

Le duc appuya son épaule contre le battant et poussa. La porte céda dans un grincement de charnières sèches et un puissant frottement de bois.

Ils parcoururent les pièces vides du rez-de-chaussée et testèrent prudemment l'escalier avant de visiter l'étage. Ils ne trouvèrent que de la poussière, quelques débris et une tache d'humidité. Un carreau cassé d'une fenêtre de l'étage avait permis à des oiseaux d'entrer pour y nicher. Le plancher de cette pièce était constellé de déjections.

De retour au rez-de-chaussée, ils forcèrent une porte qui révéla la cour intérieure dont le duc avait deviné la présence. Les cascades de lierre qui retombaient depuis le toit s'amoncelaient dans cet espace vide avant de partir à l'assaut de petits arbres. Sarah s'avança vers la porte.

— Je vous déconseille de sortir, dit le duc. Sous le lierre, il peut y avoir des dalles brisées ou même des trous dans lesquels vous risqueriez de tomber.

Sarah recula aussitôt.

— Une telle architecture n'est pas habituelle dans la région, fit remarquer Kenver. Cela évoque un atrium.

— Pensez-vous que cette maison ait été une villa romaine, à l'origine ? demanda Sarah, soudain très intéressée. Il existait un commerce entre la Cornouailles et l'Empire romain.

— Elle ne peut pas être aussi ancienne, répondit Kenver.

Il s'approcha du mur et souleva le rideau de lierre pour découvrir une portion de mur.

— De la brique, annonça-t-il. Ce n'est pas ancien. Dommage, n'est-ce pas ? ajouta-t-il en souriant à Sarah.

Elle hocha la tête, l'attrait de ce sourire éclipsant un instant les Romains. Son cœur se mit à battre plus vite et Kenver soutint son regard comme s'il le savait.

— On dirait que personne n'a entretenu Tresigan depuis près d'un siècle, intervint le duc, mettant fin à ce tendre moment silencieux.

— De nombreuses années, en tout cas, soupira Cécilia. C'est honteux.

Ils regagnèrent la cuisine. L'homme qui disait s'appeler Merlin était assis à table, les mains jointes, comme résigné au sort qui l'attendait.

— D'où venez-vous ? demanda Cécilia. Avez-vous de la famille ?

— Je suis Merlin des collines creuses, répondit-il en désignant la falaise derrière la maison. J'ai surgi du royaume des fées et je commande en ces lieux.

Le duc soupira. Sarah, elle, fut à nouveau sensible à son changement d'accent.

— Nous avons apporté un pique-nique, dit Cécilia. Aimeriez-vous une tasse de thé ?

— Vous avez du thé ?

— Oui. Ainsi que des biscuits.

Les yeux de Merlin s'allumèrent et Sarah revit l'estimation de son âge à la baisse. Ses mains n'étaient pas rendues noueuses par les ans, nota-t-elle. Elles étaient abîmées par le travail et il se rongeait les ongles.

— Je vois que vous avez une théière, dit Cécilia.

— Et rien d'autre à mettre dedans que l'eau du puits.

— Nous pouvons remédier à cela.

Sarah admira la façon dont son amie lui parlait, comme s'il était un voisin avec qui elle venait de faire connaissance et non… ce qu'il était. Il ne pouvait évidemment pas être Merlin le magicien. Elle aurait cependant trouvé merveilleux qu'il le soit vraiment… Elle surprit le regard de Kenver et fut certaine qu'il avait deviné ce qu'elle pensait.

On apporta le grand panier de pique-nique et on étendit les nappes près du luxuriant potager. On fit chauffer l'eau du thé dans la cheminée de la cuisine et on l'apporta dehors. Les victuailles furent disposées devant eux. Sarah s'attendait à demi que Merlin, excessivement maigre, dévore comme un animal sauvage. Ses manières se révélèrent pourtant acceptables.

Le duc regardait la maison d'un air pensif.

— En tout premier lieu, il conviendra d'arracher ce lierre, dit-il. Nous pourrons alors évaluer l'état de la toiture et du reste.

— Vous ne pouvez pas l'arracher, décréta Merlin.

Cette remarque lui valut un haussement de sourcils dédaigneux.

— La maison va s'écrouler si on l'enlève, expliqua-t-il.

— Ah, vraiment ? Avez-vous essayé ? s'enquit sèchement le duc.

— Les racines aériennes ont peut-être endommagé le mortier, intervint Kenver. Ce qui constitue une raison supplémentaire pour l'enlever. Autrement, le lierre continuera son œuvre de destruction.

Il se leva pour aller arracher une poignée de lierre.

— Le mur est-il endommagé ? demanda Cécilia.

— Pas ici, en tout cas.

— Mais il s'immisce dans la moindre faille.

Kenver hocha la tête.

Sarah avait observé le visage de Merlin pendant cet échange. Tout cela ne lui plaisait assurément pas ; il devait craindre de perdre sa maison, même si ce n'était pas vraiment la sienne. Cependant, ses traits ne reflétaient aucune peur.

— Depuis combien de temps vivez-vous ici ? lui demanda-t-elle.

Il se tourna vers elle et elle se rendit compte qu'elle ne s'était pas présentée.

— Je suis Sarah Mo... Pendrennon.

Elle n'était pas encore habituée à son nouveau nom.

— Pendrennon ? répéta Merlin avec un froncement de sourcils.

— L'épouse de Kenver.

Il parut alors vivement alarmé, sans qu'elle puisse imaginer pourquoi. Ses yeux, qui étaient bel et bien verts, plongèrent un instant au fond des siens avant qu'il les baisse.

— Ça fait un bout de temps que je suis là, marmonna-t-il.

Il n'avait pas envie de le dire, conclut-elle. De fait, il ne voulait rien leur révéler de lui. Ce qui pouvait se comprendre. Il pouvait être traduit en justice pour être entré par effraction à Tresigan. Elle jeta un coup d'œil au duc. Qu'avait-il l'intention de faire au sujet de Merlin ? Et s'il ordonnait à l'homme de quitter les lieux, celui-ci obéirait-il ?

— Sarah ?

Elle se retourna vers Kenver.

— Vous plairait-il de faire une promenade ? D'aller jeter un œil au potager ? proposa-t-il.

— C'est *mon* potager, intervint Merlin.

— Nous ne le dérangerons pas.

Sarah s'empressa de se lever et accepta le bras que lui offrait Kenver. Son mari la conduisit jusqu'aux rangées de légumes.

— Des petits pois, dit-il d'un ton neutre. Des carottes. Des pommes de terre, je crois.

— C'est très bien entretenu, fit-elle remarquer sur le même mode impassible.

Ils échangèrent un regard, conclurent un pacte silencieux et dépassèrent le coin de la maison couverte de lierre. Un chemin tracé parmi les mauvaises herbes conduisait quelque part. Peu importait où, aux yeux de Sarah.

— Savez-vous que nous sommes seuls ? dit Kenver en lui jetant un regard brillant.

— Oui. Cécilia ne passera même pas par ici *par hasard*.

— Vraiment ?

— Elle ne ferait jamais une chose pareille.

Saisis d'une même impulsion, ils se jetèrent dans les bras l'un de l'autre pour échanger un baiser ardent. La chaleur s'intensifia, tout comme les stridulations des grillons et le parfum envoûtant des herbes. Les mains de Kenver parcouraient impatiemment le corps de Sarah. Elle se cambra contre lui pour l'inciter à poursuivre. Ils s'embrassèrent, marquèrent une pause, et s'embrassèrent à nouveau. Sarah soupira, grisée par le désir.

— J'aurais dû prendre une couverture, murmura Kenver.

Oh oui ! Ils auraient pu s'étendre dessus, parmi le lierre...

— Comme des ménades, dit-elle.

— Quoi ?

— Les adoratrices de Dionysos. Elles portaient des couronnes de lierre et se livraient à des orgies dans la forêt.

— Pas tout à fait des orgies, corrigea Kenver. Elles étaient connues pour déchiqueter des animaux à mains nues.

— À mains nues ? répéta Sarah en battant des cils.

— Ménades se traduit par « femmes en proie à la fureur ».

— Je n'ai jamais appris le grec ancien, dit-elle avec regret. J'aimais tant cette idée d'orgies dans la forêt.

Il regarda autour d'eux.

— Appelleriez-vous ce bouquet d'arbres une forêt ?

Sarah examina le bosquet d'arbustes drapé de lierre, puis reporta les yeux sur Kenver.

— Il existe des forêts de diverses tailles, répondit-elle, très sérieuse.

Il pouffa de rire.

Sarah entendit soudain qu'on l'appelait, de l'autre côté de la maison. Elle soupira.

— C'est Cécilia, dit-elle. Il est temps d'y aller.

Kenver acquiesça et elle rajusta son chapeau.

— Je suppose qu'ils auront deviné ce que nous venons de faire.

— Et je suppose que je m'en contrefiche, répondit-il.

L'appel retentit à nouveau, sans que personne vienne toutefois les chercher, et ils se décidèrent à rejoindre les autres.

Aucune décision ne fut prise au sujet de Merlin. Sarah remarqua toutefois que Cécilia laissait tous les restes de leur pique-nique sur place quand on rassembla les couvertures dans le panier. Le duc le vit aussi, mais, malgré son expression sardonique, ne fit aucune remarque.

Sur le trajet de retour, Kenver se chargea de formuler à voix haute la question que Sarah se posait.

— Que comptez-vous faire au sujet de cet homme ?

— Avez-vous connaissance d'un asile d'aliénés, dans les parages ? s'enquit le duc.

— James ! s'exclama Cécilia.

— Je plaisante, ma chère.

— Il ne m'a pas semblé précisément dérangé, dit Sarah.

— Les collines creuses ? murmura le duc.

— Oh, soupira-t-elle. J'aimerais tant qu'elles existent...

Kenver lui sourit.

— Ne dit-on pas dans les vieilles légendes que le temps s'écoule différemment, au royaume des fées ? s'enquit-il.

— Et que les siècles passent comme des semaines ? ajouta-t-elle.

— Et que le vagabond en revient pour découvrir que tout a changé...

Les yeux noisette de Kenver brillaient comme s'il partageait son souhait d'une touche de magie.

— Merlin pourrait être un sorcier des temps anciens ! dit-elle.

— Qui emménage dans une maison en ruine et cultive un potager ? demanda le duc.

— Où est donc passé ton amour du fantastique, mon cher ? demanda Cécilia en souriant.

— Anéanti par le miroir aux alouettes qu'oncle Percival m'a laissé en héritage, répondit le duc avant de se tourner vers Kenver et Sarah. Mon grand-oncle a généré un chaos que je n'aurais jamais osé imaginer.

— Drôle d'héritage, fit remarquer Kenver.

— À qui le dites-vous !

— Nous trouverons un lieu pour Merlin, dit Cécilia. Peut-être même un emploi.

— Comme enchanteur de choux ? s'enquit le duc, moqueur.

— Je pourrai peut-être vous aider, proposa Kenver. Je connais du monde, par ici.

Cécilia le remercia d'un hochement de tête et Sarah apprécia cette nouvelle preuve de la bonté de son époux. Ils étaient assis l'un à côté de l'autre et avec ses jambes qui pressaient contre les siennes à chaque soubresaut de la voiture, elle ne pensait plus à rien d'autre qu'à ses baisers. Il devait bien exister un moyen de faire de leur mariage une union digne de ce nom... Poldene comportait de nombreuses pièces. S'ils insistaient pour avoir la leur, rien qu'à eux... Mais lady Trestan transformait la moindre suggestion en déclaration de guerre. Et elle était redoutablement douée à ce jeu-là, aussi vive et efficace qu'un essaim de guêpes ! Vu le nombre d'années qu'ils allaient passer dans cette maison – elle réprima un frisson –, mieux valait manœuvrer prudemment. Et veiller à ne pas perdre la raison...

La conversation dériva sur la gestion de domaines. Kenver apporta la preuve de sa maîtrise du sujet et Sarah les regarda, Cécilia et lui, s'impressionner l'un l'autre avec leurs idées. Un spectacle que le duc sembla apprécier autant qu'elle.

Kenver fut appelé par son père dès qu'ils arrivèrent à Poldene et Sarah se retira dans sa chambre.

Le duc et la duchesse regagnèrent quant à eux leurs appartements.

— Dis-moi, Cécilia, as-tu l'intention de nourrir longtemps cet intrus ? lui demanda-t-il une fois qu'ils furent arrivés.

— N'as-tu donc pas vu comme il est maigre ?

— Si fait.

— Tu ne peux pas objecter...

— Je n'objecte pas, Cécilia. J'aimerais seulement savoir ce que tu as en tête, dit-il en la faisant asseoir près de lui, sur le canapé de la cheminée. J'ai comme l'impression que nous sommes à la veille d'une nouvelle visite fastidieuse.

— N'est-ce pas ce que tu fais l'été ? Des visites de tes domaines ? Quand tu n'es pas à Brighton, bien sûr.

— J'ai participé à des parties de campagne où l'hôtesse veillait à rassembler des invités distrayants et intéressants. Et à organiser toutes sortes de divertissements pour les occuper.

— Il me semble que l'on t'aura trop gâté.

— C'est précisément ce que je voulais dire.

— Je n'ai jamais participé à aucune de ces parties de campagne.

Il parut surpris.

— Tu y as forcément été invitée.

— Papa l'a sans doute été. Mais il aura refusé.

— Tu restais donc piégée à Londres tout l'été ? Je n'y avais pas pensé. Je t'en demande pardon.

— Je n'étais pas piégée, James. Je suis restée dans notre confortable maison. Et je n'ai jamais manqué d'occupations.

— Tu t'es occupée des autres, dit-il en passant le bras autour de ses épaules pour l'attirer plus près de lui. Nous pourrions simplement abandonner Tresigan, tu sais. Cette maison ne mérite peut-être pas d'être sauvée.

Elle s'apprêta à objecter mais il poursuivit :

— Ou engager une équipe d'ouvriers pour la remettre en état. Je pourrais ainsi t'entraîner dans une délicieuse partie de campagne.

— Où cela ?

— J'en trouverais forcément une.

— Tu es donc bien certain de te faire inviter ?

Il se contenta de lui adresser un sourire plein d'assurance.

— Évidemment que tu l'es, ô sans pareil. Mais je ne peux pas partir maintenant. Je dois charmer le comte et la comtesse.

Le duc haussa les sourcils.

— Pourquoi ? Ils m'ont semblé sans intérêt.

— Pour qu'ils accueillent Sarah au sein de leur famille.

— Pour ton amie, donc, dit-il, son sourire se faisant plus chaleureux. Je vois. Une nouvelle mission de bienfaisance. C'est entendu. Je te prêterai main-forte. Je te demanderai seulement de ne pas y mêler ce drôle de type de Tresigan.

Cécilia lui offrit un baiser davantage destiné à détourner son attention qu'à lui répondre. Ce qu'ils savaient aussi bien l'un que l'autre.

7

La duchesse de Tereford était sans conteste une femme délicieuse, songea Kenver ce soir-là. Et il n'était guère étonnant que son époux fût devenu la coqueluche de la bonne société. Le duc entretenait avec aisance le flot de la conversation, l'émaillant d'anecdotes sans toutefois la monopoliser, car il avait l'art de soutirer des autres des histoires intéressantes. Même de leurs hôtes ! Kenver n'avait pas souvenir d'un dîner aussi brillant à Poldene. Ce qu'il ne s'expliquait pas, en revanche, c'était la raison pour laquelle ce couple éblouissant se donnait autant de mal avec ses parents. Certes, on attendait des invités qu'ils se montrent plaisants et contribuent au divertissement des personnes qui les recevaient à leur table ou sous leur toit. Mais le comte et la comtesse de Trestan n'avaient à offrir aucune des attractions d'une partie de campagne à la mode. Sans doute les Tereford leur étaient-ils simplement reconnaissants de les accueillir confortablement, car Tresigan tombait pratiquement en ruine. Et leurs efforts excédaient largement la valeur de ce qu'ils recevaient en retour. À moins que les bonnes manières n'eussent fait si intrinsèquement partie d'eux que le charme leur venait naturellement.

Au cours du dîner, il apparut bientôt à Kenver que la duchesse orientait la conversation dans une direction précise. Elle commença par mentionner la très chère amie de Sarah, la duchesse de Compton, avant de passer en revue les détails de son grand mariage, mettant ainsi en évidence le fait que Sarah y avait été invitée. Elle évoqua ensuite le séjour que Sarah avait fait chez une autre de ses amies, la comtesse de Ferrington, un peu plus tôt dans l'été. Elle questionna longuement Sarah sur ces deux dames distinguées, qu'elles appelaient familièrement Ada et Harriet, prouvant ainsi qu'elles se connaissaient de longue date et qu'elles étaient très proches.

Kenver vit que sa mère était étonnée de ces relations élevées qui n'étaient pas celles d'une petite campagnarde insignifiante. Au bout d'un moment, il prit conscience qu'il en était lui-même un peu surpris. Jusqu'alors, il avait pensé à Sarah comme à sa chère petite épouse. Pas comme à la confidente de deux duchesses et d'une comtesse.

Il leva les yeux et découvrit que sa mère le couvait d'un œil torve, comme s'il était responsable de l'humiliation infligée par la duchesse de Tereford. Ce qui n'était pas le cas, bien sûr. Il repensa alors aux travaux de la suite royale qui n'avaient été que pure invention. Il n'y avait jamais eu de tache d'humidité. Il se sentit soudain gagné par la colère.

Une remarque enlevée de Tereford fit soudain rire Sarah. Kenver remercia le ciel que le duc soit déjà marié car il n'aurait pas aimé avoir à rivaliser avec lui.

Il observa Sarah à la dérobée. Elle semblait plus heureuse en compagnie de ses amis qu'il ne l'avait encore jamais vue à Poldene. Sa bonne humeur l'embellissait et il se sentit heureux pour elle. Mais la présence de la duchesse créait aussi une sorte de distance entre eux. Sarah avait quelqu'un d'autre vers qui se tourner, une compagne qui lui était bien plus familière que lui. Il les entendit faire des projets pour la journée du lendemain et comprit qu'il n'en faisait pas partie. Pas plus que le duc, apparemment, mais il n'y vit qu'une piètre consolation.

La soirée eut beau paraître interminable, elle finit par s'achever et les invités se retirèrent dans leur suite. Sarah prit également congé. Et avant que ses parents aient pu lui dire quoi que ce soit, il s'échappa aussi et gagna la porte qui donnait sur le jardin.

— Que faites-vous ?

Surpris, il se retourna et vit Sarah émerger d'un recoin plongé dans l'ombre. L'avait-elle attendu ? Son cœur bondit de joie à cette idée.

— Je sors marcher un peu, répondit-il.

— Dans l'obscurité ?

— Je connais le jardin comme ma poche et la lune est à demi pleine.

— Puis-je vous accompagner ? Je n'ai pas sommeil.

Il fut touché par l'accent mélancolique de sa demande.

— Bien sûr. Peut-être vous faudra-t-il un châle ?

— Non, je n'en aurai pas besoin.

— L'air est frais, ce soir.

— Je préfère ne pas retourner dans ma chambre.

Parce que Cranston y serait, comprit-il. Ne pouvait-il pas faire remplacer cette femme ? Si ! décida-t-il. Il allait le faire !

Ils sortirent dans la douceur estivale du jardin. L'air était saturé du parfum de la lavande, des roses et de l'océan, et le murmure des vagues parvenait jusqu'à eux telle une douce mélopée envoûtante. Il prit le bras de Sarah pour la guider le long des sentiers qu'il connaissait bien.

— C'est étrange de se trouver dehors après la tombée de la nuit, fit-elle remarquer.

Une jeune femme n'était pas accoutumée à se promener la nuit, réalisa Kenver.

— Vous ne risquez rien ici.

— Oh, je n'ai pas peur, répondit-elle en levant les yeux vers le ciel. Cela me plaît beaucoup. C'est comme si... comme si un monde secret nous était soudain révélé.

Une forme sombre surgit soudain d'un fourré et fondit sur eux. Sarah sursauta.

— C'est seulement Fingal, dit Kenver. Il aime se promener avec moi. Les chiens patrouillent dans le jardin la nuit.

— Voilà qui me rassure, dit Sarah en tendant la main pour caresser la tête frisée de l'animal. Je suis sûre que tu es un très bon gardien, Fingal.

Le lévrier écossais émit le doux aboiement qu'il réservait à ses amis officiels.

— Où sont Tess et Ranger ?

— Leur circuit est plus étendu, répondit Kenver en évitant de mentionner l'âge de Fingal. Venez, je vais vous montrer quelque chose.

Il la guida jusqu'au point de vue de la falaise sur laquelle se dressait Poldene. La demi-lune traçait un sillage argenté à la surface de l'eau. Tous deux perchés sur ce promontoire, la roche s'incurvant au-dessous d'eux, ils semblaient flotter au-dessus de l'océan, tels des oiseaux.

Fingal laissa échapper un court gémissement, inquiet de les voir s'approcher si près du bord. Il s'assit et attendit nerveusement qu'ils reviennent à la raison.

— Oh, dit Sarah. J'ai l'impression qu'il nous suffirait d'avancer pour marcher sur l'eau.

— Jusqu'aux îles des Bienheureux[1], répondit Kenver à cet écho de ses propres pensées.

— Là où vont les héros grecs quand ils meurent.

Il baissa les yeux vers elle. Le clair de lune nimbait son visage d'une lueur argentée tandis qu'elle contemplait les eaux sombres.

— Vous savez cela, évidemment. Vous arrive-t-il d'être prise en défaut ?

— Je lis beaucoup. Trop, peut-être, avoua-t-elle.

Elle avait dit cela d'un ton d'excuse et il en fut chagriné.

— Pas du tout, lui assura-t-il. J'apprécie votre... répertoire.

— Vous le pensez sincèrement ?

— Oui.

Ce mot vibra au-dessus du bruit des vagues, tel un écho à leurs vœux de mariage.

— J'aimerais vivre dans un monde mythique et légendaire, murmura Sarah d'une voix rêveuse. Être la fée Morgane ou la Dame du Lac.

— N'étaient-elles pas cruelles ?

— Disons plutôt... des créatures complexes. Plus profondes qu'elles ne semblaient en apparence. Et qui ont eu à affronter d'épineux dilemmes.

---

1. Îles des Bienheureux (ou îles Fortunées) : dans la mythologie grecque, lieu où les âmes vertueuses goûtent un repos parfait après leur mort. *(N.d.T.)*

— L'une d'elles n'a-t-elle pas trahi et emprisonné Merlin ?

— Il existe plusieurs versions différentes. Il semblerait que Merlin se soit échappé pour aller vivre à Tresigan, de toute façon.

Kenver éclata de rire.

— Je pourrais presque vous croire quand vous dites ce genre de choses, dit-il. J'ai très envie de vous croire.

Elle se tourna vers lui et un élan de désir crépita entre eux. L'air humide et le rythme de la marée rappelaient la nuit qu'ils avaient passée dans la grotte. Kenver se pencha vers Sarah et l'embrassa.

Elle noua aussitôt les bras autour de son cou. Ses lèvres s'assouplirent et cédèrent sous celles de Kenver. Il l'attira plus près, pressant son corps contre le sien, et laissa ses mains errer à leur guise. Un désir ardent irriguait ses veines, mais leurs vêtements formaient entre eux une intolérable frontière. Son cœur cognait à tout rompre.

Il s'écarta, le souffle court. Sarah était sa femme. Ils pouvaient s'autoriser tous les vertigineux délices de la passion. Mais en prenant leur temps et dans des conditions confortables. Il n'allait quand même pas la culbuter dans des buissons humides sous le regard perplexe de Fingal. Il était ici chez lui, après tout. Et par Dieu, il allait l'emmener dans sa chambre et envoyer au diable quiconque chercherait à s'interposer !

Il enroula son bras autour de sa taille et l'entraîna vers la maison, marchant si vite qu'il la souleva de terre une ou deux fois. Sarah, apparemment aussi impatiente que lui, n'émit pas la moindre protestation.

Il lui fit franchir la porte et grimper l'escalier, mais quand ils atteignirent la chambre, ils trouvèrent la porte grande ouverte. Cranston se tenait à l'intérieur.

— Que faites-vous dans *ma* chambre ? demanda Kenver.

— Je m'inquiétais de ne pas voir remonter madame, répondit-elle, nullement gênée par sa remarque sèche. Personne ne savait où elle était.

La femme de chambre les soumit à l'examen de son regard inquisiteur, ne faisant pas mystère de sa désapprobation, et Kenver prit soudain conscience de leurs joues empourprées et de leurs vêtements froissés. Rendu furieux par cette ingérence et bouillonnant de désir contrarié, il explosa.

— Vous dépassez la mesure, Cranston, dit-il sèchement. Sortez !

— Je crois connaître mes devoirs, répliqua la servante.

— Vous ne les connaissez visiblement pas puisque je suis tenu de vous ordonner de vous retirer. Définitivement. Ma femme n'a plus besoin de vos services.

— Je reçois mes ordres de lady Trestan.

— Vous pouvez aller lui répéter ce que je viens de dire.

— Lady Trestan s'est retirée pour la nuit, répondit Cranston sans une once de déférence. Elle sera très ennuyée si je la dérange.

— Je vous ai ordonné de sortir, Cranston ! s'écria-t-il en la fusillant du regard.

Cette dernière le soutint bien plus longtemps qu'elle ne l'aurait dû, puis tourna les talons et quitta lentement la chambre. Kenver, devinant qu'elle s'attardait dans le couloir pour écouter ce qu'ils allaient dire, ou faire, eut soudain furieusement envie de briser quelque chose.

— Je ferais mieux de regagner ma chambre, dit Sarah.

Elle paraissait triste et tendue. L'altercation avait brisé le charme ; il n'était plus question d'ambiance romantique.

— Nous emménagerons dans la suite royale dès le départ des invités, promit Kenver. Dans nos appartements privés, où personne ne viendra plus nous importuner.

— Oui, murmura-t-elle sans avoir l'air d'y croire.

— J'y veillerai personnellement.

Elle hocha la tête et s'éloigna.

Kenver ne put que serrer les dents.

Quand Sarah monta dans le carrosse des Tereford, le lendemain matin, elle sentit les muscles de son dos et de sa nuque se détendre, gagnée par une merveilleuse sensation de soulagement. Comme si elle redevenait soudain Sarah Moran et qu'aucun des événements survenus ces dernières semaines n'était jamais arrivé. N'était-ce pas ce qu'elle aurait souhaité, au fond ? Passer sans cesse du désir ardent au mépris glacial, et inversement, commençait à devenir lassant.

Elle repensa à la troublante excitation qu'elle avait ressentie sous les baisers de Kenver, la veille. Elle ne souhaitait pas qu'il disparaisse de sa vie. Bien sûr elle aurait préféré le rencontrer de façon plus traditionnelle, au cours d'un bal ou d'une réception, et faire petit à petit connaissance avec lui avant de l'épouser.

« Pour cela, il aurait déjà fallu qu'il ait envie de t'approcher », lui fit sèchement remarquer une petite voix intérieure. Or elle n'avait pas attiré ce genre d'attention à Londres. Et elle savait que la famille de Kenver aurait empêché tout rapprochement entre eux.

— Tout va bien, Sarah ? s'enquit Cécilia une fois que le carrosse se mit en route.

Non. Elle était ébranlée et agitée. La veille, dans la douceur de l'air marin, elle s'était sentie transportée vers les sommets. Mais ensuite, devant la chambre de Kenver, elle s'était sentie au fond d'un gouffre. Elle n'était pas habituée à passer ainsi d'un extrême à l'autre. Elle était d'un naturel calme, toujours égale à elle-même. Du moins l'avait-elle toujours été jusqu'ici.

— Ce mariage vous rend-il heureuse ? poursuivit son amie. Vous êtes toujours si discrète que c'est difficile à dire.

— Quand Kenver et moi sommes seuls, tout va très bien.

« Et tout irait bien mieux si nous passions plus de temps ensemble », ajouta-t-elle intérieurement.

— C'est l'essentiel, dit Cécilia.

— Malheureusement, ce n'est pas tout. Il se trouve que nous vivons chez ses parents.

Cécilia ne fit pas semblant de ne pas comprendre.

— Je crois que nous avons opéré une percée avec la comtesse, hier soir, dit-elle. Elle m'a fait remarquer ce matin que tu savais correctement choisir vos robes.

— Quelle concession ! s'exclama Sarah d'un ton ironique. Je n'en attendais pas moins d'elle, après que vous lui avez déroulé la liste de tous mes amis titrés.

Elles échangèrent un sourire plein d'ironie.

— Les gens sont parfois très superficiels, ma chère Sarah.

— J'ai noté que vous aviez omis de mentionner Charlotte.

— Une demoiselle Deeping n'aurait sans doute pas été en mesure d'impressionner vos beaux-parents.

— Pourtant, si une de mes amies devait venir séjourner ici, je sais que j'apprécierais beaucoup l'esprit tranchant de Charlotte.

— Elle ne ferait certainement qu'une bouchée de votre beau-père, fit remarquer Cécilia avec un petit rire. Avez-vous remarqué qu'il regarde toujours son épouse avant d'adapter son attitude à la sienne ?

Sarah n'avait pas remarqué cela. Elle n'avait perçu qu'une réprobation générale.

— Je me demande si nous arriverons à élever Charlotte au niveau des hauteurs vertigineuses que vous atteignez toutes, ajouta facétieusement Cécilia.

Sarah réalisa soudain, du fait de cette taquinerie, que son rang s'était élevé. Elle n'avait jamais été que la fille d'un gentilhomme, et la troisième par ordre d'importance, parmi ses trois meilleures amies. Et quand Harriet était devenue comtesse, elle s'était retrouvée quatrième et dernière. Désormais, en tant qu'épouse d'un futur comte, elle surpassait même Charlotte. Elle n'avait pas l'habitude de réfléchir aux histoires de préséance et n'y attachait aucune importance. Mais comme Cécilia l'avait relevé, d'autres personnes le faisaient.

— Charlotte a juré de ne jamais se marier, dit-elle.

— Et je suis sûre qu'elle respectera ce serment... jusqu'au jour où elle rencontrera un homme qui lui donnera envie de le rompre.

— Je me demande quel genre d'homme parviendra à la séduire…

— Ce sera très intéressant à observer.

— Elle juge stupide le faste et les histoires de rang.

— Les titres échouent souvent à des personnes qui ne les méritent pas, fit remarquer Cécilia. Mais parfois, ils permettent à certains aristocrates éclairés de contribuer à l'amélioration de la société. Et quand je dis « société », je ne parle pas seulement de celle qui s'autoproclame *haute*.

— Je constate que vous avez réfléchi à la question.

— Bien sûr.

Elle disait cela comme si la chose allait de soi, mais Sarah savait bien que ce n'était pas le cas. La plupart des aristocrates tenaient leurs privilèges pour acquis et en abusaient sans vergogne. Elle se demanda si son nouveau rang, une fois qu'elle l'aurait investi, lui permettrait de contribuer à l'amélioration de la société…

Cécilia sortit un carnet et un crayon de son réticule pour y noter quelques mots.

— Nous devons penser à examiner le puits de Tresigan, dit-elle quand elle croisa le regard intrigué de Sarah. Vérifier qu'il est sain.

Sarah avait vu la longue liste que son amie avait établie. Cette expédition devait permettre de décider la nature des travaux à entreprendre.

— Merlin boit l'eau de ce puits, avança Sarah.

— Cette phrase ne semble-t-elle pas tout droit sortie d'un conte ?

— Je ne sais pas comment l'appeler autrement que « Merlin ».

Cécilia écarta cette considération d'un geste de la main.

— On ne devrait jamais laisser une belle demeure tomber en ruine.

— Ou inhabitée, renchérit Sarah. J'estime qu'il avait raison sur ce point.

— Tout à fait.

— Que comptez-vous faire de lui ?

— Je ne sais pas si c'est à moi de *faire* quoi que ce soit de lui. S'il veut de l'aide, nous pourrons sans doute lui en apporter.

— Et s'il tente d'empêcher l'avancée des travaux ? Ou s'il refuse de partir ?

Cécilia hocha la tête, reconnaissant le problème.

— Je n'ai pas eu l'impression qu'il refuserait. Mais je peux me tromper. Autre raison pour laquelle je souhaitais retourner à Tresigan. Je me suis dit qu'il nous parlerait plus librement.

— Parce que nous sommes des femmes.

— Précisément, confirma son amie avec un sourire rusé.

— Fourbe que vous êtes !

— Je préfère me dire que je suis subtile et efficace.

— À juste titre.

Elles atteignirent Tresigan sans encombre. Le cocher et le palefrenier, qui les avaient escortées au cas où elles auraient besoin de renfort, sautèrent à terre pour s'occuper des chevaux. Cécilia voulait voir l'écurie dont ils ne s'étaient pas souciés lors de leur précédente visite, et la première question qu'elle posa à Merlin quand il s'avança concernait l'emplacement de celle-ci.

— Il y a une grange, là-bas, derrière les arbres, répondit-il en désignant un taillis envahi de végétation.

Sarah reconnut l'endroit où Kenver et elle avaient évoqué les ménades, la veille, et ce souvenir empourpra ses joues.

Cécilia envoya les hommes jeter un coup d'œil à la grange et se dirigea vers la maison. Elle entra par la porte de derrière sans demander la permission, établissant ainsi son droit de propriétaire. Merlin resta à l'extérieur. Poussée par la curiosité, Sarah choisit de rester avec lui.

— Que faites-vous de vos journées ? demanda-t-elle.

— Je jardine, je marche et je réfléchis, je bricole et je cuisine.

— Vous ne vous sentez pas trop seul ?

— Si, répondit-il sans détour, la mine sombre.

— Pourquoi rester ici, dans ce cas ?

— Certaines personnes n'ont nulle part où aller, madame Pendrennon. Je ne suis pas comme vous qui avez une belle et noble famille sur laquelle compter.

— La famille dont je suis issue n'est pas noble.

Mais elle lui viendrait en aide, en cas de besoin, reconnut-elle.

— Et pourtant vous avez épousé Kenver Pendrennon ? Lord et lady Trestan n'acceptent pourtant que les nobles unions.

— Comment savez-vous cela ?

Elle avait remarqué que son accent avait une fois de plus changé. Quels que fussent ses antécédents et quoi qu'il prétendît, cet homme avait de l'éducation. Ses yeux verts la détaillèrent, incisifs, audacieux.

— Et vous êtes l'amie d'une duchesse.

Elle se contenta de hocher la tête. Elle n'avait pas envie de raconter l'histoire de son mariage à un inconnu. Un inconnu pour le moins étrange. Merlin n'était apparemment pas en contact avec les commères des environs.

— La duchesse de Tereford pourra vous aider à trouver un endroit où aller quand les travaux débuteront.

— À quelle fin ? demanda-t-il.

— Comment cela ?

— Pourquoi faire des travaux ? Ils n'ont quand même pas l'intention de vivre ici ?

— Non. Mais ils tiennent à préserver l'endroit. Ainsi, quelqu'un pourra avoir une maison.

— Et ce quelqu'un ne sera pas moi.

— Ma foi... vous trouverez peut-être un arrangement.

Sarah ne savait pas ce que Cécilia avait l'intention de faire. Trouver des locataires fiables, sans doute.

— Je me demande s'ils seraient disposés à la vendre ? s'enquit Merlin.

Sarah avait entendu Cécilia dire qu'elle ne souhaitait pas réduire le domaine de Tereford, mais elle avait également mentionné le fait que Tresigan était très éloigné des autres propriétés du duché.

— Je ne sais pas, répondit-elle. Souhaiteriez-vous l'acheter ?

— Oh, c'est au-delà de mes moyens ! Comme tant d'autres choses.

Sa voix s'était faite singulièrement précise et tranchante sur cette phrase. Sarah se demanda une fois de plus qui il était vraiment.

— Possédez-vous la clé de la cave ? demanda Cécilia à Merlin en ressortant de la maison.

— Non. Elle est toujours restée fermée.

— Vous n'avez pas essayé d'entrer ?

— La porte est solide. Et je n'ai vu aucune raison d'aller déranger les araignées.

Cécilia nota quelque chose dans son petit carnet avant de poursuivre :

— Avez-vous remarqué des fuites dans la toiture quand il pleut ?

— Non. Mais je ne m'aventure jamais du côté du toit.

— Vous ne faites aucun effort pour entretenir votre lieu de résidence ?

— Pour quoi faire ?

— Pour le sentiment de satisfaction que cela procure ?

L'idée lui tira un ricanement.

Sarah les quitta pour s'approcher du potager et constata que Merlin prenait grand soin de son lopin de terre. Ce dernier était à la fois luxuriant et soigneusement agencé. Elle en fit le tour, humant le parfum des herbes et de la terre chauffée par le soleil.

Au fond du jardin, la brise agitait doucement le rideau de lierre drapant la falaise, et Sarah remarqua qu'il y avait un espace, derrière les lianes. Elle s'en approcha et découvrit un étroit sentier, caché sous la verdure. Et plus que cela même. Quelques mètres plus loin, la roche laissait apparaître… l'entrée d'une grotte !

Sarah savait que la Cornouailles en était abondamment pourvue, mais elle ne s'était jamais aventurée dans l'une d'elles avant de se réfugier dans celle de la plage avec Kenver. Elle passa derrière le rideau de lierre et s'approcha de la grotte pour jeter un coup d'œil à l'intérieur.

La cavité se révéla sèche, à peine plus large que l'envergure de ses bras écartés, assez basse de plafond, et lui parut peu profonde. Elle y pénétra, des pierres roulant sous ses pieds, et s'aventura plus avant. Elle découvrit alors que la paroi du fond était trompeuse. Un coude abrupt, invisible avant qu'on l'ait atteint, partait vers la droite, tel un passage débouchant sur les ténèbres. Sans lumière, elle n'osa pas avancer plus loin.

— Les collines creuses, murmura-t-elle.

Elle quitta la grotte, décidée à parler de sa découverte à Cécilia, puis changea d'avis et décida de garder cette histoire pour Kenver.

Kenver orienta son cheval en direction d'une haie touffue. Sa monture prit son élan et franchit aisément l'obstacle. Le duc l'imita et Kenver l'entraîna ensuite au galop sur le sentier situé de l'autre côté de la haie. Hommes et montures appréciaient tout autant de prendre de l'exercice, et après avoir franchi toute une série d'obstacles, ils parcoururent longuement la campagne avant de se décider à faire demi-tour pour regagner Poldene.

Tandis qu'ils chevauchaient côte à côte, Kenver observa son compagnon à la dérobée. Comment cet homme avait-il réussi à développer cette belle assurance, pleine de sérénité ? Certes, il était duc, mais Kenver avait déjà connu des hommes d'un rang élevé aussi timides que des souris, comparés à lui. Il était prêt à parier que personne n'avait jamais dit à Tereford quelle pièce utiliser dans sa propre demeure et qu'on ne lui avait jamais raconté de fables concernant des taches d'humidité inexistantes. Serait-il disposé à lui donner quelques conseils ?

Le duc était affable et semblait approchable. Kenver hésitait cependant à y voir une invitation aux confidences car ils se connaissaient à peine.

— Tresigan se trouve par là, si je ne m'abuse ? demanda le duc en pointant le doigt devant lui.

— Absolument. Le trajet est moins long à cheval qu'en voiture. Souhaitez-vous que nous nous y rendions ?

— Non. Cécilia a les choses bien en main.

— La duchesse s'y entend formidablement pour ce qui est de la gestion des domaines.

— Oh, oui.

— Vous semblez heureux de lui laisser le soin de s'en occuper.

— J'en suis même ravi.

C'était intéressant et... assez inhabituel.

— Ma mère lui ressemble, dit Kenver.

Cette remarque lui valut un haussement de sourcils et un coup d'œil intrigué.

— Je veux dire que ma mère se charge de gérer Poldene, précisa-t-il, conscient que l'on pouvait difficilement comparer le charme de la duchesse à la sévérité de sa mère. La duchesse a-t-elle développé ce talent dans sa famille ?

— En partie, répondit le duc avec un fin sourire. Le fait est que sa famille s'est plutôt débarrassée de ce fardeau sur ses épaules. Son père ne se soucie que de philosophies ésotériques. Un domaine auquel je n'entends rien. Mis à part cela, c'est l'homme le plus paresseux de toute la Création.

— Sa mère..., avança Kenver en se disant que celle de la duchesse ressemblait peut-être à la sienne.

— Sa mère est morte quand elle n'était qu'une enfant.

— Oh, je suis désolé.

— La tante de Cécilia est extrêmement excentrique, ajouta le duc en guise d'étrange compensation.

— Je suppose que dans votre famille, c'était une tout autre histoire.

Le duc se tourna vers lui.

— Toute une histoire, oui, laissa-t-il tomber d'un ton qui n'avait rien de prometteur.

Kenver ne lui en tint pas grief. Sa remarque avait été maladroite. Il ressentit soudain une puissante envie de lancer sa monture au galop. Ce qu'il ne fit pas.

— Les familles et le mariage... On ne sait jamais très bien comment...

« ... finir ses phrases », se dit Kenver, de plus en plus mal à l'aise.

— Familles et mariages ne s'accordent pas toujours, dit Tereford en l'examinant attentivement. Cécilia est une amie très proche de votre épouse. Vous devriez peut-être lui parler.

— Je ne pense pas pouvoir le faire, répondit Kenver qui n'avait pas besoin d'une autre femme autoritaire dans sa vie. La vue est absolument superbe, du haut de cette colline, ajouta-t-il en piquant ses talons les flancs de sa monture pour la faire avancer plus vite.

Ils pouvaient très bien chevaucher sans parler jusqu'à la fin de la promenade sans que personne s'en plaigne.

Ce fut d'ailleurs ce qui arriva.

— Tu sais, Cécilia, dit le duc quand les Tereford se retrouvèrent dans la suite royale un peu plus tard, ces missions que tu choisis d'accomplir m'entraînent sur des terrains où je n'ai aucune expertise.

Du regard, elle l'incita à en dire davantage.

— C'est bien gentil, de vouloir aider tes amis, je te l'accorde. Mais je suis mal équipé pour me joindre à toi.

— Je n'ai pas la moindre idée de ce que tu racontes, James.

— Le jeune Pendrennon m'a parlé pendant notre promenade à cheval, aujourd'hui.

— Ah oui ? Ma foi, je suppose que vous étiez censés vous adresser la parole pendant votre sortie, non ?

— Il a dit quelque chose à propos des familles...

— La façon dont ses parents traitent Sarah l'inquiéterait-elle ?

— Ah, c'était peut-être cela, oui.

— Forcément ! Il me semble que tu en sais assez long au sujet des familles tyranniques, James.

— Je sais comment m'entendre fort mal avec elles, en effet, rétorqua-t-il d'un ton dur.

— Tu t'en es bien sorti, au bout du compte.

— Merci, dit-il en faisant mine de s'incliner devant elle.

Cécilia hésita, étudia son expression d'un air de compassion, puis se retourna pour lire des lettres qui étaient arrivées de Londres.

— Tu n'auras qu'à éviter ce genre de conversations à l'avenir, lui conseilla-t-elle.

Bizarrement, alors que c'était justement ce qu'il avait voulu lui entendre dire, le duc trouva sa réponse insatisfaisante.

— Ne penses-tu pas que je devrais lui parler, au contraire ? s'enquit-il.

— Personne ne t'y oblige. Ne t'inquiète pas, James. Je veillerai à ce que ma *mission* envers Sarah ne t'importune plus.

C'était exactement ce qu'il avait souhaité. Il aurait donc dû se sentir soulagé. Ce qui n'était toutefois pas entièrement le cas.

— Étant donné que tu sais ce que tu fais et pas moi, dit-il.

— Oui, puisque cela ne t'intéresse pas, fit-elle remarquer en levant les yeux vers lui.

Ce qui était vrai.

— Y a-t-il un autre souci ? demanda Cécilia.

— Non.

Elle fronça les sourcils, visiblement peu convaincue.

— S'il te sollicite à nouveau, tu pourras lui conseiller de demander à Sarah ce qu'elle aimerait, dit-elle.

— Qu'il le lui demande *à elle* ?

— Oui. Qui le saura mieux qu'elle ?

— En effet.

Un sourire rusé se peignit sur les lèvres de Cécilia.

— Et puis cela lui donnera l'occasion de réfléchir, ajouta-t-elle.

— Sans doute. Tu pourrais peut-être lui écrire une liste de questions à lui poser. Des questions qui l'aideraient à comprendre ce que souhaite son épouse.

Cécilia rit, prenant cela à la plaisanterie.

— Je crains qu'il ne lui faille apprendre à connaître la sienne tout seul.

— Mais, une sorte de… plan.

— Chaque mariage est différent, James.

— Vraiment ? Oui, évidemment. Je pense que tu as raison. J'éviterai le sujet.

— Il me semble que cela vaut mieux.

Cécilia n'avait pas eu l'intention de le traiter avec condescendance, il était certain de cela. Pourtant, il se sentit mis à l'écart et inutile. Face à une tâche dont il n'avait pas voulu et dont il s'était plaint. Il aurait donc dû être soulagé. Une fois de plus, Cécilia lui avait gracieusement donné ce qu'il avait demandé. Mais était-ce vraiment ce qu'il voulait ? Et elle ? Qu'attendait-elle vraiment de lui ?

Sa camériste entra car l'heure du dîner approchait et la conversation en resta là.

Ce dont il fut satisfait, lui sembla-t-il.

Naturellement.

8

Le lendemain matin, Kenver se mit en quête de sa mère avant qu'elle aille Dieu savait où, lui échappant ainsi pour la journée. Elle le reçut d'un air surpris dans son salon privé et il prit conscience qu'il avait toujours eu l'impression de la déranger, quand il venait la voir sans y avoir été convié.

— Je souhaite que Gwen entre au service de Sarah, déclara-t-il sans préambule.

— Sarah s'est-elle plainte de Cranston ?

Sa requête ne l'avait pas surprise, nota-t-il. Il se demanda si Cranston lui avait déjà parlé, et si elle rapportait à sa mère tout ce qu'elle entendait dans leurs chambres… Oui. Évidemment qu'elle le faisait.

— Je pense que Gwen lui conviendra mieux, dit-il.

— Nous avons déjà discuté de cela, Kenver. Gwen n'a pas été formée pour servir une dame.

— Peu importe.

Il avait décidé qu'il ne s'emporterait pas mais qu'il resterait ferme.

— Et Gwen n'est chez nous que depuis un an, avança sa mère.

— Elle sera donc en mesure de s'adapter aux façons de Sarah.

— Sarah aurait dû me le demander elle-même, si elle n'était pas satisfaite de mon arrangement.

— Je viens vous le demander.

— Tu as donc l'intention d'ignorer mon expérience ? Et mon jugement avisé ?

Le ton était tranchant.

— Pas du tout. Je fais une simple demande pour le compte de mon épouse.

— Ton *épouse* semble avoir fait de toi quelqu'un de bien grossier.

Kenver se sentit à deux doigts de perdre son calme.

— Je ne pense pas être grossier, mère. J'exprime une préférence dont j'aimerais que vous teniez compte.

— Ma foi, si tu veux que ton *épouse* soit habillée par une petite paysanne sans expérience et...

— Oui, c'est ce que je veux.

Sa mère parut surprise. Il ne lui coupait jamais la parole, habituellement. Personne ne le faisait, d'ailleurs.

— Si tu veux que Sarah soit mal habillée en présence de nos invités...

Kenver s'inquiéta un instant. Et si Gwen ne savait vraiment pas comment faire les choses convenablement ? Mais il chassa cette idée. Sarah savait s'habiller. Elle serait là pour enseigner à Gwen ce que la jeune domestique ne savait pas encore.

— Ce ne sera pas le cas, affirma-t-il. Sarah est toujours charmante.

— Grâce au savoir-faire de Cranston !

Kenver dut faire appel à tout son calme pour ne pas s'emporter. Il avait obtenu ce qu'il voulait. S'il ajoutait une remarque, il risquait de perdre pied et sa demande n'aboutirait pas.

— Peut-être. Si vous le dites.

Sa mère l'observa un instant, espérant sans doute qu'il changerait d'avis. Mais il soutint son regard sans un mot.

— Je te laisse le soin d'annoncer ce changement à Cranston et à Gwen, dit-elle à contrecœur.

Elle baissa un instant les yeux sur son courrier, et quand elle les releva vers lui, il y découvrit une cordialité exquise.

— Je tiens évidemment à ce que Sarah se sente à l'aise, déclara-t-elle en lui adressant un grand sourire chaleureux. Nous ferons tous les ajustements qui se révéleront nécessaires.

Son ton suggérait qu'elle bouleversait l'ordre de toute la maison pour lui être agréable, mais il n'en crut rien.

Après avoir quitté sa mère, Kenver descendit chercher Gwen pour la présenter à Sarah. Tous deux rejoignirent ensuite Sarah dans la salle à manger, où elle prenait le petit déjeuner.

Gwen, une jeune fille brune aux yeux noirs, native des environs, répondit aux présentations par un sourire spontané.

— Dois-je commencer par votre chambre, madame ?

Sarah lui retourna son sourire et adressa un regard de reconnaissance à Kenver.

— Ce serait parfait, Gwen.

— Votre première responsabilité va à votre nouvelle maîtresse, dit Kenver à la jeune fille. Si vous avez la moindre question, c'est à elle ou à moi que vous devrez l'adresser.

— Bien monsieur, je suis très reconnaissante de cette opportunité, monsieur, dit-elle avant de leur faire sa révérence et de quitter la pièce.

— Je pense que vous l'apprécierez, dit-il une fois que Gwen fut partie.

— Elle m'a semblé tout à fait charmante. Alors, c'est bien vrai ? Cranston ne reviendra pas ?

— Tout à fait vrai.

Le sourire ravi de Sarah enflamma Kenver tout entier, et il se fit l'effet d'être un chevalier qui aurait accompli de dangereux exploits pour conquérir le cœur sa dame. Il se rapprocha d'elle. Sarah tendit la main vers lui... et un valet entra pour renouveler la théière.

Kenver savait que les personnes chargées de veiller à leur confort n'auraient pas dû l'irriter autant. Mais parfois, c'était difficile.

Il soupira, s'installa à table et commença à manger.

— Hier, en accompagnant Cécilia à Tresigan, j'ai découvert une grotte, dans le jardin qui se trouve derrière la maison, dit Sarah.

Kenver, qui s'apprêtait à porter sa fourchette à sa bouche, interrompit son geste.

— Une grotte ?

— Oui, cachée derrière un rideau de lierre. C'est peut-être à cela que Merlin faisait allusion quand il a parlé des collines creuses ? Même si je ne crois pas qu'il s'agisse vraiment d'une entrée du royaume des fées, ajouta-t-elle en souriant.

— Nous pourrions aller l'explorer, proposa-t-il.

— Pensez-vous que nous en ayons le droit ?

Il croisa son regard bleu étincelant et ils partagèrent silencieusement une même envie de magie.

— Je doute que les Tereford y voient la moindre objection, répondit-il.

— Je n'en ai pas parlé à Cécilia. Ce sera notre secret.

Kenver repensa à une autre grotte secrète dans laquelle ils avaient passé la nuit, blottis l'un contre l'autre...

— Je ne pense pas que la duchesse trouvera à redire au fait que nous allions y jeter un coup d'œil, fit-il remarquer. Et pour aller à Tresigan, nous aurons bien plus vite fait à cheval qu'en suivant la route.

— Voulez-vous que nous y allions demain ?

— Pourquoi pas aujourd'hui ?

— Tout de suite ?

Elle semblait radieuse et il se dit qu'elle méritait de rayonner ainsi en permanence. C'était à lui, son époux, de veiller à cela. Il décida d'y voir un défi, une quête.

Elle était assise trop loin de lui pour qu'il puisse l'embrasser. Aussi échangèrent-ils un regard qui se prolongea. Longuement.

Les Tereford apparurent à cet instant sur le seuil de la salle à manger et hésitèrent à entrer, comme s'ils percevaient l'intensité de l'atmosphère.

— Bonjour ! dit Sarah d'un ton guilleret. La théière vient justement d'être renouvelée.

Le couple entra et s'assit, disposé, comme toujours, à partager une conversation cordiale.

Kenver se dit que cette escapade à Tresigan était une excellente idée, loin de tout regard critique et de toute interruption. Ah, ces maudites interruptions, aussi incessantes qu'imprévisibles ! Qui osait prétendre que le mariage supprimait tous les obstacles ? Ce n'était que pure légende !

Ils se mirent en route en début d'après-midi et une catastrophe faillit survenir à la dernière minute. Quand ils passèrent à cheval devant la porte d'entrée de Poldene, le père de Kenver sortit avec les chiens au même moment. Le comte leva la main, comme pour les appeler, mais Kenver fit celui qui n'avait rien vu et pressa l'allure.

Sarah poussa un long soupir quand ils furent sortis de la propriété et qu'ils s'engagèrent sur la route au petit trot. L'ombre qu'elle sentait peser sur elle dans la maison, malgré l'arrivée de Cécilia et la déroute de Cranston, se dissipa comme chaque fois qu'elle quittait Poldene. Si seulement ils avaient pu vivre ailleurs, songea-t-elle. N'importe où ailleurs, ils se seraient trouvés mieux.

Des nuages blancs filaient à vive allure dans le ciel. Une légère brise soufflait, chargée du parfum des plantes auquel se mêlait celui de l'océan. Sa jument était plus que disposée à se dégourdir les jambes et Sarah lui flatta l'encolure.

— Whitefoot vous apprécie, dit Kenver.

Sarah le regarda et lui sourit. Jusqu'alors, elle avait jugé inconvenant de chevaucher seule en compagnie d'un homme. Mais maintenant, avec Kenver, plus rien ne l'était. Ils pouvaient aller où bon leur semblait, rester ensemble autant qu'ils voulaient, et même… faire des choses scandaleuses. Son sourire lui faisait tourner la tête. Il était si beau dans son habit de cavalier. Pourquoi n'avaient-ils jamais fait de choses scandaleuses ? Comment une jeune fille élevée dans le strict respect des convenances pouvait-elle les solliciter ? Comme elle avait déjà souvent eu l'occasion de le constater, lire au sujet de choses scandaleuses et en parler à voix haute n'avaient rien de commun. Dans le premier cas, il s'agissait d'une découverte privée, en toute liberté. Alors que dans le second, on risquait de provoquer haussements de sourcils et regards choqués. Voire pire encore. Mais elle était une femme mariée, à présent...

Elle lança sa jument au galop. Le vent gifla son visage et le rythme exaltant des sabots chassa sa frustration.

Kenver ne tarda guère à la rattraper et lui décocha un grand sourire admiratif tandis qu'ils galopaient côte à côte, à bride abattue.

Ils traversèrent un champ de chaume, puis s'engagèrent sur un sentier bordé d'arbres, trop étroit et accidenté pour une voiture. Kenver les conduisit au cœur d'une vallée verdoyante au pied de laquelle serpentait un ruisseau, puis au sommet d'une colline qui offrait un panorama sur toute la campagne.

— Voilà Tresigan, annonça-t-il en tendant le doigt.

Sarah découvrit que le sommet rocheux qu'il désignait était en fait la falaise qui se trouvait derrière la maison. Un chemin zigzaguait jusqu'en bas. Ils l'empruntèrent, traversèrent un petit bois, et ressortirent à l'embouchure du chemin envahi d'herbes folles de Tresigan.

— Une grange se trouve derrière ces arbres, dit Sarah.

— Les arbres dionysiaques ? demanda Kenver d'un ton taquin.

— Des arbres qui n'ont été témoins d'aucune orgie, répondit-elle, se sentant d'humeur à tenir des propos audacieux.

— Pour l'instant...

Elle laissa échapper un rire et sa surprise dériva vers une sensation plus ardente quand elle croisa le regard malicieux de Kenver.

Ils gagnèrent la grange et y laissèrent les chevaux. Chacun d'eux se munit alors d'une des lanternes qu'ils avaient apportées et ils se dirigèrent vers l'arrière de la maison.

Merlin apparut dès qu'ils en eurent franchi le coin.

— Comment ai-je pu oublier votre présence ? marmonna Kenver. J'espérais sans doute que vous seriez parti.

— Rien que les Pendrennon, aujourd'hui ? Ni duc ni duchesse ?

— Non, répondit Sarah tout en se disant qu'il prononçait le nom de Pendrennon de façon étrange.

— Dans ce cas, vous n'avez pas le droit d'être ici.

— Les amis de mon épouse sont ravis de notre visite, répondit Kenver.

Du moins l'auraient-ils été s'ils en avaient été informés, rectifia silencieusement Sarah.

— Et vous n'êtes pas en situation de parler de droit, ajouta Kenver.

— Parce que je n'en ai aucun ?

Sarah eut l'impression que Merlin n'aimait pas beaucoup Kenver et se demanda pourquoi. Tous deux s'étaient à peine parlé au cours de la précédente visite.

— Plus ou moins, répondit Kenver, du même ton narquois.

Merlin accueillit cette réplique par un haussement d'épaules.

— N'attendez pas de moi que je joue les hôtes pendant que vous allez mettre votre nez partout.

— Pourquoi le feriez-vous ? Vous n'êtes *pas* l'hôte, riposta Kenver.

Sarah se retourna et se dirigea vers le jardin.

— Où allez-vous ? demanda Merlin.

Elle s'immobilisa, puis décida qu'il serait plus sage de le lui dire. Mieux valait que quelqu'un sache où ils étaient passés, au cas où quelque chose leur arriverait.

— Dans la grotte, répondit-elle.

— Ah, vous l'avez trouvée, hier, n'est-ce pas ?

Elle hocha la tête.

— Ce qui explique les lanternes et l'intrusion, en conclut Merlin.

— Cette grotte n'est pas plus la vôtre que cette propriété, dit Kenver. Et donc, cela ne vous regarde pas.

Merlin le gratifia d'un regard noir, puis tourna les talons et regagna la maison d'un pas martial.

— Il est fâché, dit Sarah.

— Il est grand temps qu'il parte. Je ne comprends pas que Tereford ne l'ait pas déjà fait chasser.

— Ce pauvre homme a dit qu'il n'avait nulle part où aller.

— Je ne pense pas qu'il ait fait le moindre effort pour se trouver un endroit.

Ouvrant la marche, Sarah traversa le jardin jusqu'au rideau de lierre qui masquait l'entrée de la grotte. Elle l'écarta et se glissa derrière. Kenver l'imita.

— Incroyable…, murmura-t-il en explorant l'abri du regard.

Dans la lumière verte qui filtrait à travers le feuillage, il alluma les lanternes. Sarah drapa la traîne de son costume d'amazone sur son bras et ils pénétrèrent dans la grotte, chacun tenant sa lanterne à la main. Sarah guida Kenver jusqu'au coude abrupt qu'elle formait au fond. Ils le franchirent, puis avancèrent lentement dans un étroit passage. Il n'y avait pas d'autre ouverture, et donc aucun risque de se perdre.

— Méfiez-vous, dit Kenver. Le sol est très inégal.

Elle baissa sa lanterne pour inspecter le sol, puis la souleva de nouveau pour inspecter les parois.

— Cette grotte semble partiellement creusée par la main humaine, non ? s'enquit-elle. Puis agrandie avec des outils.

Kenver inspecta à son tour la paroi et constata que Sarah avait raison. Il n'avait rien remarqué.

— Bien observé, dit-il.

Ils continuèrent d'avancer prudemment dans le boyau. Kenver perçut une sorte de clapotis et après un moment, les parois s'élargirent sur de nouvelles ténèbres. Il leva sa lanterne. Ils venaient de pénétrer dans une grande salle qu'un petit ruisseau traversait, dans le fond. Sarah s'avança, levant elle aussi sa lanterne. La roche, parcourue d'une multitude de veines colorées, rouges, vertes, violettes et orange, parut s'animer sous ce soudain éclairage.

— Oh ! s'extasia-t-elle en faisant le tour de la salle, sa lanterne oscillant au bout de son bras.

Kenver l'imita et les feux croisés de leurs lampes donnèrent soudain l'impression que les couleurs pouvaient se mouvoir et danser sur les parois.

— Il doit y avoir des gisements miniers dans la falaise, dit-il.

— Nous sommes dans la grande salle secrète des collines creuses, chuchota Sarah.

— Là où les fées s'assemblent pour danser et festoyer, enchaîna-t-il sur le même ton.

— Oui !

— Il n'y a pas d'autre entrée, fit-il remarquer une fois qu'ils eurent parcouru le périmètre de la salle. La grotte ne va pas plus loin.

— On n'est pas censés voir le passage magique, poursuivit Sarah d'une voix rêveuse. Dans les contes, il est question d'une sorte de voile. Ou de brouillard. Un genre de frontière, à demi visible. Si on la franchit, et il suffit d'un seul pas, on se retrouve dans un royaume magique.

À l'entendre, cela semblait tout à fait possible. Et terriblement réel.

— J'ai toujours pensé qu'il suffisait de trouver ce passage pour que le peuple des fées vous fasse bon accueil, ajouta-t-elle. Et que ce serait merveilleux !

— Jusqu'à votre retour dans ce monde-ci… car vous découvririez alors que des siècles ont passé et que tout ce que vous connaissiez a été balayé.

— Ce serait ennuyeux, en effet.

Elle avait dit cela d'un ton si sérieux qu'il ne put s'empêcher de rire.

— Je n'ai jamais cru à l'existence d'un royaume souterrain, dit-il. Comment pourrait-on faire pousser quoi que ce soit sans soleil ?

— Par magie ?

— Ce qui est une façon de dire que personne n'en sait rien.

— C'est vrai, reconnut-elle avant de réfléchir très sérieusement au problème. Et si ce n'était pas un tunnel, mais plutôt un… portail permettant de passer d'un endroit à un autre ?

— Un moyen de transport magique ?

Elle acquiesça avec un sourire mutin.

— Vous débordez d'imagination, ma douce amie.

— Ce lieu m'inspire !

— Bientôt vous évoquerez des créatures rocheuses se détachant de la paroi.

— Jamais de la vie ! s'exclama-t-elle.

— Elles tendraient vers nous leurs grandes pattes griffues, leurs bouches ouvertes révélant de terrifiantes dents de pierre !

— Kenver ! s'écria-t-elle en se rapprochant de lui. Si vous vous vengez parce que j'ai mentionné cette créature des mers dans la grotte, c'est très mal de votre part.

— Les grottes et les monstres vont bien ensemble. Cela dit, je préfère les quêtes à l'air libre, où l'on peut livrer de vrais combats.

Elle leva les yeux vers lui.

— Vous vous voyez davantage en chevalier du roi Arthur qu'en explorateur du royaume des fées, dit-elle en retrouvant son sourire espiègle. Ma foi, vous avez déjà trouvé Merlin...

— Ce vagabond !

— En est-il vraiment un ? Avez-vous remarqué qu'il s'exprime parfois comme un homme cultivé ?

— Non, je n'ai pas remarqué, répondit-il, constatant une fois de plus que rien n'échappait à Sarah.

— Regardons autour de nous, proposa-t-elle, comme en réponse à cette pensée. Il y a peut-être des choses, ici.

— Des choooses, répéta-t-il d'une voix sépulcrale.

— Kenver !

— Des trésors cachés, vous voulez dire ?

— Peut-être.

— Merlin s'en serait emparé depuis longtemps.

Ils parcoururent toute la salle de long en large et n'y trouvèrent rien d'autre que de la terre et des cailloux.

— Je ne pense pas qu'il y ait quoi que ce soit ici, dit finalement Kenver.

Sarah approuva et leva sa lanterne à bout de bras pour éclairer les murs colorés.

— C'est beau, murmura-t-elle.

— Vous semblez pourtant déçue.

— J'espérais sans doute découvrir une sorte de...

— Portail magique ?

— Je sais bien que cela n'existe pas, dit-elle en faisant osciller sa lanterne pour que les veines de couleur ondulent au gré de la lumière. Et ceci est merveilleux. On ne devrait pas demander davantage.

— Vous avez le droit de demander tout ce que vous voulez, répondit Kenver avec une intensité qui les surprit tous deux.

Sarah se tourna vers lui pour l'observer et ils échangèrent un long regard, de plus en plus ardent.

— Je voudrais des choses scandaleuses, murmura-t-elle.

— Que dites-vous ?

Des ombres tressautèrent sous la lumière des lampes. Kenver aurait aimé pouvoir mieux distinguer le visage de Sarah.

— Rien, répondit-elle.

Avait-elle vraiment dit « des choses scandaleuses » ? Il était presque certain que oui.

— Quel genre de *choses* ? demanda-t-il.

Elle lui tourna le dos et s'éloigna dans le tunnel, comme si elle prenait cette question pour une critique. Il s'empressa de la rattraper et referma la main sur son bras.

— Sarah.

Il l'incita doucement à se tourner vers lui. Elle s'exécuta.

— Quel genre de choses ? murmura-t-il à nouveau.

Elle passa son bras libre autour de son cou et l'attira vers elle, cambrant le dos comme si elle mourait d'envie de l'embrasser. Ses lèvres se révélèrent douces dans la pénombre. Son corps affolant. Il l'attira plus près encore et prolongea leur baiser jusqu'à ressentir un désir ardent.

Une odeur de brûlé s'éleva soudain, et Kenver se demanda s'il s'était réellement enflammé de désir.

— Oh ! s'exclama Sarah en s'écartant de lui.

La jupe de son costume d'amazone avait touché sa lanterne et un cercle d'étoffe s'était calciné.

— Quel idiot ! s'exclama-t-il. Comment ai-je pu être aussi négligent ? Mon Dieu, vous auriez pu brûler vive ! Vous n'avez rien, j'espère ?

— Non, seule ma jupe a souffert. C'est une de celles que je préfère, cependant.

— Vraiment ?

— Oui, parce qu'elle est parfaitement ajustée et…

— Je parle de la brûlure !

— Oh. J'ai juste ressenti un peu de chaleur.

Elle souleva le bas de sa jupe et baissa les yeux. Son jupon était à peine décoloré. La lanterne n'avait pas atteint sa peau. Kenver poussa un soupir de soulagement, mais il ne se pardonnait pas de l'avoir mise en danger.

— Venez, dit-il en l'entraînant vers la sortie.

Ils émergèrent dans la verte pénombre du lierre où ils éteignirent leurs lanternes, et quand ils franchirent le rideau végétal, la lumière du jour leur parut aveuglante après l'ombre de la grotte.

— Avez-vous croisé des fées ? leur demanda Merlin d'un ton moqueur depuis son potager.

Kenver lui aurait volontiers flanqué son poing dans la figure. Cela n'aurait servi à rien et le pauvre diable ne le méritait pas vraiment, mais cela aurait soulagé son humeur.

— Oui, des elfes nous ont tiré dessus avec des flèches enflammées, répondit Sarah en désignant sa jupe calcinée.

Merlin en resta bouche bée. Kenver, lui, dévisagea sa femme d'un air stupéfait et Sarah le gratifia d'un sourire malicieux.

Il éclata alors de rire, toute mauvaise humeur envolée.

Ils étendirent la couverture qu'ils avaient apportée sous un chêne près de la grange et sortirent le panier de pique-nique, préparé par les cuisines de Poldene. Merlin était rentré dans la maison, mais Kenver estimait qu'il y avait de bonnes chances pour qu'il soit revenu les épier, caché derrière un buisson. Pour saliver sur leur jambon, sans doute.

Jusqu'à son mariage, il n'avait pas réalisé à quel point sa vie était perpétuellement surveillée. Il avait cru jouir d'une intimité qui n'existait apparemment que dans son esprit.

— Nous devrions peut-être offrir quelque chose à Merlin, suggéra Sarah.

— Non. D'où vous est venue cette idée d'elfes et de flèches enflammées ?

Son sourire malicieux reparut.

— « Flèches d'elfes » est le nom que l'on donne aux très anciennes pointes de silex que l'on trouve parfois dans le sol, expliqua-t-elle. Des vestiges des

Bretons de la période antique, je crois, et le nom m'a toujours plu.

Merlin apparut sous prétexte d'aller ranger un panier dans la grange et lorgna au passage leur repas, tel un chien plein d'espoir.

— J'aimerais bien avoir une flèche d'elfe sous la main, marmonna Kenver.

— Il n'a pas de pain, lui fit remarquer Sarah.

— Il pourrait en acheter au village. Ou en échanger contre des légumes.

— Sans doute. Mais nous ne mangerons jamais tout ça.

Elle rassembla un assortiment de leurs victuailles et les tendit à Merlin qui s'empressa d'approcher. Mais au lieu d'accepter le cadeau et de repartir, il s'assit au bord de leur couverture pour manger avec eux.

— C'est la lanterne qui a brûlé votre jupe, n'est-ce pas ? demanda-t-il à Sarah en désignant sa traîne calcinée.

— Vous ne croyez pas aux flèches d'elfes ?

— S'il y avait quelque chose de mystérieux par ici, je l'aurais découvert, dit-il avec une pointe de regret dans la voix.

— Parce que vous avez cherché ? demanda Sarah.

— Oh, oui !

— Il faut dire que vous êtes tout seul ici.

Sarah n'était que douceur et compassion, se dit Kenver. Elle semblait déceler des choses là où son propre regard glissait sans rien voir. Il aurait pu comprendre que Merlin se sente seul, mais il n'avait pas pris la peine de s'en soucier. Il était parfois plus simple de ne rien voir.

— Je vais seller les chevaux, annonça-t-il en se levant.

Une fois qu'ils eurent rangé les reliefs de leur pique-nique, Kenver n'eut plus qu'à aider Sarah à se remettre en selle. Ses mains s'attardèrent sur sa taille et il la couva du regard affamé de celui qui sait que le paradis se trouve à portée de main.

Sarah chevaucha jusqu'à Poldene dans un brouillard euphorique. Dès leur retour, Kenver et elle se faufileraient dans sa chambre, et… Elle rougit de ses pensées. Cranston ne serait pas là pour contrecarrer leurs projets, cette fois. S'ils passaient par la petite porte latérale, ils pourraient reprendre les choses où ils les avaient laissées avant l'incident de la lanterne. « Des choses scandaleuses », songea-t-elle en rougissant de plus belle.

Mais quand ils arrivèrent dans la cour de l'écurie de Poldene, un palefrenier partit en courant pour revenir presque aussitôt, escorté d'un valet.

— Madame la comtesse souhaite vous parler, annonça ce dernier à Sarah.

— À moi ?

— Oui, madame.

Ce n'était pas une bonne nouvelle. Que pouvait bien lui vouloir lady Trestan ?

— Nous la verrons au dîner, dit Kenver en faisant signe au domestique de s'en retourner d'où il venait.

— Madame la comtesse a ordonné de lui envoyer Mme Pendrennon dès son retour, monsieur.

— Je dois d'abord me changer, dit Sarah en baissant les yeux sur la traîne de son costume.

Lady Trestan ne manquerait pas de remarquer la brûlure. Rien n'échappait à son regard acéré.

— Madame la comtesse s'est montrée particulièrement... insistante, dit le valet.

Ce qui signifiait qu'elle était furieuse. Sarah se demanda ce qu'elle avait bien pu faire. Kenver prit la direction du salon en maugréant et Sarah lui emboîta le pas, le moral en berne.

Ils trouvèrent les parents de Kenver assis au salon, la mine orageuse. Cécilia se tenait en face d'eux et son attitude indiquait clairement qu'elle n'avait pas l'intention de partir. L'atmosphère n'avait rien d'harmonieux.

— Vous avez reçu une lettre, annonça lady Trestan à Sarah.

La comtesse posa la main sur un pli cacheté comme si elle voulait le retenir.

Sarah ne comprit pas pourquoi elle disait cela d'un ton accusateur. Il s'agissait d'une simple correspondance. Et ce n'était pas *elle* qui avait envoyé cette lettre.

— Une lettre de notre fille, ajouta la comtesse d'un ton outragé.

Kenver en resta muet de surprise.

Sarah, quant à elle, ne s'était absolument pas attendue à cela.

— Vous ne nous aviez pas dit que vous connaissez Tamara, lâcha lady Trestan sans desserrer les dents.

— Je ne la connais pas, répondit Sarah.

— Pourquoi vous écrit-elle, alors ? demanda le père de Kenver.

— Je savais que vous étiez une menteuse, dit sa mère. Quel est votre lien avec Tamara ? demanda-t-elle en repliant sa main sur la lettre, froissant le papier.

Cécilia regardait la comtesse comme elle eût regardé la mauvaise actrice d'une mauvaise pièce.

Sarah fut alors certaine que lady Trestan aurait ouvert la lettre si Cécilia n'avait pas été présente.

— Je n'en ai aucun, dit calmement Sarah. Et je n'ai pas la moindre idée de la raison qui l'aura incitée à m'écrire. Néanmoins cela m'intéresserait de le savoir, ajouta-t-elle en tendant la main vers la lettre.

— C'est Tamara qui a eu l'idée de piéger Kenver ? demanda la comtesse comme si elle n'avait pas entendu la réponse de Sarah. C'est sa façon de se venger ?

— De se venger de quoi ? demanda Kenver. Et je n'ai pas été *piégé*.

— Comment expliques-tu ceci, alors ? lui demanda sa mère en agitant la lettre.

— L'expliquer ? Pourquoi quelqu'un devrait-il expliq...

— *Quelqu'un* aurait tout intérêt à le faire, l'interrompit lady Trestan en dévisageant Sarah.

Cette scène était parfaitement ridicule, se dit Sarah. Digne d'un mélodrame absurde. Elle fut cependant heureuse de la présence de Cécilia.

— Si j'avais à deviner..., commença Kenver.

— Oui ?

— Je suppose que ma sœur aura entendu parler de notre mariage et qu'elle a écrit pour féliciter Sarah.

— Comment en aurait-elle entendu parler ? rétorqua sèchement sa mère.

— Les gens en ont beaucoup parlé, répondit-il. Tamara l'a sans doute appris par quelqu'un de la région.

— Qui ? demanda sa mère, tel un chat s'apprêtant à bondir sur une souris.

Elle cherchait une cible dans laquelle planter ses griffes, comprit Sarah. Nul doute qu'elle la trouverait.

— Je ne sais pas, mère. Comment le saurais-je ?

— Tamara a-t-elle grandi ici, à Poldene ? intervint Cécilia.

Sa question énoncée d'une voix tranquille tomba, telle une pierre lâchée dans un courant déchaîné. La comtesse se redressa et humecta ses lèvres.

— Oui, elle a grandi ici, répondit lord Trestan.

— Dans ce cas, elle aura sans doute conservé des relations avec ses amies d'enfance.

Sarah profita du silence qui accueillit cette déclaration pour s'avancer et tirer la lettre de sous la main de lady Trestan. La comtesse tendit aussitôt le bras, comme pour la reprendre, mais Sarah s'éloignait déjà.

Tous les regards convergeaient vers elle. La comtesse mourait visiblement d'envie de la gifler. Le comte fronçait les sourcils. Et Cécilia était clairement curieuse. Qui ne l'aurait pas été, à sa place ? Lord et lady Trestan s'imaginaient-ils vraiment qu'elle allait leur lire cette lettre ? Sarah se retourna et sortit pour gagner sa chambre. Un brouhaha de voix s'éleva derrière elle. Elle choisit délibérément de l'ignorer.

9

Pour une fois, la chambre de Sarah était un refuge. Cranston ne risquait pas de surgir à tout instant, et si Gwen apparaissait, elle pourrait la congédier. Elle s'assit sur le lit et examina la mystérieuse missive.

L'expéditeur avait répandu de la cire à cacheter sur tout le bord ouvert de la page, de façon que personne ne puisse glisser la lame d'un couteau sous le sceau pour le faire sauter proprement. On avait tenu à ce que toute tentative d'ouverture soit impossible à maquiller. Ce qui en disait long. Sarah inséra son petit doigt sous le bord et rompit la ligne de cire rouge. De menus éclats retombèrent sur le couvre-lit. Elle déplia la feuille, remarqua les boucles amples et affirmées de l'écriture et lut.

À l'épouse de Kenver,

Le récit de votre mariage est parvenu jusqu'à moi par l'entremise d'amis qui vivent non loin de Poldene. Celui-ci était pour le moins confus. Mais s'il contient une part de vérité, je crains que vous ne soyez bien mal traitée par mes parents. J'ai décidé de vous écrire pour vous offrir mes vœux de bonheur. Soyez assurée qu'au cas où vous auriez besoin d'un endroit où aller, vous pourriez venir chez moi à l'adresse figurant au bas de cette lettre. J'ai demandé à un vieil ami sur lequel je peux encore compter parmi le personnel de Poldene, de veiller à ce que celle-ci vous parvienne.

Avec tous mes vœux de bonheur,

Tamara Pendrennon Deane

On frappa à la porte. Sarah se leva et alla ouvrir. Kenver se tenait dans le couloir.

— Vous n'êtes pas obligée de me dire ce qu'elle vous écrit, dit-il alors qu'il mourait clairement d'envie de le savoir.

Sarah recula pour l'inviter à entrer. Elle lui remit la lettre et le regarda en prendre connaissance.

— Elle vit donc dans le Lincolnshire, murmura-t-il.

Comme si c'était l'élément le plus important du message.

— Pourquoi m'offre-t-elle un... refuge ? s'enquit Sarah.

— Je ne sais pas.

— C'est quand même votre sœur.

— Comme je vous ai dit, elle a douze ans de plus que moi. Nous n'avons jamais été... très proches. Et il y a certaines choses dont on ne m'a jamais parlé.

— Lesquelles ?

— Des choses dont on ne m'a jamais parlé, répondit-il, agacé.

— Vous n'avez donc aucune idée de la raison pour laquelle vos parents ne veulent plus la voir, ni de ce qui s'est passé ? demanda Sarah sans parvenir à cacher son incrédulité.

Si elle avait eu une sœur et que celle-ci eût disparu, elle aurait remué ciel et terre pour en découvrir la raison et pour prendre contact avec elle. Pourquoi Kenver ne l'avait-il pas fait ?

— Personne n'en parle jamais, dit-il. Si le nom de Tamara est seulement mentionné, ce qui arrive rarement, tout le monde fait brusquement silence. Vous vous retrouvez pétrifié, comme si une balle venait de passer en sifflant près de votre oreille.

Sarah le dévisagea. L'image était étrangement parlante.

— Tamara s'est comme... figée dans l'oubli, ajouta-t-il.

— Parce que c'était la volonté de vos parents ?

— Oui.

— Je veux bien que vous n'ayez pas osé insister quand vous étiez enfant, Kenver. Mais plus tard, pourquoi ne pas avoir insisté ? C'est votre *sœur*.

— Vous ne comprenez pas.

Elle n'était pas à Poldene depuis longtemps, mais elle commençait à se faire une idée de la situation. Il était difficile de s'opposer aux parents de Kenver. Si elle avait vécu avec eux toute sa vie, si elle avait dû se plier à leurs habitudes, elle aurait sans doute hésité à le faire, elle aussi.

— Je crois que je me suis contenté de m'adapter, avoua-t-il. Peut-être que Tamara a fait quelque chose d'affreux.

— Quoi donc ? Un meurtre ? Un acte de folie furieuse ?

Kenver la dévisagea, bouche bée.

— Elle semble saine d'esprit, dans cette lettre, dit-elle. Rien n'indique qu'elle pourrait commettre un crime innommable.

— Un crime innommable ?

— D'un autre côté, l'idée que votre mère se fait des transgressions ne coïncide pas avec la mienne.

Kenver s'abstint de la contredire.

— Qui donc pourrait savoir ce qui s'est passé ? Qui est cet ami parmi le personnel, selon vous ? demanda-t-elle en désignant ce passage dans la lettre.

— Qu'avez-vous l'intention de faire, Sarah ?

— Je veux découvrir la vérité !

Le piquant des enquêtes qu'elle avait menées avec ses amies du pensionnat lui manquait tellement ! C'était ce qu'elle aimait vraiment faire, au fond. Résoudre des mystères. L'idée de creuser cette affaire lui donnait le sentiment de se retrouver.

— Pour quelles raisons ?

— Ma foi, pour *comprendre*, tout d'abord. Et ensuite, nous verrons. N'avez-vous pas envie de savoir ?

Il hésita.

— Où est passé votre désir de quête visant à redresser les torts, Kenver ? Ce n'étaient donc que des paroles en l'air ?

— Nous ne savons pas si un tort a été commis.

— Une jeune fille âgée de... quoi, dix-huit ans ? quitte son foyer et personne ne parle plus jamais d'elle. Sous peine de sentir siffler des balles près de ses oreilles ? Je ne trouve pas cela correct.

Il fronça les sourcils mais ne fit aucun commentaire.

— Pour commencer, nous allons questionner les domestiques, déclara-t-elle. Vous êtes autorisé à parler au personnel, j'imagine.

— Maman risque de...

— Votre mère n'approuvera jamais rien de ce que je fais, c'est un fait. Autant faire œuvre utile et intéressante.

— Vous ne le pensez pas vraiment, n'est-ce pas ?

— Que j'ai envie de faire quelque chose d'intéressant ? Bien sûr que si !

— Non, que ma mère n'approuvera jamais rien de ce que vous faites.

S'interposer entre la mère et le fils n'avait certes pas fait partie des intentions de Sarah, mais l'hostilité de lady Trestan était tellement flagrante qu'il fallait que Kenver en prenne conscience.

— Vos parents n'ont pas cherché à cacher qu'ils ne veulent pas de moi ici et qu'ils regrettent que nous nous soyons mariés. Chaque jour, ils œuvrent à me nuire. Votre mère, surtout.

— Mais ils se font à l'idée, petit à petit.

— Je n'ai vu aucun signe d'adaptation, Kenver. En avez-vous vraiment vu, de votre côté ?

Il parut sur le point de dire quelque chose, mais y renonça.

— Je n'aime pas vous perturber, poursuivit-elle en repliant la lettre pour la ranger dans la poche de son costume d'amazone d'où elle ne pourrait pas *disparaître*. Je vais m'informer auprès des domestiques, ajouta-t-elle.

Mieux valait s'y mettre tout de suite, avant que la comtesse interdise à tout le monde de parler de sa fille.

— C'est peut-être *vous* le chevalier sans peur, dit Kenver. Moi, je suis...

Il écarta les mains et se tut.

— Pas la demoiselle en détresse. D'ailleurs, ce serait le damoiseau, dans votre cas. Oui, je l'ai lu quelque part. Non, vous, vous êtes courageux, chevalcresque et déterminé.

— Vous le pensez vraiment ?

— Oui. Je vous ai vu à l'œuvre.

Ils s'observèrent un instant alors qu'ils se tenaient à côté de ce qui n'était pas encore leur lit conjugal. Sarah sentit vibrer le lien qui s'était créé entre eux dans la grotte après leur chute de la falaise et qui les avait tous deux embrasés au cours des baisers qu'ils avaient échangés. Un lien qui n'avait fait que se renforcer au fil des jours.

— Nous n'aurons besoin de parler qu'aux domestiques qui sont à Poldene depuis longtemps, dit Kenver.

Le cœur de Sarah se gonfla d'allégresse.

— La cuisinière et le maître palefrenier, précisa-t-il. Tamara était une cavalière hors pair.

— Vous savez cela alors que vous ne savez pas pourquoi elle est partie ?

— Je l'ai entendu dire.

— Vous vous souvenez peut-être de plus de choses que vous ne le pensez, Kenver.

— Je pourrais difficilement me souvenir de moins.

La cuisinière nia avoir connaissance de quoi que ce soit ; sœur, lettre, souvenirs. Elle parut seulement pressée de les voir ressortir de sa cuisine. À l'écurie, le maître palefrenier commença par adopter la même attitude, mais quand Kenver le pressa de questions, il finit par laisser glisser que son prédécesseur était venu à Poldene la veille.

— Benning ? demanda Kenver.

L'homme parut embarrassé, mais il acquiesça.

— Benning a travaillé ici pendant trente ans, dit Kenver en se tournant vers Sarah.

— Où pouvons-nous le trouver ?

— Il vit maintenant dans un cottage, à la limite du domaine, répondit Kenver.

— Allons le voir.

— Quoi ? Tout de suite ?

— Nous n'aurons pas même besoin de nous changer, fit remarquer Sarah en désignant son costume d'amazone à la traîne calcinée.

Elle ne pouvait pas s'empêcher de penser qu'il ne leur restait que très peu de temps avant que l'on cherche à contrecarrer leurs plans.

— Les chevaux ont déjà regagné leur box, objecta le palefrenier.

— À cela, il ne sera pas difficile de remédier, rétorqua Kenver.

Quelques minutes plus tard, ils ressortaient à cheval de la cour de l'écurie et s'engageaient dans la direction opposée à celle de Tresigan.

— Je me demande si votre père va lâcher les chiens après nous.

— Quoi ? Bien sûr que non !

— Ce ne serait pas bien grave, remarquez. Les chiens m'adorent. Ça l'ennuie, n'est-ce pas ?

— Je crois bien, oui, reconnut Kenver.

— Je parie qu'il leur a dit qu'ils avaient un goût détestable.

Kenver réprima un éclat de rire et Sarah sourit. Elle se sentait puissante et libre pour la première fois depuis longtemps.

Au terme d'une demi-heure de chevauchée, ils arrivèrent en vue d'un petit cottage au toit de chaume, situé à la lisière d'un bois. Deux chevaux paissaient dans le champ voisin. Un homme aux cheveux blancs sortit alors qu'ils descendaient de cheval. Il était légèrement voûté, mais n'avait pas du tout l'allure d'un vieillard.

— Bonjour, Benning.
— Monsieur Kenver.
— Je vous présente mon épouse.
— Madame, la salua l'ancien palefrenier en posant sur elle un regard plein de curiosité.
— Nous venons vous voir car j'ai reçu une lettre de Tamara Pendrennon Deane, expliqua Sarah. Et nous nous demandions si vous n'auriez pas entendu quelque chose à ce sujet.
— Moi, madame ?
Son visage était resté neutre, mais Sarah remarqua que ses yeux bleus pétillaient de malice, sous ses sourcils blancs.
— Il paraît que Tamara était une cavalière hors pair, ajouta-t-elle.
— C'est vrai.
— Et une amie à vous aussi, peut-être ?
— Je ne me permettrais pas de l'affirmer.
Sarah attendit, pressentant que Benning en dirait davantage quand il serait disposé à le faire.
— Je vais m'occuper de vos montures, dit l'ancien maître palefrenier.
Il les conduisit au pâturage avec les autres. Une fois que les chevaux se mirent à paître, il eut un hochement de tête satisfait, puis revint vers ses visiteurs et désigna le banc qui se trouvait devant sa maison.
— Je ne peux vous offrir que l'eau du puits ou de la petite bière, dit-il.
Sarah accepta un verre d'eau et Kenver un verre de bière.
— Mlle Tamara aimait les chevaux qui le lui rendaient bien, finit par dire Benning. Elle aimait bien rester à l'écurie, du temps que j'étais maître palefrenier à Poldene. De temps en temps, elle se laissait

aller à parler parce qu'elle n'avait personne à qui se confier. Elle savait que je l'écouterais et que je saurais me taire.

Il jeta un coup d'œil à Sarah.

— Vous avez gardé ses confidences le temps qu'il fallait, dit-elle.

— Savez-vous ce qui s'est passé entre elle et mes parents ? demanda Kenver. Personne n'a jamais voulu me le dire.

— Je doute que ce soit à moi de le faire, monsieur.

— Elle s'en est remise à vous pour que sa lettre me parvienne, n'est-ce pas ? s'enquit Sarah.

Elle en était certaine. Elle sortit la lettre de sa poche.

Le vieux palefrenier la regarda de nouveau, puis hocha la tête.

— Quand Mlle Tamara avait dix-huit ans, elle a rencontré un homme qui lui a plu, à Londres. Mais il n'était pas assez bien pour monsieur le comte et madame la comtesse.

— Quelle surprise, murmura Sarah.

— Ils lui ont interdit de le revoir. Mais à Londres, avec tout le monde qu'il y avait, ils n'ont pas toujours pu les empêcher de se croiser.

— Tant mieux, dit Sarah.

— Alors, vos parents l'ont ramenée ici.

— Évidemment.

— Mais son soupirant les avait suivis.

— M. Deane ? demanda Sarah.

— M. Donald Deane, oui. Il s'est présenté et il a demandé la permission à votre père d'épouser Mlle Tamara.

— Et lord Trestan a refusé, devina Sarah.

— Était-il si peu recommandable ? demanda Kenver.

Benning haussa les épaules, avouant par là son manque d'expertise en ce domaine.

— Mlle Tamara m'a dit que c'était un petit propriétaire terrien du Lincolnshire. Qu'il était parfaitement en mesure d'entretenir une épouse, qu'elle m'a dit aussi. Et il lui plaisait vraiment beaucoup.

— Mais ce n'était pas un grand mariage, dit Sarah. Et c'est pour ça que lord Trestan a refusé.

— Monsieur le comte a ordonné à M. Deane de quitter le domaine et il a enfermé Mlle Tamara dans sa chambre.

— Quoi ? s'exclamèrent en chœur Sarah et Kenver.

— Elle a fait un foin de tous les diables.

— Des cris et des larmes, murmura Kenver. Je me souviens de cela.

— Il y en a eu beaucoup, précisa Benning. On les entendait par la fenêtre.

— On n'arrêtait pas de me chasser de toutes les pièces pour m'expédier dans la nurserie, ajouta Kenver.

— Une vraie bataille en règle, dit Benning. Jusqu'à ce que Mlle Tamara se sauve par la fenêtre de sa chambre et vole un cheval de l'écurie.

Son regard en coin incita Sarah à se demander s'il n'avait pas apporté son concours à ce vol. Elle ne posa toutefois pas la question.

— Elle s'est enfuie avec M. Deane et l'a épousé, reprit Benning.

— Un enlèvement, murmura Kenver.

— Et ils ont vécu heureux à dater de ce jour, j'espère, dit Sarah.

Benning hocha la tête, mais Sarah ne sut dire si c'était parce qu'il partageait cet espoir ou parce qu'il savait que c'était la vérité.

— Pourquoi personne ne me l'a jamais dit ? demanda Kenver. Pourquoi ne l'avez-vous pas fait ?

— Lord Trestan avait ordonné de ne jamais y faire allusion. J'étais sous ses ordres. Et je n'avais pas le droit de divulguer les secrets que m'avait confiés Mlle Tamara.

Kenver marmonna quelque chose d'inaudible.

— Jusqu'à ce qu'elle m'écrive cette lettre, fit remarquer Sarah.

— Elle m'a donné la permission de vous dire tout ce que je jugeais bon à son sujet, expliqua Benning. Au cas où on vous enfermerait, je suppose. Ou pire encore.

— C'est absurde, dit Kenver.

Sarah croisa le regard de Benning et soupçonna le vieil homme de savoir tout ce qui se passait à Poldene, même s'il n'y travaillait plus.

— Je vous remercie d'avoir veillé à ce que cette lettre me parvienne, Benning, dit-elle d'une voix douce. Comment vous y êtes-vous pris ?

L'amusement plissa le visage du vieux palefrenier.

— Mlle Tamara savait que si sa lettre était arrivée à Poldene par le courrier postal, le majordome l'aurait aussitôt apportée à madame la comtesse. Et sa lettre aurait fini au feu, selon elle. Alors elle l'a envoyée ici, à l'intérieur de la missive qui m'était destinée.

— Vous ne vous êtes pas contenté de me l'apporter, cependant.

— Mlle Tamara voulait qu'on sache qu'elle avait écrit. Elle appelait ça une « précaution », dans la lettre qu'elle m'a écrite. Il fallait qu'elle vous parvienne, mais au su et au vu de tout le monde. Alors j'ai rusé. Je suis resté dans les parages jusqu'à ce que j'entende dire que lady Trestan se trouvait au salon avec son hôte de marque.

— La duchesse de Tereford ?

— Celle-là même. J'ai glissé la lettre sur un plateau qu'une des servantes portait à l'étage. Sachant que Liz ne sait pas lire, je lui ai dit que c'était pour la duchesse, et c'est à elle qu'elle l'a remise.

« Très astucieux », songea Sarah.

— Vous avez très bien fait, Benning. Merci.

Le sourire du vieil homme créa sur son visage tout un paysage de rides.

Kenver se leva et s'approcha de l'enclos, les chevaux lui servant de prétexte pour cacher l'état de confusion qui l'avait gagné. Un enlèvement était scandaleux. Mais il savait que ce genre d'écart pouvait être pardonné une fois le couple respectablement marié. Surtout s'il vivait loin. Personne dans le Lincolnshire ne devait être au courant de cette affaire. Ce n'était pas un motif suffisant pour un exil définitif.

Mais cette union était-elle vraiment respectable ? Ce Deane était peut-être un bon à rien ou même pire. C'était peut-être pour cela que son père l'avait chassé. D'un autre côté, il s'était présenté à Poldene pour demander la main de Tamara. Un scélérat n'aurait jamais agi ainsi. Il aurait tenté de dévoyer Tamara pour l'abandonner ensuite.

Sa sœur avait dit à Benning que ce Deane avait les moyens de l'entretenir. Le terme de « petit propriétaire terrien » lui avait inévitablement fait penser au père de Sarah. Et à son propre mariage. À la façon dont Sarah avait été reçue à Poldene. Non, Tamara ne méritait pas d'être exclue de leur famille. Et il n'avait jamais cherché à intervenir.

Il constata que le soleil se rapprochait de l'horizon et retourna vers le banc.

— Nous ferions mieux de rentrer, dit-il.

Ils allèrent chercher leurs montures et quand il souleva Sarah pour la mettre en selle, il eut envie de dire quelque chose pour se racheter à ses yeux, mais il ne trouva pas ses mots.

— L'arrangement de votre sœur et de Benning était plein d'astuce, dit-elle une fois qu'ils se mirent en route.

Kenver se demanda si sa mère aurait vraiment brûlé la lettre. Oui, elle l'aurait fait.

— Je suis contente d'avoir l'adresse de Tamara, ajouta Sarah.

— Je n'ai jamais cherché à la retrouver, avoua-t-il. Je me demande si mes parents l'ont fait.

— Ils se seront certainement renseignés.

Elle ne pouvait pas imaginer le climat qui avait régné à Poldene quand Kenver était enfant. Cet entretien avait sûrement ravivé le souvenir des cris et des disputes de son enfance. Des scènes effroyables. Elle savait qu'il détestait les cris et les disputes.

— Je vais répondre à cette lettre, déclara Sarah.

Kenver accueillit sa décision d'un hochement de tête.

— Et je la porterai moi-même au village pour être certaine qu'elle parte, ajouta-t-elle en se tournant vers lui.

Pensait-elle qu'il pourrait tenter de l'en empêcher ? Il ne ferait jamais une chose pareille. Il se demanda si Sarah le méprisait. Se disait-elle qu'il la décevrait comme il avait déçu Tamara ? Cette idée le terrifia.

— J'ajouterai un mot à votre lettre, dit-il. Si vous m'y autorisez, bien sûr.

— Bien sûr. C'est votre sœur.

Et Sarah était sa femme. Une agitatrice, une révolutionnaire, même, réalisa-t-il soudain. Il ne s'y était pas attendu. Il n'aurait jamais pensé qu'elle serait… l'inspiration qui lui faisait défaut. Mais il trouverait le moyen de vaincre toutes les oppositions pour elle.

Ils arrivèrent à Poldene juste à temps pour se changer avant le dîner et se séparèrent sans avoir pu bavarder davantage. Le repas fut encore plus tendu que d'habitude et Kenver apprécia une fois de plus la présence de leurs hôtes, apparemment capables de gérer toutes les situations.

— Je ne sais pas trop comment lui répondre, confia Sarah à Cécilia, un peu plus tard au salon, après lui avoir confié à voix basse l'histoire de Tamara. J'aimerais m'en faire une amie.

— Dites-lui cela. Et dites-lui aussi que vous avez été heureuse de recevoir sa lettre. Elle appréciera de recevoir une réaction positive venant de Poldene.

— Seriez-vous fâchée ? demanda soudain Sarah, trouvant Cécilia inhabituellement grave.

— Non. Je suis lasse de la façon dont les familles traitent les jeunes femmes. Elles se croient autorisées à les traiter comme des pions dans un jeu financier.

— Tamara s'en est sortie.

— Oui. Mais les choses auraient pu très mal finir pour elle, dit Cécilia en posant les yeux sur la lettre qui reposait entre elles sur le sofa, dissimulée par leurs jupes. De fait, nous ne savons pas ce qui lui est arrivé, après sa fugue.

— Elle a une maison. Et la possibilité de me l'offrir comme un refuge.

— Oui. C'est bon signe.

— Nous avons de la chance, vous et moi, d'avoir des parents aimants.

Le fait de penser à ses parents rendit Sarah mélancolique. Ils n'avaient pas toujours été d'accord sur tout, bien sûr, mais elle n'avait jamais douté de leur amour.

— Mon père est plus distrait qu'aimant, mais je me considère comme chanceuse, c'est vrai, reconnut Cécilia.

— Je pensais que les choses seraient différentes une fois que je serais mariée. Je m'attendais à vivre sous mon propre toit. Et à avoir la liberté de régenter ma maison à ma guise. Je n'aurais jamais imaginé que je vivrais un jour parmi des gens qui me méprisent.

Cécilia plissa ses beaux yeux bleus.

— Il faut que nous voyions ce qui peut être fait à ce sujet, ma chère Sarah.

— Je ne pense pas que les parents de Kenver changeront d'avis, me concernant. Et je le pense encore moins maintenant que je sais ce qu'ils ont fait à leur propre fille.

— Je partage votre avis. J'imagine qu'ils tiennent aussi les cordons de la bourse très serrés ?

Il s'agissait d'une question sensible, mais Cécilia était une amie fiable.

— La rente de Kenver est très modeste, avoua Sarah.

— Hmm, fit son amie en réfléchissant. Nous allons devoir faire preuve de créativité. Nous pourrions peut-être vous prêter…

— Non.

Cette idée était trop humiliante. Et de toute façon, ce n'était pas une solution.

— Devenir dépendants de vous pendant des années ? Lord et lady Trestan sont en excellente santé, dit Sarah. Ce dont je me réjouis. Vraiment. Je ne leur souhaite aucun mal.

Cécilia reconnut la difficulté d'un hochement de tête.

Sarah n'aimait pas penser à son nouveau foyer comme à un piège, mais il était parfois difficile de voir les choses autrement. Elle tourna les yeux vers Kenver, assis en compagnie de ses parents et du duc de Tereford. L'expression de son époux suggérait des pensées similaires.

Tandis qu'il écoutait son père haranguer Tereford à propos de la situation politique, Kenver ne put s'empêcher d'admirer la retenue de cet homme. Le duc en savait certainement plus long que son père à ce sujet, et pourtant il restait affable. Kenver se demanda ce qu'ils auraient fait, Sarah et lui, si les amis de Sarah ne leur avaient pas rendu visite. Leur appartenance à la noblesse rendait supportable l'atroce petite société de Poldene. En outre, ils protégeaient Sarah, car ses parents tenaient à sauver les apparences devant eux. Que feraient-ils, cependant, une fois que leurs invités ne seraient plus là ?

Sarah et lui occuperaient la suite royale dès que les Tereford partiraient. Ils le feraient sans demander la permission. Ils mettraient ses parents devant le fait accompli. Mais cela suffirait-il ?

Il y avait bien quelques cottages vacants sur les terres de Poldene, mais ce n'étaient que des masures en attente de réparations, et Kenver n'aurait pas pu demander à Sarah d'emménager dans un endroit pareil, même si son père lui avait cédé la jouissance de l'un d'eux – ce qu'il ne ferait jamais. Outre cela, le voisinage n'en aurait pas fini de jaser. Sa mère se ferait un plaisir d'ajouter son grain de sel aux commérages et rejetterait la faute sur cette mésalliance. Son père viendrait sans doute le déloger à coups de fouet et Kenver ne pourrait pas l'en blâmer.

Le frère de sa mère aurait pu les inviter à Londres pour la prochaine saison. Il s'entendait assez bien avec son oncle. Mais celui-ci n'était pas en ville pour le moment et la prochaine saison semblait bien loin. Il y avait aussi les amies de Sarah. Mais il n'aimait pas l'idée de leur rendre visite alors qu'il n'avait guère plus d'argent en poche qu'un mendiant.

Il repensa à la lettre inattendue de sa sœur. Il ne pouvait rien demander à Tamara, après la façon dont il l'avait laissée tomber. Elle avait offert un refuge à Sarah, mais ce n'était pas la même chose que les inviter tous les deux. Tamara ne lui avait pas écrit à lui.

Il avait cherché dans ses souvenirs des traces de sa sœur aînée et n'en avait tiré qu'une impression fugace. Une tornade traversant la nurserie, l'emplissant au passage d'une sorte de ravissement teinté d'angoisse. Ça et les cris. Les cris n'étaient pas seulement survenus juste avant sa fuite. Il y avait eu plusieurs épisodes antérieurs peuplés de cris. Des épisodes qui s'étaient enchaînés les uns à la suite des autres. Il avait l'impression de se souvenir – à moins qu'on ne le lui ait raconté – que Tamara était un jour montée à cheval vêtue d'un pantalon. Il imaginait sans peine l'indignation de sa mère. Tamara devait avoir des nerfs d'acier. Comment était-elle, maintenant qu'elle avait trente-cinq ans ? Devaient-ils envisager de lui rendre visite, Sarah et lui ?

Kenver comprit alors qu'il n'avait pas envie de quitter Poldene. Il en avait assez de ployer, d'esquiver et de se dérober. C'était Sarah qui lui avait permis de comprendre cela. Il voulait créer un foyer pour elle à Poldene, la demeure dont il était l'héritier. Il voulait l'amener à aimer cette maison autant que lui, en espérant qu'elle puisse encore le faire après tout ce qui s'était passé.

— Kenver ?

Le ton de sa mère suggérait qu'elle s'était déjà adressée à lui plus d'une fois.

— Toujours la tête dans les nuages, commenta son père.

Ce n'était pas vrai. Mais dans le cas présent, il n'avait pas la moindre idée de ce qui venait de se dire.

— Je disais que la fête d'été du village aura lieu la semaine prochaine, dit sa mère. Et comme d'habitude, j'annoncerai l'ouverture des festivités, ajouta-t-elle d'un ton suffisant.

Il se contenta de hocher la tête. Elle aurait dû inviter Sarah, nouvelle venue dans leur famille, à se joindre à elle. Mais elle ne le ferait pas, il le savait. Il sentit un poids comprimer sa poitrine. Il avait les disputes en horreur. Il les avait toujours fuies, mais il devait trouver le moyen d'améliorer le sort de Sarah.

Il remarqua soudain que son père l'observait. Se trompait-il ou bien lisait-il de la compréhension dans son regard perçant ? De la compassion, même ? Le duc lui adressa un léger hochement de tête. Kenver n'aurait cependant pas su dire ce qu'il signifiait.

10

Sous la direction de Cécilia, une équipe d'ouvriers entreprit la restauration de Tresigan.

— Ils ont retiré tout le lierre, annonça-t-elle au duc le lendemain. Il faudra remplacer le mortier par endroits. Rien de désastreux, cependant.

— Quelle bonne nouvelle.

Assise au secrétaire, Cécilia parcourait la pile de correspondance qui était arrivée à Poldene ce matin-là.

— Et le mystère de la cave est résolu, ajouta-t-elle.

Le duc, alangui avec élégance sur une méridienne, l'invita du regard à en dire davantage.

— Comme nous n'avons pas pu trouver la clé, nous avons forcé la porte. La cave est remplie... de meubles.

— Un autre nid de rats d'oncle Percival. Pas comme celui de Londres, j'espère ?

— Non, j'y ai jeté un œil. Ce sont les meubles de Tresigan qui ont été entreposés là. Certains sont très beaux.

— Mais rongés d'humidité, j'imagine.

— Non, la cave est saine et sèche. J'ai même vu un tapis qui a parfaitement survécu. Une fois les réparations terminées, nous pourrons remeubler la maison.

— Pour un locataire ?

Cécilia pianota du bout des doigts sur la tablette du secrétaire.

— Je suppose, oui.

Sa réponse lui mit la puce à l'oreille. Son épouse était plus décidée, d'habitude.

— Notre résident vagabond a-t-il levé le camp ? s'enquit-il.

— Non. Il rôde alentour pendant que les ouvriers sont occupés, à ce que j'ai compris. Et il revient une fois qu'ils ont fini leur journée.

— Ne penses-tu pas que nous devrions l'expulser ? Il pourrait gêner l'avancée des travaux.

— Je ne pense pas qu'il oserait.

— Sinon, le comte de Trestan est magistrat.

— Je ne voudrais condamner personne à la miséricorde de notre hôte, répondit Cécilia.

— Il est vrai qu'il n'en manifeste pas beaucoup.

— Je m'étonne d'ailleurs que son fils prenne les choses aussi docilement.

— Il me semble toutefois avoir décelé une étincelle de rébellion dans le regard du jeune Pendrennon, l'autre soir.

— Il serait temps !

James haussa un sourcil interrogateur.

— Autoriserais-tu ta famille à me parler comme lady Trestan parle à Sarah ? demanda-t-elle.

— Ni ma famille ni personne. Je me souviens d'avoir remis ton père à sa place quand il s'est avisé de te rabaisser devant moi.

— Il ne s'en était même pas rendu compte, parce qu'il s'intéressait bien plus au train de ses pensées qu'à nous deux, se souvint Cécilia en riant.

Le duc acquiesça et un court silence s'ensuivit tandis que Cécilia reprenait l'examen de sa correspondance.

— Je me dis que le fait d'être parent peut constituer un défi difficile à relever, déclara le duc quand il décida de reprendre la parole.

Son épouse leva les yeux, surprise, et ils échangèrent un long regard plein d'émotion.

— Tu penses que nous ne serions pas à la hauteur ? demanda-t-elle d'une voix feutrée qui ne lui ressemblait pas.

— Le soin avec lequel tu veilles sur tes amis dit tout autre chose, assura-t-il.

— Je demanderai à Sarah et à son mari de nous montrer les sites de la région, enchaîna-t-elle, apparemment rassurée par sa réponse.

Le duc cligna des yeux, fronça les sourcils et prit une longue inspiration.

— Parce qu'il y a des sites dignes d'intérêt, par ici ? s'enquit-il nonchalamment.

— Là n'est pas l'essentiel.

— Ah. J'ai dû mal comprendre.

— Je crois que passer du temps loin de Poldene nous ferait le plus grand bien.

— Je m'en remets à ta sagesse.

Cécilia le dévisagea, puis se leva pour aller s'asseoir près de lui.

— Te sens-tu négligé, James ? demanda-t-elle en l'enlaçant de ses bras.

— J'ai plutôt l'impression de recevoir le dessert que je mérite, répondit-il d'un air contrit. Et de ne pas le trouver entièrement savoureux.

— Comment cela ?

— Ne prête pas attention à ce que je dis.

— Sottises, murmura-t-elle avant de l'embrasser.

— Ne déplace pas le jeu sur ce terrain-là, Cécilia...

Mais elle l'embrassa à nouveau d'une façon qu'il aurait pu difficilement ignorer tandis que la main qu'elle avait posée sur son genou remontait irrésistiblement...

Kenver risqua un coup d'œil par la porte ouverte de la chambre de Sarah et aperçut Gwen, occupée à ranger. La femme de chambre l'accueillit avec un grand sourire.

— Savez-vous où se trouve votre maîtresse ? lui demanda-t-il.

— Elle a mentionné la bibliothèque, monsieur.

Kenver la remercia et gagna le rez-de-chaussée en se disant qu'il était infiniment plus agréable d'avoir affaire à Gwen plutôt qu'à Cranston. Sarah lui avait répété plus d'une fois qu'elle appréciait beaucoup sa nouvelle femme de chambre.

La réponse de Sarah à la lettre de Tamara avait été expédiée. Elle ne la lui avait pas fait lire, se contentant de lui dire qu'elle y remerciait sa sœur de lui avoir écrit et qu'elle espérait la rencontrer dans un avenir proche. Kenver avait longtemps réfléchi au message qu'il avait ajouté à sa missive. Que dire à une inconnue qui était aussi votre sœur ? Une sœur qu'il avait autorisée à disparaître de son existence. Qui devait penser qu'il n'était qu'un bon à rien. Le résultat de ses réflexions s'était révélé fade et insatisfaisant. Mais s'ils se retrouvaient un jour face à face, ils pourraient peut-être avoir une franche discussion au sujet de leurs parents.

Quand il entra dans la bibliothèque, il crut d'abord qu'il n'y avait personne.

— Sarah ?

— Oui ? répondit une voix désincarnée.

— Où êtes-vous ?

La tête de Sarah surgit au-dessus du dossier d'un fauteuil.

— Ici !

Kenver s'avança et découvrit que Sarah avait construit une sorte de nid dans un coin de la bibliothèque. Elle avait retourné un fauteuil vers un angle de la pièce et en avait barricadé l'accès avec un tabouret et une petite table surmontée d'un grand vase. Assise les pieds relevés, elle était invisible depuis la porte. Quiconque se contentait d'y jeter un coup d'œil en passant devant la porte ouverte croyait, comme lui, que la pièce était vide.

La fenêtre laissait pénétrer un rai de lumière qui éclairait le recoin qu'elle avait également égayé de coussins et d'un châle coloré. Sur une étagère étaient posés un nécessaire d'écriture ainsi qu'un livre ouvert. L'étagère au-dessus était garnie des livres que Sarah avait apportés. À vrai dire, l'agencement était ingénieux.

— Vous avez découvert ma cachette, dit-elle.

Kenver ne sut que répondre. Elle n'aurait pas dû avoir besoin de se cacher…

— Gwen m'a aidée à déplacer les meubles, expliqua-t-elle comme une petite fille ayant joué une bonne farce. Elle s'est révélée très ingénieuse pour dénicher les choses nécessaires dans une maison. Elle m'a également rapporté que Cranston n'est guère appréciée du personnel. Je ne peux pas dire que cela m'ait surprise.

Kenver ne le fut pas plus qu'elle.

— Gwen dit que Cranston et la femme de chambre de votre mère sont engagées dans une effroyable vendetta silencieuse. Elle n'a pas formulé les choses ainsi, précisa-t-elle avec un léger haussement d'épaules, mais c'est comme cela que je l'ai compris.

Elle avait donc trouvé une alliée en la personne de Gwen, ce dont il se réjouit et qui ne l'étonna pas. Elle avait l'art de tisser ce genre de liens chaque fois qu'elle y était un tant soit peu encouragée. Comme avec les chiens de son père. Les trois lévriers écossais l'avaient immédiatement adorée et la rejoignaient chaque fois qu'elle sortait de la maison. Il était même possible qu'ils l'apprécient davantage que son père. Mais cela, Kenver ne le dirait jamais à voix haute.

— Quelque chose ne va pas ? demanda-t-elle.

« Rien que l'ordinaire », songea Kenver. Gwen représentait une nette amélioration, mais leur situation à Poldene restait hautement insatisfaisante. Sa mère avait pris l'habitude de laisser la porte de sa chambre ouverte le soir, à l'heure où les gens se retiraient pour se coucher. Si Kenver s'approchait de la chambre de sa femme, sa mère ne manquait jamais de lui faire des remarques anodines. *Apparemment* anodines. Et il en venait à craindre que la distance entre lui et Sarah ne fasse que s'accentuer.

— L'expédition de demain est fin prête, dit-il.

Sarah acquiesça et attendit qu'il poursuive, mais il ne parvint pas à trouver ses mots.

— Je vous laisse reprendre votre lecture, dit-il avant de quitter la pièce.

Le lendemain matin, les Tereford, Sarah et Kenver se mirent en route pour Tintagel. Sarah se demanda si le choix de cette excursion n'était pas un peu étrange. Certes, Tintagel était le site le plus connu des environs de Poldene, mais c'était aussi le théâtre de la nuit scandaleuse que Kenver et elle avaient passée dans la grotte. Elle choisit finalement de chasser cette idée. Elle n'allait quand même pas éviter d'y aller éternellement.

Cette journée de la fin du mois d'août promettait d'être chaude et ensoleillée. Ils s'y rendirent à cheval et laissèrent leurs montures à l'ombre, puis se dirigèrent vers les ruines. D'autres visiteurs, assez rares, parcouraient le site.

— Ce lieu est-il considéré comme digne d'intérêt ? demanda le duc tandis qu'ils cheminaient. Ces ruines semblent en bien piteux état.

— Le château de Tintagel est lié à la légende du roi Arthur, répondit Sarah.

— Je pensais qu'il avait opéré au pays de Galles.

— En effet, mais c'est ici que tout a commencé, expliqua Sarah qui avait toujours cru que tout le monde connaissait l'histoire du roi Arthur.

— Tout ?

— Le récit provient de l'*Histoire des rois de Bretagne*, de Geoffrey de Monmouth, intervint Kenver.

Sarah enchaîna aussitôt.

— Pour que le futur roi Arthur soit engendré, Merlin a usé de sa magie. Il a modifié l'apparence d'Uter Pendragon, roi de Bretagne, et lui a donné l'aspect du duc Gorlois de Cornouailles, époux de la duchesse Ygraine. Grâce à ce tour de passe-passe, Uter a pu honorer, à l'insu de l'intéressée, la couche d'Ygraine.

Le duc de Tereford parut prendre le temps de ranger dans son esprit ce qu'elle venait de dire.

— La méthode me semble un peu... douteuse, fit-il remarquer après un moment.

— Merlin était chargé de réaliser une prophétie. Il fallait un roi pour sauver la Bretagne des envahisseurs étrangers, assura Sarah.

— Selon la légende, dit Kenver.

— La fin justifiant les moyens, conclut Tereford.

— Je trouve la méthode sournoise. Surtout du point de vue d'Ygraine, intervint Cécilia.

— Uter a-t-il bien fait d'accepter ? demanda Kenver. Cela ne semble guère honorable.

— Il était fou de désir !

Les mots avaient jailli de la bouche de Sarah. Elle rougit quand tous les autres la regardèrent.

— Ah, dit le duc.

Cette unique syllabe pouvait signifier que les actes d'Uter Pendragon pouvaient se comprendre du fait des circonstances ou au contraire qu'Uter n'aurait pas dû succomber à sa passion illicite. Ou encore quelque chose de bien plus personnel que Sarah espéra ne pas avoir révélé. Elle n'en savait rien. Il était souvent difficile de savoir ce que le duc pensait.

— Et Ygraine ? demanda Cécilia.

Sarah réfléchit au destin tumultueux de la reine. Son fils confié à Merlin dès la naissance et qu'elle n'avait plus revu avant le jour de son couronnement, sa réputation entachée par le doute, son amour pour Uter perverti par la politique...

— Je n'ai jamais eu beaucoup d'affection pour Uter, dit-elle enfin. Il était arrogant et intempérant.

— Vous en parlez comme si vous l'aviez réellement connu, observa le duc.

— Je ressens souvent cela vis-à-vis des personnages des grandes et belles histoires, avoua-t-elle avant de le regretter presque aussitôt. C'était le glorieux royaume de Camelot, s'empressa-t-elle d'ajouter.

— Jusqu'à ce que Guenièvre, Lancelot et Mordred y mettent fin, conclut Kenver.

— Vous êtes tous deux très versés dans la connaissance de ce conte, fit remarquer Cécilia, amusée. Je trouve quant à moi la légende d'Arthur pleine d'accidents tristes et de gens qui commettent des erreurs.

— Assez semblable à la vie, au fond, répondit Kenver.

Sarah tressaillit. Kenver considérait-il leur mariage comme une erreur ? Il était plus distant, depuis la lettre de sa sœur. Sa mère lui avait peut-être parlé...

— Vous êtes une grande lectrice, dit le duc à Sarah.

Elle hocha la tête et serra les dents. S'il plaisait au duc de penser qu'elle était bizarre, grand bien lui fasse.

— Le livre de Geoffrey de Monmouth est très long, n'est-ce pas ? demanda Cécilia. Je crois avoir entendu mon père en parler. N'a-t-il pas été écrit en latin ?

— Il existe une traduction, répondit Sarah. Je ne lis pas couramment le latin.

— Toutes ces conjugaisons et ces déclinaisons, marmonna Kenver.

Voulait-il dire que l'on ne pouvait pas la blâmer d'avoir échoué à comprendre ou bien que cette lecture était trop compliquée pour elle ? Pourquoi les gens s'ingéniaient-ils à parler comme si ce qu'ils disaient pouvait signifier une chose et son contraire ?

— Un véritable défi pour les collégiens, dit le duc.

« Les filles désireuses d'apprendre n'entrent pas en ligne de compte, évidemment », songea Sarah.

— Allons voir les falaises, Cécilia, proposa-t-elle brusquement à son amie.

Kenver regarda les deux femmes s'éloigner parmi les murs en ruine.

— J'ai l'impression d'avoir dit quelque chose de mal, dit-il. Mais je ne sais pas quoi.

Le duc lui adressa un regard compatissant.

— Au cours de conversations passées, à Londres, j'ai pu remarquer que Mlle Mor... Mme Pendrennon opposait toujours de sévères objections à l'éducation inégale qui est offerte aux filles et aux garçons.

— Elle aurait donc *aimé* apprendre le latin et le grec ? dit Kenver en secouant la tête. Quand je pense à ce que j'ai sué pour déchiffrer le *De bello Gallico*[1] !

— *De gustibus non disputandum est*.

— Inutile d'essayer vos citations latines sur moi. J'ai tout oublié.

— « Les goûts sont subjectifs », traduisit Tereford.

Kenver se dit qu'il aurait dû mieux connaître les goûts de Sarah. Elle avait la tête pleine d'opinions bien arrêtées. Et, comme le sol pierreux sur lequel ils marchaient, il courait toujours le risque de trébucher sur l'une d'elles.

— Nous nous trouvons donc à l'endroit où le roi Arthur a été... conçu ? demanda le duc en observant un des murs en ruine.

— La plupart de ces murs proviennent d'un château du XIIIe siècle. Du temps d'Arthur, il ne nous reste plus que des légendes.

Ils déambulèrent parmi les ruines du château, Kenver désignant ici et là des détails variés. L'esprit

---

1. *La Guerre des Gaules* : ouvrage en sept livres de Jules César où il raconte sa conquête des Gaules. *(N.d.T.)*

empli de pensées concernant Sarah, il ne remarqua pas que le duc ne contribuait que très peu à ses commentaires. La déclaration qu'il fit de façon soudaine au bout d'un moment eut donc de quoi le surprendre.

— Mon père était un homme difficile.

— Vraiment ?

Kenver avait du mal à imaginer que le duc puisse avoir des relations difficiles avec qui que ce soit.

— Il portait des jugements très tranchés.

Il fallut un moment à Kenver pour saisir le lien.

— Le mien aussi, dit-il.

Les Tereford avaient évidemment remarqué l'attitude de ses parents envers Sarah. Ils n'en avaient simplement pas parlé. Jusqu'à maintenant, semblait-il.

— Tout à fait, répondit Tereford. De fait, il m'a fait penser à lui.

— Votre mère aussi ? demanda Kenver qui trouvait sa mère encore plus difficile que son père.

— Elle est morte quand j'étais très jeune. Je ne l'ai jamais vraiment connue.

— J'en suis désolé. Il n'y avait donc que vous et votre père ?

— Oui.

— Et vous ne vous êtes jamais...

— Jamais entendus, non, compléta sèchement Tereford.

Kenver se demanda s'il devait exprimer sa commisération. Cela semblait présomptueux. Il n'était pas très à l'aise pour avoir une conversation confidentielle avec un homme aussi impressionnant que le duc de Tereford.

— Il est mort quand j'avais quinze ans.

— J'en suis désolé, répéta Kenver.

— Je m'efforce de l'être davantage que je ne le suis, cependant.

Kenver s'était rarement senti aussi mal à l'aise. Le duc semblait embarrassé, lui aussi, ce qui rendait les choses encore pires. Si Tereford était mal à l'aise, ils atteignaient sans doute les sommets du malaise.

— Quinze ans de colère, de cris et de disputes qui n'ont rien résolu. Et qui n'ont jamais été résolues, reprit le duc en portant son regard vers l'océan. Enfin, cela n'a peut-être pas duré autant d'années. Je ne me souviens plus de la période où j'ai appris à parler.

Kenver réprima un rire nerveux.

— Je ne me dispute pas souvent, dit-il.

— C'est vrai.

S'agissait-il d'une critique ?

— Il y avait beaucoup de cris à Poldene quand j'étais enfant. J'ai développé une aversion à leur endroit.

Le duc reçut cette information d'un air compatissant.

— Je me suis récemment fait la réflexion qu'assumer un rôle de père doit être une lourde charge, dit-il.

Ils échangèrent un regard complice. Deux hommes jeunes, assez dissemblables mais tous deux récemment mariés et susceptibles de découvrir la paternité dans un avenir proche. De rejoindre la longue cohorte des pères de famille, se dit Kenver. Il n'y avait encore jamais songé.

— Certains pères, pas tous, heureusement, accablent leur fils d'un fardeau d'attentes démesurées, reprit Tereford. Particulièrement les fils uniques.

— Vous aussi ?

— Oui. On les charge du poids d'un héritage *et* de réparer les erreurs ancestrales. Et le phénomène se perpétue, de génération en génération.

Kenver hocha la tête, ne comprenant que trop bien.

— Mais ce n'est pas une excuse pour se convertir en petit tyran, conclut le duc.

Cette fois, le rire franchit les lèvres de Kenver.

Tereford y répondit par un sourire.

— J'ai appris que les disputes ne suffisent pas à convaincre ce genre de personnes, poursuivit-il. Aussi violentes soient-elles. Elles ne sont pas… comprises.

— Ne pas se disputer n'aide pas non plus, fit remarquer Kenver.

Le silence pouvant être interprété comme un acquiescement.

— Les deux solutions sont aussi improductives, répondit son compagnon.

Voulait-il dire qu'il n'existait pas de solution ?

— Sarah en est affectée, lâcha soudain Kenver. C'est cela que je ne peux pas supporter.

— C'est plus compliqué quand une autre personne est impliquée. Si mon père s'en était pris à Cécilia…

Tereford se rembrunit au point de paraître intimidant.

— La seule méthode que j'ai trouvée efficace, c'est… le repli, avoua-t-il. Et comme mon père n'est plus de ce monde, j'ai dû faire cela à l'intérieur de moi-même.

Le père de Kenver, en revanche, était toujours là. Comment pouvait-il opérer un repli alors qu'ils étaient amenés à se voir chaque jour ?

— Quand on démontre aux gens que leur comportement ne mène à rien, ils acceptent parfois d'en changer, ajouta le duc.

Son ton suggérait que ce « parfois » était rare. Et le pessimisme naturel de Kenver menaçait de refaire surface quand une nouvelle idée le frappa soudain.

— Tresigan ! s'exclama-t-il.

Le duc lui jeta un regard surpris.

— Pourrions-nous vivre à Tresigan, Sarah et moi ? Une fois que les réparations seront terminées, bien sûr. Elles le seront bientôt, n'est-ce pas ?

La perplexité de Tereford se mua en compréhension.

— Ah. Tresigan. Ma foi, pourquoi pas ? répondit-il avant de marquer un temps d'arrêt, comme s'il trouvait ce projet amusant.

Kenver ne comprit pas pourquoi, mais il ne s'en souciait guère, du moment que... Il grimaça soudain, un problème venant se rappeler à son esprit.

— Ma rente n'est pas bien lourde, avoua-t-il, humilié de devoir aborder cette question face à un duc. Je ne serai pas en mesure de m'acquitter d'un loyer trop important.

— Ah, Cécilia dit toujours qu'un locataire soigneux est plus précieux qu'un loyer élevé. Je suis sûr que nous trouverons un terrain d'entente. Considérons cette question comme réglée.

Kenver ressentit un début de soulagement.

— La maison ne sera pas habitable immédiatement, précisa le duc. Elle bourdonne d'ouvriers, pour le moment. Et puis il y a notre vagabond résident, bien sûr.

« Habitable » était un terme relatif, se dit Kenver. Pour être libres, Sarah et lui seraient prêts à supporter bien des inconvénients. « Libres ! » se dit-il, soudain plein d'espoir et brûlant d'envie de retrouver Sarah pour lui annoncer la nouvelle.

De l'autre côté de la péninsule de Tintagel, Sarah conduisait Cécilia à l'intérieur d'une crevasse de la falaise.

— Faites attention. Les cailloux sont glissants, la prévint-elle.

Le grondement de l'océan se répercutait contre les parois rocheuses, et l'air était chargé de fines gouttelettes d'embruns quand elles atteignirent le fond de la crevasse.

— C'est là qu'il est tombé, dit Sarah. N'approchez pas ! Cette pierre n'est pas stable. Et voilà l'entrée de la grotte dans laquelle nous étions piégés, ajouta-t-elle en désignant l'ouverture, sur la paroi de la falaise.

Cécilia tendit le cou pour regarder.

— Vous avez eu de la chance de ne pas vous être blessés.

— Le sable est doux ici. Et j'ai... atterri sur Kenver, précisa-t-elle en rougissant à ce souvenir.

— L'océan fait un vacarme terrible, ici. J'imagine que personne n'aurait pu vous entendre appeler à l'aide, avec le bruit des vagues.

— Personne. Et Kenver avait perdu connaissance. J'ai dû le traîner pour le mettre à l'abri.

— Vous êtes une véritable héroïne, ma chère.

— Le commentaire des gens de la région a été bien différent, le lendemain matin. J'avais causé scandale.

— Vous l'avez causé tous les deux. En admettant qu'il y ait eu matière à scandale. Vous auriez pu résister aux commérages. Je vous aurais invitée à séjourner chez nous jusqu'à ce que les mauvaises langues se lassent, si vous m'en aviez parlé.

Sarah se souvint que Cécilia avait elle aussi été la cible d'histoires malveillantes et savait mieux que personne tout le mal qu'elles pouvaient faire. Mais

Sarah avait fait le choix de se marier pour les étouffer. En partie. Peut-être. Au fond, elle ne savait pas vraiment. Quoi qu'il en soit, les Tereford étaient arrivés en Cornouailles peu de temps après l'incident. Où Cécilia aurait-elle invité Sarah à séjourner ? À Poldene ? Un son étrange, mi-rire, mi-gémissement, lui échappa.

— Je voulais épouser Kenver. Avant de rencontrer ses parents.

— J'espère toutefois que vous vous souviendrez, à l'avenir, que vous avez des amies disposées à vous aider.

— Merci, Cécilia, dit Sarah en croisant son regard soucieux. Votre aide m'a vraiment été précieuse. Je peux difficilement dire à quel point. Je ne sais pas ce que j'aurais fait sans votre visite à Poldene, lui confia-t-elle, frissonnant à cette idée.

— Cela m'a fait plaisir de vous aider, mais nous n'allons pas pouvoir rester beaucoup plus longtemps. Les travaux de Tresigan touchent à leur fin.

Sarah se figea soudain.

— Tresigan…, murmura-t-elle. Pourrions-nous y habiter ? ajouta-t-elle en posant une main sur le bras de Cécilia.

Son amie battit des cils.

— Les choses iraient tellement mieux si nous n'avions pas à vivre avec les parents de Kenver.

— Pourquoi n'y ai-je pas songé ? fit remarquer Cécilia. Bien sûr que vous pouvez. Mais vous savez, Sarah, ajouta-t-elle avec un froncement de sourcils, malgré les réparations, l'endroit sera assez… rustique.

— C'est bien le cadet de mes soucis !

— Êtes-vous bien sûre de comprendre ? Pour l'eau, il n'y a qu'une pompe manuelle dans la cuisine et… le cabinet d'aisances se trouve dans le jardin.

— Le manque de confort ne me dérange pas, assura Sarah.

Elle ajouta presque qu'elle pourrait vivre dans un taudis pour échapper à Poldene. Mais ce n'était pas tout à fait vrai. Un autre souci se chargea cependant de la tracasser.

— Nos revenus sont très modestes, avoua-t-elle. Nous ne pourrons pas nous acquitter d'un gros loyer.

Cécilia chassa cela d'un revers de main.

— Le duc n'y verra pas d'inconvénient ?

— Il n'attache aucune importance à de tels détails, répondit Cécilia. Je dirai aux ouvriers d'accélérer la cadence. Nous avons trouvé beaucoup de mobilier dans la cave. Cela devrait vous suffire, pour l'instant.

— Il faut que je le dise à Kenver ! s'écria Sarah, ravie.

Tournant le dos à l'océan, elles ressortirent de la crevasse pour aller rejoindre leurs époux qui s'étaient justement lancés à leur recherche. Cécilia accepta le bras que lui offrit son époux et s'éloigna en sa compagnie pour aller admirer les ruines du château. Sarah tendit ses mains à Kenver, rayonnante.

— J'ai eu une idée ! s'écrièrent-ils en chœur.

— Laquelle ? demandèrent-ils ensemble avant d'éclater de rire.

Ils ne surent résister ni l'un ni l'autre à la tentation de prendre la parole.

— D'aller vivre à Tresigan, déclarèrent-ils à l'unisson.

Ils se dévisagèrent, d'abord surpris, puis avec ravissement.

— J'ai demandé à Cécilia si ce serait possible et elle a accepté.

— Je viens de discuter du même projet avec le duc, et il a accepté, lui aussi.

Le regard qu'ils échangèrent se chargea d'espoir. Kenver pressa ses mains entre les siennes. Tout allait tellement mieux quand il n'y avait qu'eux deux. Comme en cet instant. Kenver se sentit gagné par l'impatience.

— La maison sera sans doute un peu délabrée, dit-il.

— Peu m'importe.

— Je ne sais pas combien de domestiques nous pourrons...

— Peu m'importe !

— Je sais faire cuire des pommes de terre dans la braise d'un feu, dit-il, très sérieux.

Elle éclata de rire. Kenver ne l'avait jamais entendue rire avec une telle insouciance et se sentit rempli de joie.

— J'ai lu tellement d'histoires d'explorateurs qui campent en pleine nature que je me ferai un plaisir de mettre mon savoir théorique en pratique, assura-t-elle.

Kenver fut certain que son esprit foisonnait de toutes sortes de schémas utiles.

— Les Pendrennon vont s'installer à Tresigan, dit le duc à Cécilia alors qu'ils visitaient les ruines du château. Kenver me l'a demandé comme une faveur, et j'ai accepté.

— Vraiment ?

— Oui, Cécilia. Pourquoi pas ? Ces jeunes gens sont assez préoccupés par leurs conditions de vie.

— Tu as remarqué cela, toi aussi.

— Le problème était assez... remarquable.

— Quelle étrange coïncidence. Figure-toi que je viens d'accorder la même faveur à Sarah qui m'a aussi demandé la même chose.

— Vraiment ? Les grands esprits se rencontrent.

— Il faut croire, répondit-elle en le regardant. Je suis heureuse que nous soyons parvenus à la même conclusion. Ils feront de bons locataires.

— Je crains cependant qu'ils ne soient guère en fonds.

— Mais ils apporteront le bonheur dans la maison, j'espère.

Le duc l'examina pendant un moment avant de répondre.

— Je l'espère aussi.

Leur pique-nique à Tintagel se transforma en célébration du nouvel arrangement et ils firent un crochet par Tresigan sur le chemin du retour pour s'informer de l'avancée des travaux. Les ouvriers avaient heureusement trouvé la structure saine, et seules quelques réparations de la toiture s'étaient avérées nécessaires. Certains planchers devaient être remplacés et il faudrait rafraîchir l'intérieur avec de nouvelles peintures. L'ensemble serait cependant l'affaire de quelques jours plutôt que de quelques semaines.

Sur le trajet de retour à Poldene, Sarah et Kenver ne purent cesser d'échanger des sourires ravis tandis qu'ils chevauchaient.

Au dîner, ils ne soufflèrent évidemment pas un mot de leurs projets au comte et à la comtesse. Mais quand elle sentit le poids de leur désapprobation s'abattre à nouveau sur elle, Sarah savoura avec délice l'idée de leur évasion prochaine.

11

Quand vint le jour de la fête du village, le fait que Kenver et Sarah pourraient prochainement emménager à Tresigan était devenu une certitude. Kenver savoura cette perspective tandis qu'ils se mettaient en route pour l'ouverture des festivités. Dans la voiture qui les y conduisait, il sourit à Sarah et elle lui retourna son sourire. Il avait remarqué que leur inébranlable bonne humeur perturbait ses parents. Sarah avait accueilli avec une joyeuse indifférence plusieurs piques de sa belle-mère et Kenver, se souvenant du conseil de Tereford, opérait un repli à l'intérieur de lui-même avec la tranquille assurance de pouvoir bientôt éloigner Sarah de ses parents. Il avait l'impression que les Tereford s'en réjouissaient aussi. Alors que Sarah et lui s'apprêtaient à participer ensemble, et pour la première fois depuis leur mariage, à un événement public, Kenver appréciait tout particulièrement ce secret partagé. Toute la famille Pendrennon serait en représentation ce jour-là. « À l'exception de Tamara », songea-t-il, l'espace d'un instant.

Tandis qu'ils déambulaient sur la place du village, admirant des exemples d'artisanat local et de pratiques d'élevage, il sentit cependant sa patience s'émousser.

Il était tenu de présenter son épouse aux amis et voisins qu'elle n'avait pas encore rencontrés, et sa mère ne manquait pas une occasion d'offenser Sarah. Il ne s'agissait plus de remarques acerbes jetées à la table du dîner, dans l'intimité, mais d'un rejet public, impossible à ignorer, se dit-il, résistant à l'envie de serrer les dents.

Le duc et la duchesse de Tereford ne les avaient malheureusement pas accompagnés. Leur attitude amicale aurait renforcé l'importance de Sarah, mais un épais courrier était arrivé pour eux, sans doute annonciateur d'une crise survenue dans l'une des propriétés de Tereford. Ils étaient donc restés à Poldene, à la grande déception des villageois.

Kenver s'arrêta près d'un étal d'artisanat et laissa ses parents prendre de l'avance. Comme il regardait Sarah louer la qualité des points de broderie et qu'il constatait que ses commentaires compétents étaient très appréciés, il ne put s'empêcher de se demander pourquoi ses parents refusaient de la voir comme un atout pour leur famille.

— Sarah !

La jeune femme se retourna en entendant son nom et vit approcher son père et sa mère, une surprise qui aurait dû être agréable plutôt que compliquée. Mais qui ne le fut pas. Dans les tout premiers jours suivant leur mariage, Sarah avait demandé à lady Trestan s'ils pouvaient inviter ses parents, étant donné que son ancienne maison était trop éloignée pour une visite – deux heures à cheval en coupant à travers champs et plus long encore en voiture. Elle avait pensé qu'il serait plaisant que les deux familles fissent connaissance – ce que Kenver pensait également. Mais sa mère avait rejeté sa demande en lui faisant sentir qu'elle sollicitait une faveur coûteuse. Par la suite, quand l'hostilité du comte et de la comtesse était devenue claire, Sarah avait abandonné l'idée. Elle ne voulait pas que sa famille voie la façon dont elle était traitée à Poldene. Ce fut donc pour toutes ces raisons que son cœur se serra quand elle vit ses parents avancer vers elle. Et quand sa mère la serra dans ses bras, elle lutta pour refouler ses larmes.

Elles s'écartèrent l'une de l'autre et sa mère prit le temps de l'examiner.

— Tout va bien, Sarah ?

— Oui, maman, répondit-elle en s'efforçant de paraître convaincante.

— Lady Trestan s'est montrée très... froide, quand nous lui avons demandé où tu étais.

Ils l'avaient donc déjà rencontrée.

— Je ne savais pas que vous veniez à la fête, dit vivement Sarah, ne souhaitant visiblement pas s'attarder sur ce point.

— Cela fait si longtemps que nous ne t'avons pas vue que nous avons décidé de pousser jusqu'ici.

Il s'agissait d'un reproche. Sarah l'entendit et ne sut que répondre. Sa mère lui prit le bras et l'entraîna le long des étals tandis que Kenver et M. Moran s'attardaient derrière elles.

— Dis-moi comment tu vas, dit sa mère à voix basse. Je vois bien que quelque chose ne va pas.

Sarah ne pouvait pas mentir, mais elle n'avait pas envie de dire la vérité. Elle détourna les yeux et ne répondit pas.

— Quand le comte et la comtesse ne sont pas venus au mariage... j'ai compris qu'ils ne se réjouissaient pas de votre union, reprit sa mère. Mais maintenant que vous êtes mariés et que tu fais partie de leur famille...

Elle laissa sa phrase en suspens. Sarah doutait que la mère de Kenver consente un jour à voir les choses ainsi.

— Est-ce qu'ils te traitent mal, Sarah ? Tu peux toujours revenir à la maison.

— Et causer un autre scandale ?

— Peu importe. Je ne permettrai pas qu'ils te maltraitent.

— Merci, maman, murmura Sarah, battant des cils pour refouler ses larmes.

— Tu n'as pas à me remercier d'être ta mère. Je pensais que tu voulais te marier avec lui, Sarah. C'est ce qu'il m'avait semblé. Si je me suis trompée...

— Je le voulais.

— Mais s'il te rend malheureuse...

— Ce n'est pas Kenver, maman.

Sa mère scruta son regard, puis jeta un coup d'œil aux Pendrennon qui discutaient un peu plus loin.

— Je vois.

— Mais ça va, la rassura Sarah. Nous allons emménager dans une maison indépendante d'ici une semaine.

— Où ça ? Plus près de chez nous ?

— Hélas non, répondit Sarah à regret. Ce sera un peu plus loin. Mais nous aurons notre maison et vous pourrez nous rendre visite.

Une fois qu'elle aurait aménagé Tresigan, pensa Sarah, redoutant d'avance le jugement de ses parents.

— C'est bien.

— Ne le dis à personne pour le moment. Nous ne l'avons pas encore annoncé aux parents de Kenver.

Cet aveu lui valut un coup d'œil horrifié, comme si les choses étaient bien pires que ce que sa mère avait imaginé.

— Quel genre de maison est-ce donc ? s'enquit sa mère.

— Le lieu s'appelle Tresigan. C'est une propriété qui appartient au duc de Tereford.

— Ah, la duchesse t'apporte son aide ?

— Oui.

Kenver et le père de Sarah les rattrapèrent, et mère et fille s'accordèrent tacitement pour taire la nouvelle.

— On trouve d'excellents produits, par ici, fit remarquer son père.

— Oui, papa.

— Ton mari me disait que ses fermiers ont adopté les dernières techniques de culture, ajouta-t-il en décochant un sourire d'approbation à Kenver.

Sarah fut émue par ce sourire. Les deux hommes deviendraient sûrement amis s'ils avaient l'occasion de se fréquenter. Le regard de Kenver passa de Sarah à sa mère, comme s'il se demandait de quoi elles avaient parlé.

— Allons voir le reste de la fête, voulez-vous ? proposa Sarah.

Ils se remirent en route et Sarah se détendit, heureuse de se sentir entourée de personnes bienveillantes.

Elle ressentit la même chose le lendemain, quand elle alla voir avec Cécilia le mobilier qui avait été entreposé dans la cave de Tresigan. L'endroit n'était pas humide mais seulement poussiéreux, heureusement, et un parfum de pot-pourri emplissait l'air.

— Tout avait été rangé soigneusement, dit Cécilia.

— Je me demande bien par qui.

— D'après les documents que j'ai consultés, les derniers occupants de cette maison étaient deux femmes, apparentées au précédent duc de Tereford. Et comme elles étaient très âgées au moment de leur décès, le mobilier risque d'être assez démodé.

Sarah signifia d'un geste de la main qu'elle n'attachait aucune importance à cela.

— Ils m'ont l'air parfaitement fonctionnels, dit-elle.

— Il y a plusieurs châlits et des armoires. Comment diable ont-ils réussi à faire passer ces meubles dans une cage d'escalier aussi étroite ?

— Au prix de grandes difficultés, j'imagine.

— Nous demanderons à Merlin de nous aider à les monter, suggéra Cécilia avec un petit sourire.

— Comme s'il allait accepter !

— Je commence à me lasser de sa bouderie. Nous n'avons pourtant pas été déplaisants avec lui.

— Je crois qu'à ses yeux, vous présentez surtout l'inconvénient d'exister.

— Ma foi, je n'ai pas l'intention de renoncer à l'existence. Nous avons donc aussi une table de toilette et on dirait bien qu'il y a des chaises sous cette table de salle à manger.

— Nous aurons tout ce qu'il nous faut, déclara Sarah, ravie. Je vous suis très reconnaissante, Cécilia.

La duchesse balaya ses remerciements d'un élégant moulinet du poignet.

— Je ne vois ni courtepointes ni rideaux, remarqua-t-elle.

— On les aura sans doute conservés à l'abri des mites.

Cécilia approuva d'un hochement de tête.

— Nous allons devoir nous soucier d'en acheter, dit-elle. À moins que...

Elle déplaça un tabouret, révélant ainsi une grande malle en bois de cèdre. Une fois son couvercle soulevé, une puissante odeur de camphre s'en échappa, et il s'avéra que la malle était pleine de linge.

— Nous y voilà, dit-elle en déployant une longueur de draperie. Oh !

Le chintz était imprimé d'un motif audacieux et très bariolé représentant des lianes tourbillonnantes et des fleurs.

— On dirait qu'un jardin a explosé sur l'étoffe, fit remarquer Sarah.

— Je reconnais maintenant le lien de parenté avec oncle Percival, dit Cécilia en sortant un autre panneau avec un motif différent, tout aussi époustouflant.

— Ils ne sont pas du tout délavés.

— Hélas !

Sarah éclata de rire.

— Ils serviront à couvrir les fenêtres, dit-elle.

— Comment pourrez-vous vous détendre avec toutes ces fleurs prêtes à vous assaillir ?

— Je ne trouve pas cela trop vilain.

— L'éclairage est assez succinct, ici. À la lumière du jour, les couleurs seront aveuglantes.

Sarah dut reconnaître qu'elle n'avait pas tort.

— Les greniers de Poldene doivent être remplis de linge mis de côté, fit remarquer Cécilia. Tous ceux des grands domaines le sont.

— Suggéreriez-vous que nous en volions ? demanda Sarah, trouvant un certain attrait à l'idée.

— On peut considérer que ce linge appartient à votre époux, répondit Cécilia en replaçant les étoffes dans la malle avant d'en rabattre le couvercle. Laissons cela ici pour l'instant.

— Merci, Cécilia, répéta Sarah quand elles remontèrent l'escalier.

— Je ne fais que mon devoir d'amie.

— Non, vous faites bien plus. Je ne l'oublierai jamais.

Sarah regagna Poldene dans un état d'hébétude ravie à l'idée de pouvoir bientôt jouir d'un foyer bien à elle. Une fois dans sa chambre, elle ôta son chapeau et sonna Gwen. Mais ce fut Cranston qui apparut.

— Où est Gwen ? demanda Sarah, mécontente.

— Elle a été renvoyée.

— Renvoyée ?

— Pour immoralité, précisa Cranston d'un petit air satisfait. On l'a surprise alors qu'elle retrouvait un jeune homme en secret. Lady Trestan ne tolère pas ce genre de comportement.

Sarah comprit à son attitude que Cranston était sans doute à l'origine de cette accusation.

— Je vais aller parler à lady Trestan, déclara Sarah en se tournant vers la porte.

— Madame la comtesse est sortie, fit remarquer Cranston avec un haussement d'épaules. De toute façon, elle ne veut pas de ce genre de filles dans sa maison.

— Qui donc a accusé Gwen ? Vous ?

Cranston se cabra.

— Je ne m'abaisserais pas à cela. Elle a été vue par toutes sortes de gens.

— Ah, oui ? Qui exactement ? J'aimerais m'entretenir avec eux.

Cranston parut surprise, comme si elle ne s'était pas attendue à un interrogatoire aussi serré.

— Qu'est-ce que j'en sais, moi ? répliqua-t-elle. Je n'écoute pas les ragots.

Un mensonge criant. Sarah était certaine qu'une conspiration entre sa belle-mère et Cranston était à l'origine de la disgrâce de Gwen. Une conspiration dirigée contre elle. Les deux femmes avaient profité de son absence pour frapper un grand coup.

— Voulez-vous que je vous aide à vous défaire, madame ?

— Non, merci. Vous pouvez disposer.

— Je vais ranger, alors, dit Cranston en regardant autour d'elle comme si la chambre était en désordre.

— Partez, je vous prie.

Sarah attendit que Cranston ait quitté la chambre – aussi lentement qu'il était possible de le faire sans être ouvertement insolente – avant d'aller trouver Kenver.

— Êtes-vous au courant du renvoi de Gwen ? demanda-t-elle quand elle le trouva qui se promenait au jardin.

— Mon père m'en a parlé. Apparemment…

— *Apparemment*, elle a été victime de commérages mal intentionnés.

— Papa m'a dit qu'on l'avait surprise alors qu'elle se rendait furtivement à un rendez-vous galant.

— Furtivement ? *Gwen ?*

— Il est vrai que cela ne lui ressemble guère, reconnut Kenver.

— Parce que c'est faux !

— Papa m'a dit…

— *Qui* l'a vue ? Et quel genre de *rendez-vous galant* ?

— Je ne sais pas. Maman…

— A renvoyé Gwen parce que je m'entendais bien avec elle et que j'appréciais son service.

— Elle ne...

— ... ferait jamais rien pour me contrarier, c'est bien ça ? l'interrompit à nouveau Sarah, les yeux écarquillés d'émotion. Elle m'a déjà assigné Cranston !

Kenver ne l'avait encore jamais vue aussi agitée.

— Elle ne traiterait jamais injustement un domestique, dit-il.

Il se sentit soudain moins sûr de cela. Depuis l'arrivée de Sarah, sa mère avait dit et fait des choses dont il ne l'aurait jamais crue capable.

— Je veux voir Gwen, déclara Sarah, plissant les yeux et redressant le menton.

— Je ne sais pas si...

— Ah, vraiment ?

Le regard noir qui accompagna ces mots ébranla Kenver. Il avait toujours cru que Sarah était la douceur incarnée, mais à cet instant précis, elle semblait farouche et... dangereuse.

— Allez-vous m'aider, Kenver ? Ou bien dois-je la chercher moi-même ?

— Je suppose qu'elle est retournée chez ses parents.

— Savez-vous où ils vivent ?

— Oui.

— Parfait, dit-elle en se retournant pour s'éloigner. Eh bien ? demanda-t-elle au bout de quelques pas en regardant par-dessus son épaule.

— Vous voulez y aller tout de suite ?

— Absolument.

Kenver la rejoignit et dut presser le pas pour rester à sa hauteur tandis qu'elle gagnait l'écurie.

Ils chevauchèrent jusqu'au cottage des parents de Gwen, situé au sud du domaine. Un homme d'âge mûr apparut sur le seuil quand il entendit les sabots des chevaux, Gwen se précipitant sur ses talons.

— Je n'ai rien fait de mal ! s'écria la jeune fille, les yeux rougis de larmes, dès qu'elle vit Sarah. J'allais retrouver mon frère. Jowan !

Un tout jeune homme sortit à son tour du cottage. Grand et dégingandé, il partageait avec Gwen les mêmes traits, les mêmes yeux et les mêmes cheveux noirs. Gwen l'incita à s'avancer.

— Jowan aimerait devenir valet, expliqua-t-elle. Il en a la taille et l'allure. Alors je lui apprends tout ce qu'il doit savoir de la marche d'une grande maison pour l'aider à obtenir un poste.

Jowan, qui gardait les yeux baissés, marmonna quelque chose qui ressemblait à des excuses.

— Quelqu'un a été chargé de me suivre pendant mon après-midi de congé, poursuivit Gwen. Je pourrais bien jurer que c'était Cranston, mais je n'ai aucune preuve. En tout cas, c'est elle qui a dit à lady Trestan que j'étais allée rejoindre un amant. Et elle a menti en disant qu'elle nous avait surpris en train de… faire quelque chose d'inconvenant.

Gwen et Jowan eurent la même grimace horrifiée.

— J'ai dit à madame la comtesse qu'il s'agissait de mon frère, mais elle m'a traitée de menteuse.

— Gwen ne ment pas, intervint l'homme. Ma fille aime bien plaisanter, c'est vrai, mais elle a toujours été sérieuse. Pensez-vous que lord Trestan va nous chasser de notre cottage ? ajouta-t-il en fronçant les sourcils.

Sarah parut horrifiée.

— Il n'oserait pas, dit-elle.

— Je veillerai à ce qu'il ne le fasse pas, assura Kenver.

— Direz-vous la vérité à lady Trestan, monsieur ? demanda Gwen.

— Oui, je le ferai.

— Mais je ne retrouverai pas ma place, n'est-ce pas ?

Gwen croisa le regard de Sarah et elles reconnurent silencieusement qu'elle ne parviendrait sans doute pas à obtenir cela. Gwen était bien consciente de la position de Sarah à Poldene. Incapable de supporter la déception de la jeune fille, Sarah l'entraîna à l'écart.

— Nous allons très prochainement quitter Poldene, lui confia-t-elle. Nous ne l'avons dit à personne parce que...

Elles échangèrent un nouveau regard entendu.

— Mais vous pourrez venir travailler chez nous, dit-elle. Jowan aussi, s'il le souhaite.

— C'est vrai, madame ? demanda Gwen, le visage soudain éclairé de soulagement et d'espoir.

— Oui, mais n'en parlez surtout pas pour l'instant. Cela se fera d'ici quelques jours.

— Où donc irez-vous ?

— L'endroit s'appelle Tresigan.

— La maison hantée ? dit Gwen, l'air soudain hésitant.

— Un homme qui vivait là s'est arrangé pour faire croire qu'elle l'était. C'est une belle maison, désormais. Toutes sortes de réparations ont été faites.

La jeune fille parut rassurée.

— Nous ne voulons pas que lord et lady Trestan l'apprennent avant que nous soyons prêts à partir, ajouta Sarah.

— Je peux quand même le dire à ma famille ?

— Pas pour l'instant. Bientôt.

Gwen hocha la tête, sa belle humeur visiblement émoussée, et Sarah se sentit navrée pour elle.

De retour à Poldene, les efforts de Sarah pour voir lady Trestan furent d'abord repoussés, mais elle insista. Finalement, le lendemain, la comtesse daigna la recevoir dans son salon privé. Elle ne l'invita pas à s'asseoir.

— Je suis assez occupée, dit-elle en levant les yeux de la lettre qu'elle rédigeait, assise à son secrétaire.

Sarah se rendit compte que c'était la première fois qu'elles se retrouvaient seules, et comprit que la comtesse voulait qu'elle se sente aussi mal à l'aise qu'une écolière en faute convoquée par la directrice du pensionnat. Mais elle refusa de se laisser intimider.

— Je suis venue vous parler de Gwen.

— Oh, c'est donc cela ? répondit lady Trestan d'un ton las. Je ne pense pas qu'il y ait quoi que ce soit à dire au sujet de ce déplaisant incident.

— L'histoire que l'on vous a racontée à son sujet est fausse.

Sarah avait décidé de n'accuser personne de mensonge. Elle ne voulait pas débattre de ce point et mieux valait ne pas mêler Cranston à cette affaire.

— Le jeune homme qu'elle est allée retrouver est son frère.

Lady Trestan prit un air faussement apitoyé.

— Ces filles-là se réfugient toujours derrière le même mensonge, quand elles se font prendre.

— Je suis allée jusqu'au cottage de sa famille et j'ai moi-même vu son frère, dit Sarah.

— Je ne doute pas qu'elle *ait* un frère. Ni qu'elle lui ait demandé de cautionner son mensonge. Il est clair qu'il dira tout ce qu'elle voudra.

— Ce n'est pas l'impression qu'ils m'ont donnée.

— Vraiment ? lâcha dédaigneusement la comtesse. Et quelle fut donc votre impression ?

— Que j'avais affaire à des personnes honnêtes et de bonne foi.

— Oui. C'est une *impression*, comme vous dites. Franchement, si vous vous laissez aussi aisément duper…

— Ils ne m'ont pas dupée !

— … vous ne serez jamais capable de diriger une grande maison. Ces gens-là ne peuvent pas s'empêcher de mentir, vous savez.

— Je connais Gwen bien mieux que vous. Elle ne mentait pas. Elle mérite des excuses.

— Je vous demande pardon ?

La comtesse s'était redressée, le regard crépitant de colère.

— Elle n'aurait pas dû être renvoyée, dit Sarah sans baisser les yeux. C'était injuste.

Elle avait l'intention de prendre Gwen à son service à Tresigan, mais elle tenait aussi à restaurer la réputation de la jeune fille.

— Vous *osez* discuter mes décisions ? demanda lady Trestan, serrant le poing sur le plateau de son secrétaire.

— L'information que vous avez reçue était incorrecte.

La comtesse la dévisagea pendant ce qui parut à Sarah une éternité.

— Vous n'avez pas à vous ingérer dans les affaires de Poldene, dit-elle.

— Gwen était ma…

— Rien n'est à vous, ici ! Comment avez-vous pu croire autre chose un seul instant ? Une fille insignifiante telle que vous. Sans aucune présence ni aucune dignité. Aucune conversation et pas même jolie. Vous ne serez jamais une vraie comtesse, et je frémis de songer au déclin qui surviendrait si vous deviez prendre ma place le jour où je ne serai plus là.

Sarah eut l'impression que toutes les critiques qu'elle avait essuyées dans la haute société londonienne s'étaient soudain trouvées rassemblées sous la forme d'une balle que la comtesse venait de lui lancer en pleine figure. Ce fut plus fort qu'elle, elle tressaillit.

Lady Trestan le vit et se délecta de son désarroi.

— Mais vous ne prendrez *pas* ma place, poursuivit-elle avec une parfaite assurance. Mon fils reviendra à la raison. Vous ne saurez pas le retenir avec ce que vous avez à offrir.

Elle renifla avec mépris.

Sarah rassembla les lambeaux de son amour-propre avant de déclarer d'une voix ferme :

— Vous ne me connaissez pas.

La comtesse haussa les épaules.

— Je sais ce que je vois, dit-elle. Une petite chose négligeable qui n'apporte à Poldene ni fortune ni relations. Quel gâchis !

— Ce n'est pas…

— Nous ferons annuler ce mariage, poursuivit lady Trestan sans tenir compte de l'interruption de Sarah. Nous avons largement de quoi prouver que cette union n'a pas été consommée, précisa-t-elle avec un sourire de joie mauvaise.

C'était donc pour cela qu'elle se donnait tant de mal pour les tenir éloignés, comprit Sarah. Depuis le début elle projetait une annulation.

— Maintenant, partez, ordonna la comtesse avec le geste de la main que l'on a pour chasser un insecte agaçant.

Malgré sa volonté de se battre pour sauver la réputation de Gwen, Sarah comprit qu'elle n'obtiendrait pas justice auprès de cette femme. Le dos très droit, elle quitta la pièce et longea le couloir, plongée dans une sorte d'état second.

Cranston hantait à nouveau sa chambre et elle avait découvert son refuge dans la bibliothèque. Ordre avait été donné de débarrasser les étagères de ses livres pour les nettoyer, la pièce restant en grand désordre. Kenver avait quitté le domaine en compagnie de son père, ce qui était inhabituel. Sarah aurait pu aller trouver Cécilia, mais la crise que les Tereford affrontaient s'était apparemment aggravée, et elle ne voulait pas les déranger. Après tout ce que Cécilia avait déjà fait pour elle, elle aurait eu honte de lui demander davantage.

Elle décida de sortir. Le ciel couvert annonçait la pluie et le temps avait fraîchi. Un châle aurait été le bienvenu, ainsi qu'un chapeau. Il lui répugnait cependant de s'adresser à Cranston. Elle marcha d'un pas vif, soulevant le bas de ses jupes, et regarda les fleurs osciller sous le vent. Les chiens la rejoignirent bientôt, gambadant joyeusement à ses côtés.

Elle savait qu'elle possédait de nombreuses qualités. Ses amies le lui avaient souvent dit et elles admiraient ses talents. Mais pouvait-on se fier à des amies pour donner une opinion honnête ? Celles-ci cherchaient avant tout à se montrer aimables et à accroître sa confiance en elle. Ses parents en avaient fait autant. Mais toutes ces personnes l'aimaient.

Le vaste monde était une tout autre affaire. Et il semblait partager l'avis de lady Trestan. Et Kenver ? Que pensait-il vraiment d'elle ? Il s'apprêtait à perdre son foyer par sa faute. Ils seraient seuls, à Tresigan. Ne la verrait-il pas bientôt comme un fardeau ?

La pluie arriva, balayant l'air depuis l'océan tel un rideau diaphane. Sarah s'abrita sous la ramure d'un grand cèdre et la regarda tomber. Les vifs coloris des fleurs s'estompèrent, les arbres ployèrent sous le vent et des gouttes d'eau commencèrent à ruisseler sur son front et ses épaules. Fingal se mit à gémir, comme s'il se demandait pourquoi elle ne cherchait pas un meilleur abri.

Elle restait là, blottie, telle la pathétique créature que lady Trestan l'avait accusée d'être. Baissant la tête et remontant ses jupes, elle courut se réfugier à l'intérieur, arriva dans sa chambre complètement trempée, et affronta le mépris de Cranston avec une feinte indifférence.

L'univers de Sarah à Poldene retrouva donc les contours qu'il avait eus au début. Cranston se montrait plus insolente que jamais, dédaignant Kenver aussi bien que Sarah. La comtesse avait à l'évidence renforcé ses ordres de les tenir éloignés l'un de l'autre et Cranston prenait un malin plaisir à accomplir sa mission. Elle semblait se trouver partout à la fois. Sarah endura stoïquement ce qui s'apparentait à de la persécution. Elle ne souffla pas mot à Cécilia de la bataille en cours. Pourquoi rendre la situation encore plus embarrassante pour une invitée qui s'apprêtait à repartir ?

Le changement de femme de chambre compliqua les choses pour emballer ses effets sans soulever de questions avant le déménagement. Et si Gwen n'avait pas conservé de solides alliés parmi le personnel de Poldene, Sarah n'y serait sans doute pas arrivée. La vérité sur les raisons du renvoi de la jeune servante s'était répandue parmi les domestiques, suscitant un courant de colère. Gwen recruta Elys, une fille de cuisine qui avait de l'ambition, pour venir avec elle à Tresigan. Bien que prévenue que les gages ne seraient pas bien lourds, Elys fut ravie d'entrer dans la conspiration. Sarah la soupçonna de les voir comme un investissement d'avenir et souhaita être un jour en mesure de lui donner raison.

Elys s'arrangea pour faire sortir petit à petit les effets de Sarah et les garda cachés. Elle développa également un joyeux enthousiasme pour piller les greniers de Poldene, semblant voir cela comme une sorte de chasse au trésor. Sarah redoutait en permanence que la jeune fille ne se fasse prendre. Mais Elys, apparemment très douée pour les larcins, se faufilait à travers la maison tel un fantôme bienveillant et apportait chaque jour un nouvel objet domestique qu'elle présentait à Sarah comme une surprise. Sarah n'eut aucun scrupule à accepter. Poldene appartiendrait un jour à Kenver et tout ce qui se trouvait au grenier avait été plus ou moins mis au rebut. Elle comptait aussi les heures qui la séparaient de leur départ, et bien que celles-ci lui parussent interminables, le jour prévu finit par arriver. L'après-midi de congé de Cranston, Sarah et Elys entassèrent les affaires de Sarah dans des malles et chargèrent deux valets, amis d'Elys, de les emporter.

12

Une fois le chariot chargé, Kenver alla annoncer leur départ à ses parents. Un devoir dont il était impatient de s'acquitter. Deux jours plus tôt, alors que Cranston l'avait pratiquement mis à la porte de la chambre de Sarah, il avait perdu patience et était allé se plaindre auprès de sa mère.

— Il est temps d'avouer que vous avez commis une erreur, lui avait-elle répondu. Sarah ne sait pas se faire obéir des domestiques ni comment se comporter dans une maison comme Poldene.

Quoi qu'il dise, ses parents trouvaient toujours moyen de retourner ses paroles contre lui ou contre Sarah. Le traitement qu'ils avaient infligé à sa sœur prouvait qu'ils n'accordaient aucune confiance au jugement de leurs enfants et qu'ils étaient fort peu enclins au pardon. Non que Tamara ait eu quoi que ce soit à se faire pardonner – c'était plutôt l'inverse. Kenver ne put s'empêcher de se sentir coupable, comme chaque fois qu'il pensait à sa sœur.

Il savait que ses parents se tenaient au salon. Et que les Tereford étaient sortis, leurs affaires les appelant Dieu savait où. Il entra dans la pièce, referma la porte derrière lui et se planta face à ses parents.

— Je suis venu vous annoncer que Sarah et moi quittons Poldene.

Ses parents le dévisagèrent comme s'il venait de s'exprimer dans une langue étrangère.

— Pour emménager dans notre propre maison, précisa-t-il.

— Et comment ferez-vous ? Vous n'avez même pas les fonds pour un bail, lui fit remarquer son père.

— J'ai passé des arrangements.

— Quels arrangements ?

— Nous allons vivre à Tresigan.

— Les Tereford en ont-ils été informés ? s'enquit sa mère d'un ton acerbe.

Kenver ne répondit pas, tant la réponse allait de soi.

— Je l'interdis ! s'écria son père.

— Je suis en âge de décider de ma vie seul, lui rappela Kenver.

Il s'était promis de garder son calme et même de ne manifester aucune émotion.

— Je peux toujours te couper les vivres, répliqua son père. Qu'en penserait ta petite épouse sans le sou, dis-moi ?

L'insulte lui fit serrer les dents, mais il s'était préparé à cette menace, déjà maintes fois brandie.

— Cela ferait une bonne histoire pour le voisinage, répondit-il. Il est parfaitement raisonnable pour un jeune couple de vouloir s'établir dans sa propre maison, mais un père qui retient les fonds légitimement dus à son héritier, ça l'est nettement moins. Je suis sûr que les Rauche et les Youville seraient étonnés d'apprendre que vous vous êtes comporté ainsi.

Son père s'empourpra de colère.

— Tu... tu oses me menacer ?

— Je vous fais simplement part de mes plans, père. Libre à vous de transformer notre désaccord en spectacle public.

— Attendez, intervint sa mère d'un tel ton de commandement que les deux hommes se figèrent. Il y a peut-être une solution.

Kenver fronça les sourcils et se demanda ce qu'elle avait en tête.

— Tu peux envoyer Sarah vivre à Tresigan. Les Tereford sont amis avec elle, après tout. Ce serait logique. Nous lui verserons une pension et nous ferons annuler le mariage. Quelle bonne idée, Kenver !

Il en resta sans voix.

— Ah, dit son père. Oui. Une idée brillante, mon garçon.

— Je n'enverrai jamais Sarah vivre ailleurs toute seule ! s'exclama Kenver.

— Elle pourra toujours retourner vivre chez ses parents une fois que le mariage aura été dissous, suggéra sa mère.

— En disgrâce, fit remarquer Kenver avant de réaliser qu'il en parlait comme s'il s'agissait d'un véritable projet.

— Tu sais, Kenver, si cette fille n'avait pas manigancé de te piéger…

— Il n'y aura pas d'annulation, décréta-t-il. Il n'en sera plus jamais fait mention.

— C'est pourtant une solution élégante, dit son père.

— À un problème qui n'existe pas. Rien ne justifie une annulation.

Il soutint leur regard, particulièrement celui de sa mère. Elle avait tout fait pour les empêcher de consommer leur union, mais elle ne pouvait pas être certaine d'avoir réussi à les maintenir physiquement éloignés l'un de l'autre. Il fit peser sur elle un regard froid et ne détourna pas les yeux.

Sa mère finit par regarder ailleurs.

— Ce que nous ressentons te laisse donc froid ? dit-elle.

Elle eut alors ce regard de profonde affliction qui avait le don de le faire culpabiliser depuis qu'il était petit. Un regard dont il ressentit instantanément l'effet. Mais il n'était pas la seule personne impliquée dans cette affaire, et il avait le devoir de défendre sa femme.

— Les sentiments de Sarah vous laissent tout aussi froide, mère, répondit-il. Vous l'avez traitée de façon déplorable à la fête.

— Kenver !

— Oui ?

Ses parents le fusillèrent d'un regard chargé de rancœur.

— Nos malles sont faites, annonça-t-il. J'ai fait venir un chariot pour les emporter à Tresigan.

— Je vais lui interdire de partir ! s'exclama son père.

— Vous n'en avez pas le pouvoir. Le charretier est un ami à moi.

— Je veillerai à ce qu'il soit...

— Cet homme ne dépend pas de Poldene, l'interrompit Kenver. Et si vous lui attiriez des ennuis, j'exposerais à tout le monde les raisons de votre méchanceté.

— Que t'est-il arrivé, Kenver ? demanda sa mère d'un ton tragique. C'est la faute de cette fille, bien sûr ! C'est elle qui t'a rendu dur et froid.

Ne comprenait-elle donc pas qu'insulter Sarah ne l'aidait pas ? Que son mariage avec Sarah avait tout au contraire ensoleillé sa vie ? Sarah lui avait fait prendre conscience de la gangue de froideur qui l'enveloppait. Ses parents ne le voyaient-ils donc pas ? Si on le leur expliquait, changeraient-ils d'attitude ?

— Vous avez bien mal traité Tamara, dit-il soudain. Lui avez-vous seulement écrit depuis qu'elle s'est mariée ? Je vous rappelle qu'il s'agit de votre fille.

— Si Tamara prétend...

— Je ne lui ai pas écrit non plus, l'interrompit Kenver. J'ai suivi votre exemple sans réfléchir. Mais j'ai l'intention de m'amender.

— Tu vas déserter ton foyer ? Après tout ce que nous avons fait pour toi ! s'exclama sa mère.

— Je ne veux pas me fâcher avec vous. Je serais heureux que nous puissions vivre en harmonie. Le jour où vous recevrez Sarah avec respect...

— C'est sa faute ! répéta sa mère. Tu ne m'avais jamais traitée de cette façon, avant de la connaître.

— Ce que vous voulez dire, c'est que je ne me suis jamais opposé à vous et que je vous ai toujours obéi.

— Tel est ton devoir, décréta son père. Nous savons mieux que toi.

— Je n'en vois pas grande preuve.

— Je te demande pard...

— Votre vie de famille est-elle une telle réussite ?

— Kenver ! s'exclama sa mère, visiblement choquée.

— Comment oses-tu parler à ta mère de cette façon ? gronda son père. Ne vous attendez pas à être reçus à bras ouverts, le jour où vous reviendrez ici en rampant.

Sa mère trancha l'air du plat de sa main pour imposer le silence à son époux.

— Il va de soi que *tu* seras toujours le bienvenu, rectifia-t-elle.

Kenver comprit le message implicite. Il ne lui restait rien d'autre à faire que partir.

Sarah et lui s'en furent donc avec leurs rares effets entassés sur un chariot et deux chevaux. Si son père s'avisait de lui reprocher d'avoir pris ces chevaux, Kenver n'hésiterait pas à faire un scandale. Elys, la fille de cuisine qui avait aidé Sarah, faisait le voyage sur le chariot, assise près du charretier. Gwen et Jowan les rejoindraient à Tresigan.

Ils arrivèrent à destination en début d'après-midi. La maison avait meilleur aspect, débarrassée de son enveloppe de lierre. Une fois qu'ils furent entrés par la porte principale, désormais fonctionnelle, les pièces leur parurent plus lumineuses. Une odeur de lait de chaux et de bois frais flottait dans toute la maison. Les meubles avaient été remontés de la cave, nettoyés et répartis dans les pièces, sous la directive de la très efficace duchesse de Tereford. Il y avait un lit et une armoire dans chacune des chambres, un sofa dans un des salons du rez-de-chaussée et une table et des chaises dans un autre. Kenver trouva l'ensemble très nu, et même un peu austère, mais cela ne parut pas faire peur à Sarah. Il se demanda ce qui pourrait bien l'effrayer.

Malheureusement, Merlin était toujours là. Ils l'avaient prévenu de leur emménagement dans l'espoir que cela suffirait à le faire partir. Un instant, quand ils arrivèrent et qu'ils découvrirent que ses affaires avaient disparu de la cuisine, ils crurent qu'il avait renoncé à rester.

— Vous êtes resté pour faire vos adieux ? lui demanda Kenver quand il le vit.

— Je vivrai dans la grotte, répondit Merlin. J'ai entreposé mes affaires là-bas.

— Dans la grotte ! s'exclama Sarah.

— Ne seriez-vous pas plus à l'aise chez des parents ou des amis ? demanda Kenver.

— Je n'ai ni parents ni amis vers qui me tourner. La grotte, ce sera toujours mieux que les champs. J'y serai au sec, au moins.

Kenver et Sarah échangèrent un regard. Le charretier proposa de rosser Merlin et de l'emporter sur son chariot. Merlin se hérissa sous la menace, aussitôt prêt à se défendre.

— Est-ce que vous allez manger mes légumes ? demanda-t-il à Sarah en désignant le potager. C'est moi qui les ai plantés et qui en ai pris soin.

— Je suppose que nous en mangerons, oui, répondit-elle.

— Dans ce cas, j'assure la subsistance de la maisonnée.

— Oui, mais...

— Je ne m'aventurerai pas au-delà de la cuisine, précisa-t-il. La maison sera votre domaine exclusif.

Elys et le charretier regardèrent Kenver, attendant ses ordres. Kenver se tourna vers Sarah. Elle soutint son regard et secoua légèrement la tête. Il se dit qu'elle n'avait pas envie que leur vie commune sous ce toit commence par de la violence.

— Je vais vous aider à apporter vos affaires à l'intérieur, déclara Merlin en se dirigeant vers le chariot.

Le charretier et Elys hésitèrent un instant, puis commencèrent à décharger les malles.

— Ne devrions-nous pas lui offrir une chambre ? demanda Sarah.

— Non, répondit Kenver. Je ne veux pas l'encourager à rester.

— Peut-être pourriez-vous lui trouver un emploi ? Ailleurs qu'ici.

— Je tâcherai d'y songer.

Gwen et Jowan arrivèrent à pied quelques minutes plus tard et s'employèrent aussitôt à décharger la charrette, qui eut tôt fait d'être vidée.

Gwen, Elys et Jowan s'installèrent sous les combles, la duchesse ayant veillé à faire sommairement meubler les petites chambres qui s'y trouvaient. Kenver et Sarah se retrouvèrent avec le premier étage rien que pour eux, une succession de pièces quasiment vides de tailles diverses qui ouvraient toutes sur la cour intérieure. Les deux plus grandes avaient été tendues de draperies… aux coloris très vifs.

— Nous les avons trouvées à la cave, expliqua Sarah. Elles appartenaient aux occupants précédents.

— Des Arlequins vivaient donc ici ?

— De vieilles dames avec un sens de la décoration haut en couleur.

— Ou une très mauvaise vue.

— C'est possible, en effet, répondit Sarah en riant. J'ai lu aussi que certaines personnes ne distinguent pas correctement les couleurs. L'explication réside peut-être là.

Kenver n'en savait rien. Tout ce qu'il savait, c'était que Tresigan ne ressemblait pas à un foyer. Comparé à Poldene, c'était affreusement triste.

— J'aurais préféré avoir autre chose à offrir à mon épouse, en guise de foyer, dit-il.

— Si ces draperies vous déplaisent, je peux en demander à mes parents. Enfin, pas tout de suite, se hâta-t-elle d'ajouter.

— Vous ne voulez pas qu'ils voient votre nouvelle demeure, c'est ça ? Votre mère serait horrifiée.

Elle ne nia pas.

— Je veux d'abord arranger les choses un peu mieux, dit-elle. Nous avons aussi des étoffes qui proviennent des greniers de Poldene.

— De vieilles tentures décolorées aux motifs démodés, marmonna Kenver.

— Pourquoi des draperies passeraient-elles de mode ? C'est absurde. Et elles sont en bon état.

— Vous méritez de posséder de jolies choses neuves, Sarah.

Le genre de décor auquel il était accoutumé. Il n'avait jamais eu à penser à des draperies ni à rien de toutes ces choses dont il pressentait qu'elles allaient devenir importantes, à Tresigan.

— Je vois cela comme une aventure, répondit-elle. J'ai toujours rêvé de vivre des aventures.

Elle était invincible. Kenver l'enlaça et l'attira plus près. Il se penchait pour l'embrasser quand Merlin entra avec deux valises qu'il laissa bruyamment tomber par terre. Il ne resta pas, mais Jowan et le charretier arrivèrent derrière lui chargés d'une malle. Kenver recula.

— C'était la dernière, annonça le charretier. Je vais repartir.

Kenver comprit qu'il souhaitait être payé et sortit de la pièce avec lui.

— Dommage que Londres soit si loin, fit remarquer Cécilia à son époux alors qu'elle descendait pour le dîner de Poldene, ce soir-là. Nous avons là-bas largement de quoi équiper cinq maisons comme Tresigan.

— Ce bric-à-brac de vieilleries ?

Le précédent duc avait eu l'étrange manie d'accumuler toutes sortes d'articles de ménage et de laisser des monceaux de meubles se désintégrer dans toutes ses propriétés.

— Il y avait quelques joyaux, ici et là, répondit-elle.

— Oncle Percival était complètement fou, dit-il avant de faire une pause dans l'escalier. Et ce dîner promet d'être embarrassant.

— Je le crains, répondit Cécilia en s'arrêtant près de lui.

Le valet du duc et la femme de chambre de la duchesse, qui s'étaient fait des amis parmi les membres du personnel, leur avaient rapporté la dispute qui s'était élevée entre Kenver et ses parents.

— Comme Tresigan nous appartient, nous sommes impliqués dans le départ des Pendrennon, ma chère.

— Je le crains, répéta-t-elle.

— Nous pourrions partir dès maintenant. Tresigan est habitable et nous lui avons trouvé des locataires. En outre, nous devons nous occuper des problèmes survenus dans le Leicestershire.

Son épouse ne répondit pas. Elle avait l'air inquiète.

— Que penses-tu que lady Trestan fera ? demanda-t-elle, plus pour elle-même que pour lui. Que dira-t-elle au sujet de Sarah ?

James examina longuement son visage anxieux, puis cala la main de Cécilia au creux de son bras et se dirigea calmement vers la salle à manger sans répondre.

Leurs hôtes affichaient un air sinistre quand ils prirent place autour de la table du dîner.

— Notre fils ne se joindra pas à nous, annonça lord Trestan.

— Comme vous devez déjà le savoir, puisqu'il a emménagé dans votre propriété, ajouta son épouse d'un ton pincé.

Cécilia s'apprêtait à répondre, mais James la devança.

— En effet, confirma-t-il, donnant à sa réponse une intonation laissant entendre que la remarque de lady Trestan était déconcertante et peut-être même légèrement insultante.

Lui seul savait produire autant d'effet avec si peu de mots, songea Cécilia.

— Je ne comprends pas pourquoi vous avez autorisé cela, fit remarquer lady Trestan.

— *Autorisé ?* répéta sèchement James avec un haussement de sourcils.

— Je pense que vous auriez pu refuser, car vous deviez bien savoir que cela nous contrarierait grandement, répondit lady Trestan, incapable de masquer son irritation.

James accueillit cette remarque par un silence qui se prolongea. Cécilia faillit intervenir, même si elle savait que rien ne convaincrait les Pendrennon, mais elle écouta son instinct et attendit.

— Il est fréquent qu'un jeune couple s'établisse dans sa propre maison, reprit James.

— Ils étaient parfaitement établis ici, répliqua lord Trestan.

Cécilia se demanda s'il était vraiment convaincu de cela alors qu'il avait tout fait pour mettre Sarah mal à l'aise.

— Les jeunes mariés préfèrent souvent avoir leur indépendance, insista James.

— Eh bien, nous leur ferons regretter cette décision ! s'exclama lord Trestan.

— *Regretter ?* répéta James.

— Je montrerai à Kenver qu'il ne fait pas bon me défier ! rugit lord Trestan en abattant son poing sur la table.

— Nous dirons à tout le monde de leur tourner le dos, renchérit son épouse.

Le duc fit peser sur eux le poids de son regard jusqu'à ce qu'ils se mettent à remuer sur leur chaise, visiblement mal à l'aise.

— Leur tourner le dos, répéta-t-il comme si ces mots lui étaient incompréhensibles.

— Ils ne pourront pas...

— ... faire ce que font beaucoup, pour ne pas dire la plupart des nouveaux mariés ? l'interrompit James.

— Ils se sont mariés contre notre volonté ! s'exclama lady Trestan.

— Souhaitez-vous réellement exposer votre famille aux rumeurs et aux médisances ? s'enquit innocemment James, posant sur ses hôtes un regard incrédule. Cela ne manquera pas de soulever des questions, ajouta-t-il, laissant clairement entendre qu'il trouvait cela absurde, pour ne pas dire idiot.

Le comte et la comtesse reçurent parfaitement le message. Le comte fronça les sourcils. Son épouse prit un air sinistre, mais également pensif.

Cécilia fut surprise, non par l'aisance naturelle de James pour les discussions, même délicates, mais par sa volonté d'intervenir dans ce conflit qu'il avait jusque-là soigneusement évité. Il la délestait du fardeau du mécontentement de leurs hôtes. Il avait amené ceux-ci à reconsidérer leur malveillance. Et s'était superbement acquitté de cette tâche.

Il n'en resta d'ailleurs pas là. Cécilia se chargea elle aussi d'alimenter la conversation, mais ce fut James qui tint les rênes, laissant régulièrement entendre que l'indignation de ses hôtes paraîtrait déplacée aux yeux de la bonne société. À la fin du dîner, les Pendrennon semblaient avoir abandonné l'idée d'en faire part à tout le monde.

— Merci, mon ami, dit Cécilia quand son époux et elle regagnèrent leur suite à la fin de la soirée. C'était magistral.

— Quoi donc ?

— Cette façon que tu as eue de manipuler nos hôtes. Je sais que tu trouves pourtant les problèmes de mes amis aussi ennuyeux que la gestion d'un domaine. Tu as été héroïque, ce soir.

— Tu avais peut-être déjà remarqué mon grand talent d'orateur.

— En plus d'une occasion, en effet. Mais tu n'y mets pas souvent autant de fougue. Là, tel un dieu du tonnerre, tu les as menacés des foudres du mépris de la société.

James la regarda d'un air qu'elle ne réussit pas tout à fait à définir.

— Je ne le fais jamais que pour une seule personne.

— Sarah ? demanda-t-elle, perplexe.

— Pour toi, Cécilia.

Elle battit des cils, et la tendresse qu'elle lut dans son regard fit battre son cœur.

— Tu peux en être assurée, ajouta-t-il. Éternellement.

Ce dernier mot coula tel un poisson s'immergeant dans des eaux profondes. Depuis la mort de sa mère, Cécilia n'avait jamais pu compter que sur elle-même. Et elle comprit qu'elle avait du mal à croire qu'il puisse en être autrement, même en cet instant.

— En doutes-tu, ma chérie ?

— Non, je…

Elle fut incapable de trouver ses mots.

James l'enveloppa d'un regard désabusé.

— Tant pis, je m'emploierai à te le prouver, dit-il simplement. Pendant que tu travailleras d'arrache-pied sur les domaines de Tereford pour les transmettre à tes enfants.

— *Nos* enfants.

— J'espère bien ! répliqua-t-il avec un petit sourire. Je veillerai tout aussi diligemment à user de *ma fougue* plus souvent. Je suis certain que tu finiras par en être convaincue, quand nous aurons une soixantaine d'années.

C'était une plaisanterie, mais telle la queue du scorpion, celle-ci était pourvue d'un aiguillon. Cécilia passa ses bras autour de son cou.

— Je t'aime, James.

— Et je t'aime aussi, Cécilia. De tout mon cœur.

13

On aurait pu charitablement qualifier d'*informel* le premier dîner que Sarah et Kenver prirent à Tresigan ce soir-là. D'abord parce qu'il eut lieu fort tard, après qu'ils eurent réparti leur maigre équipement dans les différentes pièces de la maison. Ensuite parce que toute la maisonnée s'assit autour de la table dépourvue de nappe et seulement éclairée de quatre petits chandeliers. Ils dînèrent de pain et de jambon. Sarah avait choisi de ne pas poser de questions au sujet des caisses de provisions, sans doute dérobées dans les cuisines de Poldene, ni des bouteilles qui venaient certainement de la cave de la même maison. Elle était certaine que la mère de Kenver ne savait rien de ces *cadeaux* et se demandait quelle vengeance s'abattrait sur leurs têtes si le vol était découvert.

Elle regarda les convives, certains mangeant avec leurs doigts du fait de la pénurie de couverts. « Quelle improbable assemblée », se surprit-elle à penser. La blonde et robuste Elys semblait mal à l'aise, comme si elle craignait de commettre une bourde devant ses nouveaux maîtres. Gwen et Jowan paraissaient plus détendus. Outre leurs yeux et leurs cheveux bruns, le frère et la sœur partageaient apparemment un même tempérament enjoué. Sarah soupçonnait le garçon de seize ans de considérer cet emploi comme une plaisanterie et non comme un vrai travail. De l'autre côté de la table, Merlin, aussi hirsute qu'à l'accoutumée, enfournait dans sa bouche des tranches de jambon entières. Sarah n'avait pas pu s'empêcher de l'inviter à partager leur repas quand elle l'avait trouvé en train d'arracher des radis dans le potager.

Merlin tendit sa main libre vers la miche de pain et ses doigts rencontrèrent ceux de Kenver qui accomplissait justement le même geste. Kenver le gratifia d'un froncement de sourcils. Ignorant sa désapprobation, Merlin arracha un morceau de la miche.

— Je ne mange pratiquement jamais de pain, déclara-t-il comme si cela tenait lieu d'excuse à son impolitesse.

— Cela s'entend, si vous ne gagnez pas d'argent pour payer le boulanger, rétorqua Kenver.

— Gagner de l'argent ? répéta Merlin d'un ton ironique. C'est comme ça que vous faites, vous ?

Kenver serra les dents mais ne fit aucun commentaire, ne voulant sans doute pas perturber cet étrange dîner en exprimant clairement son agacement.

— Je sais prendre les lapins au collet, ajouta Merlin. Et vous ?

— Moi aussi, intervint Jowan, tout fier. Avec mon père, on allait…

Il s'interrompit soudain et jeta un rapide regard à Kenver, sûrement parce que son père et lui avaient braconné sur les terres de Poldene, se dit Sarah en retenant un sourire.

— Je pourrais aller tirer quelques oiseaux, suggéra Kenver.

Sarah le vit aussitôt prendre conscience de son incapacité à le faire. Il avait l'habitude de s'équiper dans l'élégante armurerie de Poldene et de parcourir les terres de son domaine quand il voulait du petit gibier. Mais désormais, il allait devoir faire sans. Elle devina à son expression que cette situation l'indisposait. De fait, tout semblait l'agacer dans cette maison, avait-elle noté. Cette idée lui coupa l'appétit.

Le dîner terminé, elle se leva de table, prit un des chandeliers et entreprit de faire le tour de sa nouvelle demeure. Tresigan était beaucoup plus petit que Poldene, mais également plus petit que la demeure de ses parents. C'était une maison plus compacte, décida-t-elle, refusant de se laisser décourager.

Les pièces étaient toutes disposées autour de la cour intérieure qui semblait nue maintenant qu'elle avait été débarrassée du lierre. Là où il n'y avait plus que terre retournée et pierres inégales, il avait dû y avoir un jardin, autrefois. Elle parcourut l'arrière du rez-de-chaussée, traversa la cuisine, dépassa le cellier ainsi qu'un escalier à vis, plus étroit que celui du hall. Une porte donnait sur un salon à peine meublé, la plus belle pièce de la maison, dont on avait habillé les fenêtres des draperies bariolées. On pouvait ensuite traverser le hall d'entrée, avec son grand escalier, pour se rendre dans une plus petite pièce située en face, entièrement vide pour le moment. Elle avait demandé que l'on y place ses livres et elle espérait y installer un jour des rayonnages pour en faire une bibliothèque.

La porte close qui se trouvait au fond donnait sur la salle à manger. Plutôt que d'y retourner, elle choisit de gagner l'étage. L'écho de ses pas, tandis qu'elle gravissait les degrés de bois, se répercuta dans le vide.

Quatre chambres entouraient la cour intérieure ; deux grandes donnant sur la façade et deux plus petites sur l'arrière. Leurs cheminées se trouvaient dans le prolongement vertical de celles du rez-de-chaussée. Entre les deux petites chambres, près de l'escalier à vis, se trouvait un placard à linge, vide pour le moment. Les chambres donnant sur la façade ne communiquaient pas avec celles du fond, l'escalier à vis permettant d'accéder aux pièces du fond et le grand escalier à celles du devant.

Elle ne monta pas au grenier. Elle savait déjà qu'il était divisé en six petites pièces, dont trois seulement étaient meublées – celles où Gwen, Jowan et Elys avaient élu domicile. Elle regarda le jardin par une des fenêtres donnant sur l'arrière de la maison. Le cabinet d'aisances, situé à l'écart du potager, était toujours enveloppé d'un rideau de lierre. Il y avait un abri à bois aussi, bien garni. Merlin devait s'en être chargé. Ou plutôt non, ce devait être Cécilia qui avait songé à leur constituer une réserve. Elle sourit en pensant à la prévenance de son amie.

Elle retourna dans la plus grande chambre où le crépuscule obscurcissant les carreaux refléta la flamme de sa chandelle. Les lieux semblaient abandonnés depuis des siècles, quand la lumière du soleil n'entrait plus dans la maison. Elle posa le chandelier sur une malle et tira les draperies colorées devant les fenêtres. Le tourbillon de couleurs apportait une note chaleureuse qui lui parut plutôt bienvenue, finalement.

Elle ouvrit ensuite une des valises. Ses vêtements de nuit se trouvaient là, ainsi que sa brosse à cheveux et son nécessaire de toilette. Elle s'approcha de la malle et en sortit les draps qu'elle avait volés à Poldene. On avait dit à chaque membre de la nouvelle maisonnée d'apporter son linge de lit, et Sarah soupçonnait Elys d'avoir prélevé plus d'une paire de draps des armoires de Poldene. Elle porta les siens jusqu'au lit, un baldaquin plutôt majestueux qui se trouvait à la cave et que l'on avait remonté.

Ses bagages et ceux de Kenver avaient été entassés là, pêle-mêle. Personne ne s'était posé de question ; on avait simplement décidé qu'ils partageraient la même chambre.

Le cœur de Sarah se mit à battre plus vite. Ils ne seraient pas précisément seuls à Tresigan, mais au moins, ils n'auraient plus à subir de regards désapprobateurs. Sauf ceux de Merlin, bien sûr, mais il n'entrerait que dans la cuisine, à ce qu'il avait assuré. Et désormais, ce serait Kenver et elle qui établiraient les règles, réalisa-t-elle tandis qu'elle déployait un drap au-dessus du matelas.

— Vous n'avez pas à faire cela, dit la voix de Kenver derrière elle. Je vais appeler Gwen.

Sarah sursauta et se retourna.

— Inutile. Je préfère m'en charger. Ce genre de menues corvées aide à se sentir chez soi, précisa-t-elle en découvrant l'incertitude du regard de Kenver.

— Je n'aime pas vous voir accomplir des tâches subalternes.

— À mes yeux, faire son lit n'a rien d'une tâche subalterne, répondit-elle avant de rougir quand elle réalisa ce qu'elle venait de dire.

— Puis-je vous aider ? demanda-t-il en s'avançant.

Terriblement consciente de sa proximité, elle sentit son sang s'échauffer.

— Si vous voulez.

Il alla se placer de l'autre côté du lit et ils tendirent ensemble le drap sur le matelas de plume. Sarah le lissa du plat de la main. Il l'imita – un geste étrangement intime.

— Ensuite, il faut rabattre les coins ainsi, expliqua-t-elle, joignant le geste à la parole.

Kenver essaya, tâtonna, puis se reprit et réussit.

— Astucieux, dit-il.

— Vous ne l'aviez encore jamais fait ?

— Non. Et vous ?

— Au pensionnat, nous étions responsables de nos chambres.

Elle se souvint qu'il n'était pas allé au pensionnat et qu'il avait eu un précepteur. Il avait toujours vécu à Poldene, sous la férule de sa mère, et tout lui avait toujours été servi sur un plateau d'argent.

— Ce ne devait pas être drôle, si vous deviez faire votre lit, dit-il.

— Oh, si ! Le pensionnat a été la période la plus heureuse de ma vie. Jusqu'à maintenant, s'empressa-t-elle d'ajouter quand elle croisa son regard.

Elle alla chercher deux oreillers dans la malle.

— J'ai oublié de prendre des draps, dit Kenver d'un ton gêné. Dans le... branle-bas de combat du départ, je les ai laissés là-bas.

La dispute qu'il avait eue avec ses parents avait été telle qu'il n'était guère étonnant que ça lui soit sorti de l'esprit.

— Je n'ai pas apporté de courtepointe, ajouta-t-elle soudain. J'espère qu'il ne fera pas trop froid.

— Je pourrais peut-être vous tenir chaud...

Elle se retourna. Il semblait incertain de la réponse qu'elle allait lui faire.

— Je sais, bien sûr, que vous avez besoin de temps pour…

— On nous a déjà privés de tellement de temps, l'interrompit-elle en tendant la main vers lui.

Il contourna le lit et prit sa main.

C'était étrange d'être aussi timides alors qu'ils étaient mariés depuis plusieurs semaines. Sarah connaissait mieux son mari, à présent, mais bien des choses demeuraient irrésolues entre eux et elle se languissait tellement de son contact qu'elle se sentait prête à oublier toute prudence.

Mais il laissa retomber sa main et s'écarta.

— Évidemment, il n'y a pas de serrure à cette porte, constata-t-il avant de tirer une des malles pour la caler devant la porte close. J'ai eu plus que mon content d'interruptions ! Si nous ne posons pas de limites, Merlin viendra bientôt nous demander ce que nous pensons de la taille exceptionnelle de ses radis !

Sarah éclata de rire.

— Il a promis de ne pas s'aventurer au-delà de la cuisine.

— Je ne suis pas certain que le concept d'intimité lui soit familier. Pas plus à lui qu'à Jowan, d'ailleurs.

— Il faudra le lui enseigner. À Jowan, je veux dire. Merlin est…

— … incurable. Et je n'ai pas envie de parler de lui maintenant, déclara Kenver en revenant vers elle, s'arrêtant si près qu'elle sentit la chaleur de son corps.

— De quoi souhaitez-vous parler ? murmura-t-elle.

— De rien ! Ce n'est pas parler que je veux.

— Et que voulez-vous ?

— Sarah…

Le désir épaississait sa voix. Elle n'aurait pas pu ne pas l'entendre. Elle noua ses bras autour de son cou et leurs bouches s'unirent en un baiser ardent.

Il l'attira fermement contre lui tandis que ce baiser se prolongeait de plus en plus.

Le désir enflamma Sarah, un désir d'autant plus impatient qu'il avait longtemps été contrarié. Elle se cambra contre Kenver.

Les mains de Kenver parcouraient son corps, et elle se dit qu'elles l'enflammaient tant qu'elles auraient dû produire des étincelles.

Personne ne vint frapper à la porte, aucune voix irritante ne s'éleva pour les séparer. Ils dégrafèrent leurs vêtements, manifestant l'un comme l'autre une certaine gaucherie, puis se laissèrent tomber sur le drap qu'ils avaient lissé ensemble.

— Des choses scandaleuses..., murmura Sarah quand Kenver la toucha plus intimement que personne ne l'avait encore jamais fait.

— Que dites-vous ?

Elle répondit par un baiser suivi d'un gémissement de plaisir et de surprise. On appelait cela la consommation du mariage, releva une parcelle à la dérive de son esprit. Un dénouement « qu'on doit souhaiter avec ferveur[1] », selon Hamlet. Mais en fait non, il s'agissait de tout autre chose. Soudain, et sans doute pour la toute première fois dans la vie de Sarah, ses sensations prirent le dessus, submergeant toute pensée rationnelle.

Kenver avait appris les façons de satisfaire une dame, à Londres. Il soupçonnait son oncle d'avoir

---

1. « *['Tis a consummation] devoutly to be wished* », *Hamlet*, Shakespeare, acte III, scène 1. *(N.d.T.)*

arrangé à son intention plusieurs rencontres avec des dames plus âgées que lui. Et il lui en fut reconnaissant, car il se révéla en mesure d'inciter Sarah à se cambrer, haletante de désir, sous ses savantes caresses. Mais il trouva aussi ce qu'ils partagèrent ensemble infiniment plus tendre que ce qu'il avait connu avec ces femmes. Ces longues semaines de désir contrarié avaient bien failli le rendre fou. Ce laps de temps leur avait cependant permis de se rapprocher d'autres façons. Il connaissait les appétissantes rondeurs de Sarah, mais aussi tout un tas de détails attendrissants à son sujet. Les chiens l'idolâtraient. Elle possédait un répertoire inépuisable d'histoires ésotériques, toutes plus fascinantes les unes que les autres. Elle était patiente et courageuse... Et quand ils atteignirent – enfin ! – l'extase, ses tendres sentiments étaient aussi puissants que son soulagement.

Une fois qu'ils se retrouvèrent blottis l'un contre l'autre, laminés par la fulgurance de leur passion, Sarah se dit qu'elle allait pouvoir profiter du corps de Kenver, désormais. Elle allait pouvoir lui faire tout ce qu'elle voulait. Faire courir ses doigts le long de son torse – jusque-là, mais pas plus loin – pour le taquiner et le tourmenter. Lisser ses cheveux en arrière. Apprendre ce qui lui plaisait au gré de ses gémissements – qu'elle trouvait à la fois gratifiants et attendrissants. C'était merveilleux de se découvrir un nouveau pouvoir. Tout ne pourrait aller que de mieux en mieux dans leur mariage *accidentel*, décida-t-elle.

Difficile de trouver ses marques quand chaque détail de la vie quotidienne prenait l'allure d'un défi, se disait Kenver. Il n'avait jamais eu besoin de penser aux étrilles, nécessaires à l'entretien de ses chevaux, ni à son savon à barbe, par exemple. Encore moins à de la cire à encaustiquer les meubles, à des chiffons à poussière ou à des saladiers. La vie domestique semblait composée d'une multitude d'objets de ce genre, tous plus indispensables les uns que les autres. Certains apparaissaient mystérieusement un jour ou deux après que l'on avait déploré leur absence. Il soupçonnait Elys de disposer d'une source d'approvisionnement clandestine à Poldene et ne savait pas s'il devait en éprouver de la gratitude ou de la gêne. D'autres objets semblaient plus compliqués à obtenir ou carrément impossibles, pour le moment.

L'un dans l'autre, certaines choses s'étaient mises en place. Kenver et Sarah prenaient leurs repas dans la salle à manger tandis que les trois jeunes domestiques avaient d'eux-mêmes décidé de manger à la cuisine. Merlin venait rôder près de la porte de service, tel un chien errant. Il avait très vite appris quels étaient les meilleurs moments pour venir quémander une aumône qui ne lui était jamais refusée. Comme il continuait à entretenir le potager dont tous profitaient, il eût été mesquin de lui refuser une part de leurs provisions. Mais Kenver était incommodé par sa présence permanente.

Ne sachant pas ce que son père avait raconté au sujet de son déménagement, il avait réduit ses tournées sur le domaine. Mais la nouvelle avait fini par se répandre, comme toujours à la campagne, et les gens de la région s'étaient mis à venir à Tresigan s'entretenir avec lui, comme ils en avaient pris l'habitude lors de ses tournées. Il installa donc bientôt dans la petite pièce du devant une sorte de bureau destiné à recevoir les gens du domaine pour discuter de leurs requêtes et de leurs doléances.

Il passa des arrangements avec les villageois des environs susceptibles de lui fournir du bois de chauffage et des produits de la ferme. Il se concentra sur des tâches auxquelles il ne s'était jamais intéressé auparavant et admira l'enthousiasme de Sarah à partager cette aventure avec lui, tout en regrettant de ne rien avoir de mieux à offrir à sa femme. Sarah méritait une position établie et respectée dans sa famille et dans leur cercle social.

Malgré tout l'inconfort de leur nouvelle vie, il avait la compensation de pouvoir serrer sa femme dans ses bras chaque soir. Enfin ! Un bonheur qu'elle semblait accueillir avec autant d'enthousiasme que lui. Ensemble, ils exploraient les royaumes de la passion physique et il se faisait l'effet d'être le chevalier de la Quête qui a honorablement conquis sa dame et se trouve amplement récompensé.

Il avait également découvert un nouveau délice : les conversations tendres et intimes, au lit, Sarah nichée au creux de son bras.

— Pensez-vous pouvoir prendre une vache laitière de Poldene ? lui demanda-t-elle au cours d'une étouffante soirée, alors que le mois de septembre commençait à peine.

— Souhaitez-vous faire de moi un voleur de bétail ? répliqua-t-il en s'enivrant du parfum fleuri de sa chevelure.

— Serait-ce vraiment du vol ? Les héritiers ne font-ils pas parfois des emprunts sur leur héritage à venir ?

— Des obligations avant décès, voulez-vous dire ? Il s'agit d'une pratique très douteuse, ma chère Sarah. Je vous demanderais bien où vous en avez entendu parler si je ne devinais pas que vous avez lu quelque chose à ce sujet.

— Dans un roman, c'est vrai, avoua-t-elle d'un ton vaguement coupable.

— Ah, ah...

— Un scélérat incitait le héros à en faire usage pour mieux ourdir son stratagème.

— Qu'est-ce que je vous disais ! Une pratique *douteuse*.

— Ce qui fait de moi une scélérate ? s'enquit-elle d'une voix taquine.

— Vous savez bien que non, répondit-il en déposant un baiser au sommet de sa tête. Vous ne pourriez jamais en être une.

— Ce ne serait pas une décision très sage. Les noirs desseins d'un scélérat finissent toujours par être révélés.

— Dans les romans.

Dans la vraie vie, les choses n'étaient jamais aussi tranchées, songea-t-il.

Sarah hocha la tête contre son épaule.

— Dans ce roman, le scélérat se jetait du haut d'une falaise dans la mer d'Oman et se faisait dévorer par les requins, expliqua-t-elle.

— Cette idée semble vous réjouir. Je ne vous savais pas sanguinaire.

— Ce scélérat s'était révélé particulièrement odieux. Et les faits se déroulaient en Arabie.

— Cela fait-il une différence ?

— C'est une région sauvage et violente.

— Selon ce roman ? Comment s'intitulait-il ?

— Je... je ne m'en souviens plus. Mon esprit ressemble parfois à l'océan après un naufrage. Une multitude de déchets flottent à la surface, souvent intéressants, mais pas toujours utiles.

— Je suis certain que votre esprit est bien plus organisé que cela. Il regorge d'informations passionnantes.

— Certaines le sont, reconnut-elle. Et j'ai procédé à l'étude systématique d'un certain nombre de sujets.

— Je n'en doute pas un instant.

— Mais tant d'autres se contentent d'osciller au gré des flots, sans être vraiment attachés à rien de particulier. J'ai essayé la méthode du palais de la mémoire pour les ordonner, mais cela n'a pas fonctionné pour moi.

— Le palais de la mémoire ? Qu'est-ce donc ?

Sarah pivota légèrement entre ses bras et leva les yeux vers lui.

— Je doute que cela vous intéresse réellement.

— Mais si ! assura-t-il sincèrement, tellement fasciné par Sarah qu'il aurait pu l'écouter parler de n'importe quel sujet.

— Il s'agit d'une méthode destinée à emmagasiner et retrouver facilement ses souvenirs. Elle consiste à visualiser un lieu familier, dans lequel vous êtes déjà allé et que vous connaissez de fond en comble. En esprit, vous vous déplacez à l'intérieur de ce lieu et vous y rangez les choses dont vous souhaitez vous souvenir. Dans un tiroir ou une vitrine. Sur une étagère. Quand vous avez besoin de faire appel à un souvenir précis, il vous suffit de déambuler mentalement dans votre palais pour le retrouver là où vous l'avez rangé.

— Mais je n'arrête pas d'oublier où je range les choses dans ma véritable maison !

— Et moi, je n'arrête pas de me laisser distraire par d'autres souvenirs. Du coup, j'oublie ce que j'étais venue chercher en premier lieu.

Kenver rit.

— C'est ridicule, je sais, murmura-t-elle.

— Pas le moins du monde. Vous n'êtes jamais ridicule, mon tendre amour. Vous êtes fascinante et charmante.

— Rien ne vous oblige à me flatter.

— Je me contente de dire la vérité.

— Pourtant, je ne suis pas très jolie.

— Quoi ? Bien sûr que vous l'êtes !

Elle se redressa sur un coude et plongea son regard dans le sien.

— Ce n'est pas grave, dit-elle. Je sais que je ne suis pas un… un diamant de la plus belle eau.

— Qui prétend cela ?

— Cela a fait l'unanimité, à Londres. Même si cela n'a jamais été formulé à voix haute, la chose était implicite. Mes amies Harriet et Ada sont très jolies, elles. Et j'ai bien vu que leur saison ne se déroulait pas du tout comme la mienne.

Un éclair de colère traversa Kenver.

— Je ne connais pas vos amies et ne puis donc émettre aucune opinion à leur sujet, mais si elles vous ont fait sentir…

— Pas elles ! Jamais de la vie. Mais la bonne société…

— La bonne société est étroite d'esprit et malveillante. Nous ne devons pas nous soucier de ce qu'elle dit.

— Oui, répondit-elle sans grande conviction.

— Ah. J'allais oublier. Les Tereford ont promis de nous rendre visite demain.

Comme il l'avait espéré, cette annonce redonna le sourire à Sarah.

— Je suis impatiente de voir Cécilia, dit-elle. Ils ont fort à faire avec les problèmes qui sont survenus dans le Leicestershire.

— Que s'est-il passé, au juste ?

— Je ne connais pas les détails. Je sais seulement que le précédent duc a laissé ses domaines en grand désordre. Sa résidence londonienne était remplie, du sol au plafond, de meubles délabrés.

— Étrange.

— Je crois qu'il l'était assez lui-même.

Sarah se blottit plus étroitement contre lui, laissant ses doigts errer sur son corps, et Kenver ne se soucia plus un seul instant de la personnalité du défunt duc de Tereford.

— Je tenais à m'assurer que vous étiez confortablement installés, dit Cécilia à Sarah, le lendemain matin. Si vous avez besoin de quoi que ce soit...

— Vous en avez déjà fait plus qu'assez. Nous saurons bien nous charger du reste.

Cécilia examina son visage.

— Vous rayonnez de bonheur, Sarah.

— Je suis heureuse, c'est vrai. Se retrouver enfin seuls, c'est... merveilleux, avoua-t-elle en rougissant quand elle vit que Cécilia comprenait ce qu'elle voulait dire. Et vous ? La situation doit être tendue, à Poldene.

— Seulement le soir de votre départ. Depuis, lady Trestan a décidé de ne rien mentionner de gênant.

Et son époux suit son exemple. Mais il est clair qu'ils nous en veulent.

— Je suis désolée d'en être la cause.

— Vous savez bien que ce n'est pas votre faute, Sarah. Lady Trestan crée elle-même les difficultés. Je crois même qu'elle y prend un malin plaisir.

— Aux disputes ? demanda Sarah, perplexe.

— Certaines personnes adorent çela.

Si Cécilia disait vrai, Sarah voyait mal comment Kenver et elle pourraient un jour se réconcilier avec eux. Une part d'elle-même avait le sentiment d'avoir échoué, en tant que future comtesse. Kenver et elle avaient trouvé le plaisir physique et une grande tendresse à Tresigan, mais cela suffirait-il ? Kenver ne risquait-il pas, un jour, d'avoir envie d'épouser une grande dame susceptible d'être acceptée par ses parents ? Cette seule idée la remplit d'horreur.

— Mais peu importe. Nous allons bientôt quitter Poldene, ajouta Cécilia.

— Des affaires plus urgentes vous appellent, je suppose.

— Oui. Dans un pavillon de chasse du Leicestershire. Je n'imagine absolument pas oncle Percival dans la peau d'un chasseur.

— Dans sa jeunesse, peut-être ?

— Pour autant que je sache, sa jeunesse fut semblable à sa vieillesse. Parfaitement excentrique. Le pavillon de chasse était sans doute une relique d'un précédent duc.

Cécilia n'ajouta rien de plus au sujet de leurs difficultés, et Sarah ne s'estima pas en droit de la questionner. Son amie allait cependant lui manquer.

Kenver et le duc les rejoignirent après une visite de la cour intérieure de Tresigan et Sarah servit fièrement les rafraîchissements qu'Elys avait préparés.

— Merlin rôde-t-il toujours dans le coin ? demanda le duc en regardant par la fenêtre.

— Il s'occupe du potager, répondit Kenver sans grand enthousiasme.

— Je peux le faire expulser, s'il vous incommode.

— Vers le village ? répondit Kenver. Il se contenterait de revenir ici.

Sarah enchaîna vite sur un autre sujet, sachant celui-là sensible pour Kenver.

Un peu plus tard, Kenver et le duc sortirent aider Jowan à préparer les chevaux, les Tereford ayant préféré venir à cheval plutôt qu'en voiture.

— Nous nous mettrons en route dans les prochains jours, dit Cécilia à Sarah. Mais je m'inquiète de ce que lady Trestan risque de faire une fois que nous serons partis.

— C'est à nous que revient ce souci, répondit Sarah. Nous ne pouvons pas éternellement nous en remettre à vous.

Cécilia acquiesça.

— Kenver et moi affronterons ses parents ensemble. Nous sommes unis et comptons l'un sur l'autre, désormais.

— C'est vrai, approuva Cécilia avec une certaine réserve.

Sarah préféra ne pas lui en demander la raison, car elle craignait de la connaître. Il était en effet fort possible que Cécilia les estime incapables de faire le poids, face au comte et à la comtesse.

14

Ils résidaient à Tresigan depuis trois semaines, quand une chaise de poste s'arrêta un jour devant la maison, en fin d'après-midi. Sarah, qui était assise sur le sofa du grand salon, entourée de piles de tissus, l'aperçut par la fenêtre. Le véhicule était constellé d'éclaboussures et donnait l'impression d'avoir parcouru une longue distance. Elle se leva pour aller ouvrir la porte d'entrée et vit une inconnue descendre de voiture.

Il s'agissait d'une femme âgée d'une trentaine d'années, vêtue d'une robe de voyage de bonne coupe, sans qu'il s'agisse pour autant d'une toilette à la dernière mode. Sa chevelure était brune et ses yeux couleur noisette, ses sourcils noirs et bien droits. Sarah trouva son visage familier, bien qu'elle n'eût pas l'impression de la connaître.

La visiteuse s'avança vers elle et l'inspecta de la tête aux pieds, comme pour la jauger.

— Bonjour. Je suis Tamara Deane. Anciennement Tamara Pendrennon.

— La sœur de Kenver ?

— C'est exact. Seriez-vous sa femme ?

Sarah hocha la tête.

— Ravie de vous rencontrer, Sarah. Votre réponse à ma lettre était si concise que je me suis demandé si mes parents ne vous retenaient pas prisonnière. J'ai donc décidé d'en avoir le cœur net. Mais quand je me suis enquise de vous, j'ai appris que vous vous étiez enfuie.

— Est-ce donc ce qui se dit à Poldene ? demanda Sarah en tâchant de se représenter la scène.

Leur départ avait dû susciter bien des cris.

Tamara renversa la tête et laissa échapper un éclat de rire franc et sonore. Libre. Sarah envia ce rire.

— La formulation est de moi, répondit-elle quand elle eut fini de rire. C'est Benning qui m'a dit que vous étiez partis. L'ancien maître d'écurie. C'est un vieil ami à moi.

— Oui. Nous sommes allés le voir pour parler de vous.

— Il me l'a dit, en effet.

Sarah se demanda quel portrait le vieil homme avait fait d'eux, car elle ne doutait pas qu'il lui ait fait son rapport.

— Voici donc l'endroit où vous avez atterri, ajouta Tamara en examinant la maison d'un œil critique.

Sarah retrouva soudain ses bonnes manières.

— Entrez donc, madame Deane.

— Appelez-moi Tamara, je vous en prie. Nous sommes sœurs, après tout, dit-elle en l'observant comme si elle cherchait à mesurer l'effet que cette déclaration avait sur elle.

Sarah lui sourit.

— Votre frère est parti au village chercher des...

Elle s'interrompit brusquement. Kenver était parti chercher des pots de chambre, mais elle jugea préférable de garder cela pour elle.

— Nous n'avons pas fini d'emménager, dit-elle plus sobrement.

Le sourire de Tamara était aussi séduisant que son rire.

— Il faut que vous me racontiez tout cela. Puis-je d'abord renvoyer la chaise de poste ?

Lui demandait-elle la permission ? Avait-elle l'intention de séjourner chez eux ?

— Bien sûr, répondit Sarah.

Tamara se retourna pour parler au cocher. On déchargea une malle pour la porter à l'intérieur, le cocher reçut son paiement et le véhicule repartit.

Une fois à l'intérieur de la maison, Tamara promena autour d'elle un regard d'aigle.

— Nous n'avons pas fini d'emménager, répéta Sarah, consciente du mobilier réduit à sa plus simple expression.

Tamara était leur première visiteuse, les Tereford exceptés.

— Depuis combien de temps habitez-vous ici ? demanda Tamara en retirant son chapeau et sa pelisse pour les accrocher à la rampe de l'escalier.

— Seulement trois semaines, répondit Sarah en l'invitant du geste à passer au salon.

Elle débarrassa le sofa des tissus qu'elle posa par terre et offrit un siège à son invitée.

— Ce brocart bleu me dit quelque chose… N'est-ce pas celui qui habillait les murs de la salle à manger de Poldene ? s'enquit Tamara en s'asseyant.

Comme elle n'en savait rien, Sarah se contenta de hausser les épaules.

— Il était entreposé au grenier.

— Et ma mère vous l'a donné ? demanda la sœur de Kenver d'un ton surpris.

— Nous… En fait… La couleur a passé au soleil. Je ne pense pas que lady Trestan les réutilisera un jour.

— Vous l'avez donc volé ? demanda Tamara, ses yeux noisette pétillant de malice.

— Nous ne l'avons pas exactement…

Mais c'était exactement ce qu'ils avaient fait. À moins de considérer Kenver partiellement propriétaire, ou futur propriétaire, de tous les biens de Poldene.

— Oh, je vous en prie, Sarah, dites-moi que vous l'avez fait.

— Eh bien… oui.

Tamara laissa échapper un nouveau rire franc.

— Merveilleux ! Quand je me suis enfuie, je n'ai emporté avec moi que ce que j'avais sur le dos et quelques bijoux.

Sarah ne sut que répondre.

— J'imagine que vous connaissez ma triste histoire, ajouta Tamara, qui incarnait l'antithèse de la tristesse.

— De la bouche de Benning, oui. Kenver ne se souvenait pas de grand-chose.

— Il n'avait que six ans quand je suis partie.

Elle n'avait pas dit cela d'un ton de reproche, mais Sarah se sentit quand même tenue de défendre son époux.

— Vos parents défendaient que l'on mentionne votre nom. Je crois qu'à cause d'eux Kenver se sentait…

Elle s'interrompit, ne sachant trop comment finir sa phrase. Tamara balaya sa tentative de justification d'un geste de la main.

— Je connais leurs méthodes. Celles de ma mère, surtout. Notre père ne fait que lui obéir. Je me suis donc enfuie pour épouser mon indésirable prétendant, un homme qui s'est toujours montré bon envers moi et parfaitement respectable, bien que ni assez noble ni assez riche au goût de mes parents. Et nous avons été heureux ensemble jusqu'à ce qu'il meure, voilà deux ans.

— Je suis désolée. Je n'en savais rien.

— Je n'ai vu aucune raison d'en informer les gens d'ici, expliqua Tamara avec un haussement d'épaules. Je savais que mes parents n'y attachaient aucune importance et je n'aurais pas apprécié qu'ils prétendent le contraire. Ou pire encore, qu'ils me présentent leurs félicitations ! J'imagine très bien ma mère faisant cela. Je crois que je lui en veux encore, au fond. J'ai tendance à être rancunière.

Elle reconnaissait cela comme si c'était parfaitement naturel et Sarah lui envia une fois de plus son insolente assurance.

— Vous... vous vivez donc dans le Lincolnshire ?

— Oui, je gère le domaine Deane jusqu'à la majorité de mon fils.

— Vous avez un fils ?

Comment une famille pouvait-elle aussi mal connaître les siens ? se demanda Sarah. Les parents de Kenver auraient au moins dû savoir cela !

— Henry. Il a dix ans, répondit Tamara avec un sourire plein de tendresse.

— Vos parents aimeraient sûrement faire sa connaissance.

— Vous croyez ?

En fait, elle n'en savait rien. On s'attend *a priori* que les gens soient heureux d'accueillir un petit-fils. Ses parents, par exemple, étaient impatients d'en accueillir un. Ou même plusieurs. Mais la famille de

Kenver ne ressemblait pas à celles que Sarah avait connues jusqu'alors.

— Moi, je le suis, et à leur place, je le serais, répondit-elle.

— Nous veillerons à ce que vous fassiez connaissance, alors, promit Tamara en souriant. Il séjourne chez un de ses camarades d'école, en ce moment.

Elle étudia Sarah sans rien dire pendant un moment.

— Est-il vrai que Kenver vous a enlevée, tel le jeune Lochinvar ? demanda-t-elle soudain avec un grand sourire. « Si légère, à la croupe, la belle dame il a hissé, Si léger, en selle, devant elle, il a bondi[1] ! »

— Non, il ne s'est rien passé de tel.

— Cela me semblait bien improbable. Kenver est un garçon plutôt timide.

— Kenver n'est pas timide !

— Ah bon ?

— Il est courageux, honorable et tendre.

Le sourire de Tamara se fit plus chaleureux.

— Je suis heureuse de l'apprendre. Je n'ai pas eu l'occasion de le connaître beaucoup.

Sarah s'apaisa, surprise par la force de sa propre réaction.

— Qu'est-ce qui vous a fait penser à Lochinvar ?

— Oh, toutes sortes d'histoires romanesques circulent au sujet de votre mariage, Sarah. Celle-ci m'a été rapportée par une amie du voisinage. Enfin, ce n'est plus qu'une connaissance aujourd'hui, puisque

1. « *So light to the croupe the fair lady he swung, So light to the saddle before her he sprung !* » Extrait de *Marmion*, poème épique de Walter Scott, paru en 1808, relatant les exploits de Lochinvar, jeune héros romantique imaginaire. *(N.d.T.)*

nous ne nous voyons plus. Mais certains liens d'amitié survivent parfois à cela.

Sarah acquiesça, songeant à ses amies de pensionnat.

— Elle est très romantique, et elle apprécie beaucoup l'œuvre de Walter Scott, poursuivit Tamara. Ce qui explique l'analogie avec Lochinvar. Je reconnais que ma curiosité était trop forte. Et puis...

Sarah attendit, mais son invitée n'acheva pas sa phrase. Tamara gardait les yeux plissés, comme si elle se livrait à une spéculation intérieure.

— Il ne vous a donc pas enlevée sur son cheval, reprit-elle. Mais alors, comment avez-vous réussi à épouser un Pendrennon contre le souhait de ma mère ? Je suis curieuse de l'apprendre.

— Vous savez qu'elle ne...

— Ma mère n'a jamais fait mystère de son opinion. Certaines de mes connaissances fréquentent certaines de ses amies et c'est ainsi que circulent les commérages. Votre histoire doit tout de même s'apparenter à un conte héroïque, parce que je sais jusqu'où ma mère est capable d'aller en matière d'opposition.

— Kenver et moi... nous sommes rencontrés à Tintagel.

— Un début légendaire !

Leur histoire n'était pas un secret. De nombreuses personnes en connaissaient les contours et d'autres ne s'étaient apparemment pas gênées pour broder à partir de ce qu'elles croyaient savoir. Sarah raconta donc à la sœur de Kenver la nuit dans la grotte et ce qui s'était passé ensuite.

— C'est presque aussi palpitant que Lochinvar, déclara Tamara en guise de conclusion. Et cela finit aussi bien. Mais nul ne sait ce qui est arrivé à Lochinvar et à l'épouse qu'il a enlevée. Peut-être sont-ils morts en chutant à cheval depuis le haut d'une falaise, qui sait ?

— Je préfère l'histoire aux légendes.

— Vraiment ?

Sarah s'inquiéta aussitôt d'avoir peut-être semblé pédante. Or, tout ce qu'elle avait vu jusqu'ici lui donnait envie de devenir amie avec la sœur de Kenver.

— Puis-je vous proposer...

Sarah se souvint qu'ils avaient fini le thé ce matin. Elle n'avait rien d'autre à offrir que l'eau du puits.

— Elys a fait un gâteau, mais s'est trouvée à court de sucre avant de pouvoir procéder au glaçage, dit-elle, un peu piteuse.

L'expression amusée de Tamara lui fit prendre conscience qu'elle venait de dire cela à voix haute.

— Qui est Elys ? demanda son invitée.

— Notre cuisinière. Elle travaillait dans les cuisines de Poldene.

— Ah, parce que vous avez aussi débauché le personnel de maison ? Voilà qui a dû faire enrager ma mère, fit remarquer Tamara, que cette idée parut réjouir.

— Quoi que je fasse..., commença Sarah avant de s'interrompre.

— ... elle se met en rage, acheva Tamara à sa place. Je connais ça. Très bien, même ! Et ne vous en faites pas, je n'ai pas faim. Je peux très bien attendre l'heure du dîner.

Elle avait donc l'intention de rester. Sarah fit mentalement l'inventaire des draps encore disponibles.

— Je ne peux pas m'absenter longtemps de chez moi, ajouta Tamara comme si elle devinait ses pensées.

— Je suis très heureuse de votre visite, assura Sarah. J'espère que nous saurons vous mettre à l'aise.

— Je me sens déjà parfaitement à l'aise.

Elle semblait être le genre de personne qui se sent chez elle n'importe où. Sauf à Poldene, bien sûr.

La porte de la cuisine grinça, rappelant une fois de plus à Sarah que les gonds avaient besoin d'huile.

— Sarah ! lança la voix de Kenver.

Elle se leva. Il avait dû laisser son cheval dans la grange, ce qui expliquait qu'elles ne l'aient pas entendu arriver. Kenver apparut sur le pas de la porte, brandissant fièrement… un pot de chambre.

— J'en ai trouvé un ! On n'en dégote pas facilement, au village, dit-il avant de comprendre qu'ils avaient de la visite.

Il s'empressa de cacher le récipient en porcelaine derrière son dos.

— Votre sœur est venue nous voir, annonça Sarah.

— Tamara ?

Cette dernière s'était également levée, et le frère et la sœur se retrouvèrent face à face. La ressemblance était frappante, quand on les voyait ensemble.

Kenver posa le pot de chambre par terre et s'avança.

— Tamara, répéta-t-il avant de s'arrêter devant elle.

Sa sœur s'approcha et le prit dans ses bras.

Kenver en resta un instant pétrifié de surprise car les embrassades spontanées n'étaient pas la coutume chez les Pendrennon. Finalement, il referma ses bras autour d'elle.

Tamara recula et l'inspecta de la tête aux pieds.

— Tu es devenu un beau jeune homme. Tu ressembles un peu à oncle Ruthven.

— Vraiment ?

— Les yeux, surtout. Pas le bas du visage. Et il est beaucoup plus grand que toi, bien sûr.

Le frère de leur mère était très grand et très mince. Kenver se souvint que durant son séjour à Londres, oncle Ruthven disait de lui-même en plaisantant qu'il était un grand échalas.

— C'est fou ce qu'il peut manger en restant toujours maigre, ajouta Tamara.

— L'as-tu vu récemment ? demanda-t-il, surpris.

— Oui. Il n'est pas toujours d'accord avec maman, tu sais.

Kenver n'en savait rien. Il y avait apparemment beaucoup de choses concernant sa famille dont il ignorait tout. Comment se faisait-il qu'il n'eût jamais cherché à en savoir davantage ? Tandis qu'il observait le visage de sa sœur, un souvenir refit surface.

— Tu portais un costume d'amazone vert sombre...

— C'est amusant que tu te souviennes de cela.

— Avec un chapeau à plume !

— Oui, je me prenais pour une vraie gravure de mode.

— Et tu étais la plus casse-cou des cavalières.

— Dans ma folle jeunesse, répondit sa sœur en riant. Je suis une matrone sage et rangée, maintenant.

— Vous avez un neveu, Kenver, dit Sarah.

Il regarda sa femme, puis sa sœur.

— Mon fils, Henry, lui apprit cette dernière d'une voix douce. Il a dix ans.

Kenver se sentit soudain assailli par une vague de honte et de regret. Dix ans... Et il avait ignoré jusqu'à la simple existence de ce garçon ! Il ne lui avait jamais envoyé de cadeaux, ni pour ses anniversaires ni pour Noël. Il ne lui avait offert ni les conseils avisés ni le soutien d'un oncle.

Le regard souriant de sa sœur lui fit soudain réaliser combien sa compassion était déplacée. Le jeune Henry menait sans doute une vie très heureuse, pleine de rires et d'embrassades spontanées. Le garçon délaissé et solitaire qu'il venait d'imaginer n'était autre que… lui-même. Cette révélation l'atteignit aussi vivement qu'un coup de poing.

— Je suis désolée de m'être enfuie et de t'avoir laissé avec nos parents, dit Tamara comme si elle pouvait lire dans ses pensées. Mais je n'avais pas d'autre choix. Et je ne regrette vraiment pas d'avoir épousé Donald.

— J'aurais dû t'écrire, par la suite, murmura-t-il. Mais je ne savais pas où…

C'était une piètre excuse. Il aurait pu trouver son adresse, s'il s'en était donné la peine. Chose qu'il n'avait pas faite.

— Je suis sûre qu'ils t'ont raconté une histoire qui faisait de moi une méchante fille.

— Non. Ils refusaient purement et simplement de parler de toi. La simple mention de ton nom déclenchait une violente diatribe.

— Je vois, dit-elle en hochant la tête.

— Mais je n'aurais pas dû les laisser faire. Je ne sais pas pourquoi je l'ai fait.

Essentiellement parce qu'il détestait les disputes. Encore une piètre excuse.

— Parce que notre mère s'y entend comme personne pour déformer les faits et donner l'impression à l'autre que c'est lui qui est en tort, répondit Tamara. J'ai mis des années à comprendre cela.

Kenver l'observa un instant d'un air intrigué.

— Que fait maman si tu lui soumets une requête qu'elle n'a pas envie d'entendre ? reprit-elle. Elle te la renvoie à la figure sous une forme outrancière. Comme si tu étais venu lui demander la lune et non une chose parfaitement raisonnable. Désarçonné, tu t'empresses de nier, et elle en profite pour renverser la situation. C'est toi qui te défends et c'est elle qui accuse. Et au bout du compte, le sujet de départ est complètement oublié, enfoui sous un monceau de dénégations.

Kenver vit Sarah hocher la tête.

— Si cela ne suffit pas à te faire taire, poursuivit Tamara, elle passe aux lamentations et se demande comment son propre enfant peut être aussi ingrat et cruel. C'est le signal qu'attend généralement papa pour intervenir avec ses reproches et ses menaces. Ils sont experts à ce petit jeu. J'imagine qu'ils se sont perfectionnés, au fil des ans.

Tamara pencha la tête sur le côté, comme pour demander confirmation à Kenver.

Il hocha lentement la tête. Tout se déroulait exactement selon le modèle que sa sœur venait de décrire.

— Je me suis sentie tellement heureuse quand je leur ai échappé. Mais toi, Kenver, je ne pense pas que tu devrais les laisser te chasser.

Elle promena son regard autour d'elle et Kenver se sentit rougir d'humiliation. Cette maison vide était si différente de Poldene.

— Tu es leur héritier, précisa Tamara. C'est ton *droit* d'être là-bas.

Bien sûr qu'il aurait dû être à Poldene. C'était le domaine dont il aurait un jour la responsabilité. Et qu'il aimait.

— Les choses ne sont pas aussi simples, répondit-il en évitant de regarder Sarah.

— Ils ne voulaient pas de moi là-bas, traduisit celle-ci.

— Je vois, dit Tamara en hochant la tête. Ils ont fait de votre vie un enfer, n'est-ce pas, Sarah ? Maman vous a-t-elle imposé Cranston ?

— Comment le savez-vous ?

— Cranston fut ma geôlière, il y a bien longtemps, répondit Tamara en plissant les yeux. Une geôlière qui manquait d'imagination, fort heureusement. Mais assez parlé du passé ! Je préfère regarder le présent et prendre un nouveau départ avec vous deux.

— Moi aussi, répondit Kenver.

Sarah conduisit Tamara à l'étage pour l'installer dans une des chambres inoccupées pendant que Kenver sortait se promener. Il descendit le chemin envahi d'herbes folles jusqu'à la route, puis longea celle-ci. Cette voie peu empruntée et traversée de vrilles de lierre serpentait au pied de la falaise. Un paysage qui lui rappela à quel point les luxuriants jardins de Poldene lui manquaient. La fidèle compagnie de Fingal, aussi. Et l'océan. Sa sœur avait raison. Son foyer se trouvait à Poldene.

Leur foyer, à Sarah et lui. Pourtant, Sarah avait été bien malheureuse à Poldene. Il fallait qu'il trouve une solution à ce dilemme. Autre chose que la fuite. Une petite voix intérieure suggéra que c'était ce que sa sœur avait fait. Mais Tamara avait aussi relevé qu'il avait envers Poldene des responsabilités qu'elle n'avait pas.

Agacé, il retourna sur ses pas.

En approchant de Tresigan, il découvrit Merlin, bouche bée devant une des fenêtres de la maison, comme frappé de stupeur. Ce qui ne lui ressemblait guère. Il regardait à travers la fenêtre du salon, où Sarah et Tamara étaient installées. Il se retourna en entendant Kenver approcher, l'œil encore plus allumé qu'à l'accoutumée.

— Qui est cette femme ? interrogea-t-il.

Kenver se demanda comment sa sœur réagirait face à l'étrangeté de leur résident. D'après ce qu'il avait vu d'elle jusqu'ici, il imagina qu'elle serait amusée.

— C'est Tamara Pendrennon, déclara Merlin d'un ton accusateur.

Kenver trouva son intonation passionnée aussi surprenante que le fait qu'il la reconnaisse.

— Ou Tamara autre chose maintenant, ajouta-t-il d'un air sombre. Elle est mariée.

— Veuve, à présent. Mais comment connaissez-vous...

— Veuve ?

Le mot claqua comme un coup de fouet. Et les yeux de Merlin étincelèrent d'un tel éclat que Kenver ne put réprimer un battement de cils.

— Puis-je emprunter votre rasoir ? demanda-t-il.

— Quoi ? répondit Kenver, déboussolé par cette requête incongrue.

— Un rasoir. Il me faut un rasoir.

— Il n'est pas question que je vous prête le mien !

Merlin agrippa sa barbe broussailleuse et tira dessus comme s'il cherchait à l'arracher.

— Je ne peux pas me servir d'un couteau ! Je promets d'aiguiser votre rasoir, après.

— Après quoi ?

— Puis-je avoir des ciseaux, au moins ?

— Mais qu'est-ce qui vous arrive ? demanda Kenver.

Merlin grimaça, se retourna et s'enfuit. Kenver le regarda partir en se demandant si l'homme n'était pas devenu encore plus fou qu'avant.

Quand ils prirent place autour de la table du dîner ce soir-là, Sarah se dit qu'ils s'étaient plutôt bien adaptés à cette visite inattendue. Elys avait réussi à concocter un repas honorable et Jowan assura le service avec une joyeuse... désinvolture qui frisait peut-être l'insouciance. Le garçon tenait davantage du bouffon que du valet. Kenver semblait plus critique maintenant qu'ils avaient une invitée, et les manières de Jowan lui tirèrent plus d'un froncement de sourcils.

Sa sœur et lui parlèrent de connaissances communes, Kenver décrivant leur situation actuelle et Tamara fournissant des commentaires acerbes sur leur passé. Certaines révélations qu'elle fit laissèrent Kenver bouche bée tandis que d'autres firent glousser Sarah. Mais elle prit surtout plaisir à les regarder discuter, après tout ce temps.

Tout se passait très bien, mais à la fin du repas, la porte de la cuisine s'ouvrit brusquement et un homme fit irruption dans la salle à manger.

L'étranger était plutôt grand et très maigre. Il avait un visage étroit, comme taillé à coups de serpe, sous des cheveux noirs et coupés très court. Il portait une redingote usée, un mouchoir noué autour du cou en guise de cravate, une culotte de cheval et des bottes éraflées.

— Tamara, dit-il, ses yeux verts lançant des éclairs.

Sarah reconnut sa voix et se rendit compte avec stupeur qu'il s'agissait de Merlin. Sa longue chevelure noire et emmêlée avait été taillée et sa barbe broussailleuse avait disparu. Ses sourcils, même, avaient été disciplinés. Il paraissait encore plus jeune que ce que Sarah avait estimé ; à peine une trentaine d'années.

— Oui ? dit la sœur de Kenver en fronçant les sourcils face au nouveau venu, se demandant visiblement qui il était.

— M'avez-vous oublié ? demanda Merlin d'une voix tremblante d'émotion.

— Je suis navrée, mais je ne...

— Comment pouvez-vous ? s'écria-t-il en agrippant ses cheveux courts pour tirer dessus.

— C'est Merlin, dit Sarah. Il vit dans une grotte, derrière la maison.

— C'est donc pour cela que vous vouliez mon rasoir ? demanda Kenver au même instant.

Tamara se retourna pour dévisager tour à tour son frère et Sarah.

— C'est une farce ? s'enquit-elle. J'aime beaucoup rire, mais là, je ne vois pas...

— Oliver Welden ! s'écria Merlin. Celui que vous avez abandonné pour un pauvre fat efféminé, rencontré à Londres.

Tamara éclata de rire.

— Je ne connais personne qui ait aussi peu ressemblé à un fat que mon Donald !

— Vous l'appelez *votre* Donald, marmonna Merlin.

— Bien sûr. Il a été mon époux pendant onze années. Et il me..., commença-t-elle avant que sa voix se mette à trembloter. Il me manque beaucoup.

Merlin poussa un gémissement.

— Oliver Welden, répéta Tamara tout en observant l'homme avec un léger froncement de sourcils. Welden... Oh, ne seriez-vous pas... Étiez-vous précepteur chez Tess Tremarthen ?

— Vous savez bien que je l'étais, répondit-il avec fougue.

— Oui, je me souviens de vous, maintenant, dit Tamara en hochant la tête. J'ose à peine vous demander comment vous allez, ajouta-t-elle en le dévisageant.

— J'ai le cœur brisé ! s'exclama-t-il en levant les bras au ciel.

La sœur de Kenver coula vers Sarah un regard navré.

— Ne disiez-vous pas qu'il vivait dans une grotte ? murmura-t-elle. Il est peut-être un peu..., ajouta-t-elle en portant la main à sa tempe.

— Nous avons chevauché ensemble, reprit Merlin. Nous avons pique-niqué. Vous ne pouvez pas avoir oublié. Vous m'avez embrassé !

Sarah remarqua que l'accent rustique de Merlin avait complètement disparu et que Kenver semblait choqué par cette révélation.

Merlin s'approcha de la fenêtre et pointa le doigt vers le jardin.

— Juste là ! Vous aviez voulu voir la maison hantée et je vous y avais amenée. Je vous avais montré la grotte. Vous aviez dit que c'était délicieusement mystérieux. Et vous m'aviez embrassé !

Tamara s'excusa d'un haussement d'épaules.

— C'était le genre de choses que je faisais souvent, à cette époque-là, dit-elle.

Il la regarda un instant bouche bée.

— Le genre de choses. Le genre de choses !

— De-ci, de-là, pour ennuyer ma mère, vous savez bien.

— De-ci, de-là, répéta-t-il comme s'il ne pouvait pas croire qu'elle ait utilisé cette expression. Cela signifie-t-il... qu'il y en a eu d'autres ?

— C'était un jeu. Cela ne voulait rien dire.

— Rien. Rien !

La flamme qui l'avait jusqu'alors animé disparut et il parut soudain aussi hébété que si quelqu'un lui avait asséné un coup violent.

— Vous m'avez laissé croire... espérer...

Son regard devint tragique. Ses épaules s'affaissèrent et il laissa retomber ses bras le long de son corps.

— Êtes-vous en train de dire que j'ai joué avec vos sentiments ? demanda Tamara, pressant ses lèvres l'une contre l'autre comme pour réprimer un sourire.

— Était-ce un jeu pour vous ? s'exclama-t-il si vivement que Sarah grimaça. Êtes-vous donc si cruelle ?

Tamara étendit la main devant elle dans un geste de défense.

— J'ignorais que vous..., dit-elle en laissant retomber sa main. Je ne vous ai jamais encouragé à croire que je vous aimais.

— Vous avez pris des libertés avec mon cœur.

Cette fois, la sœur de Kenver rit.

— Cela semble tellement étrange dans la bouche d'un homme, fit-elle remarquer. Combien de femmes ont prononcé ces mots ?

— Est-ce là votre réponse ? Rien d'autre ?

Tamara cessa de sourire.

— On m'avait enseigné que les hommes cherchaient à voler des baisers, et plus encore s'ils le pouvaient, dès qu'une occasion leur était offerte, expliqua-t-elle, soudain sérieuse. Ma mère m'a toujours dit que ces... attentions étaient creuses et dénuées de sens. Que ce n'était qu'un piège pour les écervelées et une invitation au déshonneur. Voilà pourquoi je n'ai jamais imaginé que cela puisse avoir la moindre signification pour vous.

Merlin marmonna d'un air sombre.

— Comme cela venait de ma mère, j'aurais dû me méfier, ajouta-t-elle cependant.

Merlin couvrit son visage de ses mains.

— Je vois bien aujourd'hui que c'était mal de vous embrasser, poursuivit-elle. Je suis désolée.

Il laissa retomber ses mains et l'observa.

— Aimeriez-vous vous asseoir ? lui proposa Sarah. Avez-vous faim ?

Kenver et sa sœur lui décochèrent un même regard horrifié, mais elle ne pouvait s'empêcher d'avoir pitié de Merlin. Sans compter que la moitié de leur repas provenait de son potager.

— Elys a fait rôtir un poulet, dit-il.

Sarah ne fut pas étonnée que Merlin sache cela. Elle acquiesça et adressa un signe à Jowan qui avait passé la tête dans l'entrebâillement de la porte dès qu'il avait entendu le ton monter dans la salle à manger et n'avait pas perdu un mot de la conversation. Le garçon disparut et revint cinq minutes plus tard avec une assiette garnie. Merlin se mit en devoir d'engloutir la nourriture avec l'intense concentration qu'il mettait toujours à manger.

— Pourquoi diable vous faites-vous appeler Merlin ? lui demanda Tamara au bout d'un moment.

— Comme Merlin, je me suis retiré dans une contrée sauvage et je me suis égaré, répondit-il en désignant leur environnement d'un geste.

— Vous appelez cela une contrée sauvage ?

— C'était sauvage avant qu'*ils* arrivent et rendent tout…

— Confortable ? suggéra Sarah.

— Je ne voulais pas que ce soit confortable ! s'écria-t-il. Je n'avais plus aucune raison de vivre.

Il mordit dans une cuisse de poulet et arracha la chair de ses dents.

— Vous avez donc vécu dans une grotte pendant dix-sept ans ? s'exclama Tamara, stupéfaite.

— Il a forcé la porte de la maison et il vivait ici, intervint Kenver.

Merlin finit son pilon, reposa l'os sur son assiette et le considéra d'un air pensif. Finalement, il secoua la tête.

— J'ai occupé deux emplois de précepteur après le départ des garçons Tremarthen pour la pension, expliqua-t-il plus posément. Ensuite, j'ai été maître d'école pendant un temps. C'était épouvantable, précisa-t-il avec un frisson.

Sarah remarqua que son accent redevenait plus cultivé quand il parlait de son métier.

— J'ai quitté cet emploi et je suis revenu vivre dans la région où j'avais été heureux, poursuivit-il en adressant un regard tragique à Tamara.

— Depuis combien de temps êtes-vous à Tresigan, alors ? demanda Kenver.

— Aucune idée. J'ai perdu le compte.

Le silence se fit autour de la table, comme s'ils hésitaient tous sur ce qu'il fallait dire.

— Eh bien, vous savez, monsieur Welden..., commença Tamara. Vous permettez que nous vous appelions ainsi, désormais ?

— Ou Oliver, peut-être, puisque nous faisons tous partie de la même maison, suggéra Sarah d'un ton imperceptiblement malicieux.

— Non ! répliquèrent Kenver et Merlin en même temps.

Ils échangèrent aussitôt un regard surpris.

— Je suis Merlin, déclara celui-ci d'un air entêté.

— Très bien, *Merlin*, répondit Tamara. Si vous vous êtes vraiment langui de moi pendant tout ce temps...

— Me traitez-vous de menteur ?

— Non. Mais j'apprécierais que vous m'autorisiez à finir une phrase.

Ils échangèrent un long regard de défi.

— Vous avez fabriqué un conte dans votre esprit, reprit Tamara.

— Une farce grotesque, intervint Kenver.

Sa sœur lui lança un regard noir.

— Est-ce que *tout le monde* pourrait cesser de m'interrompre ?

Kenver leva les mains en l'air.

Tamara se tourna à nouveau vers Merlin.

— Vous devez renoncer à cette histoire. Elle n'est pas vraie. Et ce n'est pas bon pour vous. Vous devez continuer à vivre votre vie.

— Je n'ai pas de vie.

— Parce que vous ne faites pas d'efforts.

— Ce n'est pas à vous de me dire ce que je dois faire, dit-il en reculant sa chaise pour se lever. Vous avez dit que je ne représentais rien pour vous. Par conséquent, vous ne m'êtes rien !

Ayant prononcé ces mots, il quitta la pièce et claqua la porte derrière lui.

Un long moment de silence s'ensuivit. Ce fut Tamara qui le rompit.

— Je reconnais que j'étais assez insouciante et égoïste, quand j'étais jeune fille, dit-elle d'un air contrit. Mais je n'ai jamais dit que je l'aimais ni que je souhaitais un avenir avec lui. Je ne pense pas que ce soit ma faute.

— Je crois qu'au fil des déceptions, il s'est raccroché à cette histoire et lui a donné plus d'importance qu'elle n'en avait, fit remarquer Sarah.

— Je comprends, mais ce n'est pas sain.

— Une illusion pathétique, intervint Kenver. Il doit affronter la réalité.

— C'est toujours là que réside la difficulté, dit Tamara, échangeant un hochement de tête avec Sarah.

— La difficulté ? s'étonna Kenver. Tout cela me paraît très simple. Et c'est l'occasion idéale pour cet homme de s'en aller. Je m'en vais le lui dire de ce pas.

Il se leva et quitta la pièce à son tour, sans remarquer la main levée de Sarah.

— Je crois que mon frère manque de nuances, dans sa façon de voir les choses, dit Tamara.

— Il entend vivre selon les principes de l'honneur, tel un chevalier de l'ancien temps.

— Je me souviens qu'il avait un livre illustré de la légende du roi Arthur. Il avait perpétuellement le nez dedans, quand il était petit.

Sarah imagina sans peine le petit garçon qu'avait été Kenver, captivé par les récits chevaleresques.

— Il n'y avait pas besoin d'insister beaucoup pour qu'il raconte toutes les histoires des chevaliers de la Table ronde qu'il connaissait, poursuivit Tamara. Si je me souviens bien, n'importe quelle jeune fille de la noblesse pouvait se présenter à la cour du roi Arthur, si elle était opprimée. Un chevalier se dressait aussitôt pour partir en quête. Ce qui voulait dire, je crois, qu'il était disposé à tuer sur ordre de la demoiselle. Et personne ne demandait jamais à entendre l'autre version de l'histoire.

— La demoiselle en question s'avérait alors être une sorcière qui avait attiré le chevalier dans un piège mortel pour se venger d'Arthur, enchaîna Sarah.

— Vraiment ?

— Pas toujours. Mais j'imagine qu'il a suffi d'une fois.

— Pour que les chevaliers posent davantage de questions la fois suivante, conclut Tamara. Je me dis que ces chevaliers n'avaient pas grand-chose à faire de leurs journées. Toutes ces années passées à s'entraîner pour tuer et si peu d'occasions de mettre ce savoir en pratique, au bout du compte, dit-elle avec une grimace de feinte tristesse.

Sarah éclata de rire.

— Leur rôle consistait à protéger le royaume des envahisseurs. Les Saxons, les Danes, les Angles, les Jutes..., commença Sarah avant de s'interrompre en voyant de quelle façon Tamara la regardait. Oui, je sais, je lis trop, soupira-t-elle en baissant la tête.

— J'espère pour vous que vous lisez autant que vous en avez envie.

Sarah se dit qu'elles auraient pu devenir de vraies amies, si elles en avaient eu l'occasion. Une pensée qu'elle confia d'ailleurs à Kenver le soir même, une fois qu'ils furent couchés et qu'elle se retrouva blottie entre ses bras.

— Nous pourrons lui rendre visite et la faire venir à Poldene, répondit-il.

— Et Henry aussi.

— Henry ?

— Son fils. Votre neveu.

— Oh, bien sûr. Oui, Henry aussi.

— J'imagine qu'il sera adulte, à ce moment-là, dit Sarah.

Kenver baissa les yeux vers elle.

— Il s'écoulera… un certain temps avant que nous puissions les inviter à Poldene, précisa-t-elle.

Kenver comprit soudain qu'elle voulait dire qu'ils ne pourraient pas le faire avant le décès de ses parents. Mais c'était… impossible. Son père et sa mère allaient encore vivre plusieurs années, plusieurs décennies, même. Kenver ne souhaitait absolument pas leur mort. Mais Sarah et lui ne pouvaient pas non plus rester à Tresigan, loin de Poldene, pendant tout ce temps. Ce n'était que temporaire, jusqu'à ce qu'il trouve un moyen. Un plan. Qu'il n'avait pas encore. Il se détourna de Sarah et attendit de trouver le sommeil. Qui tarda singulièrement à venir.

15

Les Tereford firent un détour par Tresigan pour venir faire leurs adieux le lendemain matin. Kenver soupçonna la duchesse d'avoir également souhaité faire la connaissance de Tamara dont la nouvelle de la venue devait sans doute avoir circulé parmi les domestiques, à Poldene. Ils passèrent un agréable moment ensemble, et il fut heureux de voir sa sœur très à l'aise en aussi noble compagnie. Quand les Tereford se levèrent pour partir, Sarah ne put masquer sa mélancolie. La duchesse et elle s'entretinrent en privé devant la porte d'entrée pendant que le duc se chargeait de faire avancer la berline.

Kenver fut surpris de voir Merlin émerger de la grotte pour accoster Tereford qui se dirigeait vers la grange. Ils discutèrent quelques minutes et le duc hocha finalement la tête. Quand la berline se mit en branle un peu plus tard, Merlin avait pris place à côté du cocher.

— Notre excentrique résident a souhaité prendre le large, dit James à sa femme tandis qu'ils s'éloignaient. Un embarras s'est fait jour avec Mme Deane, m'a-t-il dit, sans entrer dans les détails.

— Est-ce pour cette raison qu'il a coupé ses cheveux ?

— Je l'ignore. Il ne m'a pas confié ses raisons.

— L'emmener est une bonne chose.

— Je ne sais pas ce que je vais faire de lui.

— Si tu veux, je pourrais...

— Mais je devrais lui trouver quelque utilité.

Cécilia observa son bel époux.

— Parce que je me suis déjà chargée de beaucoup de choses ? s'enquit-elle

James lui jeta un regard étonné.

— Oui, enchaîna-t-elle. J'ai remarqué ton agacement face à mon autorité.

Elle sourit pour lui faire savoir qu'elle employait ce terme par plaisanterie.

— Il ne s'agit pas d'agacement, très chère. Pas du tout. Je me suis simplement rendu compte que j'éprouvais le besoin de... participer.

Cécilia lui offrit sa main. Il la prit et ils échangèrent une affectueuse pression des doigts.

— Cela ne te dérange pas ? demanda-t-il.

— Ma foi, je suppose que tu n'as pas l'intention de tout prendre en charge.

— Grands dieux, non ! s'exclama-t-il en pâlissant. Sauf si tu...

— Non, le rassura-t-elle. La gestion de domaines est pour moi un plaisir. Comme tu le sais déjà.

— En effet. J'ai eu la faveur et la joie de constater cela.

— Jusqu'à tout récemment, quand tu m'as soudain trouvée trop autoritaire ? demanda Cécilia avec un haussement de sourcils interrogateur.

— Pas le moins du monde, assura-t-il en pressant de nouveau sa main.

— Tant mieux. Tu sais combien j'apprécie la manière dont tu me laisses être moi-même.

— Je ne pense pas avoir vraiment eu le choix à ce sujet, répondit-il avec un sourire.

— Bien sûr que si, tu l'as eu et tu l'as encore. Libre à toi d'objecter, de contrecarrer et d'interdire, quitte à me rendre malheureuse.

— Pourquoi ferais-je quelque chose d'aussi absurde ?

— Pour te délecter de ton pouvoir. Pour prouver que tu as raison.

Leurs regards se croisèrent et ils surent qu'ils pensaient tous deux au défunt duc tyrannique.

— Je ne le ferai donc jamais, promit-il.

Elle acquiesça et son expression se fit tendre.

— C'est une des nombreuses raisons pour lesquelles je t'aime, James. Le vrai cadeau du mariage consiste à révéler la personnalité cachée de l'autre.

— J'aurais donc accompli cela ? J'ignore comment je m'y suis pris. Je crois plutôt que c'est toi qui l'as fait pour toi-même. Et si j'ai fait quoi que ce soit de bien, c'est que tes vertus auront déteint sur moi.

— Penses-tu qu'à force de déteindre l'un sur l'autre, nous atteindrons l'équilibre parfait ? s'enquit-elle d'un ton malicieux.

Il rit.

— Je trouve l'idée excellente !

Il se rapprocha d'elle et l'embrassa. Elle répondit à ce baiser avec enthousiasme et le fit délicieusement durer sur plusieurs kilomètres.

— Il me semble que l'amour est une chose compliquée, fit-il remarquer un instant plus tard. Je ne pense pas en épuiser jamais toutes les nuances.

— Heureusement, répondit Cécilia avec une évidente satisfaction.

Ils roulèrent un moment dans un contentement silencieux.

— J'espère que tout va bien se passer pour Sarah, reprit soudain Cécilia.

— Il leur faudra trouver moyen de déteindre l'un sur l'autre.

— Quand es-tu devenu aussi sage ?

— C'est grâce à ton exemple, répondit-il en la désignant d'un geste galant.

Elle lui sourit.

— Tout irait pour le mieux s'il n'y avait pas ce problème du Leicestershire, fit-elle remarquer.

— C'est préoccupant, en effet. Si tant est que nos renseignements soient corrects. Je peine à le croire.

— Quelle histoire extravagante.

— Abracadabrante, dirais-je même.

— Es-tu bien certain de n'avoir jamais entendu parler de ce cousin ?

— Tout à fait. J'ai dressé la liste de tous les parents dont je me souvienne.

— Allons, nous finirons bien par tirer cela au clair, lui assura-t-elle en lui souriant.

— Et peut-être séjournerons-nous assez longtemps là-bas pour participer à une partie de chasse, ajouta-t-il, plein d'espoir.

— Certainement, répondit Cécilia en levant les yeux vers le siège du cocher. Je me demande si Merlin chasse...

James laissa échapper un léger grognement.

— Je vais bientôt devoir rentrer chez moi, annonça Tamara le lendemain matin, comme si les adieux des Tereford l'avaient inspirée. Plusieurs jours de route m'attendent. Henry va bientôt revenir de chez son ami et il y a toujours fort à faire sur nos terres, à l'époque des moissons.

— Je suis si heureuse que vous ayez pu venir nous voir, répondit Sarah.

— Oui, renchérit Kenver.

Tamara acquiesça d'un hochement de tête distrait tout en pianotant du bout des ongles sur la table.

— Nos parents auront forcément appris ma présence ici, dit-elle comme pour elle-même.

La chose était effectivement probable. Elys était régulièrement en contact avec le personnel de Poldene et elle avait nécessairement annoncé un événement aussi extraordinaire. La nouvelle se serait répandue à l'office et un des domestiques aurait jugé comme relevant de son devoir d'en informer lady Trestan.

— Ils ignorent ma présence, déclara Tamara, frappant la table du plat de la main. Tout comme ils ont ignoré mon existence depuis mon départ. C'est scandaleux !

Cela ne faisait aucun doute, songea Kenver, gagné par son habituelle culpabilité à l'idée de n'avoir rien fait vis-à-vis de sa sœur.

— Je vais aller les voir, déclara Tamara en serrant le poing. Et leur dire ce que je pense de leur comportement.

— Je doute que cela change quoi que ce soit, lui fit remarquer Kenver, inquiet à l'idée de la dispute épique que cela risquait de déclencher.

— Je suis sûre que cela ne changera rien, mais j'aurai la satisfaction d'avoir exprimé mon opinion une bonne fois pour toutes. Tu devrais venir avec moi, Kenver, ajouta-t-elle, une lueur faisant briller ses yeux noisette quand ils se posèrent sur lui.

Kenver se carra sur sa chaise et ne répondit pas.

— Ainsi, nous présenterons un front uni, précisa Tamara. Si *tous* leurs enfants les désapprouvent, ils seront forcés de voir qu'ils sont dans l'erreur.

— Je ne pense pas qu'ils...

— Et j'en profiterai pour faire valoir tes droits d'héritier, déclara-t-elle avec un sourire presque carnassier.

— Je me chargeai de cela moi-même, répondit Kenver, inquiet de la tournure que prenait cette conversation.

— Tu ne devrais pas être relégué ici, décréta Tamara en désignant la pièce. Une place légitime te revient à Poldene. Tu dois la réclamer.

Quelque chose dans son expression rappela leur mère à Kenver.

— Nous sommes heureux ici, intervint Sarah.

— À jouer au petit couple de jeunes mariés ? répliqua Tamara d'un ton moqueur.

Kenver fut frappé par l'intonation qu'elle avait employée pour dire cela ; aussi dédaigneuse que celle de leur mère. La ressemblance entre les deux femmes lui parut soudain plus évidente que jamais, et il se souvint des similitudes qu'elles présentaient sur le portrait de famille de la galerie de Poldene.

— Pas de personnel digne de ce nom, marmonna Tamara. Un équipement réduit au strict minimum.

— Tu peux me laisser me charger de cela ? dit Kenver d'un ton ferme.

— Nous leur ferons honte afin qu'ils augmentent le montant de ta rente, poursuivit Tamara de plus en plus enthousiaste, sans tenir compte de sa remarque. Nous les menacerons de répandre dans toute la région ce que nous savons sur la pingrerie de papa !

— Celle-ci est déjà légendaire, répondit Kenver. Je ne pense pas que ce soit une bonne idée, Tamara.

Elle le considéra avec un froncement de sourcils.

— Mais si personne ne se rebelle, ils continueront à se comporter comme ils l'ont toujours fait, dit-elle. De façon rigide et tyrannique. Vous êtes sûrement d'accord avec moi, Sarah, ajouta-t-elle en se tournant vers elle.

Le frère et la sœur la dévisagèrent, chacun espérant un soutien de sa part. Kenver vit que Sarah n'appréciait pas de se retrouver dans cette posture, mais ne douta pas un instant de sa loyauté envers lui.

— Vous avez dit avoir tendance à garder de la rancune, dit-elle à Tamara. Peut-être, plutôt que de donner libre cours à votre...

Dès qu'elle comprit que Sarah ne prendrait pas son parti, Tamara cessa de l'écouter. Elle se pencha en avant, pointant le doigt vers Kenver.

— Tu ne peux pas souhaiter rester ici sans rien faire. Sarah mérite mieux que cela.

C'était un coup bas et Kenver en conclut que sa sœur avait bien profité des leçons de leur mère pendant leurs dix-huit ans de vie commune. Il chercha ses mots, soucieux de changer de sujet.

— Je suis parfaitement satisfaite, déclara Sarah.

— Parce que vous êtes d'une nature douce et modeste, répondit Tamara. Cela ne signifie pas que c'est juste. Et je ne suis même pas sûre que ce soit vrai. Non. Kenver doit se battre pour vous. C'est une question d'honneur.

— Ce n'est pas juste, en effet, dit Sarah.

Sa remarque frappa Kenver comme rien n'avait encore su le faire. Peut-être devait-il accepter une alliée quand celle-ci offrait de le soutenir ?

— Très bien, dit-il. J'irai.

— Splendide ! s'exclama sa sœur. Et Sarah…

— Ne viendra *pas* avec nous, décréta Kenver.

Un vif soulagement, mêlé d'une pointe de culpabilité, gagna Sarah. Elle n'avait pas du tout envie d'y aller. L'idée de la scène qui risquait d'avoir lieu à Poldene – et qu'elle n'imaginait que trop bien – la faisait frissonner par avance. Si sa présence avait pu aider, elle se serait sans doute portée volontaire. Mais elle ne ferait qu'empirer les choses, elle en était persuadée. Et l'affrontement entre Tamara et lady Trestan promettait d'être déjà suffisamment acrimonieux.

— Dans ce cas, allons-y ! dit Tamara en se levant.

— Quoi ? Tout de suite ? demanda Kenver qui s'était attendu à avoir le temps de se faire à l'idée.

— Rien ne vaut le présent, répondit sa sœur, galvanisée par la petite victoire qu'elle venait de remporter sur lui.

Kenver regarda Sarah, puis détourna les yeux.

— Entendu. Autant en finir au plus vite, marmonna-t-il en se levant. Je vais aller aider Jowan à seller les chevaux, ajouta-t-il en quittant la pièce.

— Cela promet d'être grandiose, dit Tamara, les yeux brillants. J'ai trop longtemps attendu ce moment.

Sarah se demanda comment elle pouvait jubiler à l'idée du conflit qui s'annonçait, mais ne tarda guère à comprendre que Tamara s'imaginait obtenir une satisfaction à Poldene. Il lui sembla même voir cette idée s'épanouir dans l'esprit de sa belle-sœur. Tamara pensait obtenir justice.

— Vos parents refuseront peut-être de vous entendre, avança-t-elle.

— Ne vous inquiétez pas. Je sais ce que je fais. J'aurais dû mieux veiller sur Kenver depuis des années.

— Ce n'est plus un enfant.

— Alors, c'est lui qui veillera sur moi ! répliqua-t-elle gaiement. Sus à la mêlée ! Je file me changer, ajouta-t-elle en s'empressant de quitter la pièce.

Kenver avança leurs montures depuis la grange. Il avait cru qu'il aurait à patienter un moment, mais sa sœur était déjà sur le seuil de la maison, vêtue de son costume d'amazone et prête à partir.

— Tu me laisseras parler, dit-elle tandis qu'il l'aidait à se mettre en selle.

Il ne s'était pas attendu qu'elle lui cède la parole, de toute façon. Tandis qu'ils chevauchaient sur les chemins menant à Poldene, et devinant qu'il s'apprêtait à revivre les disputes de son enfance, il se sentit gagné par un malaise croissant. Comment pouvait-il espérer se faire entendre ?

Une fois parvenus à Poldene Hall, ils gagnèrent directement l'écurie où ils abandonnèrent les chevaux à un garçon d'écurie sidéré. Quand ils atteignirent la porte, Tamara poussa le battant sans s'annoncer.

— Tu es chez toi, dit-elle. Pourquoi prendrais-tu la peine de frapper ?

Sa façon de tenir sa cravache donnait l'impression qu'elle avait envie de cogner sur quelque chose. Ou quelqu'un. Un des valets, qui était apparu en entendant la porte s'ouvrir, recula précipitamment pour l'éviter.

— Maman utilise toujours le même salon, je suppose ?

Kenver acquiesça.

— Parfait ! C'est là que nous la prendrons en embuscade.

Le choix de ses mots n'était guère rassurant, et Kenver avait l'impression d'avancer aux côtés d'une force de la nature. Le problème étant qu'ils approchaient d'une autre, et de puissance au moins égale. Comment appelait-on ce genre de situation critique, dans les récits antiques ? Ah, oui ! Tomber de Charybde en Scylla. Il se souvint d'une illustration du livre de contes mythologiques qu'il lisait, enfant, représentant les deux monstres marins avec leurs tentacules qui se tordaient et leurs dents effrayantes. Sarah aurait beaucoup apprécié.

Le valet ne les suivit pas et ils firent irruption dans le salon de leur mère sans avoir été annoncés.

Elle était assise à son secrétaire, une pile de papiers devant elle, et leur apparition parut davantage l'ennuyer que la surprendre.

Tamara croisa les bras et releva le menton.

— Bonjour, maman, dit-elle avec un léger accent de triomphe, sans doute satisfaite de la réussite de leur intrusion.

Leur mère ne dit rien et se contenta de les dévisager, impassible, le regard froid. Elle savait faire durer un silence jusqu'à ce que celui-ci devienne insupportable.

Tamara soutint son regard et, très lentement, se mit à sourire, comme si elle trouvait la situation amusante.

Elles étaient comme l'étincelle et l'amadou, se dit Kenver. Des flammes allaient jaillir d'une minute à l'autre et il n'y aurait aucun moyen de leur échapper. Son regard passa de l'une à l'autre. La ressemblance était encore plus frappante quand elles se retrouvaient dans la même pièce.

Leur mère fut la première à parler.

— Que fais-tu ici ?

— Je rendais visite à Kenver et Sarah et j'ai pensé venir voir ma *très chère famille*, répondit Tamara d'un ton doucereux.

— Tu as donc suborné Kenver, n'est-ce pas ?

— Suborné ? répéta Tamara d'un ton moqueur. Quelqu'un passe-t-il en jugement, ici ?

— Tu as toujours été une enfant insolente.

— Et vous avez toujours été une mère épouvantable.

— Que connais-tu des devoirs d'une mère ?

— Vous avez un petit-fils, maman, laissa échapper Kenver.

Tamara lui jeta un regard acéré, et il comprit qu'elle avait eu l'intention de recourir à cette information comme à une botte secrète. Les deux femmes le dévisageaient à présent, une même expression de colère déformant leurs traits. Spontanément, il recula d'un pas.

— Tu es donc venue quémander de l'argent pour le garçon, dit leur mère à Tamara. Ton *époux* défaillant aurait-il échoué dans ses affaires ?

Kenver vit la fureur submerger sa sœur. Elle s'empourpra violemment et serra les poings, les yeux étincelants de rage.

— Je suis venue vous dire ce que je pense de vous.

— Peu m'importe ton opinion, répondit leur mère en haussant les épaules.

Elle semblait sincère. Et Kenver vit que Tamara en était affectée.

— Tu commets une erreur en prenant parti pour ta sœur, Kenver.

— Son parti dans quelle affaire ? demanda-t-il.

— Dans ses efforts d'extorquer de l'argent pour le produit d'une union que nous n'avons jamais approuvée.

— Je n'ai pas besoin de votre argent ! s'écria Tamara. Je n'en ai jamais demandé. Je ne veux rien de vous !

Mais elle était venue chercher quelque chose, comprit Kenver. Des excuses, ou au moins la reconnaissance d'un mauvais traitement de leurs parents à son égard. Peut-être même un semblant d'affection. Elle n'obtiendrait rien de tout cela.

— Dans ce cas, je ne vois pas ce que tu fais ici, répondit leur mère sans émotion.

Excepté la lueur de triomphe qui passa dans ses yeux, nota Kenver. Comme si le fait que Tamara ait perdu son calme lui permettait de marquer un point. Il comprit alors que, plus que tout le reste, leur mère aimait gagner.

Reconnaissant sa défaite, Tamara laissa Kenver l'entraîner hors de la pièce.

— Tu ferais bien de te rappeler ce que je t'ai dit, Kenver, lança leur mère derrière eux. Prendre le parti de ta sœur contre nous n'est pas avisé.

Kenver préféra ne pas répondre plutôt que formuler à voix haute ce qui lui passait par la tête.

Sa sœur garda le silence jusqu'à ce qu'ils soient à nouveau en selle, en route vers Tresigan.

— Je vais rentrer chez moi, dit-elle. Aujourd'hui même, si je peux. J'ai été très heureuse dans le Leicestershire, pendant toutes ces années, tu sais, ajouta-t-elle en se tournant vers lui.

— Bien sûr.

— Mon fils n'attend rien de Poldene. Je ne *quémanderai* pour lui aucune part du domaine, déclara-t-elle avec un furieux froncement de sourcils. Ni vis-à-vis d'eux, ajouta-t-elle avec un geste vers la maison qu'ils venaient de quitter. Ni vis-à-vis de toi plus tard.

Kenver songea qu'elle avait droit à quelque chose. La fille d'un comte était censée recevoir un douaire substantiel. Mais il préféra ne rien dire, parce qu'il ne pouvait rien faire dans l'immédiat. Ils verraient cela plus tard.

— Je te plains d'avoir affaire à eux en tant qu'héritier.

Il n'avait rien à répondre à cela.

— Mais ta position est solide, poursuivit-elle. Le titre et le domaine te reviennent en vertu de la loi. C'est la raison que papa avait invoquée pour m'imposer d'épouser quelqu'un de fortuné, ajouta-t-elle en faisant la grimace. « Mes mains sont liées », m'avait-il dit.

— Cela ne veut plus dire grand-chose, aujourd'hui.

— Tu devrais parler avec Figgs, tâcher de te renseigner.

Kenver se demanda si le notaire de leur père serait enclin à lui parler. Il consulterait sans doute d'abord le comte, et cela déclencherait une nouvelle dispute.

— Tu ne pourras pas te battre contre eux si tu ne sais rien, précisa Tamara.

Avait-il envie de se battre contre ses parents ? Toute sa vie, il avait rêvé de se battre pour des causes justes et de faire régner la justice. Il avait rêvé de triomphes sur le champ d'honneur. Lutter contre les siens ne ressemblait vraiment pas à cela.

Tamara repartit pour ses terres le lendemain de cette tentative avortée. Sarah fut triste de la voir partir car il lui semblait qu'ils ne se reverraient pas avant longtemps, Tamara ayant juré de ne plus remettre les pieds en Cornouailles tant que ses parents seraient en vie.

Kenver garda le silence à ce sujet. Il n'avait dit que peu de choses de leur visite à Poldene, laissant le soin à sa sœur de décrire la scène, mais il était clair qu'il n'en était pas sorti ragaillardi, devina Sarah.

16

Le lendemain du départ de Tamara, un valet apporta un message de Poldene. Lady Trestan faisait savoir que le comte était au plus mal et souhaitait voir son fils. Elle ajoutait que les *réparations* de la suite royale étaient terminées et qu'elle était prête à les recevoir.

— Elle ne mentionne même pas le séjour des Tereford dans la suite, dit Sarah à Kenver. Elle fait comme si nous avions déménagé pour que ces travaux puissent être réalisés.

Le moment auquel ce message leur parvenait troublait Sarah. Comme si lady Trestan était au courant de tout ce qui se passait à Tresigan et qu'elle avait attendu le départ de Tamara pour leur écrire.

Kenver gardait les yeux baissés sur le papier à en-tête armorié, l'esprit visiblement ailleurs.

— Je me demandais pourquoi papa ne nous avait pas rejoints au salon quand nous sommes allés là-bas, murmura-t-il. Les domestiques l'avaient forcément informé de la présence de Tamara. J'ai cru qu'il était sorti, mais il était sans doute déjà souffrant.

— Comment se fait-il que votre mère ne vous en ait pas parlé ?

Cela aurait été naturel, si son état était préoccupant.

— Elle était surtout soucieuse de la façon dont elle allait pouvoir questionner Tamara.

— Oui...

— À quoi pensez-vous, Sarah ? demanda-t-il, intrigué par son intonation.

— Je trouve juste étrange de recevoir cette nouvelle alors que Tamara vient de partir.

— Pensez-vous qu'il s'agisse d'une fausse nouvelle ?

Sarah pensait en effet que la maladie du comte était peut-être feinte et que lady Trestan cherchait à rétablir son ascendant sur eux après la scène avec Tamara. Mais il ne s'agissait évidemment que d'un soupçon.

— Il faut que vous alliez voir votre père, dit-elle.

— Je suppose que je le dois, répondit-il en repliant la lettre, l'air hésitant.

Il était morose depuis sa visite à Poldene et Sarah ne l'en blâmait pas. Assister à cette dispute avait dû raviver de vieilles blessures.

— Oui, évidemment que je le dois, ajouta-t-il plus fermement.

— Transmettez-lui tous mes vœux de prompt rétablissement.

— Vous êtes toujours si charitable, Sarah, dit-il en prenant sa main.

— Je m'y efforce.

À dire vrai, certaines de ses pensées ne l'étaient guère. Lady Trestan était la personne la plus difficile qu'elle ait jamais rencontrée. Si elle avait eu la moindre idée de l'état de la famille Pendrennon, aurait-elle accepté d'en faire partie ? Elle observa le beau visage tendu de Kenver et ne put se résoudre à penser que non. Mais elle aurait aimé pouvoir espérer un changement.

— Ce n'est pas le genre de vie que j'avais l'intention de vous imposer, dit Kenver comme s'il devinait ses pensées. Tamara a raison. Vous méritez mieux.

Ce n'était pas la première fois qu'il disait cela.

— Qu'entendez-vous par là exactement ?

— Vous ne devriez pas avoir à arracher les mauvaises herbes du potager ni à coudre des rideaux.

— Cela ne me dérange pas.

— Là n'est pas la question ! Mon épouse devrait pouvoir jouir du respect du voisinage et s'acheter ce qu'elle veut, comme ces livres dont vous m'avez parlé.

Elle accusa le coup. Elle lui avait effectivement fait part de l'envie que lui inspiraient certains livres d'histoire, mais leur prix était au-dessus de leurs moyens.

— C'est une question d'honneur, conclut-il.

Elle comprit qu'il était préférable de ne pas en discuter davantage. Pas avant qu'il se soit calmé.

— Nous ne pourrons pas rester éternellement à Tresigan, continua-t-il pourtant. Cette solution est provisoire.

Sarah se dit qu'il avait sans doute raison. Un mois ou deux, cela pouvait passer pour des vacances. Mais s'ils passaient des années loin de Poldene, les choses risquaient de devenir compliquées. Elle savait que Kenver regrettait son foyer. Et les gens allaient finir par se demander si ce qui s'apparentait à une lune de miel ne cachait finalement pas une relégation permanente. Elle devait considérer la position de Kenver en tant que futur comte de Trestan.

— Je ferais mieux de partir, reprit-il.

Il se mit en route dès que son cheval fut sellé et ne revint qu'au coucher du soleil.

— Papa est très malade, lui annonça-t-il. Le médecin dit que son état est critique, ajouta-t-il comme s'il avait deviné ses doutes. Ma mère est inquiète. Je crois.

— Vous croyez ?

— Il est parfois difficile de deviner ce qu'elle ressent, répondit-il en faisant la grimace.

— Nous devons retourner à Poldene.

— Il n'est pas question que je vous ramène là-bas.

L'idée de recommencer à vivre sous la surveillance de lady Trestan n'avait rien d'attrayant, mais Sarah avait le sentiment que Kenver et elle se devaient d'agir comme la famille qu'ils auraient aimé être et non comme celle qu'ils étaient.

— J'irai le voir chaque jour, dit-il.

— Vous allez passer votre vie en selle et n'aurez que peu de temps là-bas.

Elle s'abstint de suggérer qu'il devait aussi apporter son soutien à sa mère.

— Je pourrais séjourner à Poldene tandis que vous resterez ici, avança prudemment Kenver.

— Mais je ne veux pas de cela, déclarèrent-ils presque à l'unisson.

Kenver sourit.

— Et Gwen et Elys ? Nous leur avons promis un emploi. Et aussi de former Jowan.

— Ils peuvent rester pour garder la maison. Jusqu'à ce que la situation soit... plus claire. Vous devez retourner à Poldene pour votre père.

— Je suppose que je pourrais trouver un autre locataire, au besoin, fit remarquer Kenver avec un sourire contrit avant de baisser les yeux vers elle. Mais vous...

— Je veux être avec vous.

Il l'enveloppa de ses bras et ils restèrent ainsi un long moment, serrés l'un contre l'autre.

Le lendemain, ils déménagèrent donc en sens inverse. Cette fois, quand ils arrivèrent à Poldene, on les conduisit aussitôt dans la suite royale. Sarah découvrit que tous les effets qu'ils avaient laissés derrière eux s'y trouvaient. La femme de chambre qui se présenta pour la servir était une jeune fille, et non Cranston. Elle aurait aimé voir dans ces gestes un rameau d'olivier et le signe d'un changement, mais ne put s'empêcher de les interpréter davantage comme un écran de fumée.

Le père de Kenver était cependant vraiment très malade. Sarah le comprit dès qu'ils lui rendirent visite dans sa chambre. Une mauvaise fièvre empourprait son visage et le faisait transpirer. Il était aussi secoué par de profondes quintes de toux et semblait avoir beaucoup de mal à respirer. Le simple fait de soulever le bras pour répondre à leurs salutations lui coûta un effort manifeste. Kenver prit la main tremblante de son père et la pressa dans la sienne.

— Nous sommes revenus à Poldene, papa. Je vais veiller sur vous un moment.

Le comte voulut lui répondre, mais fut saisi d'un accès de toux si violent que tout son corps en fut secoué.

— Il lui faut du calme, intervint l'infirmière que le médecin avait nommée à son chevet. Sa toux l'épuise.

Elle versa dans une petite cuillère le contenu d'une fiole de verre.

— Laudanum, dit-elle avant de faire suivre le remède d'une potion qui ressemblait à du sirop d'orgeat.

Le mélange apaisa la quinte de toux.

— Merci, madame Dillon, dit Kenver.

Sarah l'estima calme et compétente. Elle devait avoir une quarantaine d'années. Sa mise était soignée, ses manières polies et elle semblait efficace. Elle s'était installée dans un coin de la pièce avec son matériel et son tricot.

— Je serais heureuse de vous aider, lui dit Sarah.

— Il lui faut surtout du calme, répéta l'infirmière. Dès qu'il s'agite, son état s'aggrave.

— Il doit trouver le temps long, fit remarquer Sarah. Et il doit être inquiet, bien sûr.

Mme Dillon hocha respectueusement la tête.

— Nous allons devoir songer à remédier à cela, dit Sarah à Kenver qui pressa tendrement sa main.

Au dîner, ce soir-là, Sarah dit à lady Trestan qu'elle était navrée de voir le comte aussi mal en point.

— C'est une erreur de céder à la maladie, répondit cette dernière. Se soigner l'encourage à prendre racine.

Sarah n'en crut pas ses oreilles.

— Le comte n'est pas responsable de sa maladie, avança-t-elle.

Lady Trestan eut un geste impatient.

— Une promenade à cheval sous la pluie ne devrait pas vous abattre autant.

— A-t-il été surpris par un des orages qui ont eu lieu dernièrement ? demanda Sarah.

— Pas très longtemps, répondit la comtesse, visiblement agacée par ce sujet. Pas assez longtemps pour attraper du mal, selon moi. En même temps, je ne suis jamais malade. Il faudra que tu ailles à Glenn Farm, Kenver, ajouta-t-elle en se tournant vers son fils. Wellings s'est encore plaint au sujet de sa toiture.

— Il faudrait remplacer le chaume, répondit Kenver d'un ton absent, l'esprit clairement ailleurs.

— Tu lui diras qu'il est en parfait état, répliqua sa mère.

Sarah trouva son ton et son attitude irritants. Si Kenver était tombé malade, elle serait restée à son chevet, dévorée d'inquiétude. Lady Trestan parlait de l'état de son mari du même ton agacé qu'elle employait pour évoquer la plainte de son fermier. Et elle avait visiblement l'intention de laisser Mme Dillon se charger de le soigner. Peut-être avait-elle toute confiance dans l'infirmière et ses compétences, mais…

Sarah savait que la comtesse ne l'aimait pas – les Pendrennon n'avaient aucune raison de l'aimer. Kenver leur avait imposé son mariage avec elle et elle n'était pas la belle-fille qu'ils désiraient. Mais elle avait cru que lady Trestan aimait son époux et son fils. Elle en venait à présent à se poser des questions.

Plus tard dans la soirée, une fois qu'elle se retrouva blottie contre Kenver dans le grand lit à baldaquin de la suite royale, elle entreprit de se renseigner.

— Comment vos parents se sont-ils rencontrés ? demanda-t-elle.

— Hmm ? fit-il, surpris. À Londres, pendant la saison.

— Au cours d'un bal ? Ou d'une réception ?

Peut-être s'étaient-ils sentis attirés l'un par l'autre en dansant.

— Je crois que c'est ma grand-mère Pendrennon qui les a présentés. C'était une parente éloignée de la famille de maman.

Lady Trestan avait donc été sélectionnée parce qu'elle avait le profil requis pour devenir la comtesse de Trestan. Et elle entendait sélectionner les conjoints de ses enfants de la même façon.

— Je ne les ai jamais entendus parler de cela, ajouta Kenver. Pourquoi voulez-vous le savoir ?

— Simple curiosité.

Avaient-ils *souhaité* se marier ? Ou bien le leur avait-on imposé ?

— Papa semble fort mal en point, n'est-ce pas ?

— Il lui faudra peut-être un peu de temps pour se rétablir, répondit-elle, soucieuse de ne pas ajouter à son inquiétude.

— Oui. Vous avez raison.

— Je me disais que je pourrais lui proposer de lui faire la lecture. Cela lui permettrait de concentrer ses pensées sur autre chose que la maladie. Et à rester calme, comme le souhaite l'infirmière.

— C'est une proposition très généreuse, Sarah.

— Cela n'aurait rien d'une corvée. J'adore lire à voix haute.

— Comme toutes les autres formes de lecture.

Elle apprécia de constater qu'il avait le cœur à la taquiner.

— Comme vous avez pu le remarquer, répondit-elle du même ton taquin, je trouve la lecture réconfortante.

Il l'attira plus près de lui.

— Quels sont les sujets qui intéressent votre père ?

Kenver réfléchit un bon moment.

— Ce n'est pas un grand lecteur, répondit-il. Je ne l'ai jamais vu lire que des documents ayant trait au domaine.

— Ah.

Sarah se dit qu'elle aurait du mal à donner lecture de ce genre de textes. En admettant que lady Trestan accepte de lui prêter de tels papiers, ce qu'elle ne ferait évidemment pas.

— Il m'a confié un jour que Mozart l'impressionnait, précisa Kenver. Pas seulement ses talents de compositeur. Il m'a dit que les enfants prodiges étaient à ses yeux un mystère. J'avais oublié ce détail.

Sarah doutait que la bibliothèque limitée de Poldene possédât quoi que ce soit à ce sujet, et quand elle en inspecta les rayons le lendemain matin, ses doutes se trouvèrent confirmés. Elle se rabattit donc sur l'histoire du comté en se disant que des récits concernant son territoire pourraient plaire au comte. Le style de l'ouvrage était très vivant et elle avait confiance en son talent de lectrice.

L'infirmière approuva son projet une fois qu'elle eut compris la nature du livre. Sarah installa donc une chaise au chevet du comte et entama sa lecture à voix haute.

Lord Trestan ne manifesta pas grande réaction, au début. Par moments, il semblait même à peine conscient. Il finit cependant par remarquer sa présence et parut intrigué.

— C'est Sarah, dit-elle, songeant qu'il avait peut-être oublié que son fils et elle étaient revenus. Je suis venue vous lire des histoires sur la Cornouailles.

Il hocha la tête, puis se remit à somnoler.

Au fil du temps, Sarah eut l'impression que sa compagnie et la lecture le réconfortaient. Comme il ne pouvait pas parler sans se mettre à tousser, elle s'abstint d'engager la conversation, ce qui lui simplifiait les choses car elle n'avait jamais eu une relation facile avec le comte. Lire à voix haute était pour elle un vrai plaisir et elle préférait évidemment cela à devoir tenir compagnie à la comtesse – qui n'aurait pas voulu d'elle, de toute façon. Lady Trestan, constamment occupée par les affaires du domaine, envoyait souvent son fils en commission sur leurs terres, ce qui permettait à Kenver de poursuivre son activité auprès des villageois.

Plusieurs jours s'écoulèrent ainsi, Sarah passant des heures dans la chambre du malade. L'état du comte s'aggravait et Mme Dillon n'était guère encourageante. À tel point que Sarah finit par s'inquiéter. Quand lady Trestan daigna finalement rendre visite à son époux, elle jeta un coup d'œil dédaigneux au livre de Sarah et s'adressa uniquement à l'infirmière.

— Comment va-t-il ?

— Il est sur le déclin, répondit Mme Dillon. Ses jours sont comptés, je suis navrée de le dire.

Sarah en resta bouche bée. Comment cette femme pouvait-elle déclarer cela aussi crûment alors que son patient était étendu juste à côté d'elle ? N'aurait-elle pas dû suggérer d'autres remèdes ? Une possibilité de rémission encourageante ? Un coup d'œil vers le lit lui apprit que le comte avait entendu cette évaluation pessimiste de son état. Il n'était pas toujours complètement conscient, mais à cet instant précis, une lueur d'intelligence faisait briller ses yeux. Il releva légèrement la tête, comme pour parler, mais son mouvement déclencha un accès de toux. Sarah vit alors, stupéfaite, la comtesse tourner les talons et quitter la chambre.

— Je pense que vous vous trompez, dit Sarah à l'infirmière, veillant à parler assez fort pour être entendue du comte malgré le bruit de sa toux. Il va se rétablir.

— J'ai vu plus souvent que vous des cas comme celui-ci, répliqua Mme Dillon. Il est plus que probable que sa toux l'achèvera.

Elle s'exprimait d'un ton plein de compassion, mais Sarah n'étant pas son employeur, elle ne manifestait vis-à-vis d'elle aucune déférence particulière.

Sarah se retourna et vit le comte qui la regardait, les yeux écarquillés, les traits tirés. Elle croisa son regard, le soutint et lui adressa un hochement de tête résolu pour lui faire savoir qu'il pouvait compter sur elle et qu'elle avait l'intention de l'aider à combattre la maladie. Tout ce qu'elle pourrait faire, elle le ferait. Il devait bien exister un remède. Lord Trestan refoula ses larmes avant qu'une nouvelle quinte de toux le reprenne. Mme Dillon s'approcha avec le laudanum.

*

* *

Kenver chevauchait à travers un champ fraîchement fauché tout en humant profondément l'air. Le ciel de septembre était d'un bleu superbe et la brise berçait doucement les arbres. Il avait réglé une querelle entre deux fermiers à la satisfaction des deux parties et Stovell, le maître d'école, lui avait transmis de bonnes nouvelles. Il baignait dans le sentiment du devoir accompli. Le sentiment de s'en être dignement acquitté, même.

Le bruit d'un galop de cheval s'éleva derrière lui. Il se retourna et aperçut un valet d'écurie de Poldene qui s'avançait vers lui.

— Madame la comtesse dit que vous devez rentrer tout de suite, annonça le domestique.

— Mon père est-il au plus mal ?

— Je ne sais pas, milord. On m'a seulement chargé de vous faire revenir.

Inquiet, Kenver fit passer son cheval au petit galop. Une fois qu'il eut regagné la maison, il s'apprêta à gagner la chambre de son père, mais un valet l'orienta vers le salon privé de sa mère.

— Ton père est mourant, dit-elle quand il entra.

— Pardon ?

— L'infirmière n'offre plus aucun espoir.

— Mais Sarah disait…

Sa mère l'interrompit d'un geste plein de mépris.

— Qu'en sait-elle ? L'infirmière est bien plus compétente en la matière.

C'était sans doute vrai. Kenver sentit sa gorge se serrer.

— Je vais le voir, annonça-t-il en se retournant.

— Plus tard. Il faut que nous parlions de ce qui va se passer une fois que tu auras hérité.

— Cela peut sûrement attendre.

— Non ! répliqua-t-elle en frappant son bureau du plat de la main. Nous allons *tout de suite* mettre les choses au clair ! Tu feras ce que je te dis. Je sais comment gérer Poldene. Et je ne te laisserai pas réduire à néant ce que j'ai… ce que ton père et moi avons mis en place.

— J'en sais long aussi sur la façon de…

— Tu ne sais rien ! Je t'ordonne de m'écouter. Et de m'obéir.

La froideur de son regard le troubla. Il se dit qu'elle devait être très affectée par l'état de santé alarmant de son époux. Cette férocité était sans doute l'expression de son chagrin. Forcément. Il hocha la tête pour lui faire savoir qu'il l'avait entendue.

Elle prit cela pour un assentiment et lui accorda un instant pour aller voir son père, qu'il trouva blême et inerte. Si pâle et immobile, en fait, qu'il aurait aussi bien pu être mort. Mais sa poitrine se soulevait régulièrement, avec un léger sifflement.

Sarah était assise à son chevet, un livre sur les genoux.

— L'infirmière vient de lui redonner une dose de laudanum pour calmer sa toux, lui dit-elle. Il va dormir un moment.

— Vous ne voyez vraiment aucun espoir, madame Dillon ? demanda Kenver.

L'infirmière secoua lentement la tête, non comme si elle se délectait de la terrible nouvelle, mais plutôt comme si elle n'avait aucun doute. Kenver s'assit face à Sarah, de l'autre côté du lit, prit la main de son père et refoula ses larmes.

— Nous avons connu des désaccords, murmura Kenver, s'adressant autant à son père inconscient qu'à Sarah. Surtout quand j'agaçais maman. Mais quand nous chevauchions ensemble sur les terres du domaine, il n'en était plus question.

Le regard de Kenver alla se perdre dans le vague.

— Il me racontait des histoires de son enfance, poursuivit-il d'un ton pensif. Des histoires qui ressemblaient parfois à celles que j'ai pu vivre.

Sarah hocha la tête, le cœur serré par l'émotion.

— Il me montrait ses cachettes secrètes. Il disait qu'il n'en avait plus besoin et qu'elles devaient se transmettre, au même titre que les terres et le titre. Il y a un grand chêne creux, dans un vallon situé au pied de trois collines. Aussi vieux que les croisades, disait-il. Plusieurs générations de Pendrennon y ont caché des secrets et des trésors. J'y ai trouvé une boîte en métal que mon arrière-grand-père avait enterrée là. Son nom était gravé dessus et il y avait une mèche de cheveux à l'intérieur. J'ignore à qui ils appartenaient.

— Kenver, chuchota Sarah.

— Mais il faisait ça quand j'étais plus jeune. C'est fini, désormais.

— Je suis heureuse qu'il vous ait dit ces choses.

Il leva les yeux vers elle.

— Papa m'a appris à chérir cet endroit. Et il se souvenait des fermiers d'autrefois. Je me suis servi d'un de ces souvenirs pour arranger une querelle entre deux villageois, aujourd'hui. Ils en ont été touchés, alors qu'aucun autre argument n'avait réussi à les atteindre avant cela.

Sarah eut envie de le prendre dans ses bras pour le réconforter.

— Je regrette que nos derniers échanges aient été aussi… houleux.

Kenver se pencha et posa son front sur le couvre-lit.

Les yeux de Sarah s'embuèrent de larmes qui ne tardèrent pas à rouler sur ses joues. Elle était triste pour lord Trestan, mais c'était sur Kenver qu'elle pleurait. C'était si douloureux de le voir ainsi. Elle l'aimait, comprit-elle. De tout son cœur et de toute son âme. Son mari *accidentel* avait fini par incarner tout son univers.

— Il peut toujours se rétablir, fit-elle remarquer.

L'infirmière laissa échapper un petit bruit désapprobateur depuis le coin de la chambre.

Kenver se redressa. Il s'éclaircit la gorge et ses cils battirent rapidement.

— Oui. Les choses peuvent sembler... alarmantes, dit-il en jetant un coup d'œil à son père, mais nous ne devons pas perdre espoir. Vous êtes un ange, Sarah.

Le regard tendre et confiant qu'il posa sur elle lui fendit le cœur. Si quelque chose pouvait être fait, elle se jura de le découvrir !

Dans l'après-midi, après la visite du médecin, Sarah suivit ce dernier hors de la chambre et fit quelques pas avec lui dans le couloir.

— Comment vous semble le comte ? demanda-t-elle.

L'homme à la chevelure grisonnante secoua doucement la tête et continua d'avancer. Sarah insista.

— L'infirmière paraît avoir peu d'espoir quant à son rétablissement.

— Il y a toujours de l'espoir, dit-il.

— Oui. Mais Mme Dillon a dit à lady Trestan qu'il était mourant. Pensez-vous qu'elle était autorisée à dire cela ?

— Il est mal en point. Ces fièvres pulmonaires affaiblissent toute la constitution du patient.

— Oui, il est très faible.

Le docteur hocha la tête.

— Il y a forcément quelque chose d'autre à faire, dit Sarah. Comment puis-je aider ?

— Mme Dillon est très compétente, répondit-il d'un ton paternaliste. Ne vous en faites pas.

Sarah se demanda comment il pouvait croire ces propos rassurants. Si Mme Dillon était compétente, le sort du comte était scellé, car l'opinion de l'infirmière était bien arrêtée.

— Atropos[1] tranchant le fil de la vie, murmura-t-elle.

— Je vous demande pardon ? dit le médecin, visiblement désorienté.

— Il doit bien y avoir quelque chose que je peux faire.

— Vous avez été très bonne envers lui. Je suis certain que lord Trestan apprécie le temps que vous passez à lui faire la lecture.

Son intonation laissait entendre qu'il considérait cela comme un caprice puéril. Et son sourire, quand il prit congé, était franchement condescendant.

Sarah s'apprêta à regagner la chambre du comte, furieuse. Mais soudain, elle s'immobilisa et réfléchit un moment. Rassemblant son courage, elle se dirigea vers le salon privé de lady Trestan.

Elle entra sans frapper, car si elle avait attendu, elle aurait risqué de perdre courage.

— Je pense que vous devriez consulter un autre médecin au sujet de l'état de santé du comte, dit-elle dès qu'elle fut entrée.

Lady Trestan leva les yeux de sa correspondance et posa sur elle son habituel regard ennuyé.

— Pourquoi dites-vous cela ? demanda-t-elle.

— Quelqu'un qui aurait un regard neuf pourrait remarquer quelque chose de nouveau ou proposer un autre traitement.

— Le Dr Greel est le meilleur de la région. Je suis sûre qu'il fait déjà tout ce qui peut être fait.

— Personne ne sait tout.

---

1. Atropos : une des trois divinités du destin appelées Moires dans la mythologie grecque et généralement représentées comme des fileuses. Atropos est celle des trois qui choisit la forme de la mort et qui met terme à l'existence terrestre des mortels en coupant le fil de leur vie. *(N.d.T.)*

— Il en sait certainement plus long que *vous*, répliqua lady Trestan d'un ton méprisant.

Sarah garda les bras le long du corps et serra les poings.

— Vous ne m'aimez pas, dit-elle. Je suis bien consciente de cela. Mais il ne s'agit pas ici de notre... incompatibilité. Quel mal y aurait-il à consulter un autre médecin ?

— Il n'y en a aucun autre d'aussi compétent.

La comtesse baissa les yeux sur sa lettre, lui signifiant ainsi son congé.

— Vous refusez donc d'essayer ? s'enquit toutefois Sarah qui ne voulait pas s'avouer vaincue aussi vite.

— Je n'en vois pas la nécessité. Et je n'apprécie guère l'espèce de... mélodrame que vous interprétez.

— Cela ne vous fait donc rien ? Ne l'aimez-vous donc même pas un peu ?

Lady Trestan releva brusquement la tête. Pinça les lèvres. Et fronça les sourcils.

— Vous êtes impertinente !

— Je suis tout ce que vous méprisez, vous me l'avez clairement fait comprendre. Alors pourquoi pas impertinente ? La seule chose qui m'importe, c'est de venir en aide au comte.

La comtesse parut surprise. Et peut-être légèrement impressionnée. Elle reposa sa plume.

— Qu'est-ce donc que l'amour, selon vous ? s'enquit-elle.

— De plus grands esprits que moi ont tenté de le définir, répondit Sarah sans chercher à cacher sa lassitude – elle avait perdu toute patience.

— En effet. Mais cela ne vous empêche pas d'avancer votre opinion, déclara lady Trestan en arrangeant la pile de lettres qui se trouvait devant elle. J'ai consacré ma vie à sauver l'héritage d'une grande famille. Pour cela, j'ai mis à contribution des compétences qui font malheureusement défaut à mes héritiers.

Cet apparent sophisme tira un froncement de sourcils à Sarah. Elle y réfléchit.

— Voulez-vous dire qu'il s'agit là d'une forme d'amour ?

— Cela a bien plus de valeur que tous les bêlements et les gémissements que suscite généralement ce mot.

— Mais un héritage, cela paraît tellement abstrait. Les gens...

— La terre importe bien plus que les individus. Sans leurs terres, les aristocrates ne seraient que les fantômes d'une gloire passagère.

— Je ne pense pas que ce soit...

— Vos pensées ne m'intéressent pas, l'interrompit lady Trestan. Vous n'êtes qu'une sotte et vous n'y connaissez rien. Raison pour laquelle vous n'êtes pas digne de devenir comtesse.

— Il n'est pas nécessaire d'être aristocrate pour être une personne de valeur.

— Oh, mais partez donc ! J'ai des affaires importantes à régler.

— Plus importantes que la santé de votre époux ?

Lady Trestan pivota sur sa chaise et darda son regard perçant sur Sarah.

— Le comte est un homme faible, mal taillé pour les responsabilités que la vie lui a données. Et maintenant, il va succomber à un simple refroidissement.

— Pas encore, répondit tranquillement Sarah.

La mère de Kenver continua sur sa lancée comme si elle n'avait pas entendu.

— Mon époux aura été pour Poldene l'ultime calamité, après une longue série de maîtres incompétents. Son père s'ingéniait à réaliser les placements les plus absurdes qui se puissent imaginer. Il choisissait systématiquement l'option perdante et n'attirait que des escrocs. C'était un véritable idiot, soupira-t-elle en secouant la tête. Avant lui, son père avait été un joueur dépensier qui a ruiné le domaine pour financer ses débauches londoniennes. Ses excès en tout genre ont heureusement entraîné sa mort prématurée. Et le comte qui l'avait précédé était lent d'esprit, pour autant que je puisse en juger d'après les archives. Aucun d'eux n'a eu le bon sens de se trouver une épouse compétente.

— Comme vous.

— Précisément. Et si vous pensez que je vais m'excuser d'avoir pris les rênes, vous n'êtes qu'une gourde.

Sarah ne prit pas la peine de répondre. Mais elle eut une pensée pour Cécilia, qui accomplissait le même travail avec un esprit entièrement différent. Et Cécilia n'aurait jamais parlé de son époux de cette façon-là. Elle aimait tendrement le duc de Tereford.

— Grâce à mes efforts, Kenver héritera d'un domaine sain et de revenus plus que conséquents. Et tant qu'il m'écoutera, nous les ferons prospérer encore davantage.

— Il pourrait faire cela lui-même, fit remarquer Sarah.

Lady Trestan prit un air peiné et laissa échapper un léger rire de dérision.

— C'est ce genre d'illusion que vous appelez « amour » ? Vous me donnez donc raison.

— Lui avez-vous déjà offert la possibilité de prouver ses compétences ? demanda Sarah.

Elle était certaine que lady Trestan ne savait rien de tout ce que son fils faisait pour les habitants du domaine.

— Poldene n'est pas un jouet ! Il n'est pas question de s'y livrer à des expérimentations irréfléchies. Quand je ne serai plus là…, commença lady Trestan avant de faire la grimace, mon travail ne sera pas réduit à néant. Vous pouvez en être sûre. Partez, maintenant, ajouta-t-elle en désignant la porte. Et ne venez plus me déranger sans avoir sollicité de rendez-vous.

Après cette conversation, Sarah commanda le dîner dans leur suite. Endurer un autre repas chargé de tension aurait été au-dessus de ses forces, et elle se sentait d'attaque à affronter le moindre serviteur qui se serait avisé de protester. Du fait de cette humeur combative, aucun domestique n'osa le faire.

Kenver et elle avaient besoin d'intimité pour réfléchir à ce qu'il fallait faire. Sarah ne voulait pas monter Kenver contre sa mère, mais elle ne pouvait pas laisser sombrer le comte sans rien faire s'il existait un moyen de le sauver.

Kenver, qui rentrait se changer au terme d'une longue chevauchée et d'un entretien houleux avec un garde forestier grincheux – corvée dont l'avait chargé sa mère –, trouva la table dressée dans le salon de leur suite. Sarah sortit de la chambre et tendit vers lui une main accueillante. Son esprit abattu s'illumina un peu. Sarah avait veillé sur son père de façon héroïque. Il n'existait pas femme plus douce et bonne que sa tendre épouse. Il prit sa main et l'embrassa quand elle leva vers lui son visage souriant.

— Inutile de vous habiller pour le dîner, dit-elle. Nous pouvons manger tels que nous sommes.

— Mon père ?

— Aucun changement.

Autant dire mourant. Il garda cette pensée pour lui.

— Le médecin dit qu'il y a de l'espoir, dit Sarah.

— Vraiment ? Il semble bien pâle et faible. Ce matin, quand je suis allé le voir, il ne m'a pas reconnu.

— La fièvre a parfois cet effet, affirma Sarah qui se voulait rassurante.

Des domestiques apportèrent leur dîner et une fois qu'ils eurent disposé les plats, Sarah les renvoya.

— Rien que nous deux, ce soir, dit-elle. Nous n'avons besoin de personne d'autre.

— Excellente idée.

Ils se servirent eux-mêmes et commencèrent à manger. Ni l'un ni l'autre n'avaient beaucoup d'appétit, remarqua Kenver qui avait pourtant passé la journée à cheval. Il repoussait la nourriture vers le bord de son assiette.

— Je ne sais pas à quoi va ressembler Poldene sans mon père, dit-il soudain.

Sarah lui adressa un regard compatissant.

— Ma mère est celle qui a la plus forte personnalité, poursuivit-il. Mon père se contente généralement d'appliquer les décisions qu'elle prend.

Et pourtant son père avait agi comme une sorte de tampon entre lui et sa mère. Depuis qu'il était malade, toutes les conversations qu'il avait eues avec la comtesse s'étaient révélées froides et agressives. Elle le traitait comme on traite un cheval récalcitrant, et les paroles qu'elle lui adressait claquaient comme des coups de fouet. Kenver mettait cela sur le compte du chagrin. Sans y croire tout à fait.

— Tout va de travers sans lui. Tout est déséquilibré.

— Les pères forment souvent un rempart, fit doucement remarquer Sarah.

Était-ce le cas du sien ? Kenver aurait aimé penser à lui de cette façon-là, mais cette vision n'était pas adaptée à la réalité. Et s'il avait été ce rempart, les fortifications menaçaient de s'écrouler.

— C'est comme ça qu'est le mien, dit Sarah. Toujours prêt à aider dès qu'un problème se présente.

Elle tenait de son père, songea Kenver. Confrontée à la maladie de lord Trestan, il lui avait semblé parfaitement naturel de lui apporter son aide, dans la mesure de ses moyens.

— Nous conversions longuement sur toutes sortes de choses. Il aimait que je lui parle de mes lectures et je trouvais toujours moyen de le faire rire, ajouta-t-elle avec un sourire.

Ce tableau enchanteur fit réaliser à Kenver que sa famille n'était pas prompte au rire. Seule Tamara riait facilement. Était-ce pour cela qu'elle s'était enfuie ? Non, c'était absurde.

— Nous jouions aux cartes, le soir, continua Sarah. Maman et lui sont de féroces concurrents. Ils se chamaillent pour le moindre point !

Kenver se représentait mal ce genre de scènes. Dans sa famille, les disputes étaient... périlleuses.

— Et ensuite, ils rient à s'en briser les côtes, conclut-elle avec un léger rire.

Encore des rires. Cette évocation et la légèreté qu'elle faisait naître dans la pièce incitèrent Kenver à remercier la providence de lui avoir envoyé cette épouse inattendue. La chance avait définitivement joué en sa faveur, ce jour-là, sur la falaise de Tintagel. Et même plus que la chance. D'une certaine façon, il avait su, pendant cette nuit dans la grotte, que Sarah était l'épouse qu'il lui fallait. Et la suite lui avait donné raison.

Après avoir mangé le peu qu'ils réussirent à avaler, ils quittèrent la table pour aller s'asseoir sur le canapé. Kenver passa son bras autour des épaules de Sarah et l'attira plus près. Elle se blottit contre lui et sa présence lui fut une grande consolation.

Les domestiques vinrent débarrasser la table et tirer les rideaux comme la nuit commençait à tomber. Une fois qu'ils furent partis, Kenver serra Sarah dans ses bras. Il ne savait pas ce qu'il aurait fait sans elle dans un moment pareil.

Sarah se redressa soudain.

— Les plantes ! s'exclama-t-elle.

— Pardon ?

— Ma mère connaît toutes sortes de tisanes qui guérissent, dit-elle. Ce sont des recettes qu'elle a apprises auprès de sa grand-mère quand elle était encore enfant. Après avoir épousé papa, elle a installé une distillerie chez nous. Papa ne jure que par ses tisanes quand il est malade. J'aurais dû y songer plus tôt. Où donc avais-je la tête ?

Cela tenait peut-être au fait qu'ils n'avaient pratiquement pas vu sa famille, n'osa dire Kenver. Il savait que sa mère avait refusé que les parents de Sarah lui rendent visite, et il soupçonnait Sarah d'avoir eu honte de leur montrer Tresigan.

— Le Dr Greel n'est-il pas censé connaître ces remèdes ? demanda-t-il.

— Il n'a rien suggéré de tel. Les femmes ont tendance à se tourner vers les plantes pour se soigner, et le Dr Greel semble penser qu'une femme n'est bonne qu'à obéir à ses ordres. Docilement.

Kenver choisit de ne pas demander ce qu'elle entendait par là. Et après quelques minutes, il eut l'impression de comprendre.

— J'irai voir ma mère demain, annonça Sarah. Elle saura me conseiller, et peut-être aura-t-elle un remède à me suggérer.

Kenver acquiesça, évidemment. Mais il n'avait pas grand espoir.

17

Sarah partit de bonne heure le lendemain matin car elle voulait faire l'aller-retour dans la journée. Kenver avait ordonné que l'on attelle la berline et sa mère n'avait pas émis d'objection. Quelle qu'en soit la raison, le départ de Sarah était sans doute une bonne nouvelle pour elle. La seule chose qui aurait pu lui faire encore plus plaisir aurait été qu'elle ne revienne jamais. Mais Sarah n'avait pas l'intention de lui offrir cette occasion de se réjouir.

Elle sentit son cœur se serrer quand la voiture remonta l'allée de sa maison d'enfance. Plus que n'importe quel autre endroit au monde, cette robuste demeure sans prétention restait son foyer. Enfant, elle avait tenu cela pour acquis, mais elle avait désormais assez de sagesse pour chérir toutes ces petites choses indéfinissables qui s'additionnent les unes aux autres et finissent par former ce que l'on a coutume d'appeler le bonheur. Elle espérait créer sa propre version d'un foyer un jour… Un bonheur sûr, confortable et… joyeux. Ni parfait ni dénué de désagréments et de souffrances, mais plein d'amour.

Une servante qu'elle connaissait bien la laissa entrer avec un grand sourire. Sarah traversa les lieux, et les odeurs et les bruits familiers se chargèrent aussitôt de souvenirs heureux… Elle entra dans le salon ensoleillé où ses parents avaient l'habitude de se tenir.

Sa mère la salua avec une surprise ravie.

— Sarah ! Comme c'est charmant. Je n'ai pas reçu de message annonçant ta visite.

— J'ai voyagé presque aussi vite que l'aurait fait un messager, répondit-elle en ôtant son chapeau et ses gants.

— Viens donc t'asseoir. Comme je suis heureuse de te voir. J'avais pris l'habitude de passer du temps en compagnie de ma grande fille, après toutes ces années où tu étais au pensionnat. Peut-être pourras-tu rester jusqu'à demain ?

— Non, malheureusement.

— Y aurait-il un souci ?

— Oui, maman, répondit-elle en s'asseyant. L'infirmière nous a annoncé que le comte était mourant.

— Oh, mon Dieu ! Je suis désolée. Nous avons appris qu'il était souffrant, bien sûr. Nous serions bien venus te voir…

Mais ils n'avaient jamais été les bienvenus à Poldene, acheva silencieusement Sarah. Et ils le savaient, même s'ils n'en avaient jamais parlé. Sarah n'avait pas insisté pour qu'ils lui rendent visite, redoutant que lady Trestan ne les reçoive avec autant de mépris qu'elle en avait pour elle. Elle serra les dents à cette idée. Les choses seraient sans doute allées plus loin qu'une simple dispute, se dit-elle.

— Votre lettre a beaucoup touché Kenver, répondit-elle.

— Le pauvre, il doit être très inquiet.

— Il l'est. Je ne supporte pas de le voir aussi triste, maman. Cela me brise le cœur.

Cette remarque parut faire plaisir à sa mère et Sarah trouva cela un peu étrange.

— J'aimerais tant pouvoir faire quelque chose, ajouta-t-elle, ses poings se serrant. N'importe quoi.

Le tendre regard de sa mère fut plus éloquent que des mots. Elle sourit et Sarah réalisa à quel point ce regard aimant lui avait manqué. Tout en se promettant de revenir la voir plus souvent, elle tendit la main vers sa mère qui la prit et la serra bien fort entre les siennes.

— Je suis venue te demander conseil, maman. Tu connais les plantes qui guérissent. Tu as soigné bien des gens de bien des maladies. J'ai pensé que tu connaîtrais peut-être un remède.

— Parle-moi de l'état de lord Trestan, dit sa mère d'un air grave.

Sarah lui décrivit les symptômes qu'elle avait observés et ce que l'infirmière avait fait pour le comte.

— Ah, le laudanum n'est pas si bon que l'on croit, parce qu'il empêche la toux, justement.

— Mais ses quintes sont très violentes. Elles l'épuisent complètement, dit Sarah, frémissant au souvenir des douloureux accès de toux du comte.

Sa mère hocha la tête.

— Certes, mais la toux est là pour une raison bien précise. Lord Trestan doit se débarrasser des mucosités qui obstruent ses bronches et l'empêchent de respirer.

— Il faut donc le laisser tousser ?

— Oui. Pour qu'il puisse expectorer le mucus, confirma sa mère. Mais si celui-ci est clarifié, il aura moins d'efforts à fournir et sa toux sera d'autant plus efficace.

— Clarifié ?

— Oui. J'ai une recette de sirop d'orgeat enrichi de miel, de gingembre et de menthe qui s'est souvent révélée efficace en pareils cas.

— Et cela suffira à le guérir ?

— Je ne peux rien promettre de tel, Sarah. Je ne suis pas médecin. Tout ce que je peux dire, c'est que cela ne pourra pas lui faire de mal et lui fera peut-être du bien.

— Il faut essayer.

— Et il faudra cesser de lui administrer du laudanum.

Ce qui présentait une difficulté. Sarah pensa au médecin qui avait balayé ses questions et à l'infirmière qui recevait ses ordres de ce même médecin. Ils ne l'écouteraient jamais. L'expérience de sa mère n'aurait aucune importance aux yeux du Dr Greel.

— Tout le monde ne sera peut-être pas d'accord pour le faire, devina sa mère.

— Le médecin et l'infirmière ont déjà baissé les bras. Ils tiennent le comte pour mourant. Ils ne l'ont pas caché.

Sarah avait même l'impression que Mme Dillon augmentait les doses de laudanum pour que le comte se tienne tranquille.

Sa mère prit une expression inquiète.

— L'attitude que l'on observe dans la chambre d'un malade peut avoir une grande influence, dit-elle. J'ai vu la chose se produire plus d'une fois. Mais Sarah…

— J'en parlerai avec Kenver.

— Et avec la comtesse, bien sûr.

Sarah redoutait la façon dont une telle conversation se déroulerait, surtout si c'était elle qui préconisait un changement. Elle n'obtiendrait jamais gain de cause.

— Lady Trestan est son épouse, se contenta-t-elle de répondre.

De son côté, sa mère accepta cette réponse et elles allèrent ensemble préparer le remède dans la distillerie. Tandis que sa mère remplissait plusieurs flacons, Sarah remarqua plusieurs petites fioles sur une étagère, exactement semblables à celles que Mme Dillon utilisait pour le laudanum. Sans trop réfléchir, elle en glissa quelques-unes dans sa poche.

Son père rentra avant qu'elles aient terminé et Sarah eut le temps de bavarder avec lui autour d'un thé avant de s'en retourner à Poldene. Ce moment qu'ils passèrent ensemble lui fut d'autant plus précieux qu'elle savait que de son côté, le pauvre Kenver en était réduit à envisager la mort prochaine de son père.

Elle atteignit Poldene dans la soirée, alors que Kenver et sa mère étaient encore en train de dîner. Plutôt que de les rejoindre, elle préféra regagner directement sa chambre où elle rangea les remèdes qu'elle avait rapportés.

Kenver revint peu de temps après. Il s'avança jusqu'à elle et la prit dans ses bras.

— Je suis si heureux de vous voir.

Sarah le serra bien fort et le sentit trembler sous ses mains.

— Cette journée a été affreuse. Papa est encore plus mal. Ils pensent qu'il n'en a plus pour longtemps. Un jour ou deux, peut-être. Il est étendu comme s'il était déjà...

Il n'alla pas au bout de sa phrase.

— Mme Dillon lui donne-t-elle toujours du laudanum ? s'enquit Sarah.

— Elle dit qu'il n'y a plus que cela et la miséricorde. Que cela lui permettra de partir sans être importuné par cette affreuse toux.

Sarah se dit que l'infirmière cherchait à abréger son agonie, ce qu'elle se garda bien de signaler.

— Ma mère voit les choses différemment.

— Différemment ?

Sarah lui rapporta la conversation qu'elle avait eue avec sa mère.

— Si on permettait à ses poumons de se clarifier, il pourrait peut-être guérir, conclut-elle.

— Nous devons essayer ce traitement immédiatement, décréta Kenver. Il faut tenter l'impossible pour le sauver.

— Oui, mais pour que le remède agisse, il faudrait aussi cesser de lui administrer du laudanum.

— Très bien, c'est ce que nous allons faire, dit-il en se retournant comme s'il avait l'intention de passer aussitôt à l'acte.

— Il faut que ce soit le médecin qui l'ordonne. Mme Dillon ne reçoit d'ordres que de lui.

— Je lui parlerai. Je vais aller le voir.

— Maintenant ?

— Il n'habite pas très loin. Et ce sera un soulagement de faire quelque chose, dit-il en serrant les poings pour illustrer son sentiment d'impuissance. Rester assis à regarder papa s'éteindre m'est insupportable.

Le Dr Greel écouterait peut-être l'héritier de Poldene, se dit Sarah, ce qui rendrait les choses plus faciles.

Kenver partit et fut de retour moins d'une heure plus tard.

— Le Dr Greel ne veut pas entendre parler des remèdes de bonne femme ! annonça-t-il, furieux. Il s'est dit surpris que je puisse croire de pareils boniments et navré que l'on m'ait donné de faux espoirs. Il pense que son traitement est la seule solution. Il m'a dit aussi que l'on ne pouvait malheureusement pas sauver tous les malades et que le monde était ainsi fait. Que c'est ce qu'il a dit à ma mère qui a parfaitement compris. Et il ne demande pas mieux que de lui parler de nouveau si je le souhaite.

— S'agissait-il d'une menace ?

— Un rappel que c'est elle qui est aux commandes, répondit Kenver avant de lâcher un long soupir. Le Dr Greel n'apprécie visiblement pas que l'on défie son autorité. Il est certain de tout mieux savoir que tout le monde. Et que je suis un ignorant. Pour finir, je lui ai laissé croire que j'étais de son avis.

— Parce qu'il serait préférable qu'il ne parle pas à votre mère.

— Oui, c'est également ce que j'ai pensé. Mais il lui rapportera peut-être que je me suis montré grossier, après l'entretien que nous venons d'avoir.

— Je ne crois pas. Vous êtes l'héritier de Poldene. Il ne tient pas à être en mauvais termes avec vous.

— C'est pourtant le cas, déclara Kenver d'un ton lugubre. Qu'il le sache ou non. Comment peut-il refuser d'essayer autre chose ?

— Certaines personnes placent leurs convictions au-dessus de tout le reste.

— Même la vie d'un homme ? s'indigna Kenver.

— Vous pourriez tenter de parler à votre mère. Si nous ne lui disons pas que l'idée vient de la mienne...

Ils échangèrent un long regard entendu, reconnaissant en silence bien des choses qu'ils ne s'étaient encore jamais dites. Finalement, Kenver secoua la tête.

— Je ne suis pas certain qu'elle soit affectée par l'éventualité de la mort de mon père.

— Kenver !

Il baissa la tête.

— Vous avez raison, je n'ai pas le droit de penser cela. Je ne le pense pas, précisa-t-il avant de garder quelques secondes de silence. Elle ne m'écoute jamais, de toute façon. Nous allons devoir trouver le moyen de faire cela par nous-mêmes.

Sarah posa une main sur son bras.

— Ce n'est qu'un espoir, Kenver. Ma mère n'a pas promis que cela le sauverait.

— Le Dr Greel dit que papa va mourir. Très prochainement. Le moment est venu de tenter n'importe quoi. Je pourrais me barricader dans sa chambre et lui donner votre potion.

Leurs regards se croisèrent tandis qu'ils songeaient au tollé que cela causerait. Et à leurs faibles chances de succès.

— J'aurais bien une idée..., avança Sarah.

— Laquelle ?

— J'ai des fioles semblables à celles que Mme Dillon utilise pour le laudanum. Je pourrais les remplir d'un liquide qui ressemble à du laudanum et les substituer aux siennes.

— Pour qu'il n'en reçoive pas quand elle pensera lui en administrer ?

— Oui. Et de mon côté, je lui donnerais la potion préparée par ma mère. Cela ressemble à du sirop d'orgeat. Je crois que personne ne pourrait faire la différence. L'ennui, c'est que...

— Quoi donc ?

— Avons-nous le droit d'agir ainsi, en cachette ?

Kenver prit une longue inspiration.

— Allons voir papa, dit-il.

Ils se rendirent aussitôt dans la chambre du malade, plongée dans la pénombre. Le comte gisait sur son lit, aussi pâle et immobile que s'il était mort.

— Il dort, dit l'infirmière, détachant à peine les yeux de son tricot. Ce ne sera plus très long, maintenant.

— Le laudanum est-il vraiment nécessaire ? demanda Kenver. Ça le rend tellement...

Le torse de son père ne se soulevait plus que de façon à peine perceptible.

— Ça lui apporte un peu de paix, répondit l'infirmière.

— Un peu de paix ! répéta Kenver une fois qu'ils eurent regagné leur suite. Elle aurait aussi bien pu dire « qu'il repose en paix ». Ils ont complètement renoncé à l'idée de le soigner.

L'inquiétude de Sarah concernant la taille des doses de laudanum administrées s'était accrue. S'ils n'agissaient pas rapidement, le comte n'en aurait plus pour longtemps.

— La potion de maman ne peut pas faire de mal, dit-elle. Et elle pourrait l'aider.

— Nous devons agir.

Sarah remplit ses fioles d'un liquide inoffensif, semblable en apparence à du laudanum.

— Je veille sur votre père quand Mme Dillon va prendre son petit déjeuner. Je procéderai à l'échange à ce moment-là.

— Et je ferai le guet devant la porte.

Sarah hocha la tête.

Le lendemain matin, ils passèrent à l'acte dès que l'infirmière quitta la chambre de lord Trestan. Kenver mit les fioles de laudanum dans sa poche et les emporta tandis que Sarah plaçait sur la table une carafe contenant la potion de sa mère. Le breuvage ressemblait au sirop d'orgeat qui se trouvait là habituellement et ne soulèverait aucune question. Le comte émergea à demi un peu plus tard et elle lui en donna un peu. Mme Dillon revint, administra ce qu'elle croyait être du laudanum, s'assit et reprit son ouvrage. Sarah ouvrit son livre et commença sa lecture à voix haute.

Ils renouvelèrent l'opération tous les jours suivants. Au début, sans le laudanum, la toux du comte s'intensifia. Sarah se souvenait de ce que lui avait dit sa mère, mais entendre les violents accès de toux de lord Trestan lui serrait le cœur.. Perplexe, Mme Dillon augmenta la dose jusqu'à dire qu'elle ne pouvait pas se permettre de lui en administrer davantage. Mais la violence des crises diminua au fil du temps et s'accompagna d'une quantité croissante de mucus verdâtre.

Lord Trestan s'apaisa progressivement et il redevint de plus en plus conscient. Sarah lui faisait la lecture et lui faisait boire la potion de sa mère aussi souvent qu'il acceptait d'en prendre. Elle lui administra presque tout ce qu'elle avait rapporté et envoya un valet en chercher davantage, laissant croire qu'elle avait besoin de quelque chose pour elle.

L'état de santé du comte s'améliora lentement. Et à l'équinoxe d'automne, il eut enfin sa première nuit de sommeil paisible. À dater de ce moment, il commença à se rétablir doucement et à récupérer de son état de grande faiblesse.

Le médecin et l'infirmière s'attribuèrent le mérite de cette guérison « miraculeuse » et Sarah les laissa faire. Elle aurait aimé pouvoir dire que ce n'était pas le laudanum qui était en cause, mais ni elle ni Kenver n'avaient envie d'affronter le tollé qu'une telle affirmation aurait déclenché. L'important, c'était que lord Trestan soit guéri. Et il devenait de plus en plus évident qu'il était désormais tiré d'affaire.

L'atmosphère devint plus légère à Poldene. Les voisins apprirent la bonne nouvelle et s'en vinrent féliciter la comtesse. Quelques amis passèrent du temps avec le comte, et s'ils furent choqués par son apparence dévastée, ils n'en laissèrent rien paraître.

— Vous avez sauvé la vie de mon père ! dit un soir Kenver à Sarah, après l'une de ces visites. Vous et votre mère. Tout le monde à Poldene vous doit des remerciements.

Ils se tenaient sur le sofa de leur suite et Kenver la serrait tendrement dans ses bras. Il avait ordonné que l'on fît du feu pour lutter contre la froideur de la brume de mer.

— Votre éternelle reconnaissance me suffira, le taquina-t-elle.

Il sourit et l'embrassa.

— Vous l'avez. Qu'aurions-nous fait sans vous ?

— Votre vie aurait sans doute plus tranquillement suivi son cours, fit-elle remarquer. J'ai été la cause de bien des frictions dans votre famille.

— Non.

— Pourtant, si je n'avais pas…

— Votre présence ici a sans doute révélé des conflits. Elle n'en a jamais été la cause.

— Mais si vous aviez épousé une femme qui aurait reçu l'approbation de votre mère…

— Qui donc aurait accompli ce prodige ?

— Une aristocrate. Une fille de duc, peut-être. Dotée d'un douaire conséquent et de relations utiles.

— Et qui aurait docilement obéi aux ordres de maman ?

Sarah réfléchit un instant.

— Ce dernier point aurait singulièrement compliqué les choses, vous savez. La seule fille de duc que j'aie jamais connue était habituée à régenter son monde.

Kenver frémit à l'idée des disputes auxquelles il avait échappé.

— J'ai épousé la femme qui me convenait parfaitement.

— Comment pouvez-vous dire cela alors que notre rencontre fut parfaitement… accidentelle ?

— Le fruit d'un heureux accident ? Ou alors c'est le destin, la providence ou la magie de Tintagel qui nous a rapprochés.

— Croyez-vous vraiment cela ?

Il contempla le doux visage qu'il avait appris à chérir.

— Je crois que vous m'avez montré ce qu'est le véritable amour, répondit-il. Et je ne vois pas comment j'aurais compris cela sans vous.

Les yeux bleus de Sarah s'embuèrent de larmes.

— Vous êtes généreuse, brillante et délicieuse et je vous aime de tout mon cœur, Sarah.

— Je vous aime tant…

Ces doux aveux amenèrent des baisers qui inspirèrent à leur tour des caresses qui devinrent si urgentes qu'un changement de pièce se révéla indispensable. Tendrement enlacés, ils passèrent dans la chambre, où leurs lèvres et leurs mains se livrèrent à un délicat jeu de séduction pour les débarrasser de leurs vêtements tandis qu'une pluie d'épingles à cheveux crépitait joyeusement sur le plancher. Ils se laissèrent alors tomber sur des draps parfumés et s'ingénièrent à se rendre mutuellement fous, puis fusionnèrent dans une passion, une tendresse et une extase des plus prometteuses pour les années à venir.

Blottis l'un contre l'autre, ils attendirent ensuite de retrouver leur souffle et que les battements de leur cœur ralentissent. Kenver piqua une nuée de petits baisers sur l'épaule nue de sa femme.

— Qui aurait dit, quand nous avons passé la nuit dans cette grotte, serrés l'un contre l'autre, que cela nous conduirait jusqu'ici ? demanda-t-il.

— *Ici* ?

— Oui. Le... bonheur conjugal.

Elle rit.

— J'adore les choses scandaleuses.

— Et moi je vous adore, Sarah.

Cette déclaration méritait des remerciements appropriés et un long moment passa avant que Sarah reprenne la parole.

— Je suppose que Merlin aurait pu imaginer une aventure semblable à la nôtre.

— Oliver Welden ? demanda Kenver en la regardant, stupéfait.

— Non, le vrai Merlin, le magicien. Celui qui a amené Uter auprès d'Ygraine et qui les a fait s'unir.

— Il l'a fait pour créer un héros légendaire. Ce n'était pas le mariage qu'il avait en tête. Pour autant que je me souvienne, il n'en fait pas mention.

— Il ne pouvait pas savoir que Gorlois allait périr au combat à ce moment-là, n'est-ce pas ?

— Non. Il n'était pas omniscient.

— Ce qui est décevant.

— Vraiment ?

— Oui. Un grand magicien devrait pouvoir prédire ce genre d'événement.

— Son talent divinatoire était peut-être entièrement concentré sur Arthur.

— C'est possible, répondit Sarah d'une voix alanguie. Notre mariage sera infiniment plus heureux que celui d'Ygraine.

— Hmm, murmura Kenver, les paupières alourdies de sommeil.

Le mariage d'Ygraine avait été très troublé, se dit Sarah. Ce qui l'amena inévitablement à penser que son propre mariage n'avait pas été exempt de troubles. Il s'était même révélé difficile, et les problèmes n'avaient pas miraculeusement disparu avec la guérison du comte. Ici, dans leur chambre, tendrement enlacés, Kenver et elle étaient heureux. Mais partout ailleurs à Poldene, les problèmes planaient comme une menace.

— Oubliez ce que j'ai dit au sujet d'Ygraine, ajouta-t-elle pour contrer le mauvais sort.

— Je n'oublie jamais rien de ce que vous dites, murmura-t-il.

— C'est ennuyeux. Il m'arrive de dire toutes sortes de choses absurdes.

— Jamais.

Sarah décida de le laisser entretenir cette plaisante illusion et se contenta de l'embrasser.

*

* *

— C'est gentil à vous de me faire la lecture, dit lord Trestan à Sarah, quelques jours plus tard. Vous avez une voix très apaisante et vous trouvez toujours des choses intéressantes à lire.

— Je suis contente que cela vous plaise. S'il y a quelque chose que vous aimeriez particulièrement entendre, je tâcherai de le trouver dans la bibliothèque.

— Je me satisfais de vos choix, dit-il avant de retomber dans le silence.

Sachant qu'il n'avait pas beaucoup d'énergie pour la conversation, Sarah reprit la biographie qu'elle lui lisait.

— Pourquoi faites-vous cela ? demanda-t-il un peu plus tard, profitant de ce que l'infirmière s'était absentée de la chambre.

— Je vous demande pardon ?

— La maladie incite à la réflexion, lui confia-t-il, calé contre ses oreillers, le visage pâle et défait. Je me demande pourquoi vous restez à mon chevet, à me faire la lecture. Nous ne vous avons pas réservé le meilleur accueil, à votre arrivée, ajouta-t-il en tournant vers elle des yeux fatigués. J'étais même persuadé que vous aviez quitté Poldene.

— Kenver tenait à séjourner ici pendant votre maladie.

— Vraiment ?

— Bien sûr.

— Bien sûr, répéta le comte comme pour bien comprendre ces mots. Et vous êtes venue avec lui.

— Je suis sa femme, répondit-elle avec une pointe de méfiance.

— Vous êtes donc venue par devoir.

Elle hésita. C'était assez vrai. Elle n'avait pas eu très grande envie de venir. Mais cela lui était apparu comme la chose à faire.

— Rien ne vous obligeait cependant à vous tenir à mon chevet, reprit lord Trestan. Vous êtes... je crois me souvenir que vous êtes constamment restée ici.

— Je voulais vous apporter mon aide.

— Pourquoi donc ? demanda-t-il, clairement dérouté. Vous...

Une quinte de toux l'interrompit. Il n'en était pas encore complètement débarrassé et celle-ci ébranla son corps affaibli. Sarah se leva, versa un peu du remède aux plantes dans un verre et le lui fit boire. Le breuvage l'apaisa et le libéra de sa toux.

Quand il fut remis, il contempla le verre.

— Qu'est-ce que c'est ? demanda-t-il. Ce n'est pas de l'orgeat ordinaire. Je sens quelque chose d'autre, ajouta-t-il en humectant ses lèvres. Je reconnais ce goût. Vous m'en faites boire depuis que... depuis que je suis revenu du bord de l'abîme.

Sarah hésita sur la réponse à lui faire.

— C'est... c'est assez revigorant, ajouta-t-il. C'est un remède que le Dr Greel a apporté ?

Sarah aurait pu le lui laisser croire, mais il risquait de remercier le médecin pour son remède... Elle alla jusqu'à la porte pour s'assurer que l'infirmière ne revenait pas.

— Non. C'est ma mère qui a préparé ce breuvage. Elle est réputée pour ses remèdes.

— Ah, dit-il simplement avant d'indiquer du geste qu'il souhaitait prendre une autre gorgée. Bien. C'est donc vous qui lui avez demandé d'en préparer ?

— Oui. Mais nous n'en avons rien dit au Dr Greel, avoua-t-elle.

Son intonation intrigua le comte qui battit des cils.

— Il n'était donc pas d'accord ?

Sarah hocha la tête et se demanda si elle oserait lui demander de garder le secret au sujet du remède de sa mère. Elle décida finalement de n'en rien faire. Lord Trestan l'examinait comme si elle était une créature exotique.

— Pourquoi prendre cette peine ? s'enquit-il. Vous aviez pourtant de bonnes raisons de souhaiter ma mort.

Sarah fut choquée.

— Bien sûr que non ! Vous êtes le père de Kenver.

— Vous avez donc fait tout cela pour Kenver.

Elle hésita à nouveau. La réponse était oui, bien sûr. Mais après tout ce que lord Trestan venait de traverser, l'avouer aussi crûment lui semblait un peu... froid. Il reprit la parole avant qu'elle ait pu trouver ses mots.

— Pour quelle autre raison, sinon ? reprit-il en la dévisageant de son regard las si longtemps qu'elle finit par se sentir gênée. Kenver a bien de la chance, conclut-il avant de fermer les yeux.

L'infirmière revint et Sarah reprit sa lecture avec un certain soulagement.

Elle était sur le point d'arrêter et de regagner ses appartements quand lady Trestan entra, tenant un document à la main.

— Vous pouvez partir, dit-elle à l'infirmière.

D'un geste sec de la main, elle inclut Sarah dans cet ordre. Toutes deux se levèrent, quittèrent la chambre, mais s'attardèrent devant la porte. Sarah fit à son tour signe à Mme Dillon de partir, mais cette dernière l'ignora. Elle n'insista pas. Parler aurait révélé leur présence et elle ne pouvait pas traîner cette femme tout le long du couloir. Elles restèrent donc dans le couloir, chacune évitant de croiser le regard de l'autre.

— Bonsoir, ma chère, dit lord Trestan. Seriez-vous venue voir comment je me porte ?

— Le Dr Greel m'a appris que vous étiez en voie de guérison.

— Vraiment ?

— Oui, il me fait son rapport chaque jour.

— Et cela vous a fait plaisir.

— Naturellement, Peter. Qu'aurais-je pu ressentir d'autre ? répliqua-t-elle d'un ton impatient.

— Quoi d'autre, en effet ? Je ne crois pas vous avoir souvent vue, jusqu'ici.

— Vous savez combien j'ai l'odeur des chambres de malades en horreur.

— C'est vrai. Quand Kenver était souffrant, vous le laissiez à sa nurse.

— Qui s'y entendait bien mieux que moi pour le soigner.

— C'est vrai.

— Je vous ai apporté quelque chose à signer.

— Pas maintenant, ma chère. Je ne peux pas lire. Je suis trop fatigué.

— Je vous demande pardon ? s'exclama la comtesse, stupéfaite. C'est important. Je ne peux pas m'en remettre à vos caprices.

— Je pourrai peut-être voir cela demain.

— Vous n'avez même pas besoin d'en prendre connaissance. Vous n'avez qu'à signer. Là, précisa-t-elle en lui tendant la plume.

— Un autre jour.

— Il me le faut tout de suite !

Lord Trestan se mit à tousser, et lady Trestan laissa échapper une exclamation de colère. Le bruit de verre brisé qui suivit fit immédiatement réagir l'infirmière qui s'empressa d'ouvrir la porte et de manifester aussitôt sa consternation.

Sarah se dépêcha de s'éloigner, sachant que sa présence serait mal perçue et souhaitant disparaître avant que la comtesse la voie.

Elle échoua malheureusement sur ce dernier point. Lady Trestan sortit en trombe de la chambre de son époux avant que Sarah ait pu s'éclipser. Un flot d'encre noire avait largement éclaboussé le jupon de soie de sa robe. La colère déformait les traits de son visage et le fait de voir Sarah n'améliora pas son humeur. Sa lèvre supérieure se retroussa, révélant ses dents, et Sarah songea en la regardant à un renard acculé.

— Si vous croyez pouvoir me supplanter, vous êtes encore plus sotte que je ne pensais, siffla lady Trestan.

— Pardon ?

— Vous pensiez peut-être que je n'avais rien remarqué ? Parce que je déteste l'odeur des chambres de malades ? Mais je vous ai fait surveiller. On m'a rapporté de quelle façon vous passiez la pommade à mon époux afin de profiter de sa faiblesse, comment vous étendiez votre emprise sur lui !

Sarah resta un instant déconcertée.

— Je ne faisais rien de...

— À d'autres ! Pour quelle autre raison auriez-vous pris la peine de lui *faire la lecture* ?

— Pour Kenver, répliqua Sarah d'un ton pincé.

— Alors c'est Kenver qui vous l'a demandé ? murmura la comtesse en plissant les yeux. Qu'a-t-il donc en tête ?

— Prolonger l'existence de son père ? avança Sarah.

Lady Trestan resta un instant stupéfaite.

— Mais Kenver est l'hér...

Elle s'interrompit, fronça les sourcils et lui tourna le dos.

— Vous pouvez essayer le vinaigre sur cette tache d'encre, lui conseilla Sarah sans réfléchir.

Elle sut immédiatement qu'elle aurait mieux fait de se taire.

Lady Trestan pivota vivement vers elle et la fusilla du regard.

— Oseriez-vous vous moquer de moi ? s'enquit-elle en agitant son document devant le visage de Sarah. C'est extrêmement important. Il me faut impérativement sa signature.

— Je m'étonne que vous ne vous soyez pas contentée de signer à sa place, fit sèchement remarquer Sarah.

— Le gérant de la banque connaît trop bien son écriture.

Ce qui impliquait qu'elle signait souvent à sa place, comprit Sarah. Mais cela ne la regardait pas. Elle tourna le dos à lady Trestan pour entrer la chambre de son beau-père.

— Je vous interdis de pénétrer dans cette pièce ! s'écria la comtesse.

Sarah se retourna.

— C'est au comte de décider qui peut lui rendre visite, répliqua-t-elle avant d'entrer.

Lady Trestan la suivit et saisit son bras pour la forcer à se retourner.

— Sortez.

— Alice ! s'exclama le comte en essayant de se redresser. Cessez donc, ordonna-t-il avant de se laisser retomber sur ses oreillers.

— Je vous interdis de me dire…, commença lady Trestan.

— Il nous faut du calme, ici, intervint l'infirmière. Sans quoi lord Trestan risque de faire une rechute.

Trois paires d'yeux se tournèrent vers la comtesse. Elle poussa une sorte de grognement, pivota sur ses talons, et quitta la pièce. Sarah se demanda ce qu'elle allait faire et la soupçonna de nourrir de déplaisants projets.

18

Quand Kenver apprit que le valet de son père allait remplacer Sarah dans la chambre du malade et que Sarah avait reçu ordre de ne plus jamais y paraître, un éclair de rage le traversa.

— Qui prétend cela ? demanda-t-il à Sarah.

— J'ai reçu un message.

Il tendit la main et elle le lui remit.

— C'est l'écriture de maman.

— Je m'en doutais. Elle est venue dans la chambre de votre père et nous avons eu... un léger désaccord. Mais si votre père préfère avoir son valet de chambre auprès de lui, c'est parfait.

— J'en doute, répondit Kenver, certain que Felch, qui préférait de loin les vêtements aux personnes, répugnerait à accomplir les tâches d'une garde-malade.

— Votre père m'a dit qu'il aimait que je lui fasse la lecture.

— Bien sûr. Qui n'aimerait pas cela ?

— Votre mère ? suggéra Sarah d'un ton d'ironie désabusée.

— Je vais aller voir papa pour lui demander ce qu'il veut.

Kenver trouva Felch rôdant au chevet de son père d'un air embarrassé sous l'œil intrigué de l'infirmière. Il s'attarda sur le pas de la porte et tendit l'oreille.

— Vous n'avez guère pris soin de moi pendant ma maladie, disait son père.

— On m'a laissé entendre que le médecin et l'infirmière seraient infiniment plus compétents, répondit Felch.

— Pourquoi donc êtes-vous ici ?

— Vous êtes en bien meilleure forme, répondit le valet comme s'il avait appris ses réponses par cœur.

— Mais toujours alité.

— J'obéis au souhait de madame la comtesse.

— Je vous croyais à *mon* service ?

— Madame la comtesse pense que je pourrais vous être utile, répliqua Felch sans grand enthousiasme.

Le valet n'aurait rien d'autre à faire que redresser ses oreillers et l'aider à faire sa toilette, ce qui n'était pas son point fort.

— Elle a aussi interdit à Sarah d'entrer dans votre chambre, intervint Kenver en s'avançant pour signaler sa présence.

Son père tourna la tête vers lui.

— Comment ? Mais j'aime beaucoup que Sarah me fasse la lecture. Elle m'a été d'une aide précieuse.

Kenver comprit, quand il croisa son regard, que son père savait à quel point Sarah l'avait aidé. Avait-il aussi conscience qu'elle lui avait sauvé la vie ?

— Madame la comtesse a donné des ordres, dit Felch.

À Poldene, la formule avait valeur de décret. Nulle réponse n'était attendue.

— J'en décide autrement, déclara lord Trestan.

Felch parut surpris, brièvement soulagé, puis impassible.

Kenver se dit que la même idée traversait la tête des trois personnes présentes dans la pièce. Qui se chargerait d'en aviser la comtesse ? Personne n'avait envie de le faire. Pourtant...

— Je le ferai savoir à mère, déclara Kenver.

Son père le dévisagea. Felch s'inclina et sortit. Kenver écouta ses pas décroître dans le couloir. Ceux-ci ne tournèrent pas dans le vestiaire qui se trouvait juste à côté de la chambre, comme il l'avait craint.

— Je ne suis pas fâchée d'être débarrassée de ce grincheux, dit l'infirmière.

Kenver et son père, qui avaient oublié la présence de Mme Dillon, eurent tous deux un mouvement de surprise.

— Il vous serait peut-être agréable de descendre prendre une tasse de thé, suggéra Kenver.

L'infirmière haussa les épaules, posa son tricot et quitta la chambre.

— Merci, dit son père.

Kenver comprit qu'il parlait de son offre précédente et il fut surpris de se trouver faisant alliance avec son père, contre les souhaits de sa mère.

— Tu ne manqueras pas de dire à Sarah de revenir, ajouta lord Trestan.

— Ce sera fait. Papa, vous souvenez-vous des promenades à cheval que nous faisions ensemble quand j'étais plus jeune ?

— Bien sûr.

— Un jour, vous m'aviez montré un vieux chêne creux.

— Voilà des années que je ne suis pas retourné là-bas, murmura son père en hochant la tête.

— Il est toujours là. Plus hirsute et noueux que jamais.

— J'ai trouvé une pièce de monnaie romaine au pied de cet arbre, une fois.

— Vraiment ? demanda Kenver en s'asseyant sur la chaise que Sarah utilisait habituellement, près du lit.

— Je devais avoir à peu près huit ans. Je ne savais pas trop de quoi il s'agissait, mais j'ai reconnu une inscription latine. Je l'ai montrée à mon précepteur qui m'a assuré qu'elle datait du règne de l'empereur Dioclétien.

— Incroyable !

— Mais il me l'a confisquée, ajouta son père d'un air morne.

— Quoi ? Non !

— Il m'a dit que je ne saurais pas en prendre soin et que je risquais de la perdre. Je suis persuadé qu'il voulait la garder pour lui. Cela m'avait anéanti, à l'époque.

— C'est scandaleux. Vous auriez dû protester.

— Je suppose, oui. Mais je n'ai jamais beaucoup aimé les disputes.

— Moi non plus, assura Kenver. Vous m'avez pourtant copieusement disputé au sujet de mon mariage, se permit-il de souligner.

— Ta mère est tellement… insistante, avoua son père d'un air coupable.

— Et vous vous pliez à tous ses souhaits.

Il y eut un court moment de silence pesant.

— On l'a choisie pour moi, tu sais, déclara soudain son père.

— Qui ça, « on » ?

— Mes parents. Ils croyaient que je ne me rendais compte de rien, mais je les ai entendus en parler, après les fiançailles. Nous étions à Londres, à ce moment-là. Ils me jugeaient sot et estimaient qu'Alice compenserait mes défaillances. Ils avaient peut-être raison. Ou alors ma sottise était liée à mon jeune âge, je ne sais pas. Toujours est-il que leur réponse a été Alice.

— Et vous lui avez cédé les rênes du domaine.

— Oh, ce sont eux qui l'ont fait. Ils avaient chargé le régisseur de Poldene, le vieux Yates, comme on l'appelait, de la former aux affaires.

— Ils vous ont exclu ? demanda Kenver, horrifié.

— J'étais présent aussi. J'ai entendu les mêmes leçons qu'elle. Je ne les ai pas oubliées, d'ailleurs.

— Mais vous avez laissé faire.

Ils échangèrent un long regard et Kenver se dit que bien des choses passaient dans ce regard, sans qu'un seul mot soit prononcé.

— Je tiens à ce que vous sachiez que je ne tolérerai plus le moindre manque de respect envers Sarah, déclara solennellement Kenver.

Son père hocha la tête.

— Elle est attachante, cette petite. Elle a été très bonne envers moi. Cela m'a surpris.

— Elle est bonne envers tout le monde, pour peu qu'on l'y autorise. Et je veillerai personnellement à ce qu'elle soit traitée correctement.

— On voit les choses différemment quand il s'agit de quelqu'un d'autre, murmura son père.

Kenver se dit que son père aurait pu prendre sa défense quand il s'agissait de *lui*. Mais il n'avait jamais été traité aussi durement que Sarah l'avait été. Tamara, en revanche…

— La maladie a le pouvoir de changer le regard que nous portons sur le monde, poursuivit le comte. C'est un peu comme si on le regardait depuis… le monde des morts, j'imagine. J'ai bien failli y passer, n'est-ce pas ? ajouta-t-il en scrutant le regard de son fils.

Kenver hocha la tête

— Alors... qu'allons-nous faire exactement ?

Kenver se rendit compte que son père s'en remettait à lui maintenant, plutôt qu'à son épouse. Ce changement lui procura une sensation étrange.

— Ta mère est...

— Acharnée ? suggéra Kenver.

— Oui. Ce qu'elle a accompli pour Poldene est remarquable, tu sais. Elle travaille bien plus dur que je ne l'ai jamais fait.

— Elle mérite nos remerciements et notre respect.

— Tout à fait.

— Mais pas notre entière soumission.

— C'est pourtant ce qu'elle préfère.

— À nous deux, nous pourrions peut-être faire changer cela.

Son père parut sceptique, mais il acquiesça et lui tendit la main. Kenver la prit.

*

* *

Pendant ce temps, Sarah était confortablement installée dans leurs appartements avec une théière, un scone beurré et les lettres de ses anciennes amies de pensionnat. Il régnait dans la suite royale une atmosphère paisible. Personne ne risquait d'entrer à moins qu'elle ne sonne. Une légère averse de fin septembre crépitait doucement sur les carreaux et elle avait laissé une des fenêtres entrouverte pour pouvoir entendre le bruit de la pluie et savourer ainsi d'autant mieux la douce sensation d'être à l'abri. Un feu crépitait dans la cheminée. Elle rompit le scone, impeccablement friable, et le dégusta.

Elle posa ensuite la main sur les enveloppes avec autant de respect que s'il s'agissait de talismans. Il lui avait fallu du temps pour se décider à écrire à ses amies, mais ces dernières avaient désormais appris la nouvelle de son mariage. Entre leurs lieux de résidence reculés et leurs attitudes variées vis-à-vis de la correspondance, elle n'avait pas été surprise de recevoir leurs réponses en même temps. Elles avaient sans doute également entendu parler de son mariage par Cécilia. La duchesse était la discrétion même, mais elle leur avait probablement fait part de son opinion au sujet de Poldene. Sarah ne redoutait cependant rien de ces lettres. Toutes quatre étaient amies depuis l'âge de treize ans et elles s'étaient toujours mutuellement soutenues.

Le hasard avait placé la lettre d'Ada au sommet de la pile. Sarah sut en la prenant qu'elle serait longue et fournie. Elles disaient souvent pour plaisanter qu'Ada devrait écrire des romans car ses lettres relataient toujours de façon détaillée la moindre rencontre ou le moindre incident charmant et que ses épîtres recelaient même une part de suspense. Sous sa plume, le travail qu'ils accomplissaient, elle et son ducal époux, pour restaurer un château délabré du Shropshire s'était converti en véritable épopée.

Ada disait trouver le mariage de Sarah merveilleusement romantique et clairement placé sous le signe du destin. Le lieu et la façon dont leur aventure avait commencé en étaient la preuve – Sarah n'était-elle pas toujours en train de lire des mythes et des légendes ? Elle était seulement déçue qu'il ne se fût pas trouvé un trésor de pirate enterré dans la grotte.

— Tu tiens là un début d'histoire, Ada, murmura Sarah d'un ton plein d'affection.

Son amie était certaine qu'elle triompherait de tous les problèmes que son union avait fait naître et que tout finirait par s'arranger. Elle souhaitait en apprendre davantage au sujet de Kenver et les invitait tous deux à lui rendre visite dès que possible.

Sarah sourit en reposant les feuilles couvertes de mots serrés les uns contre les autres. Elle pouvait entendre la voix d'Ada en les lisant ; pétillante, optimiste et débordante de bonheur conjugal. Elle se promit de trouver moyen de lui rendre visite.

La lettre d'Harriet était plus brève, et son amie commençait par lui faire part de son inquiétude. Ayant elle-même connu une expérience douloureuse avec des parents âgés et tyranniques, les indices que Sarah avait laissé filtrer dans sa lettre concernant ses beaux-parents lui avaient semblé de mauvais augure. Elle en savait apparemment plus long que ce que Sarah avait suggéré dans sa lettre, ce qui semblait confirmer l'hypothèse de nouvelles la concernant divulguées par Cécilia.

Harriet faisait confiance à Kenver pour « prendre les mesures qui s'imposaient ». En lisant cette formule, Sarah entendit la voix d'Harriet la prononcer et elle imagina sans peine son beau regard vert et étincelant. Elle lui offrait son aide, sous quelque forme que ce soit, se disant même prête à venir l'enlever en chaise de poste s'il le fallait ! Son époux était d'accord, disait-elle, et se joindrait à ses efforts. Il n'était pas question que Sarah se taise et endure stoïquement !

— Je ne le ferai pas, murmura Sarah en lisant cela. Nous ne le ferons pas.

Ce flot d'exhortations n'empêchait pas la lettre d'Harriet d'être aussi douce qu'à son habitude, et Sarah devina que son amie, à peine revenue de sa lune de miel, filait le parfait amour avec son mari, et elle en fut heureuse.

— Toi et ton débauché de comte, murmura-t-elle affectueusement en reposant sa lettre.

Elle prit une inspiration avant de passer à la dernière lettre. Charlotte ne mâchait jamais ses mots.

— Elle ne les détaille même pas en tranches, dit-elle en souriant tout en décachetant le pli.

De façon prévisible, Charlotte se montrait caustique dès le début de sa missive. Elle ne comprenait pas que Sarah ne se fût pas tournée vers elle plutôt que de se laisser entraîner dans un mariage avec un inconnu. Charlotte lui aurait envoyé la phalange de ses frères – elle en avait quatre – pour faire entendre raison à *une certaine personne*. Elle pouvait toujours le faire, si Sarah voulait bien le lui faire savoir avant le début de la saison de la chasse au renard. Ses frères veilleraient à rappeler ses responsabilités à « ce petit monsieur Kenver ».

— Recette pour un désastre comique, marmonna Sarah.

Elle prit cependant le temps d'imaginer la troupe des pugnaces frères Deeping envahissant Poldene... Ce serait drôle, dans un premier temps, avant de se conclure par une débâcle. D'autant qu'elle ne tenait pas à ce que Kenver se voie infliger un *rappel à l'ordre*. Ni rien de ce genre.

Elle savait toutefois que les façons acerbes de Charlotte masquaient une profonde tendresse. Elle savait aussi que le fait qu'elle se trouvait dans le Leicestershire avec sa famille férue de chasse à courre mettait la patience déjà limitée de son amie à rude épreuve. Elle reposa cette dernière lettre.

Comme c'était agréable *d'entendre* leurs voix dans sa tête et de sentir leur indéfectible soutien. Elle se sentit soudain submergée par une vague de souvenirs. Les quatre amies avaient vécu tant de choses ensemble, elles s'étaient consolées les unes les autres de leurs déceptions et de leurs erreurs, avaient fêté leurs succès, traversé de merveilleuses aventures et fini par se marier. Pour trois d'entre elles. Les deux premières étaient très heureuses en ménage. Pour Sarah, la situation était... compliquée.

Elle allait bientôt devoir leur répondre pour les rassurer. En admettant qu'elle parvienne à trouver les mots pour cela. Le poids de ses problèmes retomba soudain sur ses épaules, après ce répit. La guérison du comte était encourageante. Il semblait plus compatissant. Mais pas lady Trestan. Elle posait sur Sarah un regard certes moins méprisant, mais bien plus calculateur, comme si Sarah était une de ces sournoises sorcières qui exercent leur emprise sur le monarque afin de tirer les ficelles du pouvoir. Sauf que le comte n'était pas vraiment le monarque de Poldene. Et que Sarah n'y entendait rien aux ficelles du pouvoir. Et qu'elle ne possédait, malheureusement, aucun pouvoir de sorcière.

*

* *

Alors qu'il regagnait la suite royale pour rejoindre Sarah, Kenver entendit quelqu'un le héler. Il se retourna et découvrit sa mère qui lui faisait signe d'approcher. Felch s'était sans doute empressé d'aller lui faire son rapport. Rien d'étonnant à cela. Elle ne pouvait cependant pas savoir de quoi son père et lui avaient parlé, après le départ du valet de chambre.

— Viens donc t'asseoir un peu près de moi, dit-elle.

Tandis qu'il la suivait dans son salon privé, Kenver dut lutter contre une appréhension qu'il connaissait bien. Mais il n'était plus le petit garçon que l'on convoque pour le gronder. Ni le jeune homme disposé à se laisser accabler du fardeau d'une nouvelle corvée. Bien au contraire !

Sa mère s'assit et désigna en souriant le fauteuil opposé, habituellement réservé à son père. Kenver hésita, puis s'y installa.

— Comme le temps passe vite, fit-elle remarquer. Je te revois encore faisant tes premiers pas dans la nurserie. J'ai l'impression que c'était hier...

Il fronça les sourcils. Un tel préambule ressemblait fort peu à sa mère.

— Ce fut une telle joie pour nous de te voir naître en bonne santé, continua-t-elle. Nous avions perdu quatre enfants en bas âge avant cela, tu sais.

Kenver avait entendu des rumeurs à ce sujet, mais c'était la première fois que sa mère l'abordait ouvertement. Elle poussa un long soupir. Cela non plus ne lui ressemblait pas du tout.

— Le père de Fingal veillait jalousement sur ton berceau, reprit-elle. Il ne laissait aucun étranger en approcher, comme s'il sentait à quel point tu étais précieux. Les chiens sont des créatures très loyales, n'est-ce pas ?

Sa mère ne s'était jamais tellement souciée des chiens de la maison. De fait, Kenver avait parfois eu l'impression que Fingal ne l'appréciait pas tellement.

— Vous avez un tel lien avec eux, ton père et toi, ajouta-t-elle comme si elle lisait dans ses pensées.

— Sarah aussi.

Sa mère eut un battement de cils et ses lèvres se crispèrent brièvement. Kenver eut à peine le temps de le remarquer que sa réaction s'était déjà dissipée.

— Je me souviens que tu avais pris l'habitude de chevaucher l'un d'eux quand tu étais tout petit.

Kenver fut étonné qu'elle ait gardé souvenir de ce genre de choses.

— Fianna, dit-il. Papa lui avait donné le nom de la troupe de ces guerriers mythologiques parce qu'elle n'avait peur de rien.

— Tout à fait.

— Nous avons pourchassé bien des pirates et des brigands, elle et moi, enchaîna Kenver, la mention de ce nom ravivant ses souvenirs.

— Tu as toujours eu beaucoup d'imagination, fit remarquer sa mère en souriant.

— Pour chacun de mes anniversaires, j'avais droit à un livre de légendes de votre part.

Il y avait eu de bons moments avec sa mère, se dit Kenver. Pas de grands fous rires, mais de solides satisfactions. Il avait déployé tant d'efforts pour l'impressionner. Et quand elle le complimentait, il éprouvait un tel sentiment de triomphe. Les compliments de sa mère n'étaient jamais vains.

— En effet, répondit-elle encore d'un ton qui incita Kenver à se demander si elle se souvenait vraiment de ces cadeaux.

Il revoyait sa mère lui remettant ces livres, entourés d'un ruban. Mais il ne parvint pas à l'imaginer nouant elle-même un de ces rubans… L'image était si incongrue que son esprit refusa de la créer.

Sa mère remua sur sa chaise et se redressa légèrement. Kenver reconnu ce mouvement et comprit que le préambule à la véritable conversation venait de s'achever.

— Tu sais, Kenver, la maladie de ton père m'a fait réaliser à quel point il est essentiel que nous songions à l'avenir.

Kenver se contenta de l'encourager du regard à poursuivre.

— Nous avons bien cru que nous allions le perdre, à un moment donné.

Il hocha la tête sans répondre.

— Et la maladie l'a tellement affaibli que je crains qu'elle n'ait aussi affecté son esprit.

Kenver écarquilla les yeux face à cette annonce.

— Je n'ai vu aucun signe de cela, dit-il.

Sa mère lui adressa un sourire compatissant.

— Je le connais mieux que toi. Il s'efforce sans doute de le cacher en ta présence, par crainte de perdre ton respect. Il en serait profondément blessé.

Le tableau qu'elle s'efforçait de peindre était touchant. Mais il n'était pas ressemblant.

— Cela ne risque pas de se produire, dit-il. Nous venons d'avoir une longue conversation. Il m'a semblé très vif.

Sa mère fronça les sourcils et remua à nouveau sur sa chaise.

— Je crains que sa constitution n'ait été durablement ébranlée, Kenver. Et qu'il ne tombe encore malade.

— Dans ce cas nous devrons prendre grand soin de lui.

— Bien sûr. Mais le simple fait que nous devions nous donner cette peine..., commença-t-elle en posant la main sur les papiers qui se trouvaient sur le guéridon, à côté d'elle. J'ai demandé à Figgs de rédiger un document te concernant.

Kenver tendit la main vers les papiers tout en se demandant quel était le lien entre le notaire et la santé de son père.

— Je ne pense qu'au bien de Poldene, tu sais, précisa sa mère sans lui tendre les papiers.

— Je le sais, maman.

Le bonheur des habitants de Poldene s'inscrivait pour sa mère dans une autre catégorie. De moindre importance.

— Je suis contente que tu sois d'accord avec moi, Kenver. Nous allons très bien travailler ensemble, je crois.

Comme si son père n'était déjà plus là.

— Je ne peux pas être d'accord tant que je n'ai pas pris connaissance du document, fit-il remarquer.

Sa mère agita la main d'un air désinvolte.

— C'est très alambiqué. Ces hommes de loi écrivent dans une langue qu'ils sont bien les seuls à comprendre, tu ne trouves pas ? « Icelui »... non, mais quel mot !

— Je vais tâcher de comprendre « icelui », dans ce cas.

Il n'était pas peu fier du ton qu'il venait d'employer. Il avait presque égalé le sarcasme languide du duc de Tereford. Il tendit à nouveau la main.

Sa mère prit les feuillets, lentement. Puis se décida enfin à les lui remettre. Le document était bel et bien truffé de jargon juridique, et le regard intense que sa mère faisait peser sur lui était perturbant, mais il s'obstina dans sa lecture.

— Franchement, Kenver..., commença-t-elle au bout d'un moment.

— Permettez que j'en prenne intégralement connaissance, maman.

Le verbiage semblait interminable. La tension qui régnait dans la pièce s'accentua encore. Mais Kenver fit appel à toutes ses facultés de concentration et réussit à venir à bout de sa lecture.

— Ce document limite mon pouvoir décisionnel de façon radicale, fit-il remarquer. Et il stipule que Sarah n'aura jamais son mot à dire, quelles que soient les circonstances. Même en cas de mort de tous les autres membres de la famille, précisa-t-il en dardant un regard noir sur sa mère.

— Je ne tournerais pas les choses de cette...

— Figgs l'a plus ou moins fait, l'interrompit-il en tapotant le passage concerné du bout de l'index.

— Tu exagères.

— Non, maman, je n'exagère pas.

Elle se pencha vers lui. Ses yeux brûlaient d'une ferveur presque fanatique.

— Le plus important, Kenver, c'est de conserver un grand domaine, intact et florissant.

— Et vous pensez, dans le cas qui nous concerne, être la seule à pouvoir faire cela.

— C'est moi qui l'ai fait, jusqu'ici ! s'exclama-t-elle.

— Je sais que vous avez bien œuvré. Papa le sait aussi.

Elle fut visiblement gratifiée par ce commentaire.

— Eh bien dans ce cas...

— Mais cela ne veut pas dire que personne d'autre ne peut le faire.

— Ton père est un idiot.

— Je ne partage pas cet avis, maman.

— Et toi aussi. Sans parler de cette fille dont tu…

— Il vaudrait mieux vous abstenir.

Sa mère serra les poings.

— Si tu crois pouvoir m'évincer après tout ce que j'ai donné à ce domaine…

Elle semblait dévastée par la colère et… la peur. Il ne l'avait encore jamais vue avoir peur. Ou le laisser voir, du moins. Et ce fut cette peur qui lui permit de comprendre. Son père était le comte de Trestan. Lui était l'héritier, tant du titre que du domaine. Aux yeux du monde, ils représentaient le pouvoir de Poldene. Sa mère n'avait aucun statut, à moins de convaincre ou d'intimider. Et elle haïssait son sort avec une amertume qui imprégnait tous les aspects de sa vie.

— Souhaites-tu voir ton héritage tomber en ruine ? s'enquit-elle sèchement.

La pitié et le ressentiment formaient un déplaisant mélange, constata Kenver. Au point de lui brouiller l'estomac. Il se leva.

— Je vais conserver ce document et le relire avec papa.

Sa mère tendit la main.

— Non ! Rends-le-moi.

— Nous lui accorderons la considération qu'il mérite.

« C'est-à-dire aucune », ajouta-t-il intérieurement.

— Si tu t'opposes à moi, tu le regretteras, Kenver !

Il regrettait déjà bien des choses. Mais certainement pas celle-ci. Il comprit qu'il ne pourrait pas régler cette affaire tout seul et quitta sans regret le salon de sa mère.

*

* *

— Nous allons devoir parler à maman ensemble, annonça Kenver à son père et à Sarah un peu plus tard dans la journée.

Ils s'étaient rassemblés dans la chambre du comte. L'infirmière était descendue prendre son dîner et lady Trestan s'habillait en prévision du leur.

Sarah trouva le comte visiblement mal à l'aise. Elle n'avait pas souhaité venir. Elle avait lu attentivement le document que lady Trestan avait fait rédiger par le notaire. Il était insultant envers elle, mais ce n'était pas une surprise, après les différends que la comtesse et elle avaient eus.

— Demain, on vous portera jusqu'au salon, papa. Nous lui parlerons à ce moment-là.

— Si tôt ? marmonna son père en faisant la grimace. Je ne me sens pas encore tout à fait rétabli, tu sais. Je ne sais pas trop si je pourrai descendre.

Sarah comprit le sous-entendu. Elle n'avait pas envie d'affronter la colère de lady Trestan, elle non plus.

— Mieux vaut régler cela au plus vite, non ? insista Kenver.

— Si tu le dis, répondit son père, peu convaincu.

— Avant que maman élabore un nouveau stratagème.

Le soupir de lord Trestan leur apprit que l'argument avait porté.

— Je suis disposé à prendre l'initiative, papa. Vous n'aurez qu'à vous tenir près de moi et n'intervenir que si c'est nécessaire.

— Elle se met parfois dans des colères épouvantables...

— Sa colère sera dirigée contre moi.

Le comte n'en eut pas l'air tellement convaincu.

— Je ne vois pas en quoi ma présence est indispensable, dit Sarah.

— J'espère que vous le verrez le moment venu, répondit Kenver.

— C'est pour vous qu'il fait cela, Sarah. Il n'aurait jamais osé, sans vous.

Sarah croisa le regard noisette de Kenver et comprit que le comte disait vrai. Par amour pour elle, Kenver allait affronter les craintes de toute une vie. Elle sentit la puissance du lien qui s'était renforcé entre eux au fil du temps, un lien fait de rires, de défis quotidiens, d'intérêts communs et de tendres caresses dans la pénombre. Son cœur se gonfla d'amour pour son époux. S'il avait le courage de faire cela, elle pouvait en faire autant par amour pour lui, même si elle avait peur. Elle hocha la tête.

— Je suis heureux de voir que vous faites des choses l'un pour l'autre, dit lord Trestan en posant sur eux un regard mélancolique. Je peux bien en faire autant pour mon fils, ajouta-t-il en relevant le menton. Je tiendrai mon rôle.

Kenver, visiblement ému, les remercia tous deux d'un hochement de tête.

— Ainsi, maman verra que nous sommes d'accord et que nous présentons un front uni. C'est la seule façon de régler les choses une bonne fois pour toutes.

— Je vais demander que l'on nous serve dans notre suite, déclara Sarah. Je ne pourrais pas supporter de dîner dans la salle à manger, ce soir.

Le lendemain matin, une fois le comte installé au salon, un valet fut chargé d'inviter la mère de Kenver à les rejoindre. Comme elle n'avait pas pris la peine de superviser le transport de son époux, Sarah se demanda si elle allait venir. Mais après un laps de temps visant à montrer qu'elle ne recevait d'ordre de personne, lady Trestan daigna enfin paraître.

— Que se passe-t-il ? demanda-t-elle en entrant.

Elle ne s'était visiblement pas attendue à voir Sarah.

— Nous voulions avoir avec vous une conversation familiale, dit Kenver.

— Pour quelle raison ?

— Je ne pense pas que le document établi par Figgs soit dans les meilleurs intérêts de Poldene, répondit-il.

— *Tu* ne le penses pas ? répéta-t-elle, balayant d'un geste son objection. Tu n'as aucune expérience.

— Il se trouve que j'en ai.

Elle se tourna vers son époux.

— L'autoriserez-vous à me parler sur ce ton, Peter ?

— Je l'ai trouvé poli, répondit-il.

— *Poli !* cracha-t-elle comme si ce mot était insultant.

— Et il a raison concernant le document.

Lady Trestan eut un soudain mouvement de recul, aussi choquée que si elle avait reçu un coup.

— Nous apprécions votre dévouement envers Poldene, dit Kenver. Mais nous ne nous laisserons plus supplanter.

— Supplanter ! Non mais quelle prétention !

— Nous pouvons travailler ensemble et...

— Tu ne sais même pas ce que travailler veut dire !

— Je crois le savoir. Et ce que je ne sais pas, je peux l'apprendre. Je suis doué pour cela, maman.

La comtesse balaya leur petit groupe d'un regard furieux qui s'attarda un peu plus longtemps sur

Sarah, comme si elle la tenait pour responsable de cette scène.

— Vous êtes donc tous ligués contre moi, dit-elle. Vous estimez sans doute que j'ai mal géré le domaine. Vous comptez peut-être même m'accuser de détournement d'argent ?

— Non, maman. Et vous changez de sujet.

— Je pourrais aller chercher un pistolet à l'armurerie pour mettre fin à mon existence, vous savez.

Sarah laissa échapper une exclamation d'effroi.

La comtesse sauta sur l'occasion.

— Tout part à vau-l'eau à Poldene depuis votre arrivée, espèce de petite intrigante...

— Cessez, maman. Je vous défends d'insulter Sarah.

Sa mère se hérissa.

— Tu oses dire à tes aînés comment ils doivent se comporter ?

— Je regrette d'avoir à le faire. Je n'apprécie guère d'être déçu par vous.

La réplique fit mouche. Pour une fois, lady Trestan se révéla incapable de répliquer.

— Je ne vous ai jamais vue traiter quelqu'un comme vous avez traité Sarah à son arrivée, poursuivit Kenver. Une jeune fille de dix-neuf ans ! Excepté Tamara, je suppose, ajouta-t-il avec un froncement de sourcils. Mais je ne m'en souviens pas.

— Son nom ne doit jamais être mentionné, déclara sa mère d'un ton théâtral.

— Eh bien il le sera. Et souvent, encore.

Le calme implacable de cette réponse désarçonna la comtesse un instant.

— De fait, j'ai l'intention d'inviter Tamara et son fils à venir nous rendre visite, ajouta Kenver.

— Son fils ? répéta lord Trestan, abasourdi.

— Vous avez un petit-fils, dit Sarah. Lady Trestan ne vous l'a-t-elle donc pas dit ?

— Non, elle n'en a rien fait, marmonna le comte, la mine sombre.

— Comment peux-tu t'allier à cette étrangère contre ta famille ? s'indigna la comtesse, s'adressant à son fils.

— Sarah *est* ma famille désormais.

— Elle, plutôt que moi ? demanda-t-elle avant de désigner son époux. Plutôt que nous ?

— Pas « plutôt que », non, répondit Kenver. Mais « en plus » et providentiellement, je dois dire. Sarah a su me montrer ce qu'est le véritable amour.

Sarah l'admira de si bien garder son calme et sa mesure quand elle-même était tremblante.

Un frisson d'émotion froissa les traits de lady Trestan.

— Je ne serai plus rien, alors, fit-elle. Rejetée, reléguée...

— Non, maman. Rien de la sorte. Nous allons simplement procéder à quelques changements dans notre... arrangement. J'ai établi une liste, ajouta-t-il en tendant vers elle une feuille de papier.

Sarah savait que cette liste incluait une augmentation de la rente de Kenver, des gestes de réconciliation vis-à-vis de Tamara, le retour de Gwen et Elys dans leurs anciennes fonctions et l'assurance que Sarah serait traitée avec respect – au moins en public.

Lady Trestan prit la feuille, y jeta un bref coup d'œil et la déchira en petits morceaux qu'elle laissa retomber en pluie sur le tapis. Elle les fusilla alors tous les trois du regard, telle une enfant capricieuse.

— J'en ai une copie, dit sèchement Kenver. Et papa a déjà accepté. Je voudrais seulement vous dire…

— Inutile. Puisque je ne compte plus.

Elle commença à se diriger vers la porte, mais ne partit pas vraiment.

— Ce n'est pas « tout ou rien », maman. Ce n'est pratiquement jamais un cas de « tout ou rien ».

Sa mère se figea. Elle semblait définitivement à court de mots.

— Vous en savez plus que quiconque sur la gestion de Poldene, continua Kenver. Nous ne souhaitons pas renoncer à cela.

— Absolument pas, renchérit le comte.

Lady Trestan tressaillit et son attitude rappela à Sarah celle de Fingal quand il venait de flairer un lièvre.

— Je souhaite apprendre auprès de vous, dit Kenver. Vous me montrerez les tenants et les aboutissants de la gestion du domaine.

— Je serai donc ton mentor ? s'enquit sa mère.

Kenver ne put réprimer une grimace.

— « Collaborateur » me conviendrait davantage.

— Il ne faudra t'attendre à aucun traitement de faveur.

— Ce n'est pas ce que j'attends de vous.

Lady Trestan posa sur son fils un regard spéculateur.

— Tu ne tiendras pas plus d'un mois.

— C'est ce que nous verrons, mère.

Sarah lut dans le regard de la comtesse qu'elle manigançait déjà de nouveaux stratagèmes. Mais elle sous-estimait la détermination de son fils, tout comme les efforts qu'il avait déjà accomplis. D'autant qu'à présent le comte était disposé à apporter son soutien à son fils. Sarah tourna les yeux vers lord Trestan.

— Un petit-fils, alors ? murmura-t-il en la regardant. J'aimerais bien en avoir d'autres. Et des petites-filles, aussi.

Sarah se sentit rougir.

Il fut finalement décidé que la comtesse et Kenver se réuniraient chaque matin pour établir les tâches de la journée. Le régisseur du domaine, le notaire et toutes les autres personnes concernées seraient informés de ses nouvelles fonctions. Consultée au sujet des détails, lady Trestan sembla accepter, sans l'approuver tout à fait, le nouveau système.

— Vous êtes un héros, dit Sarah un peu plus tard tandis que Kenver et elle regagnaient leur suite.

— Seulement parce que vous m'avez inspiré. Je comprends mieux pourquoi les chevaliers de l'ancien temps se préparaient avec autant d'acharnement à leurs joutes. Celles-ci leur permettaient de prouver leur amour à leurs dames.

— Je ne veux pas être une simple spectatrice qui adresse un signe de la main à son héros.

— Vous pourrez être tout ce qu'il vous plaira, mon tendre amour.

— Non, répondit tristement Sarah.

— Pourquoi cela ? J'y veillerai, je vous le promets.

— Vous ne le pourrez pas.

— Vous ne savez pas encore de quoi je suis capable, répliqua-t-il, accompagnant cette promesse d'un moulinet du poignet plein de majesté.

— Non, moi, ce que j'aimerais vraiment, c'est être une redoutable sorcière dotée d'innombrables pouvoirs magiques.

Kenver éclata de rire et l'attira dans ses bras.

Épilogue

— Trop cher, dit lady Trestan alors que Kenver et elle étaient tous deux installés au salon, deux mois plus tard. Nous ne pouvons pas nous permettre de jeter l'argent par les fenêtres. Tu es naïf et irresponsable.

D'un air méprisant, elle corna la première page des plans qu'il lui avait soumis. Kenver s'appliqua à garder son calme.

— Les toits d'ardoise durent trois à quatre fois plus longtemps que les toits de chaume, fit-il remarquer.

Elle parut surprise, comme chaque fois qu'il manifestait une solide connaissance du sujet abordé.

— Et ils résistent mieux aux orages, fréquents au bord de l'océan, précisa-t-il.

— Des ardoises peuvent s'envoler. Il y aura sans cesse des réparations.

— Oui, maman. Qui dit maison dit réparations.

Sa mère se pencha pour étudier à nouveau les croquis. Son visage se plissa comme si elle avalait un remède au goût déplaisant.

— Il est possible que ton idée ait quelque mérite, consentit-elle à reconnaître.

— Des toits d'ardoise tiendront encore quand mes arrière-petits-enfants seront en charge de Poldene.

Elle l'observa en battant des cils.

— Tout comme les chênes que nous avons plantés pour remplacer les poutres, ajouta-t-il.

Il vit qu'il avait enfin réussi à la convaincre. Tous deux se penchèrent sur le document et entreprirent d'en disséquer les détails.

Kenver avait compris que s'il parvenait à franchir le rempart défensif de sa mère, celle-ci était plutôt ouverte à de nouvelles idées. Mais ses habitudes étaient tellement ancrées en elle qu'elle commençait toujours par sortir les griffes. Dialoguer avec elle s'apparentait à descendre les degrés d'un escalier pour aller du comportement insultant au comportement raisonnable en passant par les étapes de l'irritabilité et des grommellements.

C'était *très* fatigant. Et Kenver avait failli craquer plus d'une fois. Mais Sarah lui avait soufflé qu'il fallait envisager cela comme la rééducation d'un cheval qui a pris l'habitude de mordre. En s'y prenant avec calme et obstination, un dresseur pouvait changer le comportement de l'animal. La comparaison l'avait fait rire et il se raccrochait à cette image chaque fois que sa mère se montrait particulièrement récalcitrante. Il ne savait pas ce qu'il aurait fait sans Sarah. Sa vie aurait sans doute été réduite à néant. Il réprima un frisson.

Comme toujours dans le cadre de leurs discussions, la longue expérience de sa mère dans la gestion du domaine se révélait utile.

— Très bonne remarque, dit-il à un moment donné avant de noter un changement à prévoir sur les plans.

Quand il releva les yeux, il découvrit que sa mère l'observait.

— Je n'aurais pas dû dire « irresponsable », dit-elle soudain. C'était exagéré. Non, en fait, c'était même faux.

Kenver s'abstint d'approuver. Sa mère reconnaissait si rarement ses erreurs.

— Je suis désolée, ajouta-t-elle.

Kenver eut du mal à garder la bouche close. Sa mère s'était *excusée*. Sincèrement ! C'était bien la première fois. Soucieux de ne rien dire qui vienne mettre en péril ce nouvel et fragile équilibre, il se contenta de hocher la tête. Elle ne serait jamais facile, mais il sentit un bourgeon d'espoir pointer dans son cœur.

Tout en évitant de croiser son regard, sa mère attrapa une facture sur la pile de papiers qui se trouvait devant eux.

— J'appelle cela du vol pur et simple ! déclara-t-elle. Tu diras à Hicks que nous ne paierons jamais cette somme-là.

Kenver lut la facture à l'envers, comme il avait pris l'habitude de faire, ces derniers temps, et comprit qu'il s'agissait de la facture des travaux de la suite royale.

— Hicks a travaillé très vite, fit-il remarquer avec un soupçon d'ironie. Une fois que vous lui en avez donné l'ordre.

Réalisant qu'elle venait de commettre une erreur tactique, sa mère laissa retomber la facture et soupira. Et le sujet fut clos.

Ils passèrent à d'autres points, se querellant à chaque étape. Sarah avait également suggéré qu'un certain degré de friction pouvait se révéler productif et même permettre de déboucher sur de meilleures solutions. Elle avait certainement raison, mais cela ne rendait pas le processus plus plaisant. Peut-être les choses s'adouciraient-elles au fil du temps, se dit Kenver, encouragé par les excuses – sans précédent – que venait de formuler sa mère.

Une fois l'ordre du jour réglé, il se dirigea vers la bibliothèque. Cette pièce était devenue le domaine sur lequel Sarah régnait sans partage. Elle l'avait décorée à son goût, des colis de nouveaux livres arrivaient régulièrement et Kenver était d'avis qu'il s'agissait désormais de la pièce la plus accueillante de Poldene. Il trouva son père occupé à savourer là un tonique aux plantes en compagnie de son épouse.

— Votre mère vous a-t-elle rendu visite ? demanda Kenver à Sarah. Je suis navré de l'avoir manquée.

— Non, j'ai préparé ce tonique moi-même, répondit-elle.

Elle avait installé une petite pièce de distillerie près des cuisines et Mme Moran lui rendait fréquemment visite pour la former à ses pratiques. Kenver prit place à côté d'elle et se sentit aussitôt gagné par un sentiment de paix et de satisfaction.

— Un véritable élixir de jouvence, déclara son père en faisant claquer sa langue.

— Vous aviez promis de ne pas dire ce genre de choses, répondit Sarah.

— Je dis ce que je ressens.

— Ma mère est très stricte à ce sujet. Nous ne prétendons élaborer aucun remède miracle.

— C'est une dame tout à fait charmante, dit lord Trestan avant de reprendre une gorgée. J'en ai fait boire à Alice et elle m'a dit qu'elle se sentait pleine d'énergie.

— Mieux vaut ne pas lui dire que c'est moi qui l'ai fait, plaisanta Sarah.

— Je ne le lui ai pas dit. Enfin, pas tout de suite.

— Vous avez donc fini par le faire ? demanda Kenver, curieux de connaître la réaction de sa mère.

Son père hocha la tête.

— Elle a même déclaré que vous saviez y faire en matière de toniques, ma chère Sarah.

— Je ne vous crois pas !

— Mais si. Une fois que je lui ai rappelé tous les compliments qu'elle avait déjà faits sur la boisson, elle pouvait difficilement revenir sur ce qu'elle avait dit, n'est-ce pas ?

— Qu'est-ce qui vous fait penser cela ? demanda Kenver, sachant sa mère parfaitement capable de changer d'avis du tout au tout.

— Certes, elle aurait pu le faire. Mais je crois qu'elle n'en a même pas eu envie.

Sarah haussa les sourcils.

— Elle sait que vous m'avez sauvé la vie, mon enfant. Il lui a fallu un moment pour le reconnaître, mais elle a fini par le faire. Car vous avez réussi une chose dont elle se sait incapable.

— Elle était presque cordiale au dîner, l'autre soir, murmura Sarah.

— Faut-il y voir une forme de réticent respect ? demanda Kenver.

— Je crois qu'Alice apprend à devenir moins rancunière, grâce à vous, Sarah, dit lord Trestan.

— Merci, murmura-t-elle, surprise et touchée.

— Non, c'est nous qui vous remercions, Sarah.

Kenver croisa le regard bleu de son épouse. Ils échangèrent un tendre sourire et Kenver sentit le reste de sa tension s'envoler.

Son père tira de sa poche une feuille de papier.

— Une lettre de Henry, annonça-t-il. Je dois dire qu'un petit-fils est vraiment une belle chose. Rien que du plaisir et aucun tracas.

Tout ce que son père aimait, conclut secrètement Kenver. Sarah et lui en étaient venus à partager l'opinion de lady Trestan sur ce point – lord Trestan n'était pas un grand gestionnaire de domaine.

— As-tu besoin d'aide avec ta mère, Kenver ? lui demanda son père comme s'il lisait dans ses pensées.

— Non, je m'en sors, jusqu'ici. Vous êtes parfait dans le rôle de la menace distante et silencieuse, papa.

Kenver hésita à mentionner les excuses que sa mère lui avait faites, puis décida de garder cela pour Sarah.

— Ainsi, je risque moins de bafouiller, répondit son père avec un regard qui en disait long.

Il était visiblement content que son fils ait pris les choses en main – admiratif, reconnaissant et fier tout à la fois –, toutes ces choses que Kenver désirait depuis toujours.

— Il faut que Henry vienne à Poldene, dit soudain Sarah.

— Pensez-vous la chose possible ? s'enquit lord Trestan.

— Oui, assura Kenver alors même qu'il n'en savait rien.

Son père parut ravi.

— Je lui montrerai le chêne creux, dit-il. T'ai-je déjà parlé de la pièce de monnaie romaine que j'ai trouvée enterrée au pied de cet arbre ?

Il l'avait fait, oui, mais Kenver ne lui en voulut pas. Et il vit que Sarah pensait la même chose.

Lord Trestan se lança donc dans un récit truffé d'anecdotes, qui reflétait l'amour qu'il avait pour ses terres. Il finit toutefois par remarquer un certain ralentissement dans le rythme de leurs réponses.

— Bien, je ferais mieux d'y aller pour vous laisser un peu d'intimité, jeunes gens, déclara-t-il.

Il aurait clairement préféré s'attarder, mais Kenver, qui avait envie de passer un moment seul en compagnie de son épouse, n'insista pas pour qu'il reste.

— N'oublie pas ce que je t'ai dit au sujet d'un bal, ajouta son père en se levant. Il est grand temps de présenter Sarah au voisinage en bonne et due forme.

Il semblait avoir oublié les affronts qu'ils avaient infligés à Sarah à son arrivée, et Kenver se demanda, une fois de plus, si la maladie de son père n'avait pas altéré sa mémoire.

Lord Trestan leur adressa un joyeux salut de la main et quitta la pièce, laissant la porte légèrement entrouverte.

Kenver attira Sarah contre lui.

— Que diriez-vous d'un bal, ma tendre ?

— Je préférerais une serre pour y faire pousser des plantes.

Il rit.

Tess, le lévrier écossais, poussa la porte du bout de son museau. Dans sa gueule, elle tenait par la peau du cou un petit chiot remuant. Elle le déposa aux pieds de Sarah, puis ressortit. Quelques minutes plus tard, elle en apporta un autre et renouvela ce processus trois fois de suite.

— Elle vient vous les apporter où que vous soyez ? demanda Kenver.

— Chaque fois qu'elle peut venir jusqu'à moi.

— Je ne l'avais encore jamais vue faire ça.

— Elle sent peut-être des affinités.
— Je vous demande pardon ?
Sarah posa sa main sur son ventre.
— L'année prochaine, votre père verra s'exaucer son souhait de petit-fils. Ou de petite-fille
— Oh, mon amour ! s'exclama Kenver en l'attirant dans ses bras avant de s'écarter aussitôt. Comment vous sentez-vous ?
— À merveille. Maman dit que tout est comme il faut.
Une fois de plus, Kenver se sentit reconnaissant envers la sagesse de Mme Moran.
— J'espère que ce sera un garçon, dit Sarah.
— Peu importe.
— Votre mère dit...
— Nous savons bien, vous et moi, que ma mère dit beaucoup d'absurdités.
— Oui, mais le comté a besoin d'un héritier.
— Une petite fille serait délicieuse.
— Si c'est une fille, je suppose que nous n'aurons qu'à recommencer, concéda Sarah.
— Excellente idée, murmura-t-il en l'embrassant de toute la force de son amour.

J'AI LU POUR elle

Si vous souhaitez être informée en avant-première
de nos parutions et tout savoir sur vos auteures préférées,
retrouvez-nous ici :

www.jailu.com

Abonnez-vous à notre newsletter
et rejoignez-nous sur Facebook !

13977

Composition
FACOMPO

Achevé d'imprimé en Italie
par GRAFICA VENETA
le 3 décembre 2023

Dépôt légal : janvier 2024
EAN 9782290397381
OTP L21EPSN002588-617029

ÉDITIONS J'AI LU
82, rue Saint-Lazare, 75009 Paris

Diffusion France et étranger : Flammarion